魅丽文化 花火工作室

他似遥不可及

TA SI
YAO BU KEJI

弱水千流·著

百花洲文艺出版社
BAIHUAZHOU LITERATURE AND ART PRESS

图书在版编目（CIP）数据

他似遥不可及 / 弱水千流著. -- 南昌 : 百花洲文艺出版社, 2020.1
ISBN 978-7-5500-3616-1

Ⅰ. ①他… Ⅱ. ①弱… Ⅲ. ①长篇小说－中国－当代 Ⅳ. ① I247.5

中国版本图书馆 CIP 数据核字 (2020) 第 003405 号

他似遥不可及
弱水千流 著

责任编辑	蔡央扬
选题策划	吴小波　肖　童
特约编辑	肖　童　李　墨
封面设计	郭　颂
出版发行	百花洲文艺出版社
社　　址	南昌市红谷滩新区世贸路 898 号博能中心 A 座 20 楼
邮　　编	330038
经　　销	全国新华书店
印　　刷	湖南天闻新华印务有限公司
开　　本	880mm×1230mm　1/32　印张 10.5
版　　次	2020 年 4 月第 1 版第 1 次印刷
字　　数	303 千字
书　　号	ISBN 978-7-5500-3616-1
定　　价	36.80 元

赣版权登字　05-2020-5

网址 http：//www.bhzwy.com

目　录

C O N T E N T S

第一章

“不撞”不相识

“朵棉，都 11 点了，怎么还没睡？”

“我有几道作业题不会做，在查资料。”

“明天周日，星期一才交作业，不着急。”

“我想做完再睡。”

闻言，朵母嘴角弧度很欣慰地扬了扬，柔声叮嘱，“那也别超过 12 点。你明天下午还要去上物理补习班，别忘了。”

“好的。”

嗒嗒嗒，脚步声远去。

三秒钟后，电脑桌前的朵棉摘下眼镜，放下笔，站起身，蹑手蹑脚地挪到房门口站定，耳朵贴门。

外面的世界静悄悄。

Nice.（很好。）

刚坐回去，就收到了陆易发来的微信消息：等你半天了，摸鱼呢？

朵棉干咳两声，回复：我爸妈刚睡。

开什么玩笑？高三生大半夜不睡觉玩游戏，被捉到可是杀头的大罪！

网瘾少年好友直接无视她的凄凉处境，发来一串毫无规律的字母和数字组合。

朵棉眨了眨眼睛，茫然敲屏幕打下一个问号。

陆易：不是要我带你玩儿“和守”么？账号跟密码，别弄丢了。

陆易：游戏下好没？

朵棉：嗯嗯。

于是，在朵棉升入高三年级的某个周六，北京时间23点15分，月黑风高夜，守卫和平时——

新世界的大门就这样开启了。

亚洲服务器的登录界面全英文，嗯，勉强能看懂。但输入账号跟密码，进入游戏后，朵棉懵了。游戏人物的形象是个壮汉，五大三粗，皮肤黑黑，这都姑且忍之。但这个昵称——Woshinidie（我是你爹）是什么鬼啊？

正疑问着，界面弹出一个消息，依然是全英文，翻译成中文是“玩家666111邀请你加入队伍”。

朵棉瞅了半天，点了点那个“Accept（接受）”。

组队成功。

“和守”，《和平守卫》，简称*PUGD*，一款火遍全球的战术竞技类网游，上线以来，迅速斩获除G-STAR最高奖项总统奖以外的5项大奖，并打破7项吉尼斯纪录。主要考验玩家策略、战术、射击、团队协作等多方面的综合能力。

“每局开始都是100个人，4人一队，大家一起出发，通过空投跳伞的方式到达地图的各个区域，赤手空拳搜装备、抢物资，然后干掉除队友以外的所有人。”

语音室里，基本知识扫盲完毕，陆易呼出一口气，问朵棉：“听懂没有？”

片刻，朵棉挠了挠头：“……呃。

“……我们还是直接开始吧。”

陆易以为她都明白了，便道：“只有我们两个？等会儿，我看看有没有其他好友在线。”几秒钟后，“没其他人，随机匹配吧。”

“好。”

和平守卫的游戏规则是4名玩家组成一支队伍，自动匹配后，队伍里很快多出两个陌生人，分别是1号“MarkPro（最厉害的马克）”和2号“KevinPro（最厉害的凯文）”，名字格式相近，似乎也是双排。

跳伞以前有几十秒的准备时间，朵棉试着按不同的键，控制人物移动。于是大家就看见，队伍里那位体型最壮、皮肤最黑的彪形大汉，左蹦蹦、右蹦蹦，然后在原地欢快地转圈圈。

突地，语音室里响起一阵笑声，一个男声打趣道：“That's cool.（很酷。）”

朵棉一看屏幕，是2号在说话。

陆易听他说英语，有点好奇，问：“Where are you from？（你是哪儿人？）”

2号：“USA.（美国。）”

第一次玩游戏就匹配到两个国际友人，她要好好表现才行，不能丢脸。电脑前的朵棉挺了挺腰杆儿，精神一振。

语音室里，口语不错的英语科代表陆易开始和2号闲聊。而口语不怎么样的朵棉……沉默吧。沉默可贵，沉默是金。

还好这个1号也很沉默。从组队开始，这人就没吭过声，就那么站在原地，动都没动一下。

不会是掉线了吧？她有点尴尬地猜测。

游戏正式开始，飞机的巨大引擎声瞬间将她的思绪拽回来。也是在这时，朵棉才确定那个1号没有掉线。因为他在地图上标注了一个降落点：P城——地图上物资最丰富、战争最多、死亡率最高的亡命之地。

2号一看，夸张地哀号了一声：“Hey Bro，too many people there.（兄弟，那儿敌人非常多。）”

“Kill them.（解决他们。）”耳机里忽然传出这么句话，那音色偏低微沉，很平淡，很冷静，几乎没带什么语气。

朵棉微微一怔，下意识地又看了眼那个1号的名字：MarkPro。

陆易忽然蹦出一个字：“跳。”

路易：“妈呀！跳伞啊！大家都跳了，4号那个胖子你还要往哪儿飞！”

对，跳伞，跳伞是按哪个键来着？朵棉慌了神，眼瞧着队友们全都在皮卡多飞出机舱，赶紧摁下F键。两秒钟后，2号Kevin察觉到什么，狐疑：“Where he wanna go？（他要去哪儿？）”

陆易抽了抽嘴角：“……I don’t know.（不知道。）”

一样的跳伞，不一样的着陆。由于没有控制好下落方向，朵棉最终掉在了黄沙漫漫的野区。于是，大家就看见地图上，4号那个胖子孤零零地奔跑在一片黄沙漫漫上，可怜又好笑。

陆易无语：“你就近搜野区，捡药捡枪捡子弹，然后过来找我们。”

“喔。”群众的眼睛雪亮，一切解释都很苍白，除了“喔”，朵棉实在不知道能说什么。幸好旁边不远处就是几栋野房子，于是她跑过去捡东西。

直角握把？这什么？不管了捡吧。4.5mm子弹？好厉害的样子，多捡一点……

野区穷是穷，但胜在安全。一连晃悠好一会儿，一个敌人的影儿都没有。朵棉欣欣然。

突然，游戏画面出现了一行小字，翻译成中文是：你的队友MarkPro使用AKM自动步枪击倒了Yupp。

紧接着就是：你的队友MarkPro使用AKM自动步枪淘汰了Yupp。

朵棉没多留意，继续捡捡捡。

随后：你的队友MarkPro使用M416自动步枪淘汰了erhuodaoshi。

你的队友MarkPro使用98K狙击枪淘汰了CenK。

终于，在屏幕上不知第几次显示这样的提示后，朵棉抬起了头，有点茫然。好一会儿，她才试着道：“3号。”

陆易：“干吗？”

“这游戏是不是出Bug（漏洞）了？为什么感觉好多人都是1号击杀的？”偷偷这样说一句没关系吧？1号2号应该都听不懂中文。

“不是啊！”

朵棉悟了，大神在上，她要献上她的膝盖。

陆易：“对了，你找个车往我们这边来，我们这儿是安全区。”

“哦，好。”朵棉应声，放眼一看，不远处正好停着辆小货车。她跑过去，上车，发动。

可是，要怎么开？

她皱了皱眉，试着调整视角，往前驾驶。小货车原地打转，好一会儿才万分艰难地朝目的地进发。

队友们的图标在地图上渐渐清晰。

朵棉一激动，点了个加速，几秒后，“砰”一声巨响震耳欲聋。

朵棉坐在车上视野受限，但还是察觉到什么不对劲，不安地问：“我刚才，是不是撞到什么东西了？”

“嗯。”陆易清了清嗓子，尽量让自己的声音，听起来淡定那么点儿，“你把1号撞倒了。”

闻言，朵棉吓得手都抖了抖，一慌，想跳下车救人。谁知慌中出错，把“下车”键，摁成了“后退”键。

于是又是“哐当”一声，整个世界刹那陷入死寂。

所有人的游戏界面同时弹出两条提示：Woshinidie使用载具击倒了MarkPro；Woshinidie使用载具淘汰了MarkPro。

于是刚刚还大杀四方的大神，就这么变成了一个方方正正的盒子（游戏里人死成盒）。

众人：“……”

陆易后知后觉地回过神，惊呆，“撞倒也就算了，还碾死？太残忍了吧你！”

朵棉霎时间愧疚得无地自容，不住道歉：“对不起，今天是我第一次玩这个游戏，操作不熟练，对不起……”

下一秒，她听见耳机里响起一个男人的声音，冷冷两个字：“漂亮。”

原来这个变成盒子的大神会说中文的吗？

隔着条网线，Kevin关了语音笑得捶桌，转头，瞧向身旁沉着脸面无表情的人，竖大拇指：第一次玩就撞死了号称“亚洲人形挂”的亚服Top1（第一），怕是要和太阳肩并肩。

昨晚的游戏世界很快被朵棉遗忘。

九月的周末，夏天刚走，阳光普照，气温虽不算多高，但也不低。她擦了擦汗，把袖子挽高，露出半截纤细雪白的手臂，散热。

要迟到了，看着前方迟迟不绿的红灯，朵棉很忧伤。

高二结束，重点中学各科都进入复习备战状态，放眼全班，半数同学都已加入补习大军。对此，朵棉倒没想着跟风。她觉得，学习嘛，智商高低看天意，分数高低靠人品，只能随缘。但朵父朵母却不这么认为，二老望女成凤，不甘落后，还没开学就给她报了个号称师资力量雄厚的补习机构。

如此强压下，最近的一次综合测验，朵棉的班级排名由原本的十七，升到了第十，总算在高三这年搭上了前十的小火车。

朵父朵母很高兴，把这一进步归功于课外补习，叮嘱朵棉，务必认真地补，好好地补，不许旷课，也不许迟到。

交通指示灯跳成绿色，朵棉摇晃了下脑袋，收拾思绪，骑着自行车拐入左前方的大路。

边骑边看手表。

现在是 14 点 21 分，离上课还有最后 9 分钟。她抿抿唇，心里一急，踩脚踏的动作无意识加快。谁知，这一快就悲剧了。

朗朗乾坤，众目睽睽，浅粉色自行车以迅雷不及掩耳之势，冲向前方一辆正在转弯的黑色轿车。

“哐当”一声撞上。

几秒的震惊后，朵棉深吸一口气，推开自行车，看向这辆倒霉轿车的车尾。商标显示盾牌里面一匹马？继昨晚游戏里的车祸事件后，朵棉再一次羞愧得无地自容。

这时，驾驶室的门开了。下来一个穿休闲装的青年，个儿挺高，年纪在 30 岁以内。双手叉腰，拧着眉，大步走到车尾位置，察看车子的受损情况。

“对不起……”她清清嗓子，鼓起勇气向车主道歉，“我赶着去上课，所以……实在是太对不起了。”

车主见她年纪小，认错态度又诚恳，没动怒，只是很好笑地问：“小姑娘，老师没教你们出门在外注意交通安全？”

朵棉耷拉着脑袋，点点头。

那人又说：“怕迟到就不要命的？”

太阳明晃晃的，晒得她耳朵根都开始泛红。

车主瞅瞅自己的保时捷爱车，又瞅瞅这个看起来就很穷的学生妹，无语，但还是抱着试一试的心态问：“你身上有钱没？”

是了，怎么能忘记这最关键的会心一击——撞了别人的车当然要赔钱。想到这，朵棉强忍住心疼肉疼，挺了挺胸脯，很坚强地回答：“有。”

车主闻言倒是意外，“有？有多少？”

“稍等一下。”朵棉说完，把书包放进自行车前筐，拉开拉链，在里头仔细翻找起来。虽然这个月的零花钱已经用完了，但没记错的话，过年的压岁钱应该还剩那么一点点。

翻啊翻，半天也没找着。奇怪，哪里去了？

她有点着急，额头的汗珠顺着脸颊线条往下滑，但也顾不上擦汗，仍是一个劲儿地在书包里翻。

“你电话在响。”突然，不知从哪儿冒出这么一句。

那嗓音音色很低，声线干净，语气懒散中透着明显的不耐烦，显然是出自一个年轻男人，一个脾气不怎么好的年轻男人。

声音好像有点耳熟？错觉？朵棉有点狐疑地皱了下眉。

站在她旁边的车主回答：“谁打来的？”

“自己看。”这次，那个声音还是懒懒的，只是语气比之前更不耐。

车主嘀咕了句，返回驾驶室拿手机。

原来这辆车上还有其他人啊！朵棉转头，无意识地看向后座。那扇车窗落了二分之一下来，于是，她刚好对上一道视线。

很冷淡，又有些不耐烦。这是车上那人给朵棉留下的第一印象。

不过他的眼睛好漂亮。不同于大部分亚洲人的浅棕色瞳孔，他的瞳色漆黑，眼窝很深，如井一样，看不见底。板寸头，纯黑发色，这发型再配上那副冷淡漠然的眼神，怎么看都很……野。

对视不超过两秒，很快对方的目光便移开了，车窗完全升起，只剩下黑乎乎的一片。朵棉也收回视线，继续翻她的包。

这时车主接完电话回来了，对朵棉摆摆手，说："唉，行了行了，找不到就算了。"

话音刚落，就看见那小姑娘从书包里取出了一本辅导书，翻开，一个小红包赫然夹在书页之间。她两眼放光："找到了！"

车主："……"

眼瞧着这个小女生摸了摸红包，那表情，显然是有几分不舍。但还是咬咬牙，把红包颠倒个儿，抖抖，抖出两张一百块。

车主："……"

那头，朵棉一手攥钱，一手继续掏衣兜，片刻，把全身上下的钱都拿了出来。她把钱递给车主，窘迫道："不好意思，我总共就只有这么多，二百二十四块五。这车修理费应该不够吧？这样，你把你的电话号码留给我，我之后再……"

"算了。"车主的态度很坚持，从她手里抽走一张二十的，说："就这么多吧，以后自己小心点儿。"说完笑笑，拉开车门，驾车离去。

朵棉愣然几秒，内心的感动顿刻间逆流成河。

世上果然还是好人多啊！

车尾划了一条深痕的保时捷，在马路上飞驰。SHEN（舍恩）瞥眼后视镜，语气揶揄，"欸，刚才瞅见那校裤上的字母没？"

后座的人没吭声，也不知听没听见。他戴着耳机，眸微垂，注意力集中在手机屏幕上，目光很冷静，也很专注。

SHEN 继续："J 市七中，那不就是你下周要去报到的地儿么。"

不理。

SHEN 再继续："未来同学哟！"

29 次击杀，大吉大利，和平万岁。

游戏结束，靳川终于摘掉耳机，冷漠地回了 SHEN 三个字："不认识。"

SHEN 开着车，一副笃悠悠的姿态，"既然是你同学，我这车的维修费，除开保险的也没多少，要不然你帮她赔呗？你又不缺钱。"

靳川闭了眼睛靠椅背上，淡淡道："你听不懂人话？"

"好歹老子也是你的老板兼教练，怎么说话呢？"SHEN 从鼻子里哼出一口气，自顾自道："你现在和人姑娘不认识，不代表同校以后不认识。嗯，就这么定了，从你下个月工资里扣。"

靳川拧眉，想起刚才那个骑着小自行车，连顿都没顿一下就笔直撞向他们的女生。皮肤很白，骨架子挺小，那模样，脸红得跟要被烤熟似的。还有从辅导书里翻出红包，依依不舍摸两下的动作……绝了。

补习班那边，最后的结果自然是迟到。好在那儿的考勤制度不比学校严格，对于头次迟到，还是因"交通意外"而迟到的同学，老师除了再三询问朵棉是否受伤以外，并未苛责。

周末眨眼便结束。

自古以来，星期一早读期间的教室，都是"抄作业"的重灾区。朵棉前脚刚停好自行车进教室，后脚就被同桌给拽住了。

"这位壮士，化学卷子写完了么？"张晓雯看她那眼神，浑然像看一尊济世救灾的活佛。

朵棉回想了一下，说："大部分写完了，就是选择题的最后一题有点难，我不会。"

闻言，张晓雯两眼冒光："不如你把卷子借给我，我帮你检查一下？"

抄就抄，居然说得这么清新脱俗吗？朵棉十分鄙夷好友，但还是将卷子递了过去。

天还没亮透，教室里闹哄哄的，优等生们的练习册你传我我传你，扔得满天飞。朵棉从书包里拿出英语书和文具袋，开始背单词。远远地，有人仰着脖子喊她："朵棉，语文科代表！今天交不交文言文练习册？"

文言文练习册？

朵棉静默两秒钟后抬起头，硬着头皮胡扯："应该，不交吧。"

不知谁接话："要交！胖丁上周专门说了的，这个星期一交文言文练习册！"胖丁叫丁文华，是他们高三（1）班的语文老师，因圆滚滚的体型而得此名。

朵棉拿笔的手都抖了一下，却还是强作镇定："真的吗？那我去问一下丁老师。"下一秒，她压低声："张晓雯。"

同桌奋笔疾书头也不抬："嗯？"

"文言文练习册写了么？"

"写了啊！"

"借给我，我帮你检查一下。"

张晓雯鄙夷："抄就抄，干吗说得这么清新脱俗。"

朵棉默，对搬起石头砸自己的脚有了沉痛领悟，而后加入了奋笔疾书的行列。突地，前桌一个体型高大的男生转过头来，瞅她一眼，吹了声口哨："哟，监守自盗呢！"

不听不听，乌龟念经。朵棉的心态非常好。

陆易又凑近几分，好笑："欸，这位同学我采访你一下，

和守生涯拿下的第一人头就是那么牛逼的大神，感觉是不是爽翻了？"

朵棉："……"

各科作业很快上交完毕，教室里传出读书声。朵棉和另一个科代表一起，把收好的练习册抱去了语文办公室，刚回来，就听见第一堂课的上课铃声响起了。她加快步伐回到座位上。一看黑板，第一堂课是数学，于是拿出数学书和笔记本。

教室里依然闹哄哄的。

片刻，门外传来脚步声，由远及近。大家安静下来，等老师一进门，却都愣了。来的并不是数学老师，而是班主任周开蒂。有人起哄开玩笑："哎哟喂，咱数学老师整容了啊，这么漂亮！"

"就你话多。"周开蒂横了那男生一眼，走上讲台，道："耽误大家两分钟时间，我们班转来了一个新同学。"

话音落地，一片哗然。

张晓雯很诧异，道："转学生？怎么一点消息都没有？你听说没？"

朵棉摇摇头。

所有人都在窃窃私语。

"好了，安静安静！"周开蒂拍了下讲台，等底下的热浪平息，才露出笑容，说，"值得一提的是，我们班的新同学十分优秀，学校给他做的入学检测，就是你们前不久做的那套题。他的总分，超过我们现有

的年级第一。”

话音落地，所有人的目光都齐刷刷看向了教室门口，好奇的、探究的。

朵棉有点近视，座位又靠后，初一看，只知走进来的是一个个头很高的男生。没穿校服，一身黑色T恤搭配黑色长裤，显得非常干净而爽利。她拿出眼镜，戴上，然后……惊了。

看清后，发现他的确很高，脸部轮廓棱角分明，五官立体，高鼻梁，薄唇，可整张脸上最吸引人的还是那双眼睛。瞳孔很黑，深不见底，目光里有种少年人难有的沉静。

但朵棉惊，绝对不是因为这位新同学长得多好看，而是他……

“你们好，我叫靳川。”陌生又不算陌生的嗓音，低低的，懒散响起，像夏日午后被晒得微倦的风。

整个教室鸦雀无声。

靳川的目光冷淡扫过全场，而后，嘴角勾起一个弧度，似笑非笑地淡嘲：“我最大的爱好是，打游戏。”

朵棉确定以及肯定，在新同学说完最后三个字的同时，班主任脸上那春风般的微笑，凝固了。

要知道，在尖子生云集的J市七中，“游戏”二字简直就是老师和家长眼中的罪恶代名词，人人闻而诛之。这个新同学当着全班说出这么石破天惊的一句话……是梁静茹给他的勇气吗？朵棉肃然起敬。

被惊呆的当然远不止她一个。全班人都被那人镇住了，一张张面孔写满震惊，瞪着靳川，又你看看我，我看看你，最后还是看向靳川。那眼神，跟看外星人也没区别了。

教室里很安静，气氛陡然间变得诡异。

“请问老师，”那位引起轩然大波的人漫不经心，淡淡地问，“我坐哪？”

周开蒂这才回过神，清了清嗓子，随手指向教室最后一排的一个空位，说：“那儿有个空位子，坐过去吧。”

张晓雯被呛了下，压低声朝朵棉道：“他位子就在你后面。”

朵棉微皱眉，下意识扭过头。背后的课桌空空的，由于长时间没有人坐，桌面甚至蒙了一层薄薄的灰尘。

过道上有脚步声靠近。不急也不缓，稳稳的，懒散且随意。朵棉赶紧把头转回来，摊开书，低下头，一副若无其事的样子。

靳川已经过来了。

她咬了咬唇，心虚，微微将手里的课本举高，挡住半张脸。大圆框眼镜背后的眼睛偷偷往旁边瞟。

她发现这人的确另类，人家的书包都是用背的，他用拎的，还是单手拎。个子高的缘故，他的手掌很宽大，手腕往上的臂膀线条流畅分明，沉甸甸的书包在他手里，几乎看不出重量。

朵棉又飞快瞧了眼他的脸，确实相当好看。不过，这并不是重点。重点是，他也确实就是在大街上和她发生车祸的当事人之一。这是上天送了一段孽缘？

希望不要把她认出来。朵棉在心里祈祷着，头埋得更低。

可很快她就发现自己的担心很多余了，因为那位孽缘面无表情，目不斜视，径直从她身旁走了过去，压根就没看过她。

背后哐当几声，那人拉开椅子坐了下来。朵棉闭眼，长舒一口气，有种劫后余生空气真清新世界真美好的感觉。

之前的风浪很快平息下去，周开蒂前脚刚走出教室，数学老师就拿着三角板和书进来了。

“今天复习立体几何。大家打开练习册，翻到 67 页……”教室里窸窸窣窣一阵翻书的声音。

朵棉转身，从书包里拿出数学练习册。刚翻开，就感觉有人用手指碰了碰她的肩，力道不轻也不重。

她转头，看向张晓雯：“干吗？”

正在看书的同桌抬起头，有点茫然：“嗯？”

“你拍我肩膀做什么？找我有事？”

“没有啊！”

“那刚才是谁拍我？”

背后冷不丁冒出个声音，淡淡地说：“我。”

她有点僵硬地转过头，看见靳川从裤兜里摸出了什么，随手扔抽屉里，眼也不抬地丢来一句话："有纸没？"

刚才他拿出来的是烟盒跟打火机？朵棉抿唇。校规规定学生不能抽烟，更不能带烟跟打火机来学校，被发现的话是要处分的。所以，身为一个班干部，她要不要好心提醒一下这个新来的？

朵棉脑子里胡乱思索着，没听清他问的话。

半天没得到答案，靳川微拧眉，总算撩起眼皮瞧向前排那个女生。校服穿得中规中矩，拉链合拢的位置刚好到锁骨，露出一截纤细雪白的脖子。

皮肤挺白，骨架子挺小。靳川盯着这女生，短短几秒，眯了下眼睛。他想起她了，那个摸红包的。

"有纸没？"懒散地又问一遍。

"纸？"这回朵棉总算是听清楚了。她把眼镜往上推，清了清嗓子，尽量表现得很镇定，"作业纸还是什么纸？"

靳川指骨叩了下课桌，"有灰。"

"喔。"她点头，从衣兜里拿出一包纸巾递给他。

突地，讲台方向传来数学老师的声音，没好气道："这道题，我们请现在上课最认真的一位同学来回答——朵棉，你说选什么？"

最认真地背对着讲台还在神游的朵棉一秒石化。

张晓雯见状，凑过去语速飞快地提醒："68页第一题。"

朵棉嘴角一抽，以最缓慢的速度从座位上站起来，压低嗓子："68页第几题？你说太快了我没听清……"

"知不知道我在讲第几题？"数学老师脸黑一半。

You have been slain.（你被击杀。）脑海中忽然想起游戏里的这句话，朵棉耷拉着脑袋，假扮鸵鸟。

数学老师另一半脸也黑完了，好一会儿才冷哼："坐下，别影响别人学习。"

Double kill.（双杀。）脑中又闪现一句。

朵棉无言以对。心想：大马路上跟她发生车祸，同班第一天就害她被老师批评，这位喜欢打游戏的新同学，怕是跟她八字不合。

果然长得好看的男人都是祸水。珍爱生命，远离祸水。

虽然已经是高三上半学期，但刚开学，大家或多或少都还有些倦怠。课间时间，男生们聊游戏聊球赛，女生们谈八卦谈韩剧，没几个人完全把心思投入学习。

在这样的背景下，“靳川”这个名字毫无意外地在两天内传遍全年级，又在一周内传遍全校。七中的学子们很快就都知道了，高三（1）班来了个很酷的转学生。成绩好，长得帅，独来独往，还曾公开宣扬自己最大的爱好是打游戏。

总之很厉害的样子。

“你们听说没？今天又有一个高二的女生来问靳川的电话。”周五晚自习的休息时间，张晓雯兴致勃勃，开始播报今天的八卦新闻。

陆易啃了口面包，配合得很敷衍，“那给了么？”

“没有。”张晓雯摇头，啧啧道，“唉，那一颗颗被击碎的少女心啊！”

朵棉戴着眼镜写作业，没有参与话题。张晓雯好奇：“你怎么不说话？”

“最近关于新同学的八卦太多，都听腻了。”而且又不熟。

张晓雯很惊讶：“你对八卦都不感兴趣，那对什么感兴趣？背单词？文言文？”

朵棉很认真地思考了下：“和守吧。”

陆易和张晓雯同时被呛了下，满脑黑线。这位同学，请你认真断句。

七中高三年级的晚自习是八点半结束。

下课铃一响，朵棉就背着书包直冲车棚，在一堆各式各样的自行车里寻找她的小粉红。开完锁，听见陆易的声音从背后传来，吆喝道：“晚上和守的时候我叫你。”

“嗯。”朵棉应声，准备把自行车推出去。

推推，推不动。她弯腰一看，原来是被旁边一辆很高的黑色赛车给卡住了。朵棉皱眉，伸手握住黑色赛车的龙头，铆足劲儿，试图把那辆车往旁边挪。就在这时，一双纯白色的板鞋映入视野。

光线昏暗，白鞋突兀。

她愣了一下，仰脖，面前不知何时多了一个很高大的身影。年轻男人站姿随意，两手插在校裤的裤兜里，眸微垂，没什么表情地看着她。

太高了。

坦白说，真的好有压迫感。

朵棉迟迟才反应过来，露出个尴尬的笑：“这是你的车？”

靳川点了下头。

她顿时像被烫到一样把手收回来，伸出个指头，指指，解释说：“不好意思，你的车把我的车卡住了，我只是想挪一下。”

靳川在原地站片刻，上前几步。距离缩短，朵棉瞬间闻到了一种很淡的薄荷味，和更淡的烟草味。

是他身上的味道？还挺好闻的……

“让开。”

“……哦。”朵棉见他要挪车，赶紧往旁边站开两步。

靳川之后没再理她，他开了锁，长腿一抬跨上单车，径直出了车棚。

朵棉皱眉，想了想还是大声提醒道：“喂，校内不能骑车，只能把车推着走！”

那人的背影骤然顿住。

嗯，看来也不是完全不守规矩，孺子可教。班干部朵棉同学聊感欣慰。

可令她万万没想到的是，靳川停下后，只是一条腿支地，另一条腿仍踩在脚踏上，一点要推着走的意思都没有。他回头瞅她，路灯的光在面部投下深浅阴影，几秒后，忽然出声：“你玩儿游戏？”

朵棉完全没想到这人会来这么一句，愣了愣，才反应过来：“你说刚才陆易？”点点头，“对呀。”

靳川闻言，嘴角调侃似的勾起道弧，没说话，直接骑车走了。

这个新来的，还真是视校规校纪于无物。而且，刚才他那个表情，请问是嘲讽？切，看不起她玩游戏吗？她可是碾死过大神的人。

朵棉暗搓搓地腹诽。

晚上九点多，朵棉洗漱完，回到房间关好房门，在陆易的召唤下登录了和平守卫的亚洲服，两人很快组队成功。

陆易："就我们俩？我看看有没有朋友在线。"

列表里浏览一番，又说："没其他人。"

朵棉想了想，脑子里冒出一个念头："要不……我们邀请上次那个大神组队？不要放过任何一个抱大腿的机会。"

陆易一口老血喷出来："你都把人撞死了，还好意思抱人大腿？"

"试试吧。"

说完，她便打开了搜索界面，回忆一番，在玩家昵称那一栏里输入了 MarkPro，查找——嗯？头像是亮的？居然在线！

朵棉大眼一亮，抱着试一试的心态点了点那个"邀请加入队伍"。

几秒后，队伍房间里多出一个人。陆易一看 ID，激动得声音都变调了："妈呀，真行啊，你还真把大神邀请进来了！"

朵棉也很激动，赶紧在聊天室里打字：上次的事真的很抱歉，谢谢大神接受组队邀请！感激不尽！

大神果然心胸宽广光辉伟大。

这时队伍里又多出一个人。朵棉呆了呆，扫眼那个队友的 ID（身份）：Dentist Z（牙科医生 Z）？这是谁？大神邀请来的好友吗？

Dentist Z 忽然打开了麦克风。

然后朵棉就听见一个低润含笑的男声从耳机里传出，揶揄的语气："难得啊，你玩儿我表弟的号还会主动邀请我组队？"

很快，聊天公屏上——

MarkPro：你不是一直想见识那个把我撞死的妞么？

MarkPro：就这个。

Dentist Z：哟，是哪一个啊？

MarkPro：我是你爹。

Dentist Z：……

看着一行行刷出来的聊天记录，朵棉半句话都不敢说。原来大神接受组队就是为了羞辱她吗？怎么有种被当成外星人围观的感觉？

组队完毕，大家很快都处于"准备"状态。

由于之前见识过 MarkPro 的技术，陆易对他跪服，因此对于大神及大神的好友，他表达出了十二万分敬意。开局前便很礼貌地询问：“现在可以开了么？”

“稍等一阵，Broken（被破坏）好像有点事。”耳机里是Dentist Z的声音。

朵棉听后有点疑惑，在公屏上敲字：Broken？

Dentist Z笑了笑，答道：“哦，MarkPro是我表弟的号，Broken偶尔会用这个号玩。”

原来大神叫Broken啊？朵棉在心里把这个名字重复几遍，又觉得好奇，敲字：那他为什么不用自己的号？

Dentist Z回道：“他自己的号天梯（世界排行榜）排名太高。”

朵棉皱眉，认真思考几秒后，回复：……不太明白。

天梯排名太高所以不玩自己的号？这两句话之间有什么必然联系吗？

这时陆易倒是有点明白了，说：“笨，全服排名越高，分就越高，匹配到的对手就越强，打起来太累呗，偶尔虐虐菜愉悦身心，这都不明白。”

Dentist Z却否认了这个说法：“不是。”

Dentist Z又说：“Broken不玩自己的号，是因为太了解高分段的打法和战术，他觉得赢起来太容易，没意思。”

陆易：“……”

朵棉：“……”

Dentist Z幽幽地继续：“比如说，Broken在高分段就从来没被队友撞死过。”

朵棉：“……”

过了大约两分钟，Dentist Z：“可以开始了。”

“OK。”陆易应声。

刚要点“开始”又想起什么，静了静，忽然问朵棉：“欸，下车键是什么？”

朵棉莫名其妙，敲键盘：F啊！为什么突然问这个？

Dentist Z：可能怕你又撞死队友。

朵棉：“……”

游戏正式开始。

和大神一起玩游戏，陆易很兴奋，一进去就摩拳擦掌，不停地问：“我们跳哪儿？”

Dentist Z开口时，语气明显比之前沉下几分：“发育流还是屠杀流？”

Broken：发育。

Dentist Z诧异，打字道：这种虐菜局，发育路线可不像你风格。

Broken：有4号。

Dentist Z扫了眼不远处那个头顶“Woshinidie”的昵称，在候场区域跑来跑去转圈圈的欢快小胖子，略思考，明白了这位老大的弦外之音——带着这么菜的一妞，不被撞死就算烧高香OK（好吗）？

朵棉跟着大家落在S城，搜装备，搜完在车辆旁集合，准备前往下一站。

陆易一看朵棉，差点被雷到吐血：“这么大个城就我们四个人搜，你这装备怎么这么差？”

朵棉很委屈，打字：1号速度太快了，我一个房子还没走完，他就把我附近的所有房子都清空了……

她能怎么办，她也很绝望啊！

Dentist Z差点没憋住笑，正儿八经地点头：“嗯，1号真过分。”

Broken静默了两秒钟，下车、站原地，打出两个汉字：过来。

朵棉背着1级小布包（背包，用来装物资，分1～3级，等级越高容量越大）小跑过去。看见他扔下来一把M416步枪和满配配件，一把98K和满配配件，200发子弹，外加一个基础瞄准镜和8倍镜。

朵棉惊呆：这是？

Broken：捡。

朵棉：哦。

Broken：东105蓝色两层房，一楼有二级头，二楼有二级甲。

朵棉：“哦。”回答完，又颠颠儿地跑开了。

陆易眼瞧着大神把神装（顶级装备）让给朵棉这种菜鸟，不禁痛心疾首：“1号把那么好的枪全都让出去了，那他怎么办？”

Dentist Z淡淡的："没事，他通常喜欢杀了人再抢。"

陆易面目惊诧：这两个大哥会不会也太凶残了……

车辆行驶出S城，周围立刻传来此起彼伏的枪声。

"有敌人！"陆易惊道。

Dentist Z安静数秒钟，根据耳机里混乱的枪声迅速做出判断，道："枪声来自三个方向，有两把98K狙。"

朵棉不由有些紧张。

下一刻，便听见耳机里响起一道音色很低的嗓音，语气冷静，语速飞快："北345一个，98K；北300一个，M416；东60两个，一把98K一把AKM。"

她微怔，这是Broken今晚第一次说话。

是错觉吗？这个声音好像在哪里听过？而且，光听枪声居然就知道敌人的方位和武器？会不会也太厉害了点？

走神的刹那，Broken已经迅速找好掩体把车停稳。四人下车。Dentist Z把98K扔在了地上，道："你狙北边的两个，东边两个我来。"

说完，两人便背靠背举枪射击。

混战爆发。

一声枪响，你的队友MarkPro使用98K狙击枪命中头部击倒了ViV123

砰，第二枪。

系统提示：你的队友MarkPro使用98K狙击枪命中头部淘汰了ViV123。

枪枪爆头弹无虚发，不到十五秒，北方向的两个敌人就被清除。东方向的两个敌人也很快被Dentist Z淘汰。见状，朵棉不由在心里为两个队友，点了个大大的赞。大神就是大神，连好友都这么牛。

忽然，系统提示：你从高处坠落重伤。

陆易："大姐你瞎跑啥？咋把自己摔死了？"

Dentist Z被惊得乐了，而距离最近的Broken沉默了几秒，跳下山坡，弯腰把趴在地上的小胖子救了起来。随后打字：有药没？

朵棉回复：……没有。

随后就看见他扔出了两个药包（可治疗回血）。她捡起药包将血量回到75%，尴尬地打字回复：谢谢！

Broken：你觉得你玩儿得怎么样。

朵棉：暂时……非常不好。

Broken：嗯。

朵棉：……嗯？

Broken：给你个建议。

大神要亲自现场教学指导她了吗？！朵棉瞬间精神一振洗耳恭听，挺挺腰杆，很端庄地敲键盘：嗯嗯，你说。

Broken只打出了两个字：挂机（注：指不参与战斗，在整个游戏里毫无存在感，约等于退出游戏）。

朵棉："……"

整局游戏，Broken和Dentist Z一路杀到了决赛圈。朵棉则一路苟活到了决赛圈。在两位遇神杀神、遇佛杀佛的高手带领下，她顺利地拿到第一取得胜利。

睡前躺在床上刷微博，刷啊刷，忽然想起什么事。

朵棉皱眉，用微信给陆易发去一条消息：你觉不觉得，那个Broken的声音有点熟？好像听过？

陆易秒回：上周玩游戏的时候他也说过话，当然听过。

朵棉抿唇，把手机压在了枕头底下。刚闭上眼睛，微信消息却又来了。点开一看，依然是陆易发的：天啊天啊天啊！我刚才闲着无聊翻了一下全亚服的战绩排行榜，突然发现……

朵棉抽了抽嘴角，突然发现什么你倒是说啊！发现个省略号吗？

陆易：你知道上周以及今天和我们组队的那个Broken是谁么？

朵棉：不知道……

陆易当即献宝一样列出一串：和平守卫的亚服第一、MYS职业战队的队长、天才少年、指挥狙击突击全能，江湖人称"亚洲人形挂"！另外，MYS也是为数不多的能跟欧美区抗衡的亚洲战队之一！

朵棉：我就说 Broken 这个词儿听起来怎么那么熟！原来，妈呀我居然跟人形挂组过队还一起玩儿了两把游戏？啊啊啊啊！

只知道她抱过的那根大腿很粗壮，殊不知，居然粗成了定海神针？

陆易：唉，唯一遗憾的是国内还没有和平守卫的大型联赛，MYS 在国外特火，可惜还没火回咱们中国，曝光度不高，网上也没有照片。不过这不是重点！重点是，你居然淘汰过亚服第一 Broken，堪称史诗级的一“撞”，太牛了！我朵啊，我真为你感到自豪！

朵棉：撞死顶级大神队友这么蠢的事，你在自豪个什么鬼啊？

周末眨眼结束。周一早上，高三年级的广播响起，年级主任那口十分不标准的普通话从广播里传出，响彻教学楼。

“高三年级的同学请注意，高三年级的同学请注意，本周的周三和周四将举行 9 月份的月考，请大家合理安排时间，抓紧复习。”

此言一出，无疑一记重磅炸弹，把所有人的瞌睡都给炸醒了。

陆易满脸的震惊，转过头，朝后排的朵棉道：“快快，快一巴掌打醒我，我不要做这么可怕的噩梦。”

朵棉安慰他：“高三嘛，噩梦做着做着就习惯了。”

陆易心中的泪流成了西湖的水：“沉迷游戏，无心复习。”

张晓雯哼了声：“那就活该垫底。”说着，手臂揽过朵棉的肩，“你可千万别学他，玩物丧志。”

“这叫‘电子竞技’，不懂就一边儿呆着去。”陆易摆摆手，目光重新回到朵棉身上，凑近几分说：“哎呀，我真是越想越觉得你牛，第一次玩儿就能把亚服 Top1 给淘汰了，没想到你是天赋型选手啊！”

朵棉额头滑下一滴豆大的冷汗，“咱能不提这事了么？我当时一慌按错键，又不是故意要把他撞死。”

后排座位，靳川有一搭没一搭地摩挲着打火机齿轮。闻言，动作骤顿，抬眸，看向前排那个面红耳赤的小矮子。

是叫朵什么来着？朵棉？

他眯了下眼睛。

第二章

你好，新同学

对高三生来说，人生有三大不幸：星期一，星期一上午有连堂，星期一上午全是主科连堂。

早自习刚结束，值日生就已经把今天的课表抄在黑板上了。看着两个连在一起的“语文”和两个连在一起的“物理”，教室里哀叫连连，冲天的怨气差点儿把屋顶给掀开。

见状，讲台上的语文老师丁文华立刻板起了脸，拍桌数落：“看看你们，还是尖子班的学生，看到老师就唉声叹气？像话么？简直有辱斯文！”

七中的高三一共分成九个班，五、六、七、八、九都是普通班，三班、四班是七中初中部的直升班，一班、二班则是尖子班，优中选优，学生全是优等生中的优等生。

教室里总算安静下来。

丁文华清了清嗓子，说：“好了，现在开始上课。这节课我们评讲上个星期让你们做的那套模拟卷。”

话音落地，大家纷纷开始翻书包。朵棉愣了下，转头压低嗓子问张晓雯：“什么模拟卷？”

张晓雯把模拟卷放到桌上，说：“就这套啊！上周上课的时候胖丁口头布置的，说让我们自己回家做，这周上课的时候检查。”

口头布置的模拟卷？闻言，朵棉脸色先是一白，再是一红，最后一黑。

张晓雯定定瞧了她几秒钟，挠挠头：“你扮演彩虹呢？”

“……不是，我好像，”朵棉打开练习册，把夹在里面的模拟卷拿了出来，展开，欲哭无泪，“还没有写……”

不仅没写，连姓名班级都空空如也。整张卷子简直比她的脸还干净。

张晓雯大惊，也吓到了：“那现在怎么办？要不，赶紧抄我的吧？”说完一抬头，胖丁已经开始检查他们这组的第四排。

“全都把卷子拿出来，放桌上。”胖丁挥舞着教鞭，语气严厉，“没做的自己给我站外面去，自觉点。”

看着空白一片的试卷，朵棉咬咬唇，慌乱不已，背上的布料瞬间被冷汗打湿。

“愣着干吗？快抄啊！”张晓雯皱眉，小声催促，“胖丁那么严厉，惩罚措施肯定‘非人哉’，而且你还是语文科代表，更惨。”

朵棉抬眼，胖丁圆滚滚的壮硕身躯已近在咫尺，检查起了陆易的试卷。她不由绝望到变形：“现在已经来不及了。”

怎么办怎么办……还能怎么办？

算了。死就死吧，大不了十八年后又是一条好汉！她深呼吸，把唇一抿，把心一横，然后就拿起卷子准备到教室外面罚站。

可就在这时，令朵棉万万没想到的事却发生了——

就在她要起身的前一秒，一只大手从背后捏住她的肩，微一用力就把她摁回椅子上，然后，那人很顺手地抽走了她手上的空白试卷，又很顺手地扔来了另一张试卷。整套动作可谓一气呵成，行云流水。

朵棉有点懵，低头一看，只见桌上的这份试卷，卷面干净整洁，字迹苍劲有力，银钩铁画，完全是“阅卷老师光看字就想给高分”的典范。不过，这些都不是重点。重点是，这份试卷是写完了的。

这是什么意思？朵棉茫茫然，旁边目睹全程的张晓雯也非常茫然。紧接着就听见背后传来错凳子的声音。

胖丁皱起眉，颇不满地看向最后一排：“靳川，你突然站起来干什么？”

“出去罚站。”那人淡淡道。说完，无视全班投去的异样目光，面无表情地拿起空白试卷，走出了后门。

整个教室有一瞬的死寂，但死寂过后，炸了。

“没写作业还这么狂？”

“居然敢不写语文作业，他不知道胖丁的手段有多残忍吧……”

“‘石乐志’吗……”

耳畔叽叽喳喳，闹哄哄的，朵棉却惊得半天做不出反应。几秒后回过神来，下意识地想要举手。

张晓雯察觉，眼疾手快把她拦住，“你想做什么？”

“跟胖丁说实话啊！”她皱眉，“自己的锅自己背。”

“背个屁。”张晓雯要被她气死，“人都出去了，你这时候揭穿他跟你换了卷子，那不让他罪加一等吗？！”

“那怎么办？”朵棉宽面条泪，“就让人家替我罚站么？会不会太缺德了？”

“现在也没其他办法，先听课。”张晓雯侧头，狐疑地盯着朵棉，“不过，靳川居然把做好的试卷给你，然后自己出去罚站？难道他欠你钱？”

朵棉摇头。

“你们平时关系很好？”

朵棉头摇得像拨浪鼓。苍天可鉴，这么久以来，她和那位靳同学总共就只说过两次话，一次是他转来的第一天问她要纸，一次就是在车棚。

事实上，靳川好像本就是个话极少的人。除了被老师抽中回答问题，几乎没见他和其他人聊过天。他不喜欢与人交往。或者说，这个学校，他谁也看不上。

张晓雯越想越觉得奇怪，微皱眉，“那他为什么要帮你？难道……”一顿，郑重其事地说出后半截话，“他暗恋你？”

啊噗，朵棉被雷穿了五脏六腑。少年你知不知道自己的思想很危险啊？

正要反驳，胖丁中气十足的嗓音便响起了，他冷哼道：“今天在外面罚站的人，统统把荀子的《劝学》抄五十遍，边抄边反思，明天下晚自习之前交给科代表。朵棉，你去外面把名单记下来。”

“……哦。”她颤抖着嗓子应了句，拿起纸笔，走出教室。

外面天刚亮透。晨光从云缝里洒下来，懒洋洋的，把整个校园笼入一片薄金色中。走廊上一共站了四个人。除了靳川，另外三个人都是副悲痛又懊悔的表情，耷拉着头，有的补试卷，有的抄《劝学》。

这么对比，那人的画风瞬间被凸显得更另类。他靠墙站着，头微垂，视线落在手机屏上，一手插裤兜，另一只手的手指偶尔滑动屏幕。眉眼之间透着一丝疏离的寒色，表情散漫，并冷淡。

朵棉深吸一口气，往作业纸上写下几个名字。边写边纠结，自己到底要不要去跟他说声谢谢，再问问他为什么要这么舍己为人？

就这么纠结了几十秒，她咬咬牙，终于还是朝那道高大身影走去。

近了。又闻到那股淡淡的夹杂薄荷气息的烟草味。朵棉莫名有点紧张，站定后，又开始犯难。自己要怎么开口比较好？是先说谢谢，还是先问他为什么帮她？

就在她思绪翻飞的时候，对方却先开口了。他眼也不抬地说："靳川。"

"……啊？"朵棉整个人成了一个大写的问号。

靳川熄了手机屏，抬眸，视野里映入一张干净雪白的脸蛋。粉色的唇，小巧的鼻头，乌亮的眼睛，和几乎占据半张脸的圆形框架眼镜。

"你不是在记名单？"他瞥了眼她手里那张作业纸。

真的好高。难道是吃高乐高长大的吗？不对，这不是重点。

"我知道你叫什么。"开什么玩笑，再不熟也是同班，而且你可是名人啊大哥。朵棉镇定地继续："我过来，是想跟你说声谢谢。"

靳川瞥眼这个只到他肩膀的小个子："谢什么？"

"谢你……"小个子左右看看，鬼鬼祟祟，然后倾身朝他靠近些许，左手圈住嘴，用很低的音量把话说完，"帮我换卷子啊！"最后竖起个大拇指，崇拜脸，"真是义薄云天啊！"

义薄云天的靳川："……"

片刻，面无表情地说："我只是不想上这堂课。"他微寒眸色里带了一丝不耐烦，"所以你还有什么事？"

"没了。"本来还想问为什么要帮她的，谁知人家一次性便掐死了所有话题的小幼苗。朵棉默默回到教室。

胖丁虽然脾气差了点，对待学生的手段也残忍了点，但总体来说，他依然是一个教学经验丰富，负责任的好老师。模拟卷胖丁评讲得很详细，朵棉在靳川那张卷子上做的笔记，也很详细。唯一遗憾的是靳川正确率太高，她没能享受到画叉叉的快感。

语文课结束后，朵棉想了想，找来一张纸条，在上面写道：那五十遍《劝学》我会自己抄完交给丁老师的，不用麻烦你了。还是谢谢！

然后把纸条和试卷一道，放在靳川的课桌上，拿书压好。

摸摸良心。嗯，还好，罪恶感总算少了那么一丢丢。

青，取之于蓝而青于蓝；冰，水为之而寒于水……抄抄抄，努力地抄，用力地抄。一天下来，朵棉满脑子都是荀老夫子长袖挥挥在高诵《劝学》。

无奈胖丁的大招杀伤力太强，五十遍《劝学》工程量太浩大，直到晚自习结束，她都还剩十遍没抄完。没办法，继续抄。

很快，张晓雯挥挥手走了，陆易挥挥手走了，值日生挥挥手走了，负责打扫卫生的四人小组也挥挥手走了……整个一班教室只剩下朵棉一个人。

晚上九点二十分，最后一遍抄完。她长舒一口气，收拾好书包，关好门窗，离开了教学楼。整个学校黑漆漆，只有车棚里还亮着一盏昏暗的小黄灯。

朵棉心里毛毛的，脚下的步子越来越快。整个车棚里空空荡荡，因此，她一眼就看见了自己那辆孤零零的自行车，连忙小跑过去，开锁。

蓦地，一个女生的声音突兀响起，语气冷冷的，“你还是不肯告诉我？”

朵棉愣了下，手上的动作微顿，着实是被吓到了。这个点，学校里除了她居然还有其他人？随后依然是那个女生的声音，只是这次的音量稍弱，听上去很模糊，无法分辨具体的词句。

再接着是一个男生的声音。他似乎很冷静，语气低沉，更显得模糊。

两个人似乎有什么矛盾。

虽然七中校风严谨，但难免还是会有一些少男少女陷入早恋的深坑，像这种校园小情侣，朵棉也算见怪不怪。她微皱眉，想了想还是决定事不关己高高挂起，回家为好。

然而刚准备走，一阵脚步声却从远处传来。

朵棉抬眼。瞧见一高一矮两个人影。逆光的缘故，两人的面孔都看不清，但看那体格，应该是一个女生和一个男生，前后走着，中间隔了一段距离。

数秒钟后，女生走近，然后和朵棉擦肩而过。及肩黑长直、肤白、貌美，气质冷然。

李未夕。她脑子里瞬间闪现这个名字。

高三（9）班的李未夕，长相那叫一个漂亮，身材那叫一个火辣。是七中出了名的问题少女，也是出了名的大美女。毫不夸张地说，这美人往操场上一走，男生们的篮球会直接砸队友脸上。

嗒嗒嗒，美人的背影在夜色里逐渐远去。看着那道倩影，朵棉眨眨眼，心中的八卦火苗噌一下便燃起了。传闻校花的眼光很高，寻常阿猫阿狗根本不能入她法眼。

那么——这位神秘男朋友，究竟是何方神圣？她思索着，侧头，看向“神秘男友”走来的方向。

看身形，宽肩窄腰大长腿，十分高大，目测将近一米九。嗯，这身材，给个满分也不怕骄傲了。校花的眼光果然很不赖。朵棉就这样秉着一颗八卦之心，站在原地，聚精会神地看着高个儿人影一步步走近。

片刻，来人的身影终于脱离黑暗。

距离愈拉愈近。那人也注意到了她的存在，掀眼皮，看过来。夜幕下，深邃的眉眼显得愈发冷峻。

朵棉惊呆。而他已不紧不慢走到她跟前，漫不经心地打量了她一番，“等谁呢，好学生？”

朵棉：“……”

春花秋月何时了，八卦知多少。

朵棉整个人石化。

她这是发现了什么惊天大新闻——校花李未夕的神秘男友，居然是靳川？

不过，高三(9)班的美艳高冷不良少女和高三(1)班的酷炫学霸男神，这么养眼的CP（成对）组合，也真是言情小说才有的标配了。

朵棉怔怔的，脑子里胡思乱想，压根没意识到他在跟她说话。靳川似乎也没有想得到答案的意思。径直从她身边走过，几步后，在一辆黑色赛车旁站定。

咔，锁开了。

他长腿一抬，跨上车座。正要骑行离开，却听见背后传来个声音，有点儿磕巴又有点儿抖：“……那个，靳川。”

靳川动作顿住了，转回头，没有说话。

冷静点，虽然你是做了亏心事，但是已经在尽量弥补了，所以没理由紧张啊少女。朵棉给自己做了下心理建设，然后清清嗓子：“今天的那份语文模拟卷，我帮你做了批注，就放在你桌上，你看见了吧？”

“嗯。”

“卷子里还夹了张纸条，你也看到了吧？”

“什么。”

“就是五十遍《劝学》，青取之于蓝而青于蓝那个。”朵棉一急，“虽然名单上记的是你的名字，但我自己已经抄完了，不用麻烦你。你不会已经开始抄了吧？”

“没有。”

“那就好那就好。”朵棉心里的巨石落了地，抱歉笑笑，“今天你替我罚站的事，我已经很过意不去了，要是你再帮我抄课文，那我……”

“你是不是想太多了。”靳川眯眼瞧着面前的小个子，冷淡说道，“帮你抄课文，我闲的？”

好吧，看来是她比较傻。朵棉被呛得无言以对，顿了下，才说：“无论如何，今天的事我还是很感谢你。哦，对了……”打开书包，翻啊翻，“这是给你的。”她把翻出的东西递给他。

靳川静了会儿，伸手接过。

一看，是袋装的薄荷糖，学校门口八块钱能买一大袋的那种。

“你喜欢吃薄荷糖吧。”她想起他身上那股薄荷味。

靳川扯唇，“我都成年了。”

朵棉没听清：“什么？”

靳川不再解释：“谢了。”

“不客气。”朵棉弯了弯唇，下一秒又想起件事，笑容微僵，“不过，你女朋友应该不会误会什么吧？”

闻言，靳川挑眉，几秒后才缓慢地重复：“我女朋友？”

这反应，不想让人知道他和李未夕的关系？原来这对注定高调的情侣是想走低调路线。朵棉秒悟，瞬间想为自己的机智鼓掌。

“哦。”于是她尾音拖得长长的，一副“你放心，我懂得”的眼神看靳川，笑嘻嘻道，“没什么。时间不早了，早点回家。”随后挥挥手，推着自行车离开。

可刚走没几步，背后突地响起一句相当随意的“喂”。

朵棉有点疑惑地转过头，很茫然。是在叫她吧？同班两星期，这人连她的名字都不知道吗？

初秋的晚风吹啊吹。

朵棉推着车，站在原地，有点汗颜地等靳川说下一句话。

他跨在自行车上，就那么直勾勾地盯着她，盯了会儿，竟笑了，调侃又玩味，“出门儿看路，别又撞人。”

朵棉一滞，脑子里第一时间就反应过来，新同学这句话，重点应该在那个“又”字上，十分耐人寻味。

上次自己骑车撞到那辆保时捷……原来他早就认出她了？

朵棉家离学校不远，骑车也就十来分钟，到家差不多九点四十分。

一进门就听朵母念叨起来，“这都要十点了，赶紧吃饭。补习班的张老师昨天才跟我打过电话，说你上次的化学检测做得不好。我又给你买了几套高考模拟卷，洗完澡就回房间做题。”

闻言，朵棉一个头变成两个大。

做题做题，学习学习，心累。好想玩游戏……唉。

她从朵母手里接过模拟卷，边吃饭，边拿手机给陆易发微信：今晚约？

陆易很快回复：今天既不是周五又不是周末，约个巴啦啦？你忘了后天就是月考？不复习？

对喔。

朵棉肩一垮，有气无力地打字：知道了。

陆易：上次我年级排名下滑25名，被我妈批了整一星期。我是怕了，咱还是好好复习吧。

朵棉瘪瘪嘴，回复：嗯。

怎么能忘记月考这么重要的人生大事？要知道，对高三学生来说，分数和排名就是命根子。百分之九十九的人都不是天才，没有天分，想取得好成绩就只能靠实打实地努力。

于是朵棉只能拿着模拟卷回了卧室，丧丧的，闭门刷题。

她难得找到点自己喜欢的事。但这个年纪的他们，谁又不是活在父母的期望中呢！

刚离开学校三分钟，靳川的手机就响了。他看眼屏幕，来电显示上写着“阿Z”。

靳川掐灭烟头，接起来，“喂。”

“你这会儿人在哪儿？”

“刚出学校。”

“我们在‘SHEN’的酒吧区等你。”

“嗯。”靳川挂断了电话。

“SHEN”是位于白马道的一间电竞馆，电脑设备顶级，几乎全参照专业电竞比赛的赛场规格进行配置。除电竞区外，馆内还设有餐饮区和酒吧区等其他消费区域，供玩家休闲娱乐。同时也是TDX战队退役中单，现MYS电竞俱乐部老板兼教练SHEN——沈思楠名下的个人产业之一。

晚上十点左右，酒吧区灯光旖旎，驻唱歌手在台上抱着吉他弹唱，歌声低缓、沙哑而颓废。一个皮肤很白的男生坐在卡座沙发上，一手拿酒，歪着头，与旁边一个戴眼镜的男生聊着天。

这时，戴眼镜的男生看见什么，笑着抬手：“这儿！”

靳川身上是件黑T，校服外套揉成一团拎在手上。他走到沙发前，坐下，端起桌上的洋酒杯一饮而尽。然后淡声道：“不好意思啊火车、阿Z，有点事情，耽搁了。”

“川哥，从澳洲回来之后你就一直在忙转学的事儿，咱都多久没见了。”戴眼镜的男生语气揶揄，他长相英秀，却浑身一股吊儿郎当的气质，“最近是休赛季，你这么忙，该不是桃花缠身吧？”

靳川靠在沙发背上，淡淡地问：“你裤裆里的和脖子上的，是不是长反了？”

小猪佩奇身上文，川哥果然社会人，不服不行。

火车被噎了好几秒，才倾身往靳川凑近，强行解释：“难道阿Z没告诉你我都三个月没换女朋友了么？从良很久了。”他拍了拍皮肤很白的男生，“欸，你快帮我做个证，我和现在的女朋友情比金坚，坚不可摧。”

阿Z冷脸：“你不说话没人拿你当哑巴。”

好气哦，人家只是想跟你们俩聊天而已嘛，两个都凶巴巴的，平时不理人家，打游戏也不邀请人家。火车期期艾艾地想着。

靳川看向阿Z，“有什么事？”

“找你喝酒还必须有事儿么。”阿Z端起酒杯去碰靳川的酒杯，“对了，新学校怎么样，适应么？”

他语气平平：“就那样。”

三人又碰杯喝了几回。

火车含糊地问：“对了，听说那个七中盛产‘恐龙’，那些女的一个个丑得不忍直视，是不是真的？”

电光石火的几秒，靳川脑子里闪过一张脸来，唇色粉红，长头发，乌亮的眼睛被遮挡在圆形镜片后，那肤色，白得在太阳底下能发光。

他撩起眼皮，语气挺冷淡：“你听谁说的。”

“四中的花儿一中的草，三五七的恐龙遍地跑，不都这么说么。”

靳川自顾自喝酒，没搭理火车，片刻，忽然说：“陈进现在怎么样。”

话音落地，其他两人的表情都是一变。

几秒后阿Z才拧了下眉，道：“陈进离开之前给我打了一次电话，之后就没联系过了。为什么忽然问这个？”

“李未夕也在七中。”

火车的眸光闪了闪，惊了：“李未夕？那小姑娘找陈进都找到你这儿来了？”

提起这两个名字，气氛忽然便沉下去。

好一会儿，“算了……清官难断家务事，咱不提他们。”阿Z干咳了几声转移话题，“对了川哥，听说你们队的Hunter（猎手）意外手伤之后准备退役，战队经理忙着找新苗，愁得头发都白了？”

火车直摇头：“的确。Hunter是MYS的突击手，想要胜任这个位置，勇气、枪法、选位、切入，缺一不可，可不容易啊！”

“我倒是认识几个切入和枪法都不错的，可以介绍。”阿Z又看向靳川，努努下巴，“你是队长，除了技术这最基本的，你还有什么别的要求？”

靳川面无表情吐出两个字：“车技。”

阿Z：“……”

可怜的人形挂狙神啊，这是被那史诗级的一撞留下了多黑阴影……

高三年级的生活总体来说很枯燥，除了学习就是学习，因此，在枯燥的生活中寻找乐趣，是每个高三生的必备技能。

目前而言，朵棉最大的乐趣就是“守卫和平”。

朋友们对她这爱好没什么反应。众所周知，竞技类游戏是男人的主场，尤其像《和平守卫》这种射击策略类游戏，女玩家更是少。

陆易和张晓雯一致推断：朵棉对游戏的热情维持不了多久。

两人还为此打了个赌：朵棉能维持三个月以上，陆易赢；三个月以下，张晓雯赢。赌注则是淘宝上销量第一的辣条大礼包，售价29块9。

很有意义的赌局就这样很有意义地定了下来。

星期三，梦魇般的九月月考如期而至。

七中很注重学生的成绩排名。每逢考试，学校都会按照上次统测的排名先后来划分考室，每个考室坐三十人，第一到第三十名在一考室，第三十一到第六十名在二考室，按排名编考号，依此类推。

早上八点，天空雾蒙蒙的。

朵棉提前半个钟头来到考场教室，门上贴着考号及座位编号。看看自己，020号。

朵棉眨了眨眼，没记错的话，她上次统测的排名是班级第10，年级第19，按理说，应该是019号座位才对。

什么情况？

她困惑，又看向座位表上考号为“001”的仁兄——白纸黑字，赫然是高三（1）班，靳川。

看着那两枚闪闪发光的黑体字，朵棉抽了抽嘴角，问身边的同班同学甲：“靳川没有参加上次的年级统测，为什么他是第一？”

同学甲哭丧着脸：“听说他的入学检测就是我们上次统测的题，分数太逆天，被老师纳入总排名了。”

“哦。”原来如此，不过，“纳入就纳入吧，你干吗这么悲愤？”

“我本来是第三十名，刚好在第一考室最后一个。”同学甲握拳，表情简直能用义愤填膺来形容，“就因为他，我被挤到第二考室了，你说，我能不悲愤吗？能吗！”言罢，同学甲耷拉着脑袋，霜打蜗牛似的走向了隔壁。

朵棉远目，摇摇头，在心里为同学甲的境遇掬了一把同情泪。20号就20号吧，比起直接被挤出一考室的同学甲，自己其实是幸运儿了。她在心里默默安慰了一下自己。

距离考试开始还有二十分钟，教室几乎已经坐满。考生们要么在复习，要么在检查2B铅笔等用品，精神都已高度集中。

朵棉把文具盒拿出来放到桌上，纯粹无意识地，不经意地，看了看位于门口的001号座位。

意料之中的没人。

和新同学当了两个多星期的前后桌，虽没啥交流，但斯人的某些习惯，朵棉还是有点了解的。

靳川会提前来学校么？不会。

人永远都是踩点儿进教室，说8点开始早读，不到7点59分就别想看见他人。

靳川会遵照班主任的吩咐，提前15分钟进考场么？不会。

试问连校规校纪都能无视的人，班主任的话算个啥？

典型的“老子天下第一”型人格。

朵棉一边看《高考语文必背篇目》，一边乱七八糟地琢磨着，一个字也没看进去。没多久，监考老师拿着厚厚一沓试卷走进教室，看了看全班，说：“这堂是语文考试，把与考试无关的东西都放到讲台旁的指定区域。”

朵棉沉默，真想把自己也放过去。

大家陆陆续续起身，把书包、书放到了杂物堆放区。她紧随其后，回座位的时候又看一眼那个“001”号位。

依然没人。

迟到？不来？朵棉皱眉。

班主任当着全班说过要朵棉来记这个考室里1班同学的考勤，迟到名单通通上报，这个“靳第一”莫非是要挑战她作为班干部的威严？她不要面子的？好生气哦！

“丁零——”铃声响起，监考老师开始分发语文试卷。就在朵棉手指碰到试卷的前一秒，一阵脚步声从教室外的走廊传来。

由远及近。

监考老师发卷子的动作顿了下，扭头，朵棉接卷子的动作也顿了下，扭头。全考场整齐划一，齐刷刷地抬眼，看向教室大门。于是，“靳第一”就这么万众瞩目地登场了。

朵棉差点被口水给呛死。

校服？不存在的。书包？不存在的。嘴角有点儿破皮，表情冷，眼神更冷。他这造型，全身上下唯一和“国重高中生”这个词有点关系的，恐怕只有腿上那条校裤。

包括监考老师在内的所有人，都被镇住了。

“报告。”靳川的声音很平静，也很懒散。

监考老师这才回过神来。他上下打量打量靳川，不可思议：“这位同学，你这是大清早被人劫财劫色了？”

靳川淡淡地说：“骑车摔了一跤。”

监考老师皱起眉，显然对这个说法很怀疑：“校服摔没了？”

“脏了。”

“书包也摔没了？”

“没带。”

胡说都能这么一本正经？朵棉在心里鼓掌，对这位大爷的敬佩之情霎时如黄河泛滥一发不可收拾又如滔滔江水连绵不绝。

那头，监考老师见也问不出个所以然来，只好作罢，摆摆手："行了，回座位准备考试。"

大罗金仙总算归位。

哗啦哗啦，教室里一下只剩传试卷的声音。

朵棉趁着转身的刹那，瞅了瞅右手边。只见大罗金仙正垂着眸看试卷。面前的课桌对他而言似乎太矮，以致那双大长腿无处容身，只能屈起岔开，放在桌子的两侧。

视线再下移些许，看向他脚上的白色板鞋。鞋面脏了。几滴圆形污渍很惹眼，暗沉的，呈一种红到偏褐的颜色。

朵棉心一沉，移开目光，注意力重回面前的语文试卷。

打架去了吧，还摔跤？啊呸！

不老实。

下午的数学考试结束以后，下了一场雨。此等凄风苦雨，十分映衬七中高三学子们的心情。

"我靠，数学会不会也太难了点啊！"

"说好的大题前三道一分不能丢呢？说好的最后两道的第一问简单到爆呢？呵呵，我大题总共也就能得30分吧。"

"30？我有20分都谢天谢地了好嘛！"

"就让我和这苍天一起流泪到天明吧。"

走廊上叽叽喳喳，怨声如潮。

"对不起，请让一下。"朵棉艰难地拨开这群愤怒的小鸟，往办公室方向挪动。

经过三考室的时候被人叫住："朵棉，你这是去哪儿？"

她回头一看，是陆易。

"哦，胖丁让我去办公室帮他改卷子，默写部分。"朵棉说着，凑近几分，很好心地提议，"要不你帮我一起改，还能第一时间知道自己的分数喔。"

“再见。”陆易还了她一个假笑脸，挥挥衣袖，飘然远去。

塑料般的友谊。她在心里呵呵两声，进了语文办公室。

全年级一共近五百人，五百份语文试卷默写题的工程量，可想而知。好在老师们也不算太没人性，除朵棉以外，二三四班的语文科代表也被拎了过来当苦力。人多力量大，不到一小时便宣告竣工。

出办公室一看，雨从最初的绵绵细雨，变成了瓢泼大雨，且大有愈演愈烈的趋势。

还好她有随身带伞的习惯。

朵棉从书包里拿出雨伞，撑开，沿着走廊去往楼梯口。路过一考室时，无意识地往里面看了看。

这一看，愣了。

标着 001 的课桌上趴着一个男生。他身形太高大，因此趴在课桌上的姿势显得有些好笑。他脸埋在臂弯里，从朵棉的角度只能看见一个脑袋顶，黑色的板寸头，发质硬硬的。

考完试不回家？趴桌上睡觉？朵棉用脚丫子想都知道这朵奇葩是何许人也。

外面的雨声愈发大，凉风飕飕。

难道是看到在下雨所以没走？也对，他连书包都没带，当然不可能带伞。她微皱眉，看看雨，又看看趴在桌上的靳川，内心陷入激烈的天人交战中。

叫醒他？不叫醒他？这实在是一个问题。叫醒吧，她倒是可撑着伞送他去打车，不叫醒吧，这么睡着貌似很容易着凉……

同班一场，总不能见死不救。

纠结了会儿，朵棉清清嗓子，走上前，敲桌：“欸，靳川。”

没反应。

她深吸一口气，提高分贝：“靳川同学！”

话音落地，那人总算动了动，醒过来，抬起头。趴太久的缘故，他饱满的额头有很浅的红痕，眉拧成川，薄唇紧抿，整张脸满是被人吵醒后的不满和不耐烦，他惺忪隐怒的眸看向她。

"……不好意思把你吵醒。"朵棉有点尴尬，生怕这人起床气上来给她一拳，赶紧解释，"今天气温低，你趴在这儿睡觉会感冒的。"

空气安静了三秒。

片刻，靳川闭眼，单手发狠摁了摁两边太阳穴，声音低而哑："又是你。"

这貌似应该是她的台词吧？

朵棉默了默，继续："我有伞，可以顺路送你到校门口打车。"

靳川睁开眼，瞧她，目光清明冷厉，没有说话。

空气，冷飕飕。

气氛，很古怪。

就在朵棉被靳川看得浑身发毛，快要受不了的时候，他终于站起身，两手插兜，大步流星，直直从她旁边走过去了，风一样出了教室门。

朵棉愣住，没有反应过来。

"不是要送老子去打车，"外头冷不丁响起个声音，冷冷的，很不耐烦，显然是起床气还没消，"站那儿装雕像呢？"

看看，看看！是谁说好人有好报的？这么凶，就应该让他冻死才对。

此时此刻，此情此景，朵棉很想朝前方的背影咆哮"其实我刚才说要送你去校门口是开玩笑的，大爷你这么酷还是淋着雨走在冷风中吧呵呵"。

然而这番话最终还是只停留在想象层面。

毕竟对方身强体壮人高马大，动起手来，她好像打不过他……

朵棉最终选择了沉默。她捏紧小花伞，默默地跟在了那道高大身影后面。

雨一直下，气氛不算融洽。不，确切地说，是气氛非常尴尬。

下楼梯的过程中，靳川依旧是那张标准冰块脸，一只手插裤兜，一只手拿手机，从始至终，视线就没从手机屏幕上离开过。朵棉则捏着伞跟在后面，时而疾步时而小跑，努力营造出她的个子一点不矮腿一点不短，跟得也一点都不吃力的假象。

没多久，两人走出楼梯口来到教学楼大厅。

靳川步子一顿，朵棉的步子也一顿。抬头看看天，再低头看看伞……

人，两个；伞，一把。

……好后悔。

所以她为什么要东张西望发现他在睡觉？又为什么要多管闲事把他叫醒呢？高高兴兴地回家打游戏……啊不是，回家复习不好吗？

朵棉认命地打开了伞，举起来撑着。靳川居高临下，脸上没什么表情地俯视着她。

朵棉等了几秒钟，很礼貌地催促：“走吧。”

靳川继续居高临下俯视她，动都没动。

朵棉微微皱起眉，“你不走么？”

靳川：“你拿伞？”

靳川：“你确定？”

她自己的伞，当然要自己拿了。朵棉觉得他的问题有点莫名其妙，回答：“对啊！”

这回靳川没再说话。他只是站在原地，伸出手，慵懒地朝她勾了勾食指，示意她走近点。

朵棉举着伞挪动几步，两人距离缩短。小花伞的伞面边沿，不偏不倚，刚好和对方棱角分明的下巴齐平。

也就是说，他下巴以上，整个头部都在伞顶之外。

朵棉抬抬手，把伞往高处举了举，伞面边沿齐到他的嘴唇，再努力举举，齐到他的鼻梁，再踮起脚更努力地举举……

靳川看着眼前努力把伞遮过他头顶的小矮子，凉凉地、漫不经心地道：“要不要给你找个高跷来？”

朵棉干咳一声，“不用。”然后伞就被人拿走了。

一只骨节分明的大手接过伞柄，电光石火，不经意从她的鼻尖处拂过。她微怔，闻到一股很淡很淡的烟草味。

“跟上。”他提步就走。

“哦。”她点头走在他旁边，见他帮自己打着伞，又有点不好意思：“谢谢你哈。”

“我只是不想让路人觉得我戴了把伞在走路。”

这位同学，说话这么刻薄真的没关系吗？

“而且，”他不紧不慢地走着，抽空，拿余光睨她一眼，“这是你的伞，跟我说个屁的谢谢。”

朵棉觉得自己脑子可能有点死机，干脆沉默。

雨丝毫没有转小的趋势，就这么沉默了会儿……更尴尬了。

为什么学校会修得这么大，从高三教学楼到校门口，又要穿大礼堂又要穿操场，平白增加独处时间。此时的朵棉好希望拥有一扇小叮当的任意门。

忽然，她想起什么事来，缓慢转过头，悄悄看旁边。

靳川一手拿伞一手插裤兜里，肩太宽的缘故，半截右肩都支在伞面外，已经被雨打湿。

真奇怪，今天下这么大雨，李未夕为什么没等他一起走？她在语文办公室的时候还依稀瞅见了李美人撑伞离去的孤高背影。

难道吵架了？她瞬间脑补出十万字虐恋言情文。

“你想问什么？”那人忽然眼也不抬道。

朵棉：“啊？”

“你那种欲言又止一言难尽仿佛我辜负了你还欠你几百万的眼神，”靳川视线冷淡地移到她脸上，“想问什么？”

她的眼神传达的是这个意思吗？请问这位第一你这是什么解读能力？

朵棉有点凌乱，好几秒才清清嗓子，故作镇定地回答：“我只是在想，你怎么没和你女朋友一起走，我看到她有伞。”

靳川：“我女朋友？”

朵棉：“对呀。”

靳川：“谁？”

朵棉已经不知道自己是第几次被惊到了。她默了默，心想，明明在黑灯瞎火时都被她撞破奸情了，装糊涂有意义么？但还是露出一个假笑，摆摆手，配合同班同学：“没什么没什么，你不承认就算了。”

靳川无意识地眯了下眼，“再给我说一遍。”语气低得有点危险。

为什么一不留神把心里话给说出来了？朵棉用力咳嗽两声，干巴巴地改口："口误。我的意思是，你没有女朋友就算了。"

话说完，靳川脚下的步子骤然一顿。人在伞沿下，不得不低头。由于不想淋雨，朵棉只好也跟着顿步。

周围空气再度陷入死寂。

嗯，其实也不完全是死寂，还有秋风那个吹，大雨那个下，呼呼呼，哗啦啦。

她有点茫然，一仰脖子，身旁的年轻男人正盯着她看。眼神里冷淡中夹杂一丝兴味，直勾勾，跟要在她脸上凿个窟窿似的。

害怕。

过了三秒钟。

"我说这位同学，"靳川弯下腰，停在距离她的脸几厘米的位置，嘴角勾起个寡淡弧度，"你是不是，误会了点儿什么？"

朵棉下意识往后躲了躲，再躲了躲，一听，赶紧顺着杆子往上爬，"对对对，是我误会了，我误会。"

他轻嘲式的淡笑万年不改，吐出几个字："知道就好。"

之后便是一路无言。

看到校门的刹那朵棉差点热泪盈眶。她转头，指着停在路边的一辆出租车，笑眯眯地对靳川说："正好有一辆车，你先上吧。"

"想不想去玩儿游戏。"对方忽然说出这么一句。

朵棉惊呆，这就是天才和平民的差距吗？为什么感觉这位大爷从来不按常理出牌？

"满十八了么？"那人随手指了下街对面的一间网咖，转眸瞧她，一哂，带着丝挑衅味道，"好学生。"

五分钟后，朵棉跟着靳川进了那家名为"复刻时光"的网咖。靳川面无表情地走在前面，朵棉心虚地跟在后面。

好吧，她确实没来过网吧。

左右一环顾，发现这里面环境还挺好，装修雅致，各种电脑按价位分布在不同区域。里面上网的都是年轻人，戴着耳机，右手拿鼠标，左手手指飞速在键盘上跳跃。

吧台的收银员是一个漂亮小姐姐。靳川把身份证递过去。“叮”的一声，刷卡充值成功。

朵棉走在他后面，依葫芦画瓢把身份证递过去。然而，漂亮小姐姐瞟她一眼，连她的身份证都没接便道:“不好意思，未成年人不可以上机。”

咔，扎心了。

朵棉默了默，很坚持地把身份证递过去，一本正经：“我成年了，18岁。”怕小姐姐不相信，还抬起手，悄悄指了指已经坐在电脑前的靳川，“喏，就刚才那个进去的大高个，他跟我一个班。”

小姐姐接过身份证仔细看了眼，露出一个尴尬的笑，给她刷卡，“不好意思啊！”叮，刷卡成功。

朵棉充了二十块，拿回身份证，纠结几秒，还是选择坐到靳川旁边的位子上。

最大的爱好是打游戏？嗯，有必要亲眼见识一下。

她一边思索，一边登入了《和平守卫》亚洲服，一看列表，陆易在线。她汗颜，戳开聊天界面：说好的回家复习呢？

陆易：劳逸结合，愉悦身心。

两人组队成功。

须臾，朵棉想了想，抱着试一试的心态在搜索栏里敲进去一个ID：MarkPro。一看，大神不在线。

她有点失望地皱皱眉，勾选自动匹配。

开始游戏。

等待100名玩家就位的一分钟里，朵棉百无聊赖，无意识地转头看向旁边。靳川的电脑屏幕上既不是《和平守卫》，也不是《英雄联盟》，甚至不是任何一款当下火爆的竞技类网游。而是4399小游戏里的《猫狗大战》。

天才就是天才，连爱好都这么与众不同，她发自内心地敬佩。

突然，“跳伞了。”耳旁响起道声音，慵懒又不耐。

朵棉回过神，一看屏幕，飞机已经远远飞过地图上队友标注的绿色降落点，陆易和两个路人队友都已经降落。

她一急，手忙脚乱摁下跳伞键，然后调整视角往绿标（地图上的绿色标注点，一进入队伍，每个人的ID都会呈现不同颜色，各个ID标注出的点的颜色和ID颜色统一）的方向飞去。

“你离绿标的直线距离至少四千五百米，当自己有筋斗云呢！”耳畔的嗓音依然很懒散，只是语气里，显然多了一丝嘲弄。

朵棉皱眉：“但我总得去跟队友会合吧。”

靳川脸色很淡，闻言勾嘴角，朝她虚抬了下右手。那意思就是：你自便。

最终朵棉又落在了荒郊野外。

她无语，迅速在附近的野区房屋里搜装备，很悲催地只捡到一把UMP9（杀伤力较低的枪支）、15发子弹、一个平底锅和一些药品。然后找了摩托车，开往陆易等人所在的废墟。

突然耳机里传出一阵枪声，砰——

朵棉被击中，血量瞬间变红。她有点慌了，摩托车加速想要冲出包围区，谁知好死不死，前面突然冒出来一块石头。

轰隆隆——车翻，她整个人摔了出去。

“怎么办？我左边和前面都有人。”她急得脱口而出。

“别慌。”耳边的嗓音低沉而冷静，“找掩体，再判断敌人的确切方位。”

朵棉点头，快速在一块巨石后蹲下。耳机里的枪声逐渐变大，也逐渐清晰。

她定定神，左右旋转着视角：“应该有两个在北边，一个在东北，具体多少度我不清楚。”

靳川极淡地笑了下，“能听出大方位，还不错。”

朵棉愣了下，惊呼：“有脚步声，不止一个，他们攻过来了！我只有15发子弹怎么办，我要死了我要死……”话没说完，周围的声音瞬间消失。

耳机被摘走。

她攥鼠标的手便猛地被人握住，同时，那人的另一只手放在了键盘上，这个姿势，使她整个人几乎瞬间被对方圈进怀里。

朵棉眸光微闪，短短几秒，只看见自己的电脑屏幕画面在视角转换、开镜关镜、点射连发之间光速切换几回后……

屏幕上同时弹出几条系统提示：

你使用 UMP9 冲锋枪击倒了 ×××。

你使用 UMP9 冲锋枪淘汰了 ×××。

刚才的四个敌人全部被击杀淘汰。

局势惊天逆转，朵棉目瞪口呆。

无倍镜无配件，15 发子弹灭一队？还是 UMP9 这种低配枪，这个 4399 玩家居然这么强的吗？

第二天的考试，靳川依然是踩点儿进考室。虽然那个“提前十五分钟进场”的要求被此人视为浮云，但他没迟到，朵棉就已经很欣慰、很开心了。

月考在一个阳光灿烂的午后结束了。

这次考试的试题总体来说偏难，考完回教室，群鸡愤鸣。

“这次是哪个杀千刀的出的题，语文作文难也就算了，数学也难，数学难也就算了，连英语都难！三大主科全部阵亡，还让不让人活了啊啊啊！”

“就是就是，我也觉得好难。”

“所以化学选择题的最后一题到底选什么？A 还是 C？”

“啥？不是选 D 吗？欸欸欸！别冲动别冲动，选错了也不至于跳楼嘛，快去把窗户关上……”

同学甲眼疾手快把同学乙牢牢抱住。

同学乙一脸悲痛欲绝的表情：“放开我！我不仅被挤出了第一考室，还做错了一道化学题！身为化学科代表，这简直是我的耻辱！”

全班闹哄哄的，继续沸腾。

朵棉刚回座位就目睹那一幕。

她放下书包围观，边拿十八岁的脸叹了口八十岁的气，边幽幽地说：“可怜。”

众所周知，在优等生们的心目中，能进入第一考室是至高无上的荣耀，而被踢出第一考室，则是奇耻大辱。说起来，要不是半路杀出个程咬金……

朵棉转了转眼珠，悄悄地，目光挪向身后。程咬金大爷正低着头玩儿手机，面容冷漠，微弓腰，两条长腿大敞。凳子也不好好坐，故意翘起来，把椅背抵着墙壁。

右腮帮子鼓起来了一点，还在吃糖？

朵棉想起昨天晚上跟张晓雯打的那通电话，想了想，还是决定求证一下自己的猜测。敲敲对方的桌子。

靳川眼也不抬。

“那个……”她在心里纠结着开场白，几秒才清清嗓子，干笑道，“你看新闻了么？城南路昨天发生了一起抢劫案，一个老婆婆被抢了。”

翻动手机屏的指一顿。他撩起眼皮看她，表情一如既往地寡淡懒散。

朵棉稍微往他凑近了点：“但是后来，有一个我们学校的学生拔刀相助，帮婆婆把东西抢了回来，好善良好勇敢好不做作哦！”

靳川：“……”

周围安静了两秒钟，对方毫无反应。

难道是她暗示得还不够明显？朵棉默了默，换了一种更加直白的方式，压低声：“我的意思是，那个人是不是你？”

“你猜。”他开口她就闻到了淡淡的薄荷糖气味。

朵棉眯眼：“我猜是。”

“哦。”

所以是承认没承认？朵棉无语，“我更深层的意思是，如果真是你，那昨天监考老师问你的时候，你为什么不说实话？幸亏那个老师脾气好，不然大考迟到，你会被通报批评的。”

谁知，靳川听完，回了个嗤之以鼻的笑，又垂眸看他的手机去了。

好歹回句话吧，直接无视是几个意思？朵棉小小地“切”了声，转回去坐好。

也突然明白过来一件事——

靳川这人，并不像那些拿腔作势的不良少年，把无视校规校纪当个性，而是他性格本身，就使他不可能把任何人、事、物放眼里。

嚣张进骨子里。

没多久，张晓雯也回来了，旁边还跟着一个白净清秀的男生。男生叫刘凯，成绩优异，永远的年级前三。两人边走边聊，清一色的丧丧脸。

“你们怎么了？”朵棉问。

刘凯：“朵棉，你数学最后一道大题算出来是多少啊？”

一把匕首精确无误扎中她的小心脏，朵棉默了默，“……我没做出来。”

年级前三一副找到知音的表情，“好巧，我也没做出来。”

“真的吗？”她拍了拍年级前三的肩，真诚地安慰，“没关系的，这次题难，考差了也很正常。”

“嗯。”年级前三点头，幽幽地说，“虽然我可能只有 140 分，但我已经尽力了。”

“嗯？这次的数学满分不是 150 分吗？”

“对呀。”

好的，她收回她真诚的安慰，并单方面宣布她和这位年级前三的友谊走到尽头。

就在这时候，一个女生的声音忽然从后方传来，轻柔又甜美地说：“靳川同学，我能对一下你理科综合的答案么？”

朵棉闻声转过头，只见说话的女生站在靳川的课桌旁边，瓜子脸，大眼睛，两边脸颊还带着丝娇羞的红晕。

张晓雯认出她，皱眉低声：“韩乐乐？”

朵棉也皱眉：“她不是 2 班的么？为什么对答案对到我们班来了。”

“大概 2 班的男人都死绝了吧。”

距离两人半米开外。

韩乐乐话刚说完，靳川就把搁桌上的一沓卷子随手丢了过去，看着手机，连余光都没瞟她一下。那表情，冷淡得仿佛在脸上写了四个大字：别烦老子。

这一举动无疑给韩乐乐造成了打击。不过，这好像并不影响她的热情。

朵棉拿起桌上的水杯，喝白开水，看戏。

看见韩乐乐又指着卷子上的某道题，问靳川："第九题为什么选C啊？"

朵棉确定以及肯定，在韩乐乐第二次开口之后，靳川的眉心，微微拧了拧，显然是已经很不耐烦。

"因为答案是C。"他冷漠地说。

朵棉呛得往水杯里吐了个泡泡。

韩乐乐也是一怔，再说话时，语气多了些委屈的成分，"为什么答案是C？"

这回，靳川依然眼也不抬，只说了两个字："朵棉。"

被点名的人水杯里的泡泡连成一串，赶紧放下水杯，拿纸巾擦擦嘴，不解道："……什么？"

张晓雯侧目，很茫然地看向朵棉。韩乐乐也侧目，很茫然地看向朵棉。而朵棉此时更是成了"茫然本然"。

靳川淡淡道："给这同学讲一下题。"

传说中的躺着也中枪？为什么是她帮你讲题？她跟你很熟吗？

朵棉无语，瞟了眼正上下打量她的韩乐乐，用力清嗓子，"可能不行吧，我现在比较忙。"

靳川："忙什么。"

"忙着……"

"看戏。"

朵棉："……"

她认命，僵硬地扯动唇角挤出一个笑容，拿起笔，问尴尬地站在一旁的韩乐乐："你是哪道题不清楚？"

韩乐乐的笑容比她还僵，"哦，不用了，我突然想起那个知识点了。"说完，转身头也不回地跑出了教室后门。

张晓雯伸长脖子打望那背影，末了摇摇头，压着嗓子感叹："又一颗碎成渣的少女心，唉。"

朵棉只能默默把笔放回去，默默地转身，默默地在自己座位上坐好。

为什么有种自己在给大魔头当狗腿子的错觉？

晚自习是英语，正当朵棉陷入某种未知的恐惧中时，英语老师拿着书进来了，“今天做完形填空专项练习，拿出练习册，翻到第一百页。”

教室里一片翻书的声音。

后排，靳川随手把手机扔进抽屉。屏幕还停留在“国际电竞赛事网”主页，第一行标红大字就是“《和平守卫》亚洲邀请赛赛事时间表”。

他撩开练习册，突然，不知从哪儿飞来一个小纸团，皱巴巴的，刚好落在他眼皮底下。

靳川挑眉，单手把纸团展开，圆嘟嘟的字体：你在给我拉仇恨吗？为什么要让我帮你给那个女生讲题？后面还画了个很愤怒的超凶的胖猫表情。

几分钟后，朵棉扔出去的小纸团去而复返。她打开一看，收到的回复赫然是几个苍劲漂亮的大字：我乐意。

几天之后，月考成绩下来了，一时间，整栋高三教学楼成了悲伤的海洋。

“没事没事，坚强点，一切都会好起来的。”

“我好难过喔呜呜呜……”

“只是一次月考而已，不用太放在心上。”

“但是真的好难过……”

“学校知道大家都考得不好，专门组织了这周五去秋游，到时候好好放松一下。”

高三（1）班教室里，身高一米八的男生一手拿试卷，一手拿纸巾，整个人凄楚得犹如风中白花。旁边戴眼镜的娇小女生则一边叹气，一边拍着他的肩膀安慰。

旁边路过的张晓雯咬了口鸡肉卷，莫名其妙：“……你俩这剧本是不是拿反了？”

陆易用力擤了擤鼻子，边哭边瞪她：“常言道，男儿有泪不轻弹，那是未到伤心时。你懂个球啊你！”

朵棉捂住陆易的耳朵，小声问张晓雯：“看到总分排名了？”

“嗯。”张晓雯把嘴里的鸡肉卷咽下去，说，“我年级五十九，你年级二十七，都还不错。”

“那第一名是？”朵棉声音更低。

“你说呢？”张晓雯往最后一排的方向抛了个眼神，意有所指，“难道有悬念么？数学和理科综合都将近满分，唯一的扣分点估计就是语文和英语作文。不过也没扣多少。”

“这个新来的，也没见他多努力，成绩居然真的这么好？”

“嗯。”

朵棉沉默了会儿，点头，发自内心地夸赞：“真是个变态啊！”

刚说完，背后冷冷两个字：“借过。”

朵棉浑身一僵，然后，机器人似的一卡一卡挪出位置。靳川两手都插在裤兜里，走过去了。

应该没有听到吧？她心一松，暗暗呼出口气来。

令朵棉没有想到的是，她这口气还没呼完，原本已经走到最后一排的人却顿住了步子，像才想起什么似的道：“对了，有件事儿跟你说一声。”

朵棉：“……”

“星期五秋游。”靳川靠在桌子上，懒散瞧她，“班主任让你和我这个变态，一起去采购应急用的药。”

第三章

送你一个礼物

她和他？班主任在想什么？朵棉听完以后风中凌乱，几乎脱口而出：“我知道每个班要安排同学去采购自己班的药，但是……”

靳川一记眼风扫过来，淡声打断：“你有什么问题？”

朵棉：“……没有。”

她哪里敢有什么问题？债主是大爷，大爷说了算。

最终靳大爷把采购药品的时间定在了星期四的下午。这天的第七节课和第八节课都是不参加高考的副学科，朵棉跟班主任请了一个半小时的假，随后，踏上了与魔王同行的险恶征程。

一出教学楼，朵棉就下意识地走向了车棚，又被靳川拎着书包给扯回去。

“干吗？”朵棉茫然，“你准备走路过去？很远。”她在地图上看过，最近的药房距学校的直线距离有三公里，走路肯定会来不及的。

靳川嘴里嚼着口香糖，没答话，迈开了腿，笔直走往学校正大门。朵棉不知道他想干什么，只好皱皱眉，跟在后面。

在步行出校门的过程中，靳川拿出手机，打了个电话。

朵棉悄悄竖起耳朵。

“帮我买点东西送到七中校门口，五点半之前。等着。”听着听着，对方忽然把手机贴在她右边脸蛋上。

朵棉呆住，猛地一下就歪头躲开了，“做什么？”

“你躲鬼呢？”他居高临下地瞧着她，捏着手机，表情不耐，“刚才班主任给的单子，照着念一遍。”

大爷你太小看自己啦，鬼哪有你可怕？

朵棉足足纠结了五秒钟，才缓慢地，僵硬地，上前两步，把耳朵贴上那只手机就着靳川的手讲电话。

修长的指若有似无滑刮到她的脸颊。凉凉的，有力。

朵棉心跳莫名急促，脸微热，把注意力集中到听筒里。里面传出一个男人的声音，听上去乐呵呵的：“你好呀同学，你们老师要你们买什么东西，告诉我吧。”

“请稍等。”朵棉一时还没反应过来，只干巴巴地回了句，从校服口袋里找出一张药品清单，开始念，“三盒藿香正气液，十盒创可贴……”

电话那边的人一一记录着，笑道：“行，五点半之前我给你们送过来。”

“真是麻烦你，谢……”朵棉第二个字谢字还没说完，手机就被那人拿回去了，“嗒”一声，直接挂断。

她很好奇：“你让谁帮我们买药？”

靳川：“一朋友。”

“他就在这附近么？”

“没有。”

“哇，那你这个朋友还真够意思。”朵棉嘴角勾起一个笑容。嗯，不用去买药就意味着不用和这人独处，实在是棒棒的，开心。她心情瞬间暴雨转晴，笑眯眯地说：“那我们回学校吧。”

靳川：“不回。”

朵棉蹙眉：“现在又没其他事了，不回学校，那你打算去干吗？”

“打游戏。”

她扶额，认真思考几秒后，还是决定放弃劝这个奇葩弃暗投明回学校上课的念头，只是说：“好的。那你玩儿去吧，我要回学校上课了，再见。”

嗒嗒嗒，脚步声远离。

靳川站原地，眼皮都没抬一下。

午后的风懒洋洋的。

几米外，朵棉走出几步后似乎想起什么，又站定了，回过头，不大自然地说："我回去之后，就说你采购去了，我突然不舒服所以回了学校。"

意思就是：你虽不仁但我很义，不会出卖你，你一定要记着我的大恩大德知道吗？

说完，她转头继续走。

就在这时，身后那人懒洋洋的声音却在意料之外传来，既松散又随性："你跟我一起去。来，我教你。"

几分钟后，朵棉跟着靳川来到距离学校半条街的一间网咖，刷卡，上机。在这之前，她还十分有心机地脱掉了校服外套。

定力什么的果然都是浮云。

嗯，你今天已经复习了很多内容也做了很多题了，最后两节课不是主科，就算不出来玩游戏也会是跟张晓雯聊八卦。这么想想，玩一个半小时的游戏不是罪不可赦的事。安啦，你平时那么用功，偶尔偷偷懒也没关系啊……

朵棉在心里弹幕轰炸式地安慰着自己。

"你的游戏昵称是什么？"她点开《和平守卫》的亚洲服，准备登录，边敲键盘边问一旁的靳川，"先加一个好友吧，我邀请你组队。"

靳川跷着二郎腿靠在椅背上，标准的大爷姿态。拒绝："你开，我看你玩儿几局。"

说好的教她呢？教她难道不是带她一起么？朵棉有一种被生活欺骗的感觉。

"你不是说，我跟你一起来，你就教我玩儿么？"她委屈，脸蛋都皱巴成了一团，"你想说话不算数？"

靳川抬眸，淡淡地看向她，"如果你玩儿这个游戏是为了抱大腿把把躺赢（注：躺着取得胜利，指毫无作为，在队伍里毫无作用），那意义是什么？"

他说得好有道理，无言以对。

朵棉卡了："好吧。"

游戏开始，单人局，100 个人各自为营，都没有队友。

第一局，她落地之后冲向一个屋子，被二楼的人打死。

第二局，她在野区遇见一个人，惊慌之下把冲锋枪换成了镰刀，挥着镰刀冲上去，被人乱枪扫死。

第三局，反正就是死。

“不玩了。”朵棉整个人简直快要冒烟。苍天啊，大地啊，她菜也就算了，为什么还要她这么鲜血淋漓地直面自己的菜！这么鲜血淋漓地直面也就算了，为什么还要在旁边安排一个目睹这一场场人间悲剧的观众？

而且观众还看得很平静。

数秒钟后，靳川倾身靠过来，关了她的游戏界面，打开浏览器，下载了一款名为*Aimbooster*（一款游戏枪法训练软件），操作一番后把鼠标和键盘还给朵棉，语气平平道：“看见点就把鼠标移过去点击消除，按顺序，越快越好。”

朵棉一看屏幕：第一个圆点已经出现在屏幕正中。

她皱眉，刚要把鼠标移过去，第二个点就出现在了其他位置，紧接着，第三个点、第四个点也相继出现……

朵棉一慌神，手忙脚乱地去戳那些点，好一会儿全部的圆点才消失。

朵棉看了眼下面的计时，她的平均反应速度是 1.203 秒，评价语是：异常迟钝。

“……咳。”朵棉被自己的评语惊到了。

旁边的靳川嗤笑出声，面上常有的嘲讽之色由淡转浓。

朵棉努力忍住画个圈圈诅咒他的冲动，深呼吸，说：“这些点出现得这么快，谁记得住它出现的顺序？这个小游戏也太坑了，根本就没人能玩儿得好。”

空气安静了两秒钟。

靳川看她一眼，也没说话，只是拿鼠标点击了下屏幕上的“再来一次”。

第一个点刚出现就消失了。

屏幕甚至空白了一瞬才出现下一个点，依然是眨眼即逝。

朵棉眸光闪动，瞬间瞪大了眼睛。

游戏很快结束。

朵棉看向电脑右下角，反应速度：0.106 秒，评价语：接近于神。

靳川扔了鼠标侧过头，瞧她，语气淡讽地反问："没人能？"

朵棉："……"

她咬了咬唇，两边脸颊都热热的，好一会儿，定定神，拿起鼠标点了点那个"再来一次"。

这次朵棉全神贯注。

最后，她的反应速度是 0.145 秒，评价语：异于常人。

事实证明，菜鸟的潜力都是逼出来的。

朵棉弯弯唇，扬起下巴，意味深长并喜滋滋地看向旁边：警告你别惹我哦，我超凶的哦！

靳川脸上还是没什么表情。他盯着眼前的小个子看了会儿，片刻，伸出手，捏住了她同样很小并且微嘟的下巴。

软软的。

另一边，在对方指尖触过来的刹那，朵棉的脸不受控制地红了。

他……突然捏她下巴是什么意思？这个连玩个小游戏都这么变态的变态是要干吗？

然后，靳川手指下劲儿，把她的脸掰了过去，正对电脑。耳畔随之甩过来一句话，冷冷的："别用这种眼神看老子。"

"……什么？"她眼神怎么了？

"蠢。"

这位大爷你一秒不毒舌是不是浑身不舒服？

很快靳川就把手拿开了，目光看向别处，语气漠然，"打*PUGD*，你什么时候能用这种反应速度开枪，什么时候才算入门。"

朵棉摸摸自己的下巴，嘀咕："好难的样子。"说完不知想起了什么事，忽然笑了起来。

靳川皱眉："笑什么。"

“没什么。”她笑得眼睛都弯成两道月牙，有点不好意思，认真说：“我只是突然想起，我第一次玩游戏的时候，撞死过一个队友。”

靳川摸烟的动作，瞬间就顿了。

“那个队友可不是一般人。”跟大神组过队这件事，朵棉想起来就觉得自豪，献宝似的凑过去，炫耀，“是个特别特别厉害的大神，职业战队的队长，亚服第一喔。”

靳川嗤笑一声：“是么。”

“嗯，我超级崇拜他的。”

他扭头看了她一眼。

“真的。我在网上搜了一些关于MYS战队的新闻，那是唯一一支能杀进RIG国际总决赛的中国队伍啊！”朵棉一脸惋惜加感叹，“只可惜，*PUGD*在国内还没有什么官方比赛，所以职业战队在国内的知名度都不高，粉丝群体也不算庞大。

“所以他们很了不起。”

“在大家看不见的地方，他们单枪匹马，却已经在为国争光了。”朵棉犹自滔滔不绝发表着自己的感慨，发表完以后，用寻求赞同的目光看靳川，“你说是吧？”

周围很安静，没人回话。

那人低着头，数秒钟后，直接起身离开了座位。

朵棉蒙了，“你去哪？”

“你该回去上你的课了。”靳川头也不回，语气冷淡地扔给她三个字，“好学生。”

秋游是整个七中高三年级一起出行，队伍庞大，浩浩荡荡，学校很豪气地包下了九辆大巴车，每个班一辆。周四下了晚自习，广播里便通知高三全员：“星期五早上八点，各班准时到教室集合，八点半整，按班级顺序，依次去校门口排队上车，前往镜湖公园。”

朵棉第二天起晚了，胡乱洗漱完便抓起书包向学校飞奔。匆匆停好车后看时间，七点五十六分，还差四分钟八点整。

她皱眉，只好抄新体育馆那边的近道。

体育馆外面修了条小长廊，长廊顶部是透明玻璃，缠绕着一些藤蔓，两侧则是供人休憩用的条形石椅。尽头处连接着高三教学楼的侧楼。

由于新体育馆还没完全修好投入使用，这里常年都很幽静，只有少数女生偶尔会来聊天谈心。

朵棉气喘吁吁的，沿着长廊一路小跑，跑着跑着，忽见前方不远处惊现一不明物体，吓得步子打滑，差点跌倒。好在她及时扶住墙，站稳了。

定睛一看。

“不明物体”原来是个人，一个男人，一个很高的男人，一个很高的穿校服的男人。他躺在石椅上，一条长腿很随意地屈起着，两手交叉枕在脑后，脸上还扣着本翻开的高三数学书。

似乎是在……睡觉？

朵棉皱眉，思考几秒之后还是决定做件好事，于是上前，轻轻拍了下那人的手臂，喊道：“同学，同学你是高三的吧？今天学校组织秋游，八点钟集合，马上就要八点了。”

对方的呼吸沉稳而均匀，压根没听见。

她无语，见半天叫不醒这人，干脆把他盖在脸上的书一把给抽开，大声：“同学你……”

看见那人脸的瞬间，朵棉震惊了，啪嗒一声，拿在手上的书重新掉了回去。不偏不倚，刚好砸回睡觉的人那张年轻英俊的脸上。

靳川就是这么直接被砸醒的，他暴躁地低咒出声，拧紧眉，一下拿开脸上的书坐了起来，侧目，瞥见一个落荒而逃的背影。

跟见了鬼似的。

一双小短腿迈得还挺快，百米冲刺，很快就蹿到教学楼里头去了。

几秒后，靳川闭眼捏了捏眉心，把书随手一扔，躺回石椅，继续睡他的觉。

这边，朵棉最终以超乎寻常的速度冲进了教室。

张晓雯瞅瞅她的表情，狐疑，伸手去摸她的额头：“怎么了这是？你大清早撞鬼了？”

朵棉一脸惊魂未定地喃喃："太可怕了……"

"什么啊！"

"我刚才看见，靳川在小长廊睡觉。"她深吸一口气吐出来，转头看好友，"你说这是不是很可怕？"

"……可怕在哪请问你？"张晓雯一脸懵。

"自从我认识他以来，你不觉得，这种'偶遇'的次数太多了点吗？孽缘孽缘。"朵棉无力地撑住额头，整个人淡淡忧伤，"我怎么有一种被噩梦缠身的感觉。"

"没有吧。"好友理解无能，无语道，"大家都是同班同学，偶尔在学校里碰上那太正常了，是你自己过于在意。"

朵棉半信半疑，"真的吗？"

"当然了。我这么跟你说吧，当你发现自己在某段时间里和某个人很有缘分，那其实只说明一件事。"张晓雯往嘴上抹了点唇膏。

"说明什么？"朵棉拿起水杯喝水。

"说明，"张晓雯朝她抛了个媚眼，坏笑，"那个人对你来说，很特别，不然你不会过多关注他。"

"……咳。"她一口水呛进气管。

"不过这也正常。毕竟靳川长得那么帅，你一时色迷心窍不是什么大问题。"张晓雯拍拍她的肩膀表示安慰。

朵棉抽了抽嘴角，正要对张晓雯那通不知道又是从哪部言情小说里看来的歪理进行反驳，门口，班主任进来了。

闹哄哄的教室安静了点。

"高三了，难得出去放个风，知道你们都兴奋。不过我可要再次强调，玩儿归玩儿，安全第一。"周开蒂脸色挂着丝微笑，说完拿起讲台上的点名册，道，"出发之前我们还是先点名，白晓辉……"

"到。"

"陈杰。"

"到。"

…………

朵棉回头看了眼自己的后桌座位。课桌和大部分高三生的课桌一样堆着东西，笔、试卷、练习册，还有语文、英语、物理、化学书。连主科书都不带回去？

那个人，回家之后都不用学习的？

而且他为什么还没来？难道还没醒？睡得那么死吗？拿书砸他脸都砸不醒？她脑子里乱七八糟地思索着，咬了咬唇，收回目光。

这时班主任已经点到了“靳川”这个名字，“靳川？靳川？”

教室里没人应声。

周开蒂狐疑，抬眼看向第三组最后一排的座位，空着的。她瞬间皱眉，声音严厉地沉下去：“有没有人知道靳川同学去哪儿了？”

原本还喧嚷的教室骤然鸦雀无声。大家面面相觑，都是一个比一个茫然的样子。

“这么不遵守规矩。”

周开蒂气得笑出一声，突地，拍桌怒道：“你们都给我听好了！是，你们是尖子生，优等生，你们可以比别人有优越感，但是成绩优秀，不代表你就可以为所欲为。”说着深吸一口气平复平复心情，拿出手机，在通讯录里翻找。

“这下靳川可惨了。”张晓雯摇摇头，压低了声音跟朵棉嘀咕，“周老师准备给他家长打电话了。”

朵棉闻言皱起眉毛，没有说话。

班主任调出一个号码，准备往外拨。就在这时，朵棉猛地举起了右手。旁边的同桌张晓雯见状，一脸震惊地看向她。

讲台上的班主任皱眉，“朵棉，你举手干什么？”

全班的目光都齐刷刷聚过来。

“我……”朵棉掌心后背全是汗，从椅子上站起身，咽了口唾沫，然后才有点磕巴地说“我刚才看见靳川了。他在小长廊那边，脸色很苍白，好像身体不舒服，我想，他可能是生病了……”

周开蒂听完一下紧张起来，“生病了？你怎么不早说？”

“我刚才走神去了。”朵棉稳住快突破极限的心跳，很镇定地睁眼说瞎话。

突地，“报告。”教室外头传来一道慵懒低沉的声音。

大家的目光又都齐刷刷转过去。

朵棉转眼一瞧，只见那位害她睁眼说瞎话的元凶已经现身了。他站在教室门口，拎着书包，脸色淡淡的，整个人看上去……俨然一副刚睡醒的样子。

周开蒂愣了下，关切地问：“靳川，朵棉说刚才你身体不舒服，好点没有？”

朵棉一噎，在心里暗暗祷告。

阿弥陀佛。兄台，能帮的她都帮了，此飞升大劫能不能平安度过，可就全看你自己的造化了……

整个教室很安静，所有人都看着靳川。

片刻，大家便瞧见，他往教室里的某个方位意味深长地看了眼，扯唇，淡淡地说道：“去了趟医务室，好多了。”

呼……好险。

不知为什么，听他接完这句话，朵棉有一种心落回肚子里的感觉。

早上的插曲很快翻了过去。

八点半，高三大军组成的车队便浩浩荡荡地往秋游目的地出发。车上，朵棉跟张晓雯、陆易坐在一起，大家吃着零食聊八卦，觉得没多久就到了。

各班班主任定了集合时间，便放学生们自由活动。

镜湖公园的自然风光，超级美。

不过走来走去逛一圈儿，美则美矣，就是累。朵棉拿手机拍了几张湖景的照片，用微信发给了朵母，并说：秋游目的地。

朵母很快回复：还不错啊，注意安全。我让你带的单词本带了么？

朵棉：带了的。

朵母：玩儿一会儿就找个安静的地方背单词吧。虽然学校组织你们去玩儿，但你毕竟是个高三生，不能太松懈。

朵棉瘪了瘪嘴，收起手机没有回复。

在园区漫无目的地晃了会儿，陆易和张晓雯坐船去了，朵棉兴趣不大，只好独自一人坐在湖边玩手机。她登录微博，在搜索一栏里输入“MYS”字样，点击搜索，很快就找到了一个官博。

MYS 电子竞技俱乐部 MYS 战队官方微博，蓝 V 认证。

关注：109，粉丝：13 万。

朵棉眨了眨眼，刚要点进第一条微博留言，头顶的阳光便暗了下去，似乎被什么遮挡。

她抬起头。

靳川站在离她半步远的位置，抽着烟，站姿随意，面容逆光。金色的光镶嵌在高大的身形轮廓周围，看不清他的表情。

朵棉一愣，反应了半秒才说：“找我有事么？”

“朵棉。”

“……嗯？”印象中，他好像很少叫她名字。

靳川说话的字音清晰度略有降低，但不变的那副冷淡中又夹杂一丝玩世不恭的语气。他居高临下地瞧着她，忽然一笑，懒散地调侃：“大恩大德，无以为报啊！”

大恩大德，无以为报？

因为她今天帮他打掩护的事？没想到这位平时酷得要上天的大爷居然这么知恩图报？看来以前是她误会他了。他虽然脾气坏了点，嘴巴毒了点，平时还喜欢找她的碴，但他人还是挺客气的。

这么想着，朵棉脸上绽开一个大大的笑容，摆摆手，仰着脖子说：“大家都是一个班的同学，不用这么见外。”

靳川垂着眸瞧她几秒钟，忽然笑了。

朵棉一时晃神。

靳川其人，给她的印象一直都是那副痞里痞气的表情，和看似玩世不恭，实则冷淡冷静的眼神。这是她第一次看见他露出这种笑，破天荒的温和。

不得不承认，他这么笑起来，更好看了。

人声遥远，周围安静，朵棉只感觉到夹杂水汽的湖风吹过她的脸颊。

然后就看见靳川拿掉嘴边的烟，在她面前蹲了下来。

“说说，”他眯着眼，漫不经心的语气，整个人懒懒散散，“你怎么想的。”

呼吸直接扑在她脸上，朵棉心里忽然有点慌，往后挪挪，“……什么怎么想的？”

“帮我。”

“只是顺口一句话而已，我这个人比较同情心泛滥。”她清了清嗓子，“你转来不久，不知道周老师发起飙来多可怕。”

靳川盯着她，挑眉：“就这样？”

朵棉也不知道自己哪来的勇气跟这双眼睛对视，但还是硬着头皮，点点头：“对啊！”

当然是因为这样。不然还能为个啥？朵棉有点迷迷糊糊地琢磨着。

靳川听完，回了声嗤笑，故意慢条斯理拖长了调子：“是吗？”

“好学生应该都不怎么骗人吧。”他眼神里浮起一丝兴味。

朵棉皱眉，再往后挪挪，用一种看奇怪生物的眼神看着靳川，“为什么这么说？”

靳川那张俊脸往她贴更近，薄唇轻启，淡淡吐出几个字：“谁随便撒个谎脸就红。”

后来，直到秋游结束，朵棉都还在回想和靳川在湖边的那番对话。那人在用一副极其欠扁的语气嘲笑完她“撒谎脸红”之后，便起身径直走人了，可谓将扬长而去之精髓展现得淋漓尽致。

徒留她呆坐在原地，脸蛋红了白，白了红，最后红红白白活像一条变色龙。

大巴车开始返回学校已经是下午三点。

一群脱缰的马儿被牵到野外放养了大半天，自然都玩得挺高兴，返程途中兴奋劲儿也没消，叽叽喳喳聊个没完。

整车只有两个人很安静。一个是晃晃悠悠开着车的司机大叔，一个就是朵棉。此时，后者正面无表情地靠在车窗上，消沉。

“干吗呢你，一句话也不说。”张晓雯往她嘴里塞了一粒妙脆角，自己也塞入一大把，咔嚓咔嚓地嚼着，“心情不好？”

很消沉的人动了动，转过头，幽幽地认真地问：“撒谎的时候会脸红，真的很可耻吗？”

好友脑袋上升起三个问号。

“回答我呀！”她伸手逮住自己软嘟嘟的脸蛋，一捏，“撒谎的时候脸红，是不是特别可耻？”

好友认真思考了两秒钟，正色回答：“当然可耻了。大家都十好几岁马上奔二的人了，撒个谎还脸红？那不是连小学生都不如么？”

闻言，连小学生都不如的人眼底最后的两簇小火苗噗噗两下，终于也彻底熄灭。

更加消沉。

片刻，朵棉转过头，朝大巴最后一排的方向看过去。车厢里闹哄哄的，大家图热闹，几乎都在前面几排挤堆说笑，因此最后一排很空，整排座位就只有靠窗的那个坐了人。那人闭着眼睛靠在椅背上，眉心拧着一个结，显然睡得不怎么舒坦。

又在睡啊？这么喜欢睡觉，晚上是去偷鸡了还是摸狗了？朵棉暗搓搓地腹诽。

忽然又记起之前在湖边。

靳川走出几米远后，忽然又顿步，回过头，调子如常懒洋洋地问：“喜不喜欢吃火锅？”

她被他忽然回头，和这个没头没尾的问题弄得很蒙：“什么？”

“周六出去吃晚饭，我请。”

其实，对于靳川的晚饭邀请，朵棉原本是想当场拒绝的。但，最终还是没有。毕竟那么狂霸酷炫一人物，如果被当场啪啪打脸，后果什么的……她不敢想。

还是委婉点好。

朵棉思考来思考去，还是最终决定采用“小纸条”这一同窗之间最古老、最文明而又不失亲切礼貌的交流途径。

物理晚自习时，她把写好的纸条塞进招财猫文具袋，趁老师不备，眼疾手快往后一抛。

啪——刚好落在靳川的课桌正中央。

靳川抬了抬眼皮，看看那只肥滚滚的胖猫文具袋，再看看前面那个梳辫子的后脑勺，伸手，拿起文具袋，拉开拉链。

他低眸。纸条上是一行胖嘟嘟的小字，写道：周六晚上吃饭的事还是算了吧，大家都是同学，互相帮助很正常，怎么好意思让你破费。谢谢啦！

靳川眯了下眼睛。

几秒钟后，他把纸条揉成一团塞回那只胖猫文具袋，然后拿文具袋碰了下那个小矮子的肩膀。

她动了动，迫于老师在上不敢回头，只是伸过来一只白生生的小手，在他桌上瞎摸。

半天没摸到。朵棉皱眉，胳膊往后伸得更长，再一摸，摸到一只大手的手背。硬硬的、宽宽大大、骨节分明，温度有点儿凉。

“小姐，吃我豆腐呢？”背后冷不丁传来散漫几个字。

“……对不起对不起。”朵棉脸微红，转过头飞快在那张课桌上搜寻她的胖猫笔袋，找到之后一把捉住，再转回去。一眼都没敢看刚才那只手的主人。

心跳莫名有点快。

朵棉深吸一口气吐出来，打开笔袋，拿出纸团，展开，一看却愣了。纸条跟她刚才递出去的没有任何分别，靳川没有回复，甚至连一个多余的标点符号都没有。

犯起难来。

什么意思啊？看完了纸条不回复，那她这到底算拒绝成功，还是失败？朵棉就这样陷入了沉思。

在她沉思一小时之后，下课铃响，晚自习结束。同学们收拾好书包一窝蜂冲出了教室，霎时间，整栋高三教学楼人山人海，比菜市场还热闹。

清洁小组拿起扫帚开始打扫卫生。

朵棉坐在座位上，龟速地将课本练习册往书包里塞，一边塞，一边悄悄往背后打望。

靳川也在收东西，大约过了一分钟左右，他起身，直接从后门离开了教室。

就走了？动作这么快？朵棉一呆，回过神后赶紧背上书包跑了出去。一路飞毛腿式狂奔，终于在快到车棚的地方追上了那道高大人影。

“靳……靳川……”她弯着腰，气喘吁吁的，累得说句话都困难，“麻烦你等一下，我有事找你……”

刚喊完，那人就站定了。

周围夜色很浓，教学楼的喧嚣似在远离，学生的嬉笑声、打闹声，都没入在整片如水的繁星中。

朵棉努力吸了好几大口气。恍惚之间，竟忽然生出种追逐他的脚步格外艰难的念头。

他回头。

她清了清嗓子，上前几步走到他面前，很正经八百地道：“你说周六吃饭的事我考虑过了，我……”

“我这人，最不喜欢欠谁人情。”靳川语气挺淡地打断她，“所以……”

她眸光微微一闪。

他弯下腰，唇几乎贴着她的耳朵，一字一顿地低沉威胁：“敢不来我就摁死你。”

虽然不知道摁死是个什么死法，但靳川狠话都放到了这份儿上，再不去，好像就确实太不给人面子。

那就去吧。

这次谈判的最终结局就是朵棉默默地拿出手机，默默地打开备忘录，记下了靳川说的地点。

果然“威武不能屈”什么的都是浮云，只有“识时务者为俊杰”才是传世真理。

非要“报恩”那就报吧。

最后，朵棉神游似的回了家，神游似的吃了饭，神游似的登上*PUGD*。

一看列表，陆易正在游戏中。

她坐在电脑前，不知怎么的，忽然想起她和靳川在网吧的那个下午，和对方那句冷淡得近于冷漠的话：什么时候能用那种速度开枪，什么时候才算入门。

他对“入门”的要求还真是苛刻啊！

朵棉抿了抿唇，两秒钟后，进入“SOLO”模式（单排，一人即为一支队伍），开始游戏。

第一局，落地成盒。

朵棉深吸一口气吐出来，定定神，心平气和地又开了第二局，第三局，第四局……到第六局结束，她的成绩排名从最开始的第九十九，变成了第十一。

伸伸懒腰，看时间，不知不觉已经晚上十一点多。

朵棉想起明天还要去补习班，瘪瘪嘴，关了电脑，躺在床上，边玩手机边酝酿睡意。不料点进微博一看，怔住了。

界面还停留在她下午搜索“MYS”时的样子：MYS 电子竞技俱乐部 MYS 战队主页面。

她眨眨眼，随手把 MYS 战队的主页往下一拉，就看见点赞量最多的微博。

“我们的世界引力之强，连光都会弯曲。”配图是“MYS”的队徽图腾，黑金色，三个设计独特的字母镶嵌式组合，看上去冷硬又热血。

朵棉仔细看着这幅徽章图。

窗户没关，一阵风吹进来，她突然有种什么东西在体内苏醒的感觉。须臾，她手指动了动，把这幅图保存了下来，存在手机里。

然后戳进评论区。

网友甲：欧美制霸 FPS 界（注：射击类游戏）这么多年，这次终于有几支亚洲战队可以拼一拼了。大吉大利和平万岁，老铁们加油。

点赞 923。

网友乙：亚洲邀请赛还有三个月，抓紧时间训练，别丢咱脸。

点赞 896。

网友丙：Hunter 的手怎么样了？如果他退，替补席那几个能顶？我看亚洲邀请赛堪忧啊。

点赞 563。

网友丁：听说那个 Broken 可能缺席亚洲邀请赛？能不能敬业点，想打职业就要有辍学的思想觉悟 OK？

点赞 300。

网友戊：楼上脑残？去年肯神为了 PLI 乌克兰邀请赛直接辍学集训最后放弃高考，还要怎么敬业？你这么能，拿着键盘去跟那些欧美强队干啊！

点赞 1889。

…………

一串评论看下来，各种专业名词晃得朵棉眼睛发花，但她还是一眼就看见了那几个异常刺眼的汉字：辍学、放弃高考。

Broken 去年这时候，因为要打比赛，放弃了高考？她眸光蓦地惊跳。

呆滞两分钟后，朵棉皱起眉，在评论栏里输入了一行字，然后点击发送。

与此同时，城市另一端。

位于 J 市城北的某高级别墅区内，一栋造型独特的后现代简约风格建筑矗立于漫天星光下。网格状玻璃大门紧紧闭合着，在整座建筑的最顶端，“MYS”的徽章标志在夜色下依稀反光。

“北 40 房区一队，东 165 山上一队。”电脑前，一个染着满头金发的男生皱着眉，“川哥，攻不攻房区。”

“先清圈外。”

“行。”

“森，正南方的那棵树后面有把狙，把他清了。”

“没问题。大山，架枪掩护。”

“好的。”

训练馆内，几个年轻人的面容严酷而冷漠，注意力全都高度集中，配合默契，有条不紊。空旷的空间里只偶尔响起交谈声。

几分钟之后，游戏结束。

他们拿到了第一。

狙击手森森摘下耳机伸了个懒腰，嘴里含混不清地问："川哥，今天咱是不是又要打到凌晨？"

"怎么？现在是休赛季，每天这点儿训练量还嫌累？白天又不是没给你们放假。"坐在旁边的火车站着说话不腰疼，优哉游哉地继续，"亚洲邀请赛马上就要开始了，正式集训更有你累的。"

大山瞥他一眼："你们队最近很闲嘛，成天过来串门儿。"

火车摊手："没办法，谁让我们晚上闲。"

一旁，靳川靠在电脑桌前抽烟，语气淡淡地说："想睡觉，可以。"

森森和大山的双眼顿时一亮，老大今天居然这么善解人意？

"围基地跑五十圈再说。"

果然事出反常必有妖，森森和大山无言以对，默默起身离开座位，到洗手间放水去了。

片刻，火车往靳川走近几步，扫眼坐在电竞椅上的清秀男孩，压低声问："欸，这个替补突击怎么样？能跟Hunter比么？"

靳川随手把打火机扔到一边，面无表情道："打不了。"

"唉。"火车叹气，"实在不行，我跟SHEN打个报告，把我调过来算了。"

靳川："谢了。这儿不缺送快递的（指技术低下，对战时很容易被打死，专门给敌人送装备的菜鸟）。"

MYS另一项目战队的队长差点儿被口水噎死，愤愤："老子好歹也是一枝花。"

这时，房门外忽然传来一阵脚步声，一个圆润如土豆的男人一边玩手机一边走了进来，敲敲门，五大三粗地吆喝："饿没有？要不要给你们点夜宵？"

大家扭头一看，是战队经理虎哥。

队员们七嘴八舌地报上菜名。

虎哥记完之后就准备离开，随手翻了翻官博评论区，却一愣。火车见状有点好奇，问道："咋了虎哥？"

"多了条热评……"虎哥挑眉，"哟呵，才十分钟就快100个赞了。"

森森嚼着口香糖，惊讶：“哇，我一直以为我们的十几万粉丝都是虎哥买的僵尸粉耶。”

大山也嚼着口香糖，点头：“我也一直这么以为。”

火车凑过去，“谁评的？评的啥啊？”

虎哥眯着一双近视眼看屏幕，有点诧异：“哟，咱粉丝里居然还有妹子，朵朵朵不是棉花……”

不远处正在喝水的靳川，动作骤顿，眯了下眼。

虎哥继续：“评论内容是，‘官博君你好，我很喜欢MYS战队，也很崇拜Broken大神，如果可以的话麻烦你帮我跟他道个歉。我第一次玩游戏的时候好像不小心把他撞死过一次，真的很对不起！’”

话音落地，偌大的训练馆瞬间便安静了下去。

虎哥转过头，一脸懵地看向靳川。森森大山以及替补小突击手，也转过头，一脸震惊地看向靳川。

此情此景，也亏得Broken天性冷静处变不惊，换作别人，怕是早就拿把刀大杀四方。

死一样的沉寂。

良久，还是自诩见过大风大浪的火车最先回过神。他清了清嗓子，扯扯唇，朝那位整张俊脸黑如锅底的男人露出一个笑，说道：“……粉丝心里你是神，放心，他们不会当真的。”

靳川面无表情地看向他。

火车干咳两声，“至于我们嘛……放心，大家都是兄弟，你被一个菜鸟撞死过的事儿，大家就当没听见。”

外面的夜色静悄悄。

几秒后，靳川冷漠的脸上，竟缓慢露出了一个笑容来。

很好，现在全世界都知道MYS的Broken被一个新手碾死过。挺能啊，干得可太漂亮了。

周六的物理补习班是五点钟下课，朵棉和靳川约的吃饭时间，是六点半。中间差了一个半小时，回家吧，太赶，不回家去等靳川吧，又显得她很期待跟他吃饭似的。

她看着天边的夕阳纠结了会儿，决定去火锅店附近的书店逛逛，打发时间。

历史人文类？太枯燥了。略过。

社会科学类？太高深了。略过。

朵棉百无聊赖地走在书店里，一连略过好几个书架后，终于眼前一亮，前方不远处赫然两个标签：美食菜谱类和言情小说类。

她驻足，随便拿出一本名为《居家必备56道菜》的书看了起来。

看了几分钟……好饿。

朵棉摸了摸正在唱空城计的肚子，又把书放了回去。仰起脖子一看，最上排的书架上摆着一本名为《霸道王爷下堂妃》的小说。

封面花里胡哨。她眨眨眼，伸手去拿。够不着。

再踮起脚伸手去拿，还是差一大截。

为什么连你都要长得这么高？是不准备给一米六左右的人活路了吗？朵棉愤愤的，在内心深处对这个书架发出了来自灵魂的考问。

就在这时，一阵脚步声却从不远处传来，不紧不慢的，停在她背后。

朵棉下意识地回过头，愣了。

在不远处瞧了几分钟哑剧才过来的人，面无表情。然后微抬手，把最上层的那本《霸道王爷下堂妃》拿了下来，淡淡地问她："想要？"

还没回过神的朵棉机器人似的点头，点头，然后就准备伸手去接，"谢……"然而，第二个"谢"字还没出口，对方就又把书放回了原处。

朵棉："……"

靳川平视着最高一行书架，须臾后，拿出另一本书递给她，并且十分顺手地、摸小宠物似的、充满未知性质地揉了把她毛茸茸的脑袋，扯唇一哂，走了。

朵棉狐疑地皱眉，垂眸看书名——《矮子不用怕，增高有方法》。

她："……"

朵棉最后顶着满脸的黑线把那本书放了回去。

离开书店，外面的天已经暗下。

忽然起风了，深秋的凉意卷着几粒沙尘从四面八方袭来，她眼睛里进了沙，刺激泪腺，视线也跟着模糊。迷迷糊糊中看见靳川站在不远处的路灯下，嘴角叼着烟，双手插兜，站姿闲散。

逆光的缘故，朵棉看不见他的神态，但想也知道，那张时而玩味时而冷漠的脸，不会有第三种表情。

朵棉忽然有种上了贼船的感觉。

她走过去，边揉眼睛里的沙边说："你不是说六点半吃饭么？你怎么来这么早。"

靳川只回了她两个字："闲呗。"

是啊看出来你很闲了，不然谁成天吃饱了没事干就爱欺负她。

两人一前一后走向街对面的火锅店。

这家店生意很火爆，位子都要提前三天预订，刚进门，朵棉就感受到一股火辣辣的热浪迎面扑来。

位子是虎哥帮忙订的，在二楼，是一个名为"将进酒"的包间。朵棉没怎么和男生单独出来吃过饭，有点拘谨，坐下之后也不知道该干吗，只能端起杯子，一个劲儿喝里面的茶水。

靳川玩儿着打火机，没有说话。她不知道说什么，也跟着沉默。

气氛尴尬。

好在这时包间门被推开了，服务员走了进来，"你好，请问现在可以点餐了么？"

靳川随手把桌上的菜单丢给朵棉。

"……我点么？"她干巴巴地笑了下，垂眸浏览那些菜名，选出几个自己要吃的，又问靳川："你喜欢吃什么？"

靳川说："都行。"

"……哦。"既然这样，那就随便勾几个。

一分钟后，朵棉把勾好的菜单递给服务员。

然后就又是沉默。

不过，沉默也没什么不好。朵棉有点小庆幸。假如对面那位大爷真要跟她滔滔不绝聊什么，她还会烦恼该怎么接话。尽管靳川滔滔不绝的概率为零。

不说话，那就吃吧，反正不花自己的钱不心疼。朵棉于是集中注意力消灭一桌美食。

靳川坐在对面盯着她，只偶尔动下筷子。

晚上七点不到，朵棉摸摸自己撑成皮球的肚子，打了个嗝。

“吃好没有？”他扫眼她面前空空如也的几份餐盘。

“嗯。”朵棉冲他点头。

靳川拿出张卡就出去结账了。

她眼珠转了转，回眸去看靳川的背影，禁不住感叹，他那双大长腿是真漂亮。修长匀称，线条流畅，一点也不像那些花美男的小鸟腿。长相嘛，很帅，身材嘛，一流，就是这酷上天的性格……

果然人无完人。

不过这顿饭能这么波澜不惊地结束，大大出乎朵棉的意料。她在心里暗暗呼出一口气。这时，包间门被人“哐哐”敲了两声。

她侧目。靳川靠在包间门上，懒懒地说：“还早，找地儿玩一趟不。”

朵棉本以为靳川说的玩，是去打游戏。然而她错了，大错特错。

靳川直接把她带到了一家酒吧的大门口。

望着头顶那枚霓虹闪闪的招牌，听着里头隔了门都能把人耳膜震破的音乐，朵棉嘴角一抽，整个人成了个大写的问号。

“去这里玩儿么？”朵棉简直是震惊了。

靳川瞅她一眼，“不然来打酱油。”

“这种地方，”朵棉来回往酒吧里张望，咽了口唾沫，“不太好吧。如果被学校知道我们出入这种场合，是要处分的。”

“这种场合？”靳川嗤了声，“哪种？”

朵棉皱了下眉，斟词酌句地回答：“就是，感觉上不那么正经的场合。”

话一出口，朵棉就后悔了。

因为在她说完最后一个字的瞬间，她清楚地看见，靳川脸上的笑在逐渐扩大，最后定格在一个戏谑又冷嘲的弧度。

你这是什么表情啊！又对她开启嘲讽模式了吗？朵棉抿唇，打心眼儿里蹿起一团无名火。

须臾，靳川绕过她，径直到马路边上拦车。刚好一辆出租车开过来，被他拦停。

“你过来。”他站在出租车旁边冲她招手。

朵棉走过去，皱着眉一声不吭。

“上车。”靳川冷淡地笑着，一副绅士姿态给她拉开后座车门，“好学生，告诉司机你家住哪儿。”说完转身就走了，脚步声远离。

好学生。他又这样叫她了，他老这样叫她。她没名字的？

朵棉站在原地咬了咬唇，也不知道哪来的冲动，“啪”一声把出租车的车门给关了。然后朝那道几乎与黑暗融为一体的背影跑去。

她大声：“喂！”

靳川站定了，挑着眉回头瞅她。

“礼尚往来。”她微笑，“你请我吃饭，那我请你喝酒。走吧。”

于是朵棉迎来了今生头一次进酒吧的经历。坦白说，感觉不太好……

呛鼻的烟酒味，震天响的鼓点，还有舞台上那几个抱着电吉他上蹿下跳以嘶吼方式唱歌的歌手，可谓全方位刷新了朵棉在五感方面的认知。

疯狂又野性。

她坐在卡座沙发上，拿着杯柠檬水，眼观鼻鼻观心，手脚都不知道往哪儿放似的，和周围的一切格格不入。

靳川敞腿坐在她旁边，敲了敲桌子，嘴唇开合好像在说什么。

周围音乐声吵到爆炸，朵棉一个字都没听见。

靳川便在一片爆炸声中冲她喊：“刚才谁说请喝酒的？”

朵棉沉默两秒钟，吼回去：“我！”吼完低下头，从桌上一堆啤酒里拿起一瓶，拿起子开了，哗啦啦倒进玻璃杯，动作豪情万丈。倒完朝靳川举杯，“我先干为敬！”

靳川皱了下眉，一把捏住那只手腕，把她拦下，“开玩笑听不出来？”

“我又没跟你开玩笑。”朵棉把他的手推开，扬起脖子就把整杯酒喝空了。

嘉士伯的度数一点都不高，但朵棉第一次喝酒，味蕾受刺激，苦得她差点吐出来。

靳川直接把她的杯子抢了。

“发什么疯呢你。”他淡淡地看着她。

“你才发什么疯。”朵棉觉得脑子有点晕，也不知道是周围吵的，还是酒精作用，“带别人来酒吧又不让别人喝酒，那你带我来这儿炫耀你千杯不醉么？”

靳川收回视线点了下头，手松了，由她去。

朵棉捧着酒杯观察他，目光很专注。靳川瞥去一眼，警告意味浓烈。

谁知，她不退反进，居然直接靠了过来，毛茸茸的脑袋凑到他跟前儿，“欸，靳川同学啊……”

他没吱声。鼻息里窜入她嘴里的酒气，和润唇膏的香草味。

她语气很认真，很认真地说：“我觉得你真的好‘奇葩’哦！”

靳川侧过头，捏住少女的下巴打量。她两边脸蛋儿红红的，双眼晶亮，和平时连正眼都不敢看他的模样大相径庭。

“你。”靳川贴近她几分，微挑眉，“一杯，就醉？”

朵棉迷迷糊糊的，无意识地伸手握住捏着自己下巴的那只大手，继续，“说你是好学生吧，你抽烟喝酒还打架逃课，说你是不良少年吧，你成绩又那么好，说你冷吧，你又会见义勇为，说你是新时代好少年，你自己都不信吧？”

靳川垂眸看了眼紧握他的两只小爪子，又看向她，片刻，淡淡地说：“你手机。”

她眨眨眼，掏出手机递给他，靳川接过手机。

屏幕锁着。他静几秒，捏起她的食指用指纹解了，然后翻开通讯录，给班上那个叫张晓雯的女生打了个电话。

“靳川同学，我偷偷告诉你一个秘密。”朵棉脑子越来越晕，口齿都有点不清晰了，继续往他身边蹭，“好不好。”

那头靳川刚挂完电话，大掌挡住她越凑越近的脑袋，点了下头，“好。”

“我要悄悄说。”

“嗯。”

“不可以被人听见的。”

“这儿就我和你。”

朵棉听完就放心了，傻笑两声，一字一顿地说：“我很羡慕你。”

靳川有点儿好笑，“羡慕？”

“你是不一样的，你和谁都不一样，你张扬、独特、自由、随心所欲……”她竖起根食指，左右摇晃，然后定住，指向自己，“不像我们。”

靳川盯着她，“你知不知道自己在说什么？”

朵棉好像没有听清他这句话，闭上眼睛，笑着说：“要是有一天，我也有勇气能像你一样就好了。”

话音落地，“嗒”一声，她脑袋笔直栽到他胸膛上。

靳川皱眉，轻拍了下她的脸，“朵棉。”

他静几秒，招手唤来服务员结账，抱起她往大门走，语气不耐烦里夹杂一丝无奈，“老子也是遇上你。”

靳川把朵棉带了出去，吹风醒酒。

一时兴起，逗她玩儿的一句话而已。他没料到这姑娘会当真，更没料到她真有胆子跟他进酒吧。

她和他以为的不太一样。

靳川垂眸看着那张酡红娇俏的脸，良久，吐出一个字：“呆。”

其实朵棉喝的量不多，啤酒度数也低，她这会儿的状态，要说烂醉如泥肯定是不算的。顶多就是脑子很沉，双腿很软，整个人很飘。然后特别想动弹，特别想说话。

“我为什么突然会飞了？”她察觉到自己双脚没沾地，挣扎了下，晕乎乎地问。

“闭嘴。”

“……你在抱我？”

“闭嘴。”

“……把我放下来。”她皱起眉，脑子里跟糊了团糨糊似的，甩甩头，潜意识里觉得有什么不对劲，嘀咕着念出一句，“男女授受不亲。”然后捂住嘴，嘀咕，“不亲。”

“喝点酒跟个疯子似的。”靳川脸色不善。

“我想起来了……”朵棉忽然想起李未夕那张如花似玉的脸，挣扎得愈发激烈，含混不清道：“你得把我放下来，这样让人看见要误会的。你应该守身如玉。”

“……”

终于，靳川的耐心达到极限。他侧过头，深吸一口气吐出来，像在竭力压抑什么，然后弯腰，把自己怀里扭得跟麻花似的姑娘放了下来。

朵棉两只腿没什么力气，晃了下。

靳川一把捏住她左边胳膊，眉拧成川，“还能站稳不？”

“嗯。”她点点头，片刻，抬起迷离的大眼看向靳川。视线之中，周围的夜景和路灯的光模糊成一片，只有他英俊的面容格外清晰。

就这样对视了两秒钟。

“扑哧”，朵棉忽然笑了出来。

靳川拧眉盯着她，“笑什么。”

“你……是不是以为我喝醉了？”她抬起手指着自己的鼻尖，正色否认，“我会喝一杯酒就喝醉么？好好笑，世界上哪有那么菜的人。”

靳川嗤笑出声。

晚风静静地吹着，夜色静静地淌着。

“感觉有点晕……”朵棉揉了揉脑袋，转头一瞧，身旁正好是一盏路灯的灯柱子。她迷迷糊糊的，推开靳川，抱住柱子，坐在了马路牙子上。

靳川在原地站了会儿，低头点烟。

“你知道吗？”朵棉把滚烫的脸颊贴近柱子。凉凉的，好舒服。她笑着，抬手胡乱指了个方向，“我从来没有喝过酒，也没有去过酒吧……因为我妈说，会喝酒和会去酒吧的都不是什么好女孩儿。”

他大剌剌往她边儿上一坐，抽着烟，声音有点低哑地道：“我刚给你朋友打过电话，她半小时之后到。”

“喔。”

“我的意思是。”他脸色很冷静，“这半个钟头，你给我老实点儿。”

朵棉转头盯着他，一双眼眸亮晶晶的，靳川看她一眼。

“靳川同学。”她喊得十分正式。

“嗯。”

“你是不是对所有人都这么凶？”

靳川顿了两秒钟，弹了下烟灰，“不是。”

朵棉听完，脑子再迷糊也愣住了，感到十二万分的费解。她蹙眉：“那你为什么总对我这么凶？”

他不耐烦，“哪儿那么多为什么。”

“切。”朵棉小小地嘀咕了声，耷拉着脑袋，冷风一吹，搓了搓胳膊。

靳川注意到她的小动作，静几秒，脱了黑色外套扔到她肩膀上。朵棉无意识地掉转视线。

初秋的天气已经微凉，他只穿了一件深色的短袖T恤，右手拿烟，左手伸直随意地搭在膝盖骨上，袖口底下的臂膀是小麦色，肌理线条分明。

他只穿这个，不冷吗？

靳川看一眼被朵棉攥在手里的外套，再看眼满脸茫然的她，眯眼，“要我帮你穿？”

算了吧，她再晕乎，求生本能还是有的。朵棉收回视线，没有说话，只默默地把那件外套搭在了身上。

顺便闻一闻，意料中的烟草味，薄荷味，还有爽利的皂荚气息。

这时靳川的手机忽然响了声。

他侧头吐了口烟圈，两指夹着烟摁手机屏，回信息。刚回完就听见旁边捏着他外套衣角嗅来嗅去的人忽然开口，正经八百地说：“我不喜欢你叫我‘好学生’。”

靳川掀高眼皮看了她一眼。

朵棉严肃脸：“特别，不喜欢。”

“为什么。”

因为这三个字从你嘴里出来，不是好话。也因为，“当‘好学生’其实不好。”她一字一顿地回答。

靳川盯着她，没有吭声。

“你不懂，当‘好学生’实在太累了。”朵棉歪头靠在路灯柱子上，傻笑了下，“我们，从小到大就活在爸妈和老师的期待里，我们的人生，初中、高中、大学、专业、就业方向……有一套固定模式，每一步，基本上都被规划好了。一百个好学生里面，只有一个能真正实现属于自己的梦想，另外九十个，会放弃梦想。”

她扭头看向靳川，“你猜剩下的九个会怎么样？”

靳川盯着她，目光深得像口井。

朵棉继续：“剩下的九个，到老也许都不知道‘梦想’这玩意儿，究竟是什么。

“社会的要求，世俗的眼光，其实是一道无形中的桎梏，禁锢了太多好学生的思想和灵魂。大人们定义下所谓的‘好’和‘不好’，强迫我们向社会低头，对现实妥协。梦想两个字，会离我们越来越远。”

说到这里，她猛地站了起来，音量拔高：“我不喜欢补课不喜欢分数不喜欢排名，我不喜欢被人牵着鼻子走不喜欢当好学生，真的特累！”

“我其实不想变成那样。”她声音小了些，仰起头，迎着愈发猛烈的夜风深吸一口气。

不想变成那样……

哪样呢？

按照父母的计划和安排，学习、考大学、报读就业前景极佳的大数据专业，然后工作、结婚，日复一日，被现实打磨得世故、圆滑，适应社会，变成曾经的自己最讨厌的样子。

只能就这样了吧。

只能就这样了吗？

周围灯红酒绿，车水马龙，酒吧里又进去几个穿着时尚的年轻人。朋克头皮夹克，看起来离经叛道。

朵棉站在路灯底下，光把她的影子，拉成长长的，孤单的一道。

靳川仰头瞧着她。这个角度，路灯的光晕将好投在她的头顶，光影交错，迷离不真。她微醺的脸蛋儿有些模糊。

世界都安静了。

良久，朵棉才干巴巴地笑了两声，坐回来，“不好意思，是不是适应不了这么矫情的画风。”

靳川答非所问，语气淡淡地说：“酒醒差不多了？”

好像脑子是没之前那么晕乎，她点点头。

“手机给我。”

朵棉不知道他要干什么，想了想，还是递了过去。靳川翻开短信息随便摁了几下，把手机丢还给她，站起身，到路边拦出租。

朵棉皱眉，追着上前几步，“你拿我手机干吗了？”

“告诉你朋友她不用来了。”

“嗯。”她赞成，“确实不用那么麻烦晓雯，我可以自己回去。”

“你家门禁是几点。”靳川没什么语气地问。

“……八点。”朵棉干咳了一声，“不过今天我爸妈都不在家，门禁什么的，可以灵活调整。”

他深吸一口烟，点头，“行。”

行什么？

靳川掐了烟头随手丢进垃圾桶里，指了指背后的酒吧，“走。”

“又回去？”朵棉皱眉，“回去干什么？”

他笑得痞气又放肆，“送你个礼物。”

直到十分钟之后，朵棉才反应过来，靳川口中的那个要送给她的礼物，是什么。

她站在酒吧舞台下方的舞池区域。周围有很多跳舞的年轻人，大家踩着鼓点，放肆地大笑。

突地，整个酒吧大厅光线变暗。那种能震碎人耳膜的音乐声也消失了。随之响起的是一阵舒缓而熟悉的前奏。朵棉眸光微闪，在一片暗光中抬起头。跳舞的人群在短暂的惊讶之后站定了，笑起来，挥舞双手打节拍。

充满鲜花的世界到底在哪里，如果它真的存在那么我一定会去。

我想在那里最高的山峰矗立，不在乎它是不是悬崖峭壁。

用力活着用力爱哪怕肝脑涂地，不求任何人满意只要对得起自己。

关于理想我从来没选择放弃，即使在灰头土脸的日子里……

…………

朵棉听见周围不少人开始跟着唱。越来越大声，逐渐地，歌声如潮。

“向前跑，迎着冷眼和嘲笑，生命的广阔不历经磨难怎能感到。命运它无法让我们跪地求饶，就算，鲜血洒满了怀抱——”

朵棉忽然湿了眼眶。

大脑在残留酒精的作用下，她在一片人声中，平生第一次声嘶力竭地唱：“继续跑，带着赤子的骄傲，生命的闪耀不坚持到底怎能看到，与其苟延残喘不如纵情燃烧吧，有一天会再发芽——”

吼完最后一个字，她仿佛被抽走最后一点力气。

然后不知怎么就笑了。

歌手唱到了最后一句：为了心中的美好，不妥协直到变老。

血液里有什么在蠢蠢欲动，她知道有什么醒过来了。然后，朵棉听见一个声音问她：为什么不去做那百分之一？

人其实很容易就能明白你不想要什么。但最难的是，弄清你想要什么。

想要什么呢？

朵棉转过头，靳川站在人山人海的另一端，抽着烟，好像在看她，又好像没有看她，面容眉眼都被笼在暗光里。与世隔绝，遥不可及。

第四章

狭路相逢

从酒吧出来时已近晚上十一点。朵棉酒劲已经消了大半，但脑子还是有点晕乎，纯粹给酒吧里的音响震的。她抬手捂了捂脸颊，滚烫一片。

靳川拦下一辆出租车，叫朵棉坐到后座之后，自己拉开另一边的车门也坐了进去。

“两位到哪啊！”司机问。

靳川侧目瞧朵棉，“住哪儿。”

闻言，朵棉下意识地报出一个地址，几秒后反应过来什么，愣住，“你要送我回家？”

“嗯。”他闭着眼仰头靠在椅背上，脸色淡淡的，一副不怎么想说话的样子。

她有点尴尬，迟疑道：“……这样，怎么好意思，太麻烦你了。”

靳川眼也不睁，“你给我添的麻烦多了去了，不差这一次。”

之后一路都很安静。

十来分钟后，出租车靠边停下。朵棉推开车门下了车，深呼吸，准备跟车上的大爷真诚地道个谢并友好地说声再见。然而一回头，大爷站她跟前。

朵棉愣了，“……你家也是住这附近么？”

靳川：“不是。”

她皱眉：“那你跟我下车做什么？”

“送你回家。”

朵棉嘴角一抽，抬手，指指位于街对面的小区大门，“……我家就在这儿，走两步就到了。”

“嗯。”他的反应很冷淡。

“……你还要送我进小区？”朵棉意识到什么，忙忙摆手，“不用，真的不用，这儿已经很安全了。现在时间很晚，你早点回去休息吧。”

靳川撩起眼皮看她，语气淡淡的，“吃饱了撑的想散会儿步，不行？”

朵棉被呛住。

行行行，当然行，你老人家说地球是方的是个大饼都行。所以？嗯，好的，她已经做好迎来新一轮尴尬的准备了。

朵棉没有带刷小区大门的门卡，时间太晚，门卫室的保安大叔又半天叫不醒，她无奈，只好选择从另一道不用刷卡的侧门进小区。

其实侧门这条路离朵棉家的单元楼更近，但是这条路的路灯坏了，黑漆漆一片，所以她晚上的时候几乎不会往这儿走。

好在这会儿不是她一个人。

思索着，朵棉不露痕迹地往旁边看了眼。

今天晚上是多云，没有月亮，视野里弥漫着大片黑暗。靳川俊朗的侧颜隐匿于暗处，唇微抿，咬着一根没点着的烟。

又是烟啊……知不知道烟抽多了对身体不好啊你。她瘪了瘪嘴，收回视线。

突地，“今儿第一次喝酒？”黑暗中，靳川的音色听着尤其低沉。

分明是一个问句，但他语调太平，整段词句毫无起伏，又更像是不需要答案的陈述句。

朵棉滞了几秒钟，轻轻地说：“……嗯。”

“挺能啊！”他皮笑肉不笑。

“一般吧。”她干巴巴地回。

“以后给我滴酒不沾。”

嗯？她眨了眨眼，有点诧异地抬头看他。

靳川不耐烦，“听见没有？”

听倒是听见了，不过，你这语气是不是有点太奇怪了点？

朵棉心里升起一丝异样，微皱眉，迟疑了几秒钟才回答："我现在知道了自己酒量不好，会注意的。"

靳川把朵棉送到了她家的单元楼下，他把烟点着，目送那道纤细人影儿消失在楼道拐角处，转身走了。

家里黑漆漆的。

朵棉鞋都没换就跑进了卧室，打开窗户朝下张望。靳川的背影在黑暗中远去，融入夜色。

她关上窗户坐回床上，听见手机响了。

朵棉看了眼来电显示，是张晓雯。

"喂。"

"你到家了吗？"听筒里，好友的声音听起来有些着急。

"嗯，已经到了。"朵棉笑笑，"你别担心。"

张晓雯闻言松一口气，"刚才靳川给我打电话说你喝多了，把我吓得够呛，后面又说你清醒了……对了朵棉，这大晚上的，你怎么会和靳川在一起啊？"

"之前我帮过他一个忙，他请我吃饭。"

"原来是这样，反正你安全到家就好。"张晓雯顿了几秒，语气有点犹豫，"你之前不是说，靳川有个女朋友？你们这样单独出去吃饭，他女朋友不会生气么？"

朵棉眸光闪了闪，笑了下，唇角的弧度微僵，"好像是不太合适，以后我会注意的。"

"嗯。"没过多久张晓雯那边就挂断了电话。

朵棉发了会儿呆，甩甩头，拿起换洗衣物进浴室洗澡。

也不知是怎么的，她突然想起以前看过的一本心理学书籍。上面说，你缺少什么，就会被什么吸引，原因是人潜意识里总想要达到"圆满"。

所以才说最吸引月亮的，是太阳。

海子不也说过吗，你来人间一趟，总得见见太阳。

朵棉鬼使神差地想：她大概是见到了。

那个堪称恣意疯狂的夜晚，在朵棉半醉半醒的脑袋里扎了根。以致，在之后连续一周的时间里，她手机音乐播放器里循环的歌，都是GALA乐队的《追梦赤子心》。

她甚至还把整首歌的歌词，抄在了一个本子上。

世上好听的歌，数不胜数，能与人灵魂产生共鸣的却少。朵棉欣赏这首歌传达出的精神力量，一种自由的、张扬的、二十岁左右的年轻人特有的抱负和理想。

这就是那晚靳川送给她的“礼物”。

不可一世，不畏世俗。

亦如他这个人。

九月末，第二天就是国庆假期，全校浮躁，从高一到高三基本都处于“无心学习”状态。晚自习的下课铃一响，陆易直接跳到了板凳上，挥舞着校服，高呼：“放假了！”

呼声如号角，引得全班爆炸式沸腾。

张晓雯把刚买好的几本小说塞进书包里，兴冲冲地问朵棉：“假期怎么安排的？”

朵棉瘪了瘪嘴，有气无力道：“我妈给我请了家教。”

“家教？”张晓雯皱眉，“你不是在补习机构上课么？为什么还要请家教？”

朵棉说：“我们小区有个和我一样读高三的学生，把《高等数学》都自学完了。我妈听说之后就给我找了个家教，要我也提前学。”

闻言，张晓雯一口老血喷出五米，“也就你这么软。换成我妈这样，我非得跟她大吵一架不可。”

朵棉无奈地讪笑。两人又东拉西扯闲聊了几句。最后，张晓雯跟几个顺路的女生一起走了。

前排，正在写作业的陆易回过头，啧啧感叹，“朵棉，照你妈这德行，你的未来从吃喝到拉撒该不会被她全包干吧？”

朵棉想翻白眼，拿食指戳了戳陆易的肩，“大哥不要笑二哥，都差不多，你妈不也是这样的么。”

陆易被硬生生噎了下，叹气，“唉，难兄难妹。”说完，十分自然地伸手，摸了摸她毛茸茸的脑袋瓜。

“唉。”

“为了表达我对你的深切同情，我决定晚上带你这只菜鸟和守。回家上线叫你。”

士别三日当刮目相看好吗？以她现在的水平，谁带谁还不一定吧？朵棉额头滑下一滴冷汗，刚要反驳，却听见背后忽然“哐当”一声。

熟悉的“靳大爷式”推凳子。

背后，靳川脸色很淡，单手拎起书包撂肩上，冷冷看了眼朵棉戳在陆易肩膀上的白生生的指头，又冷冷看了眼陆易放在朵棉脑袋上的手，最后收回目光，面无表情地走了。

两人莫名其妙。

是错觉吗？怎么感觉这位大爷有点生气？谁招惹他了？朵棉狐疑地挠了挠头。

国庆长假开始了。

朵母给朵棉请的家教是一个知名高校的研究生，长相清秀，穿着朴素，随时都戴着一副黑框眼镜，叫陈舒彩。一看就是寻常人家出来的老实孩子。

陈舒彩很聪明，成绩优异，也很有耐心，朵棉和她相处得非常愉快。每天的课程照常上，闲暇时间，陈舒彩会跟她聊一聊大学生活。

“大学和高中不一样。大学相对来说比较自由，每个人除了学习之外，还可以参加很多自己感兴趣的社团，在那里，你会遇到很多跟你志同道合的朋友。”

朵棉对陈舒彩口中的“自由”充满好奇，“那你参与了哪些社团？”

不知是不是冥冥中的安排，陈舒彩笑了下，回答道：“电竞社。”

朵棉怔住，“电子竞技？”

“对。”陈舒彩的笑容有些腼腆，“我小时候是学弹钢琴的，所以我的手速天生很快，我大学那会儿，正好是某个游戏最巅峰的时期，我玩儿那个比较有天赋，个人也很喜欢……大二那一年，还有一个职业战队联系过我。”

“哇。”朵棉睁大了眼睛，“我几乎没见过电竞行业有女职业选手，你好厉害。那你后来去那个战队了么？”

陈舒彩摇了摇头，眼底有难以掩饰的失落，“我爸妈……对电子竞技这个行业不太了解，所以并不支持。他们觉得，我成绩还不错，不能因为打游戏这种事耽误了自己的前途……”

“他们觉得？”朵棉皱眉，“前途是你自己的，为什么不能让你自己决定。”

陈舒彩苦笑了下，然后给出的回答，很文艺：“可能，我缺少为了梦想去对抗全世界的勇气。”

所以选择妥协。朵棉在心里帮陈舒彩补完这句没出口的话。

今天的高数内容上完了，陈舒彩走出卧室，去跟守在外面的朵母交流朵棉的学习情况。

朵棉沉默几秒，拿出手机，进入微博，点开MYS战队的官方微博界面，手指翻动，找到那条点赞量最多的内容。

我们的世界引力之强，连光都会弯曲。

再往下滑动，找到那条热评：去年Broken为了PLI乌克兰邀请赛放弃了高考……

她忽然感叹，世界上像陈舒彩的人，数不胜数，Broken却只有独独一个。

看着屏幕，朵棉怔怔的，有些出神，就在这时候，一个电话打了进来。她吓一大跳，看眼来电显示，是一长串陌生号码。

犹豫片刻后，她接起来，试探的语气：“……喂？”

令朵棉万万没想到的是，下一秒，听筒里传出了语气平平的三个字：“在哪儿？”

是靳川的声音。

朵棉愣了足足三秒钟，才反应过来，回答：“……家。”

“出来。”

“什么？”出哪儿来，出来干什么？你很享受这种每次一开口就把人弄蒙的感觉吗？

“我就在你小区大门口。动作快点，我不喜欢等人。”靳川说完就挂了电话。

卧室里，书桌前，朵棉捏着手机简直风中凌乱。

靳川居然跑她家小区门口来找她？什么情况？他居然偷偷记下了她家的地址？而且，这位大爷到底是有多闲，放个国庆都要来欺压她？

神经病啊！

她皱眉，纠结好一会儿才拿起钥匙走出卧室。

朵母正和陈舒彩坐在客厅沙发上聊天，看见朵棉出来，问道：“怎么了？”

朵棉干笑了下：“我同学有事要找我，我得出去一趟。”

朵母听完就皱起了眉，“你功课做完没有？”

“今天的已经做完了。”

“陈老师给你布置的高数题呢？”

朵棉头垂得有点低，顿两秒，“回来就做。”

“不行。”朵母一副没商量的语气，“这个国庆我本来就没给你安排玩儿的时间。九月份的月考，你年级排名下滑了好几名，再这样下去怎么得了？你玩心大，没有克制力，妈妈就要帮你克制。”

“我同学就在小区门口等我。”朵棉觉得很无力。

“我说不许出去就不许出去。”朵母的表情更加严厉，“哪个高三学生有时间玩儿？我问过你们班主任，想考B大的大数据专业，你至少得让自己的成绩在年级前十，自己看看离目标和梦想还差多远。”

算了吧。B大，大数据专业……都是你们的梦想吧！我不喜欢，不感兴趣的事，为什么要为它那么拼命？

朵棉垂着头咬了咬唇瓣。原本不出去也没什么的，但这种情形……她深吸一口气，态度坚持：“我今天该做的功课已经做完了，我觉得自己可以出去玩。”

听完这话，朵母明显一愣。

女儿向来懂事又听话，从小到大都对他们言听计从，她说一，女儿绝不会说二。今天是怎么了？

客厅里有刹那安静。

一旁的陈舒彩见两人之间气氛微僵，笑了下，柔声打圆场："阿姨，朵棉这两天学习认真，作业的正确率也很高。虽然高三学习紧张，但她是聪明孩子，适当放松和娱乐是有好处的。你就让她去吧。"

朵母看了眼陈舒彩，又看了眼杵在跟前的朵棉，表情有些松动。

朵棉还是低着头，沉默里透着倔。

数秒钟后，朵母抬头看了眼客厅墙上的挂钟，不怎么情愿道："现在是下午三点，晚饭之前必须回来。"

"我知道了。"朵棉脸上绽开一抹笑，看眼陈舒彩，动动唇形朝她说了两个字：谢谢。然后小跑着一溜烟儿地出了门。

陈舒彩目送那道背影离去。

朵母嘀咕，"这孩子最近怎么了。"

陈舒彩笑道："阿姨，偶尔还是应该问问她喜欢什么，不喜欢什么。"

"小孩子嘛，除了喜欢玩还能喜欢什么。"朵母丝毫不以为意，摆摆手，"听大人的话总是没错的。"

陈舒彩笑了下，没有再说话。

朵棉远远就看见了站在她家小区外头的高大身影。大下午，太阳明晃晃的，那人一身深色运动装，长腿修长又笔直。

长那么高是要和电线杆一较高低吗？朵棉暗搓搓地腹诽。

她走过去，脸上的笑容还没来得及往回收，"找我干什么呀？"

靳川盯着她笑弯成月牙的一对大眼，不咸不淡来了句："见我至于这么高兴么。"

她高兴跟见你有什么关系啊？

朵棉调整面部表情，接着道："请问有什么事。"

"你忘了件东西。"他语气懒洋洋的。

"嗯？"她狐疑，忘了什么东西？她自己怎么不知道？

靳川没说话，抬手递过来个什么。

朵棉垂眸一看，是一本语文练习册和三张模拟试卷。她惊了，差点忘记自己说要帮这个大爷写作业写到毕业的事。

“胖丁说，这些内容都是他做完自己修订的，都有标准答案的。”朵棉试着解释。

“嗯。”

“……如果不想做的话，也可以直接照着答案抄。”

“嗯。”

嗯个鬼啊，你连把答案往卷子上抄都非要我给你抄？你不要欺人太甚我跟你讲，债主了不起吗？长得高了不起吗？朵棉内心滚过满屏弹幕。

靳川淡淡的：“拿着。”

“……哦。”然而最后她还是尿了，乖乖伸出双手，把那些卷子和练习册接了过来，捧贡品似的。

“下午有空没？”他居高临下地看着她。阳光很灿烂，他瞧见她领口上方露出一截纤细的脖子，柔美的线条往上延展，几缕碎发掉在耳边，白皙小巧的耳半遮半掩。

朵棉闻言滞了下，不答反问：“你还有什么事？”

“约你打游戏。”

朵棉心跳莫名漏掉几拍，沉默两秒钟，摇头，“我不去。”

话说完，周围气压明显便降低了好几度。靳川看着她，脸色冷静，整个人带着一股烈日当空都挡不住的凉意。

足足过了两分钟。

靳川转身，没什么语气地撂下两个字，“跟上。”

奇葩当久了是不是会听不懂正常人类的语言？朵棉皱起眉，站在原地一步也没有动，“我都说了不去了。”

“我说，跟上。”对方语气微沉。

“我说，我不去。”他这种态度令朵棉莫名感到不满，她抿抿唇，深吸一口气，尽量心平气和地说：“我还有很多题没有刷完，先回去了，再见。”说完转身就走。

迈出三步不到，背后那人的嗓音便再次冷冷响起，“一个多星期了，打算躲老子到什么时候。”

这句话令朵棉成功停下了脚步。

她回过头，靳川就站在几米远外看着她，没什么表情，但眼底的寒色，百米之外人畜勿近。

朵棉忽然很委屈。

老是这么凶，看她人傻好欺负还是怎么着？逗她好玩儿还是怎么着？

那就聊一聊好了。可，这个环境不太合适。

朵棉扭头看了看周围。小区门口人来人往，有买菜的大妈、遛狗的大爷，还有不少追逐打闹的小朋友。已经有不少人注意到这对好像在闹什么矛盾的年轻人，悄悄抬眼打望。

朵棉有点尴尬地清了清嗓子，上前几步，压低声朝靳川道："我们到那边去说。"说完，纯粹无意识的举动，拽过他往旁边的小巷子走去。

靳川垂眸，扯住他袖子的那只小手软软的，雪白雪白。看了会儿，他不动声色地收回视线。

两个人很快在小巷子里站定，相对无言，气氛微妙。

"汪汪……"一只小狗摇着尾巴从朵棉身边跑了过去。

她闭眼，做了个深呼吸。

冷静，你要冷静，你是占理的那一边，输什么不能输气势。朵棉给自己做了会儿心理建设，然后睁开眼睛，自认很有气势地开口了："你……"

"说吧。"靳川靠墙站着点了根烟，语气很淡。

朵棉："……"

我说？我说啥？

朵棉被这招先发制人给弄蒙了两秒钟，"说什么？"

"干什么躲我。"

"我什么时候躲你了？"她几乎是脱口而出。说完，又有点底气不足。自从上次从酒吧出来，她好像，貌似……确实有那么一点点，刻意避开他。

但这种行为是有原因的。

对面，靳川似笑非笑地盯着她，眼神玩味直接，像要在她脸上戳出一个窟窿。

好一会儿，朵棉认命地改口："也不算故意躲着你吧。我只是觉得，前段时间，我们俩走得……"伸出小拇指比画出一段微弱差距，"太近了一点。"

靳川语意不明地重复："近了一点。"

"嗯。"所以，你这个有女朋友的人没发现不合适吗？

他食指弹烟灰，往前走了一步，"多近？"

距离骤然缩短。

朵棉被这举动震得连退两步，心跳加快，说话也有点磕巴了，"就是不太合适的那种近。"

靳川继续往她跟前走，她也继续退，然后轻轻一声"咚"，后背抵上墙壁。

无路可退了。

令人恐惧的身高差。

朵棉低着头，脸上大红，听见自己的心跳一阵比一阵快，几乎要突破极限。然后就看见那人抬起了双臂，将她限制在墙壁和他之间。

靳川埋头贴近她，又在离她的脸几厘米远的位置，停了。

"有这会儿近么？"他淡声问，烟草味的呼吸拂过她的脸颊。

朵棉注意到，靳川说这句话时，语气随意，甚至连呼吸的频率都和往常没有丝毫分别。他真冷静得不像正常人。

"你……"她手心全是汗，清了清嗓子，好不容易才找回自己的声音，"你能不能，站远一点说话。"

他纹丝不动，还是那句话，"为什么躲我。"

"……我怕李未夕误会。"她终于还是说了出来。

谁知，靳川听完这句话，静两秒，忽然笑了。

空气有三秒凝固。

"两件事。"他看着她，"第一，李未夕是我兄弟的女人，我和她什么关系也没有。第二……"她诧异，微微睁大了眼睛，等他说完，"做贼的才心虚。"

他低沉的嗓音钻进她耳朵，意味深长，"朵棉，你虚什么呢？"

嗯，她现在相信李未夕确实不是你女朋友了。但是，你能不能站远一点？这样说话，是怕她听力太差，还是怕离远了显示不出你老人家个子多高？

活动的空间范围极度受限，朵棉整个人贴紧墙壁，微咬唇，甚至觉得呼吸都有点困难。

烟味弥漫，靳川的脸就在咫尺之外。

太近了。说老实话，朵棉还没和哪个异性靠得这么近过，她根本不敢看他。

“我……”朵棉动了动唇，“我没心虚。”

嗓音轻而柔软，不知是不是过于紧张的缘故，个别字眼还有些发颤，这否认，怎么听都显得毫无说服力。

靳川目色玩味，直勾勾盯着她脸上那阵不寻常的绯红，一笑，冲这姑娘抬了抬下巴，“欸。”

朵棉不怎么情愿地含糊应道：“……嗯。”

“你是不是，”他顿半秒，一贯散漫的调子好整以暇拖长，“怕我？”

朵棉愣了下，摇头说：“不是。”

他嗤：“鬼扯。”

那你明知道答案还问？明知道我怕你还站那么近？欠扁吗？朵棉无语。好在这种要逼死人的pose（姿势）并没有维持到天荒地老。

片刻，朵棉看见对面那位大爷开恩了。他微动身，放下胳膊后退几步，和她拉开了一小段距离。周围的低冷气压减弱，警报解除，朵棉悄悄呼出一口气。然后察觉自己两手心已经全是汗。

靳川抽了一口烟，淡淡地说：“再问你一次，去不去？”

朵棉没答话，微皱着眉头有点犹豫。

“出声。”

他刚才约她干什么来着。打游戏？坦白说，她内心深处是很想去的，毕竟那是她真正感兴趣的，喜欢的，为数不多的事情之一。不过，这里似乎还存在一个问题……

一个很重要的问题。

她想弄明白。

思索着，朵棉眸光微闪，齿尖无意识地叩了下唇瓣，深吸一口气，抬头看向那人，道：“你为什么约我打游戏？”

为什么，偏偏是我。还有之前那一系列奇奇怪怪的行为，你都不解释么？

对面的大爷就解释了，淡淡四个字："因为你弱。"

朵棉头顶冒出了三个问号。突然人身攻击是什么鬼？她皱眉，用不解的眼神看着他。

几步远外，靳川抽烟的姿态就像个千夫所指的痞子。他呼出烟雾，一片浅白色模糊了那副漫不经心的表情，可他开口时的语气，冷静又挑衅。

他说："一个弱者的潜力和极限在哪儿，你不想看么。"

朵棉算是明白了，靳川其人，哪里是什么奇葩，他简直是奇葩中的外星物种，无论言行举止，还是思维方式，都和正常人隔了八百个银河系。

至此，她已经彻底放弃去揣摩他的想法。

异类果然是异类。

几分钟后，两人一前一后离开了小巷。朵棉看了眼手表，三点二十五分，距离朵母规定的回家时间还有两个小时左右。

"你已经找好地方了么？"朵棉有点担心地问。如果地方太远，那么她的玩耍时间就会大幅缩短，很亏。

"就附近。"靳川随口答了句。

没多久，他们来到间网咖门口，这儿离朵棉家的小区就只隔了一条街。

靳川掏出身份证递给收银员，嘀一声，刷卡成功。

收银员充值完，把他的身份证放在了吧台桌面上。朵棉就站在旁边，见状，余光无意识地扫过去。一眼就看见位于身份证右部的证件照。她眨了眨眼。

16 岁的时候照的吧，看着，和现在不太一样。脸还是那张脸，但是气质稍显青涩，唯一高度还原的就是那双眼睛，瞳孔深邃，目光冷漠里还透着痞。

不过这些都是次要的，最吸睛的是，极其酷炫拉风的子弹头发型。

朵棉嘴角一抽，视线继续往下移。姓名，靳川，出生时间，12 月 26 日。原来是个摩羯座。

她忽然察觉到什么不对劲，皱眉，伸长脖子更仔细地去看。一只大手却映入视野，把那张身份证给拿走了。朵棉抬眸看向他，目光里带着一丝诧异，脱口而出："你上学上得是不是比较晚？"

应该没看错吧？他比她大了近两岁？

靳川一眼看穿她在想什么，语气挺淡：“我一复读的，跟你一样大还得了。”

朵棉听完更诧异：“你是复读生？”

靳川没说话，不置可否。

“怎么之前都没听老师说过？”她有点好奇，想了想，试探着问，“那你本来应该是去年高考？分数不理想又复读？”

靳川：“没去。”

她眸光惊闪，“没去高考？为什么？”

“有其他事儿。”

他说这句话的语气，稀松平常至极，仿佛他缺席的不是被每个学生奉为终极信仰的高考，而是一节可有可无的美术课。

朵棉又一次被此奇人给镇住了。恕她愚昧，实在是想象不出有什么事能比高考更重要？

震了几秒之后，她清了清嗓子，依然有很多疑惑，于是追问：“那，你后来又为什么要转学？如果是复读，继续在以前的学校读就好了呀，为什么……”

话没说完就被靳川打断，他看她一眼，“你是来打游戏，还是查户口？”

吧台里的收银员等半天，也有点不耐烦了，接靳川的话，问朵棉：“小妹妹，你到底要不要上机啊？”

“……要的。”朵棉乖乖闭上嘴，伸手去拿身份证。

一模衣兜，空的。她脸色微滞。

左边裤兜摸摸，右边裤兜摸摸，只找到一把钥匙和十几块的零钱。朵棉窘了。

靳川淡淡瞧着她，略微挑眉：“没带身份证？”

“……出来得比较急。”

“回去拿。”他说。

“拿不了。”照她妈的脾气，她回去了怎么可能出得来？她宁肯在这里对着黑色电脑屏，也不想回去对着那堆高数题。

靳川垂眸看着朵棉，目光不明，朵棉低头瞪着地板，尴尬窘迫。

气氛有点僵了。

嘀嗒嘀嗒，吧台墙上挂着一个钟，时间分秒流逝。

片刻，靳川别过头，闭眼捏了下眉心，转身走出几步，拿出手机打电话。

两秒就通了。

“哟。”听筒里传出一个清朗的男声，音色倒是好听，就是那语气，浮夸造作，“川哥你老人家居然主动给我打电话，受宠若惊啊！有事？”

靳川语气平平道，“借你的身份证用用。”

电话那头的火车一脸懵，以为自己听错了：“啥？”

靳川报了网咖地址，道：“给你十分钟。”

“十分钟？”他坐飞船过来？

“我的车钥匙在我电脑桌的第二个抽屉里。”

“我去，太阳没打西边儿出来啊，你居然肯把你的车借我开了？”火车立刻换上一张笑脸，乐悠悠道，“成成成，我马上把身份证送过来。”

十来分钟之后，一辆纯黑色的轿跑停在了网咖大门口。

朵棉狐疑地探脑袋，朝外面张望，看见那辆不知道价格但看起来就好贵的轿跑上，下来了一个戴眼镜的年轻男人。

个子很高，皮肤很白，笑容很灿烂。

火车笔直走进网咖大门，抬眼看见靳川，笑起来：“川哥。”边说边把身份证拿了出来，“你借我身份证干什么啊？”

靳川指了下吧台，“去开台电脑。”

“哦。”火车不明所以，但还是过去把卡刷了，随便找了台电脑开机。折返回来，“喏，开好了。”

靳川接过来，“几号机。”

火车：“189 号。”

靳川侧目看向坐在休息区沙发上，还有点摸不清头脑的朵棉，“听清没？”

“……189 号机？”是指听清这个吗？

“过去等我。”

“哦。”她点头，乖乖地站起身走了。走出好一段距离才意识到有点不对劲。她是不是太听他话了？

这一边，火车伸长脖子，目光紧盯着那道纤细的身影，震惊得眼珠子都快瞪出来。

什么情况？

“……川哥，”火车不可思议，“哪儿来这么软乎水灵的小姑娘，这谁啊？”

靳川淡淡地说：“我看上她了。”

闻言，火车整张脸皮都开始抽搐了。

你老人家，平时酷上天也就算了，连看上个姑娘都说得这么直接？就不能委婉一点？

“嗯，我看那小妞也不错。”火车配合地点头称赞，“那脸蛋儿，那身材，那气质，真没的挑。就是那个子跟你比起来，好像太矮了点？不过也……”

“她的反应速度是0.145。”靳川冷声打断。

火车听完，整个人都愣了，面色微变，难以置信地重复：“0.145？”

“对。”靳川说，“我要没记错的话，你和Z的反应速度是0.158，大山和森分别是0.189和0.176，Hunter在一年前的巅峰时期，也只是0.199。”

合着这位爷说的“看上”是这意思。

火车默了默，点头，“那这妞确实挺有天赋的。不过，天赋归天赋，也决定不了一切……”顿了下，迟疑，“你真觉得她有这可能？”

靳川反问：“你说呢？”

于是火车知道答案了。

兄弟这些年，火车了解Broken的个性，他在赛场上沉稳冷静处变不惊，在现实中离经叛道狂妄不羁，他干的事，没几件正常人能理解，在他这儿，也没什么事是不可能。

Broken太强了，也太骄傲了。

当一个人能做到对世俗命运都完全蔑视的时候，自然会为常人所不解，成为众人口中的异类。而那种骨子里的刚毅与璀璨，非靳川及其拥护者，不能知。

火车看向189号机。

被靳川看上的梳辫子的萌软小姑娘。靳川总喜欢做些看起来毫无可能性的事。所以，这姑娘在未来，有千分之一的可能会成为他们中的一员？火车觉得简直是无法想象。

“你看上她的原因，只是那个‘0.145’？”他按捺不住好奇，问道。

靳川靠在吧台上，“不止。”

她吸引他的地方远不止如此，但具体是些什么靳川说不上来。他唯一确定的是，那种想把某件事物彻底征服，再据为己有的感觉，还不错。

朵棉之前和靳川一起打过两次游戏，两次都有一个共同点：不好玩，有点累。于是她又总结出了靳川的一个“奇葩”之处，他连对待游戏的态度，都与众人不同。

对于游戏，他追求的从来不是放松、愉快、娱乐性，他很较真、专注，并且冷漠严酷，像在跟某种未知的存在抵死较量。那模样和他平日的懒散随性截然不同，令人捉摸不透，矛盾又复杂。

看着网吧电脑上五花八门的游戏界面，朵棉发着呆，脑子里乱七八糟地思索着。

过了会儿，脚步声渐近，旁边位子上坐下来一个人。朵棉转过头，看见靳川随手摁开电源键，戴耳机，一张脸没有任何表情。

她看了眼网咖大门口的方向，“你朋友走了么？”

“嗯。”

“……他该不会是专程过来给我开台电脑的吧？”

靳川看她一眼，“不然来喝茶？”

靳大爷你还真不嫌给别人添麻烦呢！

“吐槽什么的给我说出来。”

朵棉：“……”

靳川纯黑色的瞳直勾勾盯着她，嗓音极低，“拿嘴说。”

“……我没吐槽什么。”朵棉冲他露出一个干巴巴的笑容。

受宠若惊而已。区区一个她，居然劳烦你老人家的朋友开着豪车来送身份证开电脑，此等帝王级待遇，她何德何能。主要是怕折寿……

这天下午的约游戏之旅，和过去两次没任何区别。

照样是朵棉一个人登录*PUGD*，一个人 SOLO，一个人单枪匹马勇闯天涯。靳川依然是个全程冷眼旁观的局外人，偶尔，对朵棉进行战术指导。

三局结束。

朵棉最后的成绩从第一局的第四十八，变成了第四，进步堪称神速。

“你的反应速度和手速都还不错，适合突击和刚枪。”靳川对她的评价客观得近乎冷漠，“但是缺乏对这整局游戏的思考和理解。”

她有点无语，犹豫了好一会儿才说：“陆易他们带我的时候，都是组队一起。”声音低低地嘀咕，“哪像你，连自己的号都不登。”

靳川听完，笑了下，“你想跟我组队？”

“这本来就是团队协作式游戏。”她鼓起勇气回了句。

你又要约我，又不跟我组队，什么意思？总是这么高高在上，难道不是嫌我太笨，所以连跟我组队都不愿意吗？

周围的嘈杂声有一瞬的消失。

片刻，靳川淡淡地看着她，很冷静：“就你目前的水平，不行。”

“我怎么了？”

“不够强。”

朵棉眸光微微闪动。

“朵棉。”他忽然叫了声她的名字。不知是不是错觉，朵棉发觉，此刻这两个字从他口中出来，竟有种说不出的低柔，她心口蓦地一紧。

靳川的语气，前所未有地认真：“人只有足够强大，命运才会向你低头。”

朵棉微微皱起眉，她不明白他说这句话的含义，更不明白，这句话怎么会从一个才二十岁的年轻人口中说出。

“只有弱者才会被摆布，被控制，被左右人生。你可以不这样。”

真的吗？

但是现状已经是这样了。她改变不了父母，改变不了老师，改变不了生活中的任何事物。她还能怎么做呢？

数秒钟后，朵棉看见靳川的嘴角勾起了一道很浅的弧。他直视着她的眼睛，淡淡说："我能帮你。你想要的，我都给得起。"

和靳川在网咖发生的这段对话，朵棉当时觉得很励志，很鼓舞人心，但事后回想，又觉得有点好笑。

尤其最后那一句。

还真是大言不惭啊！她至今也没弄明白自己想要什么，所以，那位大爷是哪儿来的自信给得起？

朵棉很快就把这件事抛在了脑后。

放假的那几天，她白天补课写作业，晚上趁朵父朵母入睡后，拿家里电脑打游戏。偶尔是和陆易一起，偶尔是自己一个人。

也曾好几次在搜索栏里查找"MarkPro"这个ID，查找结果，都是不在线的灰色。无论是MarkPro的账号主人，还是Broken，似乎都没有再登录过这个号。

最后一天假期的夜里，朵棉洗完澡，躺在床上玩手机。点进相册，无意识地上下滑动。

突地，一张图片闯入视线。

是她之前保存的"MYS"战队的队徽。朵棉不由怔了下，短短几秒，一行汉字鬼使神差在她脑海中浮现：我们的世界引力之强，连光都会弯曲。

这是MYS战队的口号标语。

她之前专门查过，资料上说，这句话原本是MYS战队队长Broken的个人座右铭，原版是：那个世界引力之强，连光都会弯曲。而后MYS便直接稍做改动用作了战队口号。

那个世界引力之强……

不知道，那个被Broken这种传说级人物所向往的世界，会是什么样子？

朵棉打了个哈欠，闭上眼，在半梦半醒间迷迷糊糊地想着。

国庆的几天假期，说短不短，说长也不长，没多久就又开学了。

校园生活如旧，然而，令朵棉没料到的是，这种风平浪静的日子会在10月的第三周被彻底打破。

这天是周五，好巧不巧，正轮到朵棉所在的四人小组做清洁。

晚自习课后的教室闹哄哄的，大家都在收拾东西准备回家。

“我擦窗户，朵棉擦桌子和黑板，张安阳负责扫地，陆易负责拖地。”小组长张晓雯跟清洁小分队交代着各自的分工。

朵棉听完点点头。

前排，陆易坐在自己的座位上，低着头，表情古怪，脸色有些苍白。

“……怎么啦？”朵棉伸手在他面前挥了挥，“今天一来学校就看你有些不对劲，家里出什么事了么？”

陆易摇头，强行挤出一个笑容，“没事没事。”

朵棉见他支支吾吾也不好再追问，皱皱眉，擦桌子去了。

晚上八点四十分左右，清洁基本做完，张安阳跟张晓雯同路，跟剩下两人打完招呼便结伴离去。

教室里只剩下朵棉跟陆易两个人。

朵棉收拾完书包，一抬头，见陆易还呆在座位上没有动，不由狐疑：“愣着干吗？回家了，一起去车棚呗。”

陆易头埋得很低，没吭声。

朵棉意识到有什么不对劲，“到底出什么事了？咱俩这么铁的关系，你还要瞒着我？”

追问之下，陆易终于松了口。他脸色难看至极，道：“我惹事儿了。前几天我在城北职高打篮球，跟那边的人起了些冲突，当时我没忍住，动了手，后面才知道那孙子是鸡哥的干弟弟。”

朵棉满头雾水，“鸡哥是谁？”

“城北职高的校霸，家里后台硬，听说都是社会上有头脸的人物。”陆易说着，要竭力才能克制才能稳住声音不发颤，“他放了话，说今天晚上会在正校门门口堵我。”

她一惊，“那还愣着干什么？快从后门溜啊！”

七中的校风在J市出了名地好，鲜少出现学生或者社会少年聚众斗殴的现象。但没吃过猪肉也见过猪跑，朵棉知道这种事的严重性。

“不能跑。”陆易眉头紧拧，强迫自己镇定，“遇着事情就开溜，算什么男子汉。一人做事一人当，这事儿跟你没关系，你快回家吧。”

说完，他像下定什么决心，深呼吸一口，抓起书包就走出了教室。

脚步声渐远。

朵棉心急如焚，站在原地咬了咬下唇瓣，几秒后，追了出去。

还没走到校门口，朵棉就隐约看见街对面的路灯下站了黑压压一群人，少说也有二十个。一群不良少年或微勾着背，或蹲在路边，抽烟的抽烟，调笑的调笑，头发染得五颜六色，这阵仗，跟百鬼夜行似的。

为首的是一个身材魁梧的人，穿黑色短袖，整条胳膊文成花臂，吊儿郎当地坐在花坛边上。

这应该就是陆易口中的“鸡哥”了。

此时，陆易站在校门口的保安室外，面色凝重，似乎还有点儿迟疑。但几秒钟后，他走出去了。

朵棉想阻拦已经来不及，一急，也跟着跑了出去。

“陆易，这你女朋友？”鸡哥咧嘴笑，露出满口泛黄的牙，“长得还真不赖。”

陆易回头看见她，险些吐血三升，低声斥：“不是让你回家么？你跑来凑什么热闹？”

“我是来帮你的。”天知道朵棉有多怕，心跳都快突破极限。但她脸上却笑了下，强自镇定，对那花臂男说：“你就是鸡哥？你好，我是陆易的朋友，请问你们到这儿来找他有什么事？”

陆易下劲儿把她往旁边拽，“让你回家。”

朵棉挣开他，冷着脸朝鸡哥继续道：“大家有什么误会说清楚就好。我已经跟我朋友说过了，只要我十分钟之后没给她报平安，她就马上报警。”

“小妹妹威胁我？”鸡哥挑高眉毛，“以为我怕你报警？咱们这群人，进局子跟回姥姥家一样。你俩呢？重点中学高才生，进去一次前途可就毁完了。”

闻言，朵棉的脸色骤变。

陆易咬了咬牙，“你们想干什么。”

“简单。”鸡哥笑起来，“要么呢，你跟我弟弟跪下来道个歉，要么呢……”眼珠子一转，目光下流地从头到脚扫过朵棉，“让你这朋友陪哥几个去唱唱歌，玩儿一玩儿。两条路，你选哪条都行。”

朵棉站在原地，背上的校服布料被冷汗给浸透了，风一吹，入骨地凉。

空气凝滞须臾。

蓦地，陆易一拳头砸在鸡哥脸上，咬牙切齿：“玩儿你大爷。”

鸡哥始料未及，这一拳结结实实，打得他差点摔地上。他捂了捂脸，回过神后暴跳如雷，狠狠一拳砸向陆易，打完，怒吼了一句脏话，然后呵斥底下的人，“敬酒不吃，吃罚酒，把他们俩给我拖那边的烂尾楼里去！”

学生就是学生，跟这种破罐子破摔的地痞流氓对峙，胜算几乎为零。

陆易被几个高个子给摁住了，奋力挣扎。一个红毛狞笑着，伸手过来抓朵棉，她吓得赶紧往后退。

就在这时，“整得挺热闹啊！”冷不丁一个声音从背后传来，调子懒洋洋的。

朵棉回过头，路灯底下不知何时多了道人影，身材高大，站姿随意，身上还穿着他们七中的校服，两只手都松散地插在校裤裤兜里。

包括鸡哥在内的混混都愣住了，不明所以地看向那人。

他走了过来。

随着距离缩短，那人的相貌也逐渐清晰。鸡哥眯了下眼睛，看清后，瞳孔骤然收缩。

“老大，”一个穿鼻环的凑到鸡哥耳边，压低声，气音都有点儿抖了，“那不是川哥么。”

第五章

脸红心也虚

戴鼻环的话音落地，后脑勺立刻招来鸡哥的一记巴掌。鸡哥恶狠狠地斥：“哥屁！老子在这儿你怕什么？尿货。”

鼻环男悻悻，捂着脑袋站回旁边。

朵棉和陆易也是一惊。

一众社会少年你瞅瞅我，我瞅瞅你，都很懵。显然，此时此刻，在场所有人都被这位来路不明的不速之客给镇住了。

靳川？他怎么会在这里？朵棉又惊慌又诧异，脑子里乱糟糟一片。

就在她胡乱思索的时候，靳川人已经走近了。他手插裤兜漫不经心，那姿态，那表情，几乎跟逛菜市场的大爷没什么两样。

气场使然。人墙自发裂开缝，给他让出一条道来。

靳川就那么无阻无拦，直杠杠地走到了朵棉跟前，站定了，淡淡看她一眼，“惹事儿了。”

“……”不是我。

朵棉心虚，耷拉着脑袋咬唇瓣，却没有否认。陆易是她铁哥们儿，他的事跟她的事也没太大区别。

一旁，陆易见状先是一愣，紧接着就是过意不去。他和靳川都是一个班的，虽说平时没什么交情，但男子汉大丈夫，一人做事一人当，他已经连累朵棉了，怎么着也不能再拖一个同学下水。

便皱眉道："靳川，这件事……"话没说完就看见对方随意摆了下手，示意自己噤声，陆易只好闭嘴。

这时候，被干晾在旁边好一阵儿的鸡哥先开口了。他笑容满面，却是副阴阳怪气的语调，笃悠悠的："当是谁，这不川哥么。重点中学的校服穿得有模有样啊！"

"还凑合。"靳川嘴角挂着很淡的弧，这丝淡笑被朵棉收入眼底。

她一点也不了解靳川。事实上，她甚至无数次怀疑，这世上究竟有没有能了解靳川的人。但通过这段时间的相处，她倒是发现了靳川的一些习惯。

比如说，他心情好的时候，不一定会笑。而他笑的时候，也绝不意味着心情就好。

不过，此时朵棉已经没工夫深思靳川这个笑的含义了，她只是很诧异。他跟这个叫鸡哥的地痞流氓，居然认识？陆易也有点吃惊，目光在靳川和鸡哥之间来回游走。

那一头，鸡哥挑挑眉毛，说："川哥，好不容易遇上了，你是想跟兄弟叙个旧还是怎么着？"

靳川神色松散慵懒，"这俩人都是我班上的同学，我得带走。至于你们其他人——"鸡哥脸上的笑容骤然凝固，靳川掀起眼皮子看他，冷冷地说，"给我滚。"

朵棉心里蓦地一沉。

对面二十个人，我方就三个人，而且论战斗力，她还可以完全忽略不计。她好想知道，在这种情况下，这位大爷是怎么做到这么淡定地说出这句话的？

一股不祥的预感逐渐升起。

果不其然，鸡哥被靳川的态度和言辞给彻底激怒了，他怒极反笑，阴狠道："姓靳的，劝你不要太嚣张，上回你打断我哥两根肋骨，这笔账老子还没跟你算呢。"火气上头，竟掏出把刀来，掂晃着，咬牙切齿，"信不信老子废了你？"

冷幽幽的刀身泛着白光，刺眼至极，一看就是开过刃见过血的。

朵棉从小到大都是三好学生，连人打架都没围观过几次，哪里见过这种阵仗。立刻吓出了一身冷汗，指甲深深刺入掌心。

陆易的脸色也瞬间惨白。

一帮子不良少年在旁边看，表面上没什么，心里却全在打鼓，胆战心惊。都知道打架斗殴一旦动上刀，那性质可就全变了。毕竟不是真正的亡命之徒，谁敢真拿自个儿的命开玩笑。

夜色中，靳川面无表情，连眉毛都没皱一下。

鸡哥恼怒："你别以为老子不敢！"

"来。"靳川点头，右手随意点了点左胸位置，"往这儿。"

鸡哥怎么也没料到对方会有这种举动，愣然了，拿着刀进也不是退也不是。

鸡哥认识靳川是在一年前。那会儿鸡哥还不是鼎鼎大名的城北职高校霸，只是当时那个校霸的干弟弟，成天都跟着校霸转悠，欺负弱小，打群架之类的事是家常便饭。

某日，校霸告诉鸡哥，要去收拾三十九中一个叫陈进的小子。当天下午便带着他和十来个兄弟去三十九中附近的网吧堵人。

陈进不在，在的只有陈进的兄弟靳川。

而那天堵人的结果，是职高的兄弟们半数轻伤，校霸被打断两根肋骨，进了医院，靳川则被闻讯赶来的警察带进了局子。

在后来的很长一段时间，鸡哥都心有余悸。他甚至怀疑，如果那天不是警察及时赶到，靳川会把那个校霸活活打死。

神色冷静，下手狠辣，从骨子里透出一种置人于死地的残忍，那模样，跟不要命似的，哪里像个才十几岁的学生。当时鸡哥就知道，这人绝不是能轻易招惹的平凡角色。

…………

"动手呗。"

鸡哥脸发白，握刀柄的指松了紧紧了松，心里一阵天人交战。话已经放出去了，真捅一刀，他不敢，不捅，他人大面大，当着这么多兄弟又不好下台。

过了几秒钟。

“今儿老子把话撂这儿，”靳川唇角的弧线平了，眸色残忍狠戾，“这把刀一见血，我不死，死的就是你。”

朵棉在旁边看着，心脏几乎要从嗓子眼儿里蹦出来。直觉告诉她，靳川不是说说而已。

他这样子着实吓人。

在过去，朵棉只知道他的性格很多面化，她从不知道，他藏匿在懒散调侃下的嚣张和狂妄，真正爆发时，会是如此令人战栗。

双方僵持不下，就在这时，一阵警笛声猛地从不远处传来。

“警察来了！”人堆里不知谁大喊了句。

霎时群魔暴动。鸡哥皱眉，收起刀，带着一伙不良少年朝与警笛声相反的方向飞奔逃离。

附近的居民报了警。

“警察来了？”朵棉有点茫然地看向陆易。

“应该是附近的居民或者学校保安报的警。”陆易应着，一把拽住她，不由分说地也拔腿就跑，“咱们也快走，被逮住可就完了。”

边跑边大声吼了句：“走了靳川！”

朵棉皱眉挣扎着，急道：“我们就这样跑了？靳川呢？不跟他一起么？”

“你就别瞎操心别人了。又不是傻子，看见警察来了不知道躲？你知不知道进一次局子就会被退学？”陆易说，“欠他的人情我记心里了，改天肯定当面谢谢他。”

朵棉无奈，挣不开，只能不住向身后张望。

距离已经拉开了，夜色太暗，路灯的光线将一切景物描摹得模糊不清。那道高大的身影依然安静地站在原处，孤零零的。是他一贯的站姿，背脊不那么笔直，形成一道轻微而慵懒的弯弧，微侧头，似在目送人潮远去。

他在看什么呢？不知为什么，朵棉觉得自己能想象出靳川此刻的表情。必定又是那副常见的淡嘲讽刺。

朵棉眉头拧成一个结。

怎么有一种“她就这样抛弃了他”的罪恶感？

跑出好一段距离后，陆易总算停下。他撑着膝盖喘气，转头看朵棉，这才想起来跟她算账："你说你是不是傻？幸好今天有靳川，不然后果不堪设想。"

"你也知道是因为有靳川么？"朵棉着实有点生气，"他在那么危险的情况下挺身而出帮了我们，你居然说跑就跑？"

陆易脑袋上冒出三个问号，好笑，"我叫了他跑啊！大姐，警察来了还不各自飞？非三个人手拉手一起？你是想被退学还是记过处分？"

她嗓门儿无意识地更大："我的意思是，怎么都不能丢下靳川一个人。"

"你发什么神经。"陆易莫名其妙，"咱俩是好朋友，你居然为了个不相干的人跟我发这么大火？"

不相干……么？好像是这样。

她意识到自己的情绪不太对劲，定定神，深吸一口气吐出来，"没什么，我先回家了。"说完就准备到路边去打车。

"朵棉。"陆易在背后喊她。

她心里堵着气，不爽地回："干什么？"

陆易顿了下，迟疑问道："你该不是喜欢那个靳川吧？"

起风了，冷空气吹过朵棉的皮肤，她一个激灵，觉得脑子里好像有什么东西炸开。

"你……你不要乱说话。"她心里慌慌的，低着头，声音很小，答完立刻拦下一辆出租车。

"还是算了吧。"陆易笑了下，站在好友的角度直白劝说，"虽然我对靳川不了解，但是能看得出，他是个很复杂的人。像你这种小白菜，hold（把握）不住。"

朵棉拉车门的动作顿了下，语气倔强："我说了，你不要乱说话。"

陆易一副完全不相信的表情："哦，你说没有就没有吧。"

出租车绝尘而去。

车窗外，城市的夜景连成光束，飞速倒退。朵棉坐在后座发了会儿呆，突然眸光微闪，想起什么。伸手从书包里拿出手机，翻找通话记录。

只有最近七天内的。

她皱皱眉，又打开 iCloud（云端）上的同步记录，10 月 22 日、10 月 21 日……纤白的指飞快往上滑，终于找到了 10 月 4 日那一天。

一串陌生号码映入视野。来电时间：15 点 27 分，通话时长：23 秒。

朵棉大眼一亮，嗯，就是这个！她闭眼，吸气吐气做了个深呼吸，点了回拨。

嘟嘟几声之后，通了。

电话另一端不再是忙音，却也没人说话，空空的，只有极轻微的电流杂音。

“喂，请问是靳川么？”朵棉有些不确定地开口。

应该没有打错吧？

足足好几秒钟，对方才出声，很冷淡：“嗯。”

还能接电话？还好还好，应该是没有被抓进去了。朵棉紧着的小心脏骤然一松，道：“你没事吧？”

这回，听筒里传来的就是她已经再熟悉不过的一声嗤笑，音色低沉沉的，“难得啊！都跟人跑了，还知道管老子死活。”

朵棉被硬生生地呛住。这语气，这隔着十万八千里都能感受到的不爽。

“当时陆易拽着我，他力气太大了，我挣不开。”她心里愧疚，支支吾吾地跟他解释，末了补上一句道歉，“对不起。”

靳川嗤：“除了这句不会别的？”

“你回家了么？”

“跟你没关系。”

“……你还没有回家？”朵棉听见听筒里间或响起的嘈杂声，皱眉。

“我说了，”他的语气淡而冷，无形间拒人千里之外，“我的事儿，你少管。”

闻言，朵棉心口蓦地抽紧。

短短几秒，她想起那道杵在夜色下的身影；想起他标志性的夹杂淡嘲意味的笑；想起他站在酒吧舞池的另一端，目光冷静，和周围的喧嚣格格不入，又完美融合；想起他拿难得认真的腔调，对她说“人只有足够强大，命运才会向你低头”。

朵棉捏电话的指一寸寸收紧，也不知打哪来的冲动，上了头，“我马上回来。”她咬了咬唇瓣，说完，不等对方回应直接挂断电话。

“师傅，不好意思，麻烦你把我送回七中校门口。”

出租车原本就没开出多远，司机抄了近路，不到五分钟就到了。朵棉心里着急，匆匆给完钱便跳下了车，站在校门口，小跑着，举目四望。

将近晚上十点，天黑得像泼了墨，周围零散有些行人。

七中的正校门开在一条叫离柳巷的巷子里。这条巷道，不窄也不宽，老城区的缘故，附近都是些有年头的居民区，通过各种逼仄小巷与离柳巷连接。

朵棉在校门口周围绕了一圈，并没有看见靳川的身影。

她微喘着，拿手背擦了擦汗，转过头，又跑进距离校门最近的一条老巷。巷道幽深，几盏路灯的光昏暗昏暗，根本不足以带来光明。

朵棉走走停停，东张西望。突地，背后响起一阵齿轮碾磨的声音，极轻微，又很突兀。她眸光闪了闪，回头。

几步外，靳川斜靠斑驳墙面站着，一手夹着烟，一手拿打火机，盯着她，眸色不明。显然刚才的碾磨声是他在点火。

朵棉看见他，紧绷的神经一下就松了。

周围死静，气氛古怪。

此情此景，就这么傻站在他面前是不是太呆了？是不是得说点儿什么？朵棉微愣地琢磨着。

但是说点啥好呢？

就在朵棉内心纠结的这几秒，靳川淡淡地开口了。他说：“还真什么闲事都爱管。”

朵棉皱眉。

她不了解靳川。但不知为什么，她就是知道，此刻靳川口中的“闲事”，绝不仅仅是指她现在去而复返回来找他，还有她之前帮陆易。

片刻，她咬了下嘴唇，忍了忍没忍住，声音小小地顶回一句：“你不也是么。”

说我爱管闲事，你呢？我只是在帮我的好朋友，你呢？

靳川眯了下眼睛，盯着她，“说什么给我大点儿声。”

“没什么。”她清了清嗓子，把这个话题跳过去了，转而问，“刚才警察来了大家都在跑，你为什么一个人站那儿不动，是没有听见我们叫你么？”

靳川弹弹烟灰，眼神就没从她身上离开过，“不想。”

不想跑？这算什么理由？

朵棉有点无语又有点生气，说：“像这种校园暴力事件，就算我们不理亏，被学校知道了的话影响也很大的。你不怕被抓进警察局么？”

靳川淡道：“又不是没进过。”

朵棉被雷得差点吐血。

合着你就是天不怕地不怕是吧？就是老子日天日地天下第一是吧？你就不能不那么狂么，就不能稍微正常一点么？

她在心里弹幕轰炸式吐槽。几秒后，认了。毕竟奇葩就是奇葩，不能用常人的思维去理解。

“那个……”朵棉定了定神，问，“这么晚了，你怎么还不回家。”

“这话该我问你。”

靳川手上的那根烟抽完了。他把烟头摁熄在墙上，微动身，往她走近几步，又是那副懒懒散散的语气，“你为什么回来。”

怎么又靠那么近了？朵棉心跳不自觉加快，低着头，没有说话。

为什么回来？好像连她自己都不知道。当时在车上听说他还没走，一股热血唰唰就冲脑门儿上了，只是单纯地认为，无论如何，她都不能丢下他。

无论如何，她必须回来找他。

那她到底是为什么呢？朵棉忽然很庆幸这个巷子光线不好，因为她知道，自己的脸肯定已经红成了火烧云。

靳川站定了，居高临下地低眸俯视她。身高差距摆在那儿，她头埋得低，从他的角度根本看不见她的脸，但想也知道，那副小脸蛋儿此时该是何等盛况。

像发觉了一件极有趣的事似的，靳川勾了勾嘴角，“为我。”

朵棉脸烫得失去知觉，濒临燃点。

然后他弯腰，贴近她，故意轻且懒洋洋地拖长了调子，“是不是？”

轰一下，她着火了。

朵棉脑子晕乎乎，根本记不起来自己是怎么走出那条巷子的。等她醒过神时，发现自己人已经在回家的出租车上了。后座靠左侧的位置还有一个人。

她呼出一口气，侧目，余光悄悄地往旁边看。靳川正低着头看手机，黑暗中，屏幕的冷光照亮那副眉眼，冷峻而深邃。

她看了眼他光洁而饱满的前额。

忘记了在哪听过一句话，说寸头是检验一个男人颜值的最高标尺，换言之，不是任何帅哥都能驾驭这种过分干净利落的发型。无遮无挡，把整副轮廓三百六十度无死角暴露，稍有瑕疵，便无所遁形。

真是一张真金不怕火炼的脸。看着靳川，朵棉半带感叹地想着。

“今天的事要再有第二次……”突地，被她观摩半天的人冷不丁冒出一句话，没头没尾。

“……嗯？”朵棉没听明白，什么再有第二次？

靳川熄了手机屏，侧目看向她，很冷静，“我就打断你的腿。”

朵棉：“……”

应该是指她帮陆易的这件事吧。

“今天其实是个意外。”她尝试着给自己解释，干巴巴地道，“情况特殊，所以我才有点冲动。”

“胆儿不小，那么多人也敢冲上去。”

“……我平时不会这样。”

“就为那姓陆的小子？”靳川极淡地笑了下，眼底却浮起一层严霜。

朵棉嗫嚅了下，被他这副考问的语气给弄得有点心虚，“我和陆易还有晓雯，我们是很多年的好朋友，初中就在一个班，铁哥们儿。”

他语调里有一丝嘲讽：“你那哥们儿挺有种。”

朵棉一卡，瞬间明白他话里的弦外之音。陆易今天看见警察就拉着她跑，把靳川给撂下的事，确实不厚道，这点无可争辩。

她顿了好几秒，才低声说：“……我替陆易跟你道歉。”

“你是他谁替他道歉。”

朵棉沉默，这人句句话带刺，她再迟钝也听得出他这是又生气了。说什么错什么，那她闭嘴好了。

一路再没有人说话。

下车之后，靳川把朵棉送到了她家的小区门口。这个点儿不算太晚，她喊了几声，门卫便出来帮她把门开了。

靳川转身离去。

走出没几步，背后传来一个声音，语气有种刻意营造出的平常，嗓门儿软软的，“麻烦你，稍微等一下。”

他脚下步子顿住，微皱了下眉，没回头。

“……你明天，或者后天有没有空？”天知道朵棉是鼓起了多大勇气才能问出这句话，“我请你吃饭吧，就当谢谢你。”

靳川静默几秒钟，语气平平地回她：“不用了。”

朵棉不死心，继续追问：“那你最近，缺不缺什么东西？我可以送给你呀！”

话音落地。

靳川回转身，视线落到她脸上，盯着她，目色渐深。

朵棉壮着胆子跟他对视，咽了口唾沫，心跳几乎突破极限。

好半会儿，靳川挑挑眉，一笑，“随你。”说完就走了，背影很快消失于夜色中。

朵棉傻站在冷风中，愣了。随她？意思是她想送什么就送什么？

周六补完课以后，朵棉去了小区附近的一家礼品店。这家店物美价廉，店主是一个漂亮的小姐姐，朵棉是这里的熟客。

“又来给同学买生日礼物啊？”小姐姐跟她打招呼。

“嗯。”朵棉点点头。

“男同学还是女同学？”小姐姐笑容满面，“我们这儿最近进了很多新品，可以给你推荐哦！”

朵棉心跳漏掉半拍，清清嗓子，“……男同学。”

“男同学呀！”小姐姐带她往礼品店内部走，“抽不抽烟？抽烟的话，你可以送他打火机或者烟灰缸。不抽烟的话，喜不喜欢动漫？我这里新进了很多手办和周边哦！”小姐姐热情地推荐着。

礼品店很大，琳琅满目的小玩意儿看得朵棉眼花缭乱。突地，她注意到一个放在玻璃柜里的红色胸章。

朵棉眸光骤然闪动。

这枚胸章上的图腾她已经再熟悉不过，是 MYS 战队的队徽。而更独特的是，这枚胸章的轮廓造型，居然是一只饱满圆润的苹果。字母是冷硬的黑金色，底色暗红，有种强烈到耀眼的反差感。

朵棉盯着那枚胸章，“这个是……”

小姐姐笑起来，“哦，这个胸章啊，是我老公在网上定做的。他喜欢玩儿游戏，这个好像是他偶像战队的队徽。我看质量还不错，就摆出来了，看能不能卖出去。”说着，小姐姐把胸章拿了出来，递给她。

朵棉垂眸，指尖抚摩着上面的图案，然后弯弯嘴角，“就要这个吧。”

小姐姐带着朵棉去结账。

起风了。

礼品店的一本花语手册被吹得翻开几页，红色苹果的象征意义：浓烈至极的爱慕。

礼物千挑万选地买好了，但，要怎么送出去又成了新的问题。悄悄放人抽屉里吧，显得诚意不足，当面特意地给吧，又总觉得有什么地方怪怪的？

捧着这枚印着 MYS 队徽的苹果胸章，朵棉鼓鼓腮帮，陷入了沉思。

她沉思了足足两天。

终于在周末晚上思出了答案：送礼物这种事，尤其是送答谢礼这种事，讲究的应该是机缘。还是找个合适的机会送出比较好。简单一点，自然一点，既不显得刻意，又能避免尴尬。

她弯弯唇，把苹果胸章仔细地收进衣兜。

星期一第一堂就是万恶的物理课。

和大部分高中生一样，朵棉有些偏科，语数外成绩优异，物理化学却是拖后腿的短板。也正因为这样，朵父朵母才会积极地为朵棉报课外补习班，专攻这两项短板。

其实，在朵棉看来，她的物理化学差，和这两个科目的排课时间有很大关系。

高三生个个起得比鸡早睡得比狗晚，大早上的，能不打瞌睡就已经是最高敬意了，试问谁还能认真听讲？

看着课表上的第一节物理和第二节化学，朵棉默默打了个哈欠。

叮——

预备铃响起了。

张晓雯从书包里拿出物理练习册放到桌上，又拿出一本言情小说放到抽屉里，挑眉，碰碰朵棉的肩，“欸，你后桌那位还真是神龙见首不见尾。”

朵棉眸光微闪，回头往后看，位子上不见人影。她狐疑地皱眉，自言自语嘀咕道：“奇怪，早读之前还在呢！”

这个点，离正式上第一节课还有五分钟，整个校园安静极了。微风轻拂，和煦的浅金色阳光洒满每个角落。

朵棉座位靠窗，扭过头，纯粹无意识地看了眼窗外。然后整张脸瞬间僵化了。

高三教学楼下有一片读书区域，修了几个供师生休憩的石桌和条形石椅。此时，某位神龙见首不见尾的大爷正大摇大摆地躺在其中一张椅子上，闭着眼，睡觉。

多么似曾相识的情景。就差脸上盖本高三数学书了。这么喜欢到学校补觉？请问你老人家晚上到底干吗去了？

朵棉不可抑制地抽了抽嘴角，然后，若无其事地收回视线，悄悄从兜里摸出手机，翻找通讯录。

找到一个备注名为“靳奇葩”的号码，拨出去。

接通瞬间，背后的课桌抽屉里传来一阵振动。

怎么叫醒他呢？朵棉挂断电话咬了咬唇，突地，灵光一闪，趁众人没注意，抄起本物理书就扔出了窗外。

准头好像还不错？沉甸甸的教材正中靳川的手臂。

他拧眉，相当不耐烦地睁开了眼。视线抬高，瞧见二楼窗户探出了一颗毛茸茸的小脑袋。

那姑娘有点儿近视，推了推脸上的圆形大眼镜，似乎想要确定他到底醒没醒，等看清后，大眼一亮，粉色的唇瓣儿很夸张地开开合合，做着口型：上课了。

这头，靳川闭眼，手指发狠拧了下眉心，撑身坐了起来。

从昨儿晚上到现在，他总共的睡眠时间加起来，不超过四个钟头。

他真有点暴躁……

窗台上，那姑娘见他还没有往教学楼走，似乎有些着急，细细的手指不停地戳自个儿雪白雪白的手腕，示意他看时间。

靳川捏着那本儿从天而降的物理书，眯了眼瞧她，“老子真是服了。”

二楼教室。

朵棉还在探着头往外张望。

他好像在说什么？但是隔这么远她也听不见啊？而且表情也看不太清楚。难道最近游戏打太多，眼睛度数又增加了？她有点迷糊地思索着。

靳川最后是在正式铃声响起后的第三分钟才走进教室的，手里还拿着一本物理书。物理老师皱了下眉毛，这件事就算过去了。

“区别对待啊！”课后，有同学压低了嗓子在背后议论，“谁不知道物理大妈在更年期脾气差，靳川上课迟到，她居然连个泡都没冒？”

同学乙也压低嗓子：“这你就无知了，听说靳川家里很有背景。”

朵棉把文言文练习册抱到讲台上放好，刚一转身，就听见前排传来这么一番对话。她抿唇，皱了下眉。

“是不是真的？富二代？”

同学乙点头：“应该是。”

同学甲的语气立刻变得酸溜溜，瘪嘴，“难怪平时那么酷，原来是仗着家里有钱有势，学校不敢拿他怎么样……”

“啪嗒”一声，一摞练习册重重砸在两人桌上。

同学甲和同学乙愣住。

“看你们好像很闲的样子。”朵棉笑得眉眼弯弯，语气懒散中，透出一丝嘲讽，“有在背后捕风捉影说同学闲话的工夫，不如劳动劳动，帮我发一下练习册呗？”

两人悻悻的，不搭理她，却自发换了个话题。

朵棉收起笑容发练习册去了。

发到陆易那一本的时候，她想了想，低声提醒好友：“星期五那天的事，你去跟靳川道谢了么？”

“嗯。我本来说这周六请他吃饭好好感谢他，结果人没空。”陆易笑了下，半开玩笑的语气，“不过也没什么，靳川哪儿是人人都请得动的。你看他独来独往都不跟人交朋友，说明，这个学校里，谁都入不了他的眼。”

后面正在看古言小说的张晓雯听完，点头：“附议。人是王者，高不可攀。”

朵棉皱眉，“他人其实挺好的。你们这样说，其实是因为不了解他。”

张晓雯好笑得很：“我们不了解，难不成你了解？”

“……不了解。”

“那你说个啥。”张晓雯翻了个白眼，顿几秒，想起什么，忽然又若有所思地皱了皱眉，“不过，你刚才还真有点儿像靳川。”

朵棉眸光微闪，“什么？”

“就你刚才呛那俩闲话精的时候。”张晓雯啧啧感叹，“那神态，那语气，那气场，依稀有几分王者风采。”

七中的午休时间是中午的十二点半到下午两点，朵棉和张晓雯陆易一起吃完饭后回了学校。

拿出口语书，看看周围。教室里鸦雀无声，同学们写作业的写作业，睡觉的睡觉，安静到极点。

朵棉思索几秒，伸手轻轻碰了下张晓雯，低声道：“我去实验楼那边练口语了。如果周老师问起来，你就帮我跟她说一下。”

张晓雯沉浸在猖狂皇帝和冷宫弃后的虐恋里无法自拔，抽抽鼻子，头也不抬地比了个“OK”。

实验楼就在教学楼的另一侧，两栋建筑物之间通过小花园相连，从高三（1）班的教室到实验楼，中间正好要经过班主任办公室。

朵棉拿着书往实验楼走，途经班主任办公室时，依稀听见交谈声。先是周开蒂的声音。

“你也知道，你的情况过于特殊，最开始我们班甚至是我们学校，都是不太愿意接纳你的。如果不是因为你个人能力足够强，足够优秀，现在我们也不可能坐在这里说这番话。学校对你寄予了厚望，我们都希望你有一个非常好的发展。”

再然后是一个熟悉的低沉音色，冷淡的，态度明显敷衍：“哦。”

朵棉眸光骤然一跳，步子顿住了。

靳川？班主任在找他谈话？

周开蒂继续：“众所周知，家庭环境对一个人的影响非常大，这一点毋庸置疑。但它决定不了你的人生和未来。你要理智客观地看待自己的童年，自己的成长经历，学会用正确的态度去面对这段特殊的历程，面对你的爸爸，这样你才能树立正确的人生观和价值观。靳川，这个社会需要的是人才，不是天才。”

“知道了。”

“在你来七中之前，你爸爸找过校长，也找过我，他和我们聊了很多，也向我们表达了对你和你妈妈的歉意和愧疚。他希望弥补你，也希望你能在正确引导下走上你该走的道路，不要拿自己的前途和家里赌气。”

隔着一扇门，朵棉听见，靳川这次回了一声淡嗤，语气平平地说：“谢谢老师关心。下午还有几节主科，我有点儿困了，想回教室休息。”

周开蒂明显滞了下，然后才说：“好吧，那你先回去。学习和生活中如果遇到什么问题，都可以来找老师聊一聊。老师希望你能把老师当朋友。”

紧接着便是渐行渐近的脚步声。朵棉回过神，赶紧小跑着躲到楼梯平台处。靳川推开门走出来，嘴角还挂着一丝嘲讽的笑，目光很冷。

朵棉从楼梯口朝那方打望，见他在原地出神。

心情不好吗？被谈了话，是个人都心情不好吧。朵棉瘪嘴，窘窘地思考着。

听说，人心情不好的时候会喜欢收到礼物。也不知道是不是真的，管不管用。她咬唇，伸手摸摸一直放在衣兜里的胸章，追了上去。

靳川人太高腿太长，走路的姿态看着漫不经心，实际速度却很快。朵棉在后面追得气喘吁吁。

午后的实验楼很安静，两个人的脚步声回响在空空荡荡的走廊上，明显得有些刺耳。走到快尽头的时候，靳川停了下来。

朵棉擦擦额头，弯下腰，撑着膝盖大口喘气。

他侧过头来，看她，语气很淡，“跟后边儿追半天，不知道叫我一声？”

“……”主要是看你心情不好，怕你不让我跟来。

朵棉干笑了下，“忘了。”

“有事儿？”

“……哦。”朵棉用力清了清嗓子，上前几步，挠挠头，故作平常地说，“是这样的，我那天路过一个礼品店，看见一个胸章觉得还不错，就顺便买了。”

她在语无伦次地说些什么？怎么感觉傻爆了？

靳川把玩打火机的动作一顿，盯着她，挑挑眉毛。

“……那什么，你看，你缺不缺个胸章啊？”嗯，非常确定已经整段垮掉。朵棉内心流下一排哀悼的宽面条泪，硬着头皮，继续：“缺的话，我顺便送给你呀！”

风很轻，云很淡，十月的阳光好像有种毛巾卷的懒甜味。

她心跳快得像刚跑完马拉松，脸上却一副若无其事的样子。几步外，靳川站姿随意，好整以暇地盯着她。忽然一弯唇，笑了。他冲她勾了勾手，“你过来。”

朵棉不明所以，挪着，很缓慢地朝他靠近过去。

这应该是她第一次在阳光下看靳川。她比他矮很多，所以每次看他，第一眼注意到的就是他的下巴。

棱角分明的下颌位置，灿烂的光线照出了些许青色胡楂，往下是修长的脖颈，喉结位置的凸起，随着他的轻笑有轻微起伏。光与影交织，透出难以言喻的性感。

她听见自己的心跳忽然更快。

他盯着她，语调懒洋洋的，莫名来了句："看不太清楚啊！"

看不清楚什么？

就在她不解的刹那，他手掌已经整个覆上她的左脸，有意无意，微凉的指碰到她藏在头发里的柔软耳朵。

朵棉一下瞪大了眼睛。

"果然。"靳川说，"这么烫，得红成什么德行？"

这种情况，不脸红才不正常吧？居然还取笑我？你都摸我脸了好不好？连耳朵都摸到了好不好？朵棉差点一口气没缓过来羞窘而亡，整个人呆呆的，半天做不出反应。

正午过去了，太阳的烈势似乎稍有减退。

朵棉背光，靳川向阳而立，好一会儿，她看见他在灿金色的光下弯腰，贴近她，眯了眯眼睛，吐出轻而淡的两个字音："啧啧。"

他捏住她的下巴，晃了下，又说，"脸皮这么薄还学人扯淡。想送东西就送，扯个屁的顺便。"

不是顺便，特意行了吧？不过我脸红好像不是因为扯淡？而且，你怎么又突然捏我下巴了？朵棉整张脸几乎红成番茄色，咬了咬唇，没有吱声。

然后靳川就把手拿开了。

朵棉紧绷着的神经骤然一松，悄悄深呼吸，忙不迭地站开两步。

半秒后，靳川微垂头，淡淡地说："行吧。"

朵棉："……"

"拿出来看看。"

朵棉这会儿脑子还不太清醒，闻言，有点茫然："什么？"

靳川微挑眉："不是问我缺不缺胸章？"

她反应过来，连忙伸手从校服衣兜里拿出那枚胸章，攥掌心里，停顿好几秒才呼出一口气，下定很大决心似的，双手递到靳川面前。

虽然是表达谢意的一份礼物，但，拿双手递会不会显得太狗腿了？

朵棉眨了眨眼睛，思考着，又假装挠脑袋，自认很不露痕迹地收回一只手。剩下的那只举在半空中的右手，则手心朝上，摊开。

靳川低眸。

白嫩小巧的掌心里躺着一枚胸章，苹果形状，暗红底色。胸章正中位置，“MYS”三个字母被阳光镀上一层薄金，绚烂到刺眼。

“……你也玩*PUGD*,应该知道MYS战队吧？是我很喜欢的一个战队。”朵棉的语气很认真，见他面无表情不说话，连忙道，“虽然是叫胸章，但是你不一定要把它戴身上，装饰书包啊，文具袋什么的，都可以。这个真的很有意义。”

对面，靳川看了那枚胸章一会儿，又抬起眼皮，看她。面容平静，一言不发。

为什么要这样看我？我只是，想送一件我很喜欢的东西给你而已。虽然，这件东西好像确实不实用。

朵棉被他的眼神瞧得毛毛的，数秒后，低下头，声音小小没什么底气地问：“所以，你要么？”

对于男生来说，可能没谁会喜欢一个苹果造型有点女气的小玩意儿吧？所以，他不要也没什么。她可以自己留着戴。

就只是会有一点点失落而已……

手举得有点酸了。朵棉抿了抿唇，准备把胸章收起来。然而就在她将要把胳膊放下的前一秒，靳川有了动作。他把她掌心里的胸章拿了过去，两根手指捏着，眯眼打量。

“苹果啊……”他调子慢悠悠的，嘴角微勾，挂着一丝懒散的笑。

“……是啊苹果。”虽然这位大爷对这枚胸章的关注点不太对，但他能感兴趣，朵棉还是觉得惊喜，“造型很特别对不对？”

“嗯。”靳川往栏杆上一靠，视线重新回到她脸上，“是挺特别。”

胸章特别你看我干什么？朵棉脸热热的，心口没由来一紧，才顺过来的呼吸又变得有点困难。

然后又听见靳川淡淡地说：“谢了。”

“你要收下？”

“你一番心意，我怎么也得给面子不是。”

能劳烦你老人家给面子，那我也是很厉害了。朵棉的心情瞬间多云转晴，笑起来，一双眸弯成两道月牙，“大家都是同学，不用客气。而且本来就是你帮助我们在先，小礼物而已，应该的。”

靳川攥着胸章既不收起来也不戴，就捏着玩，挑挑眉：“不回去午自习？”

他一说，朵棉才想起自己来实验楼是干什么。

她笑了笑，把放在窗台上的口语书拿起来，道：“那我去小花园那边练口语了。”说完就转身准备离去。

结果没走出几步又忽然停下。

朵棉皱了下眉，想起在班主任办公室外面听见的那番对话。靳川的爸爸，还有靳川的成长经历，这些字眼，周开蒂反反复复提了好几次。再结合他本人过于另类的性格，还有他走出办公室时，那种冷漠而嘲讽的神态……

事情好像很复杂。

朵棉回过头。那人斜靠着栏杆看风景，脸色很淡，一丝多余的表情也没有。她动了动唇想说什么，又有些犹豫。

周围的空气安静而温暖。

过了会儿，朵棉试着喊了声：“靳川。”

“嗯。”他淡淡地应，目光仍旧看着远方。

“以我的经验来看，一个人如果有不开心的事，”她暗暗做了个深呼吸，在心里斟酌着用词，道，“其实说出来之后就会好受很多。”

靳川听完，侧头瞧她一眼，语气有点阴森，“偷听我跟班主任说话了？”

朵棉心一沉，想也不想就否认了：“没……没有啊！”

靳川盯着她看，直勾勾的。

她承认靳川大爷的眼神杀伤力是十万。在这种目光注视下，朵棉心惊肉跳，僵持数秒还是泄了气，坦白从宽：“我只是刚好路过，就听见了一点。周老师让你树立正确的价值观和人生观什么的……”

靳川依然不说话。

“……我错了。”能在他的眼神下扛住半分钟，朵棉觉得自己已经到极限，此时连举双手投降的心都有，“但我真不是故意的。而且我之前说那句话，也没有其他任何不好的意思。”

她解释着，音量偏小，语气里夹杂一丝自己都没察觉到的委屈：“我只是觉得，你在学校里好像没什么朋友，平时遇着什么烦心事，可能也没人能说话……你要是信得过我，其实，可以找我聊聊，就算我们算不上朋友，游戏好友总算吧？我虽然不能帮到你什么，也提不出什么宝贵的建设性意见，但至少，我会安慰人啊……”

正经八百的一番话，全是朵棉赤裸裸的肺腑之言。

周开蒂有句话说得很对，靳川情况特殊。无论是对学校，对老师，还是对各位同学，他都是一个过于特殊的异类。

说他是好学生，他抽烟喝酒打架，还和社会青年有往来；说他是坏学生，他的智商能甩所有优生八条街。

表象比内在更具说服力，结果远比过程值得关心。

这个社会，人们已经习惯了排斥“异类”，所以关于靳川的闲言碎语，在阴暗的角落里病毒般蔓延。

朵棉希望能了解他，哪怕只是一点。

然而，令她怎么也没想到的是，自己最后一个字音落地之后，对面那位静默几秒钟，竟一下笑了出来。

朵棉嘴角抽搐了一下。

几步远外，靳川侧过了头。

她看不见他的表情，也没听见什么声音，但从那副宽肩抽动的频率来看，这位大爷必定笑得格外夸张。

朵棉整张脸都开始抽抽了。

不怕把下巴笑脱臼吗？她真是狗拿耗子多管闲事，吃饱了撑的才会跑来关心他。朵棉无语，瘪瘪嘴，抱着口语书转身就走，气呼呼的。

“苹果。”

背后很快响起一道嗓音，懒懒的，语气里透出一丝还未褪尽的笑意。果字带着极其轻微的儿化音。

这称呼？苹果？在叫她么？

朵棉狐疑地皱眉，站定回头。

靳川深黑色的瞳孔在太阳底下一照，折射出浅而淡的光。他盯着她，手里有一搭没一搭地把玩那枚胸章，漫不经心地道："你说你别的不会就会安慰人，那说说看，你打算怎么安慰我？"

朵棉还没从那个诡异的称呼里回过神，被他这么一问，瞬间愣住。

"说话。"

"我……"怎么安慰？这难道还有具体的做法吗？她清了清嗓子，认真思考几秒才回答道："我可以陪你打游戏。"

闻言，靳川回了一声嗤笑。

朵棉皱眉，"其实吧……我觉得，自己现在还是很厉害的。"

"是么。"

"是啊！"她说，"你之前说，因为我不够强，所以我不能跟你组队。这个问题其实很好解决。"

朵棉脑子里莫名冒出陆易的那句话："这个学校，没人能入靳川的眼。"

他最大的爱好是打游戏，那么，要入他的眼，成为他的朋友，了解他，或许只有一条路。

靳川把玩胸章的动作一顿，挑了挑眉毛。

"*PUGD*单排战绩亚服前300，在你眼里，算什么水平？"朵棉也不知自己打哪借来的胆子和勇气，问道。

他盯着她，"还凑合。"

"能跟你组队了么？"

"勉强能。"

"好。"朵棉点头，"我什么时候冲进天梯前300，你什么时候用自己的号跟我组队，可以么？"

"可以。"

朵棉弯唇，朝他伸出一根细细的小拇指，"那我们拉钩。"

靳川看了眼那根小指头，又看了眼她笑盈盈的小脸，片刻，弯下腰，在她脸蛋儿上轻轻拍了两下，懒散道："苹果，其实我有点儿失望啊！"

朵棉眸光闪动。

失望什么？

然而，还没等她问出口，靳川人已经转身走了。高大慵懒的背影拐进这一层的楼梯口，彻底消失在视野外。

怎么安慰？

打游戏？真绝了！

亚服前300的目标就这么雄赳赳气昂昂地定下了。

然而，理想很丰满，现实很骨感。次日中午，当朵棉把这一目标告诉陆易时，她才知道这件事的难度系数，远超她原本预料的五颗星。

“单排战绩亚服前300？”陆易惊得喷出一口可乐，差点呛死，“你没事儿吧？你知不知道亚服前300意味着什么？”

“什么？”

“意味着高手，意味着大神，意味着你可以飞升去打职业。”

“这样啊！”朵棉挠了挠头，“你的意思是，我应该打不进去？”

陆易连顿都没顿一下：“不是应该，是肯定。”

朵棉：“……”

“不过菜鸟虽多，像你这么有远大抱负的却少。”陆易伸手拍了拍她的肩，用鼓励的口吻说，“值得敬佩。”

朵棉不满地瘪嘴。

她现在的水平虽然不算高手，但也不算菜鸟吧。而且，哪怕可能性很小。

“我还是想试一试。”万一呢？世上哪有什么事情是绝对不可能。

听完这话，就连正专注啃小说的张晓雯都抬起了头，看向她，很狐疑地问：“我不了解你们那个什么和守什么*PUGD*，我就纳闷儿，你怎么莫名其妙冒出这么个念头？游戏嘛，只是一个娱乐一个消遣，怎么还定上目标了？合着你还想在游戏里成就一番丰功伟业？”

朵棉咬着吸管，腮帮子一收，吸入奶茶里的两粒珍珠。她咀嚼着，垂眸，细细品味嘴里的软糯感，没有说话。

成就一番伟业倒不至于。

只是这个游戏，让她感受到了一种前所未有的活力。那种发自内心的兴趣、喜爱，还有每次进步所获得的胜利感和成就感，远超她以往经历过的所有。在*PUGD*里，她是自由的、脱缰的、不受束缚的。

她打心眼里喜欢这种感觉。

朵棉安静地思考着。

但游戏本身，好像又不是最重要的原因。她清楚地知道，从始至终，像太阳一样散发着光和强烈引力的，另有其人。

“说话啊！”张晓雯推推她的手臂，“发什么呆。”

“没什么特别的原因。”朵棉笑笑，“就想试试看而已。”

张晓雯闻言，叹了口气，“你要打那个什么天梯排名，肯定要花很多时间。但愿你成绩不滑，不然你妈非得把你生吞活剥了不可。”

朵棉点头：“我心里有数，学习是第一位的。”

自那以后，朵棉便开始利用课余时间打游戏，冲排名。心中有了目标，专注力便大大提升，她的天赋几乎是在一周之内完全爆发。0.145 的反应速度，每次遇敌刚枪，十有九胜。

渐渐地，就连陆易都发现了朵棉的神速进步，追问她是不是在看哪位主播的直播学技术。只有朵棉自己知道，她的进步，一半是靳川教出来的，一半是那位大爷打击出来的。

斗志实乃人成功的关键。

就这么过了一个月。

“同学们，半期考试的时间安排，以及你们的考室座次表，我都已经让班长贴在课表旁边了。”周开蒂一大清早就跟大家宣布了这个噩耗，“希望大家利用最后的几天时间好好复习。”

“还真是五天一大考三天一小考啊！”陆易在底下低声吐槽。

班上一水儿的唉声叹气。

“都安静。”周开蒂皱眉拍了拍桌子，“另外还有件事。这次考试之后，我决定给你们重新调一次座位，按照班级排名，从第一名开始自由选位，直到最后一名。公平公开公正。”

“还有这种操作？”张晓雯翻白眼，“那样的话，前排好位子不全让成绩好的给选了？成绩差的坐后排，好的更好差的更差，那不成恶性循环了么。公平倒是公平，会不会太残忍了一点。”

重新选座位啊？朵棉眨了眨眼睛，回头，看向后排。

靳川趴在课桌上睡觉，头微侧，双眸闭合，眉心处拧着一个很浅的结。她发现，他只有在睡着的时候才会有这种稍显柔和的神色。

这么喜欢睡觉，肯定还是会选最后一排吧？不知道会跟谁同桌。说起来，第四名的张巧好像总爱来问他问题，难道是对他有意思？

朵棉思绪乱飞。

讲台上，周开蒂已经开始上课了。

靳大爷照旧睡他的大觉。

朵棉默了几秒钟，无奈叹气，认命地伸手敲了敲靳川的桌子，小声："化学课，周老师让把上周发的模拟卷拿出来，你应该做完了吧？"

她话还没说完，班主任的声音就响起了。

"靳川。"

朵棉皱眉，情急之下直接推了他一把，语速飞快道："老师叫你。"说完，转过身子正襟危坐。

背后一阵窸窣响动。

应该醒了吧？

她微侧目，悄悄往后张望，只见靳川缓慢从座位上站了起来。黑眸惺忪，神态慵懒，整个人明显还没睡醒。

朵棉总算知道靳川为什么老把头发剪那么短了。以他的嗜睡程度，头发长点儿，岂不是随时都得顶着个凌乱鸡窝头？那也太崩这位爷的人设了。

此时，大爷打了个哈欠，懒洋洋站定。

周开蒂拉着脸说："睡醒没有？"

"醒了。"他淡淡地说。低沉的嗓音带着长期吸烟导致的微哑，调子慵懒又随意。

周开蒂哼了声，"把最后两道大题的答案写到黑板上。"

闻言，靳川微拧了下眉，好像忘记了卷子放在哪儿。几秒后弯腰，从抽屉里翻出张卷子，面无表情地打量五秒钟，上讲台去了。

全班鸦雀无声。整个教室里就只有粉笔摩擦黑板的轻响。

"最后两道大题你做出来没有？"张晓雯低声问朵棉。

朵棉摇头，继续去看讲台上那道高大背影。

不到五分钟，靳川就把两道大题的解题思路包括答案给写了出来，字迹偏草，苍劲有力，排列工整得一丝不苟。

这副板书，再对比那位痞里痞气写板书的人，反差强烈至极。

“嗯，这就是正确答案。”周开蒂露出一丝满意的笑，“这是三年前S省高考的原题，难度系数很高，能把这两道题做出来是很不错的。”

全班愣了下，不知谁带头鼓了两下掌，霎时间全班都跟着鼓。

啪啪啪，掌声雷鸣。

周开蒂笑着，顺手从靳川手里接过他的试卷，看了眼。

朵棉确定以及肯定，此时此刻，班主任的脸色正以肉眼可见的速度起着变化。先是一青，再是一白，最后黑成了锅底。

大家茫然，掌声稀稀拉拉地弱下去。

“……回座位。”周开蒂深吸一口气吐出来，似在竭力压抑怒火，把试卷还给靳川，“中午放学到我办公室来。”

这戏剧性的突变弄得朵棉一头雾水。她狐疑，眼睁睁看着班主任喜转怒，再眼睁睁看着靳川回来。

余光扫过他手里的试卷，空白？白得连姓名班级那一栏都没填……这张作业卷，他压根动都没动。

朵棉惊呆了，真是难为班主任能忍住不发飙，只怕教了二十多年书都没遇到过这种学生吧。

既是天才，又是混账。

第四节下课，靳川又被班主任请去喝茶了。

陆易和张晓雯还在赶作业，让朵棉先去外面的小面馆占位子。她无语，只好独自一人往学校外面走。

放学的点儿，校门口全是人。

突地，一个高个儿的年轻男人吸引住了朵棉的目光：那人面容俊秀，肤色白皙，鼻梁上还架着一副框架眼镜。

她眨眼，这不是那天送身份证来网吧的人么？靳川的朋友？

就在朵棉思索的当口，那人也注意到了她，顿时眼一亮，冲她笑盈盈地招手："欸欸，小美女！"

朵棉被这个称呼雷得干咳两声，犹豫几秒，走过去。

"果然是你。"火车笑容满面，"你们放学啦？川哥呢？"

"他……"朵棉干笑，"还有点事。"

"哦，那这样，"火车看了眼手表，然后递给她一个纸袋子，道，"我赶时间，你帮我把这个拿给靳川。"

朵棉伸手把袋子接过来，沉甸甸的，闻着还有一股药味儿。

"这是什么？"她好奇。

"川哥他外婆不是刚动完手术么，我找人从泰国那边带了点儿补品回来，给老人家补补身子。"

朵棉眸光微闪，"他外婆生病了么？"

"心梗，才安完支架。"火车叹气，"川哥这几天没回基地，估计都是睡医院，你让他多注意休息，他要再这么折腾自己迟早得出事儿。"

"嗯，我会帮你转达的。"她点点头，又觉得好奇，"不过，你说他没有回'基地'，什么基地？"

"就我们平常住的地方啊！"火车有点莫名其妙，再一看时间，"哟，下午还有内训，我得先走了，你记得把东西给川哥。"说完小跑到街对面，跳上一辆红色跑车，绝尘而去。

朵棉看了看手里的一口袋补品，又想了想眼镜男刚才的那番话，皱眉，愈发感到疑惑。

靳川其人，实在是一个令人无限费解又无限想一探究竟的存在。

神奇。

大半个午休过去了，靳川依旧不见踪影。

被拐卖了？被劝退了？被班主任一怒之下炖来吃了？朵棉抱着一口袋补品忧心忡忡地思索着。

终于，在距离下午上课还有二十分钟的时候，她从教室后门的门缝里，瞥见了那道高大人影。

她眸光微闪。

靳川靠在走廊的栏杆上，手里拿了瓶还剩大半的矿泉水。他正微偏着头，跟人说话，面部轮廓被笼在柔和阳光下，棱角分明而俊朗。

不过，他帅就帅吧，这不是重点。重点是，他旁边还站了一个人。

一个不知从哪个班冒出来的漂亮女生，高挑纤细，脸上画着很淡的妆。

从朵棉的角度看，两个人靠得还有点近。她推了推眼镜，静几秒，抱起袋子就出去了。

教室外。

“哦哦，原来是这样。”漂亮女生笑起来，露出两枚小酒窝，“谢谢你啊！这道题，我问了我们班好多人，大家都不会……”

“靳川。”一道天外来音骤然打断这番话。

漂亮女生愣了下，转头。

靳川拧开瓶盖喝了一口水，撩起眼皮，侧目，淡淡看向教室门口。瞧见一个梳辫子的姑娘直朝他而来，个子小小的，眼睛大而圆，还戴着副占据她半张小脸的圆形眼镜。

喉结滚动。靳川把嘴里的水咽了下去。

朵棉脚下的步子很快，没几秒钟就走到两人跟前了。她站定，看都没看那个女生一眼，直接把手里的袋子递出去，说：“你朋友让我带给你的。”

“哪个朋友。”靳川随手拨了下那袋子。

“我不知道他叫什么，就是上次送身份证来的那个。”朵棉说，“你外婆不是病了么？这是他从国外给老人家带的补品。”

“那是火车。”

“喔。”真不愧是你的朋友，连名字都这么别具一格。

“东西放我抽屉里。”

“喔。”朵棉闻言，又把手收了回来。

一旁的漂亮女生似乎有点尴尬，愣了会儿，对靳川说：“那我先回教室了，再见。”

漂亮女生扭着小蛮腰走了。

朵棉在原地站着，迟疑几秒钟，还是忍不住问他：“你没写化学试卷，周老师没有为难你吧？”

靳川垂眸看着她，脸色如常。

朵棉叹了口气，继续：“我知道你不喜欢守规矩。但是，有的时候也不要做得太过，你总这样……其他人可能会对你有看法。”

靳川还是没吭声，只是那双深黑色的眸，兴味渐浓。

“好吧。”朵棉意识到自己又在多管闲事，瘪瘪嘴，低声嘀咕，“像你这样的人应该也不会在意别人的看法。”

“苹果。”靳川低低喊了声，弯腰，整个人和她形成一条平视线。

朵棉心一紧，熟悉的烟草味和薄荷味，扑面而来。

他笑了下，意味深长地道：“你是不是，有点儿太关心我了？”

回教室之后，朵棉依旧处于呆呆神游的状态。

当时，靳川用那副标志性的语气说完那句话之后，自己是什么反应？貌似直接满脸通红，噔噔噔倒退三步，跑回了教室？

又好像没有噔噔噔？她走路基本没声音？不然他会觉得她很重吧？其实她的身高体重还是很合适，虽然有点肉肉，但三围比例其实不错的？

等等。

你到底在乱想些什么啊！

朵棉趴在桌上羞恼地嗷了一声，抓抓头顶的呆毛，展开一本练习册盖住自己。

所以为什么要跑为什么要跑？明明可以理直气壮地说同学之间本来就应该互相关心互相帮助啊！她最近真的好不正常。

应该是又要冲天梯排名，又要准备半期考试，压力太大了吧？

嗯，一定是这样！

朵棉握拳，甩甩头，把盖住脸蛋的练习册摘了下来，拿起笔和草稿纸开始演算。要考试了，复习复习，复习使我全神贯注。

Cos ？ Sin ？等于多少来着？

朵棉脸红红的，脑子乱糟糟的，像搅了团糨糊，就这样沉浸在了羞窘的深海里。

整个下午天气晴朗，阳光普照。

背后偶尔传来些声响。推凳子的声音、翻书的声音、锁手机屏的声音、还有靳川跟人交谈的声音……音色偏低微哑，语气很淡，从骨子里透出来一种慵懒和性感。

朵棉突然认清一个一直以来都被自己误解的事实。

以前，她总认为自己对靳川的过分关注，是因为她太欣赏且向往他性格里的随心所欲，唯我独尊。直到此刻，她才知道不是这样。这种过分关注的根本原因，是靳川本身。他身上有一种致命的引力，存在感强到可怕。

朵棉脑子里莫名钻出一个比喻：靳川其人，就像蛰伏在万千乌云中的太阳，黑暗褪去时分，就会散发万丈光芒。

入夜了。

晚上八点多，在众多高三学子的千呼万唤中，晚自习的下课铃声准时响起。教学楼里瞬间炸开了锅，各班教室都闹哄哄的。

“欸，”陆易转过来招呼朵棉，“今天我爸开车来接我，要不要顺便把你送回去？”

“不用。”朵棉笑着拒绝，“你家和我家又不顺路，不麻烦你们了。”

“好吧那我走了。”陆易起身离开座位，不忘叮嘱，“最近报道了好几起女生失联的新闻，没人和你顺路，你自己回家小心点儿。”

“嗯。”

陆易和几个相熟的男生勾肩搭背，说说笑笑地出了教室。张晓雯和朵棉说了再见，也紧随其后地离去。

四人小组里的张安阳收拾好书包，见朵棉还坐在位子上，不由皱眉，“你怎么还不走啊？”

朵棉神色专注，在草稿本上画出一条辅助线，“这道题我刚有思路，想做完再走。”

“成。那我先走了，你别太晚。”

脚步声逐渐远去。

二十分钟左右的工夫，大家就都走得差不多了。朵棉把草稿本上的最后答案搬到练习册上，呼出一口气，扣上笔盖。抬眼一看，教室里只剩下她和几个在做清洁的同学。

朵棉摘下眼镜放进眼镜盒，揉揉眼睛，这才开始收东西。两分钟后，她背上自己的碎花小书包走出教室。

这个时间点的高三教学楼，几乎已经没什么人。门卫大叔沿着各个楼层关走廊灯，光明次第消失，取而代之的是漫无边际的黑暗。

朵棉低着头下楼梯，细眉微皱，还在反复思索之前那道数学题。

楼梯间也黑漆漆的，声控灯似乎出了问题。朵棉在台阶上跺了跺脚，灯不亮，又跺了跺脚，还是不亮，只好默默地拿出手机，准备用手电筒照明。

光明驱走黑暗的瞬间，她吓得叫出一声，手电筒刚开就关了。

通往下一楼层的平台处，一道身影斜倚墙壁，站着，穿着黑色衬衣和校裤，校服外套不知所终。脸上的神色淡淡的，悠闲自在，不知看了她多久。

“瞎喊什么。”那人低声说了句话。

朵棉惊魂未定地拍了拍心口，暗道黑灯瞎火突然看见一个人，是个人都得吓一跳吧。她微皱眉，清了清嗓子说：“你……你怎么还没走？在等谁么？”

靳川语气里透出股子不耐烦：“你说我等谁？”

朵棉愣住。

“刚在教室磨磨蹭蹭半天，摸鱼呢？”

“哦。我刚才在算一道大题。”朵棉眨了眨眼睛，很诧异，“你在等我？”

靳川没有答话。周围很黑，楼外有车路过，依稀照亮那张棱角分明的脸。

不说话大概是默认。

朵棉狐疑：“你找我有事情么？”

靳川淡淡地说：“我顺路，跟你一起走。”

“你和我顺路么？”朵棉皱起眉，有点糊涂了。她明明记得，他平时跟她走的完全是两个方向。

靳川说：“我去医院。”

“……哦。”原来如此。朵棉点头，看看他手里拎的一袋补品，差点忘了他外婆在住院的事。

几分钟后，两人一前一后离开了教学楼，到校门口拦了辆出租，坐上去。

司机问：“到哪儿？”

“市医院。”靳川面无表情地答道。

市医院，确实和她家离得很近。朵棉思索着，视线不由自主往旁边看。靳川英俊的面容有几许疲惫，须臾，闭了眼往椅背上一靠，闭目养神。那瞬间，车窗外霓虹斑斓车水马龙，都像离他格外遥远。

朵棉看了眼他微拧起的眉，脑子里想起中午时火车说的话——他这几天没有回那个什么基地，都是直接睡在医院。

她心里升起了一丝疑惑。

从上次周老师和靳川的对话中，不难听出，他和家里的关系应该不好，或者说，是奇差无比。但，从这件事看，他和他外婆应该还挺亲近的？

朵棉侧着头，微微朝靳川靠近了几厘米，仔细打量。

他这张脸是真好看。

按照十八岁左右的少女审美来评判的话，她觉得他头发如果再长一点点，应该会更好看。她曾想过要给他提出换发型的建议，但最后仔细一想，还是作罢。

想也知道这位大爷会是什么反应，必定又是那副不屑一顾的淡嘲表情。

朵棉很肯定，在靳川心中，他坚持的就是最好的。这种强大的自信和骄傲，是他耀眼如朝日的源泉。

这么另类独特的存在，世上不知道还有没有第二个。她以前没遇见过，以后大概也不会再遇上了吧。

朵棉看着他，鬼使神差地想。

“你再靠近点儿，”突然，那位被她观摩半天闭目养神的人，冷不丁丢过来一句话，语气挺淡，“能亲上来。”

朵棉：“……”

你怎么知道我在看你？怎么知道我靠得有点近？不是闭着眼睛吗？

她整个人都僵住了，白生生的脸瞬间通红。

那头，靳川连眼皮子都没掀一下，继续道：“又脸红了？”

“……没有。”她干巴巴地咳嗽了一声，别过头，下意识地抬起双手捂住脸蛋儿。烫烫的，跟要被烤熟了似的。

没出息！朵棉在心里唾弃自己。

靳川轻微勾了下嘴角，没有说话。

没过多久，市医院到了。

靳川给完钱下车，咬着烟，随手把找来的一把零钱揣裤兜里，瞧朵棉一眼。路灯下，那小姑娘的脸还是红的。她低着头咬着唇，一言不发，脑瓜里不知想些什么。

“走。”他淡淡地说，“先送你回去。”

姑娘抬头看了看他，又看了看矗立在不远处的市医院住院部，似乎有点迟疑，“你外婆就在这儿么？”

“嗯。”

“我能跟你一起去看看老人家么？”她支吾着问，说完像怕他误会什么，忙不迭地补充，“主要我来都来了，不去看望一下有点过意不去。”

靳川一双黑眸盯着她，挑了挑眉。

朵棉干站在原地，忐忑地等他回话。

片刻，他掐了烟头随手丢进旁边的垃圾桶，语气平平道：“住院部十五楼，心血管内科，1509病房。”

晚上九点多，整个医院都静悄悄的。

朵棉在楼下买了些水果，跟在靳川身后走进电梯，去往靳川外婆所在的病房。

外婆的病是急性心肌梗死，送到医院时，情况已十分危急，幸得医生们抢救及时才捡回一条命。今天是支架手术完成的第五天，刚从CCU（冠心病重症监护室）里转出来。

朵棉进了屋。

这间病房是个单人间，整体环境舒适，正中间的病床上躺着一个白发苍苍的老人，满脸褶皱，双眸紧闭，呼吸均匀，身上还贴着心电监护仪上的各种磁片。

怕吵到外婆睡觉，朵棉连走路的姿势都变得小心翼翼，到床边抬眼一看，只见床头处贴着一个病人信息栏：陈秀珍，女，68 岁。

朵棉微皱眉。

她的奶奶今年 72 岁，比靳川外婆还年长 4 岁，但精神奕奕四处旅游，看起来比外婆要年轻上许多。

她怔怔的，有些出神，感觉到靳川拍了下她的肩。她扭头，后者脸上的表情很平静，指了下背后的椅子，示意她去坐。

朵棉冲他笑了下，摆摆手。环顾四周，又有点奇怪。这个病房里只有外婆一个人。除了靳川，都没有其他人照顾的么？

就在朵棉困顿的当口，病房门被人从外面推开了。她转身，看见外面进来一个四十几岁的中年妇女。

那妇人五官倒是漂亮，但肤色暗淡偏黄，素面朝天，身上的衣着也朴素得有些陈旧，看起来没有丝毫气质可言。

妇人看见靳川，微微一愣，好一会儿才露出一个很不自然的笑，说："川子来了呀！我下午的时候刚到，坐火车来的。"

靳川脸色冷漠，连余光都没给那妇人。

妇人顿时更加窘迫，两只皴裂的手绞了下衣角，视线一转，注意到站在靳川身边的朵棉，"这小姑娘是……"

"你好。"朵棉被两人间的气氛弄得很尴尬，僵笑，"我是靳川的同学。"

"哦，同学啊……你好你好。"妇人不住点头，笑道，"我是川子他老姨，哦，就你们南方喊的小姨。你也叫我小姨就行。"

"小姨好。"朵棉礼貌地喊了声。

原来靳川有北方人基因啊，难怪长得那么高。她有点不合时宜地想着。

"坐吧。"妇人没在靳川那儿讨到好脸色，便对朵棉格外热情，笑嘻嘻的，说着就拿起一个橙子准备削皮，"刚放学还没吃东西吧？来来，我先给你们削个果子吃。"

朵棉摆手正要拒绝，却看见靳川二话没说，忽然大步流星地推开病房门儿，冷着脸出去了。

妇人神色一僵，朵棉也愣在原地，丈二和尚摸不着头脑。

这气氛，什么情况啊？

“苹果。”外头传来两个字，冷而低，语气不善，带着明显的威胁性。

朵棉抽了抽嘴角，赶紧站起身，对妇人说：“不好意思啊小姨，我先走了，下次再来看外婆。”说完不等妇人回话，也推开门出去了。

妇人愣怔半晌，垂眸，沉沉地叹了一口气。

病房外的走廊上。

朵棉跟出去一看，靳川正站在背光的阴影处盯着她，几秒后，转身摁亮电梯，面无表情，眸色格外地冷。

她皱眉，朝他走近过去。电梯正在上行，数字规律跳转着，刚到13层。

朵棉清了清嗓子，试着开口：“我听说做完支架手术都要先进重症监护室，外婆已经转到了普通病房，那她的病情，应该已经稳定下来了吧。”

“嗯。”他应得很冷静。

“那就好，其实心梗这种病，听起来很严重，但是只要抢救及时，后期保养得当，不会有什么大问题。”她安慰了他几句，咬咬唇，然后才小心翼翼地问，“你和你小姨，关系不好么？”

“叮”一声，电梯到了，两扇电梯门往两边分开，里面一个人也没有。

靳川走进电梯，朵棉也跟了进去。他没有回答，面色冷静非常。

电梯里空间密闭，死一样静。

朵棉咬了咬唇瓣儿，又问：“你爸妈的工作应该很忙吧，外婆这个病，现在应该挺需要人照顾的，他们怎么也不来？”

话没说完，只觉手腕蓦地一紧，被人大力捏住。

朵棉眸光惊跳，下一秒，靳川攥住她的腕子猛力一扯，整个人倾身，她甚至没来得及做出反应，便被他抵死在了电梯墙上。

这一瞬，她睁大了眼睛，甚至忘了要怎么发出声。

靳川埋头，眸若深海，语气冷至冰点，嗓音却轻得可怕：“苹果，你对我的事很好奇？”

其实有点，但是此情此景，给朵棉十万个胆子她也不敢这么答。

这样的他充满未知的野性和危险。

于是朵棉深吸一口气吐出来，强自镇定，手都在发抖：“如果我问了不该问的事，那么很抱歉，对不起。”

谁知道，靳川听完，竟勾了勾嘴角，很淡很淡地笑了。

从他认识她开始，她就一直在跟他说对不起。

游戏里撞死他；刮花 SHEN 的车连累他；甚至是那天打群架，半道儿跟着其他男人跑了丢下他。这么一想，她对不起他的事儿还真挺多。

“这么喜欢说对不起。”靳川贴近朵棉，前所未有地近，近到他闻到了她衣服里升腾起的温热体香，近到唇与唇的距离，几乎只剩半指。

他眸色极深，哑声道：“那你说说，对不起我这么多次，打算怎么补偿？”

第六章

呆苹果

朵棉屏息，被他整个人压在电梯墙上，背上掌心全是汗，没有说话。

靳川近在咫尺，眸微垂，死死盯着她。他有点不对劲。但导致这种不对劲的原因，朵棉不知道。她想，或许是自己问了什么不该问的话，又或者是，那个突然出现在病房里的中年妇人。

“怎么补偿？”靳川沉声又问了一次。

这种光线和环境，使得他原本就较常人更深的眸色，愈显漆黑。

此情此景，她实在不知道自己能说什么。

“对不起是最没用的一句话。”靳川笼罩在白色光线下的脸，冷漠而平静，“在这个世界上，没有光靠道歉就能解决的事儿。”

朵棉眸光蓦地一跳。

突然，“叮”一声，一楼到了。

外面站了几个等电梯的护士，原还笑盈盈地聊着天，门开刹那，却都愣在原地，有些惊讶地看着电梯里正僵持在一种诡异姿势上的朵棉和靳川。

短短零点几秒，朵棉咬了咬唇，绯红的脸更烫了。

这造型，还真是容易让人浮想联翩啊。

靳川松开了手。几个护士这才回过神，清清嗓子走进电梯，一副假装自己什么也没看见的姿态。朵棉跟在靳川旁边走了出去。

夜色渐浓。

两个人沿着马路前后走着，始终没有人说话。

市医院离朵棉家的小区，直线距离不足800米，过了路口，转个弯走几步就到。前面刚好是红灯，朵棉停在人行道上，风把她额角的碎发吹得乱糟糟一片。她抬手，胡乱地拨了拨。

其实有点后悔，她之前就应该自己回家的。生病的是靳川的外婆，这个老人和她并没有任何直接或间接的关系，她出现在那里，又莫名其妙掺和进靳川的家务事，于情于理都说不过去。

所以，有时候热心肠真不是什么好事。

朵棉懊恼地叹了口气，捏捏眉心，然后下意识地扭过头，看向身后。

那位心情乌云密布的大爷，还隔着两步远，跟着她。她走他也走，她站定了等红灯，他也就站定，夜色下，那眉眼深邃冷峻。

“我还有几分钟就到。”朵棉终于还是开口打破了沉寂，笑笑，“你还要去照顾你外婆，不用送我了。”

“那儿不还有个人么。”他漫不经心地回了句。

“可是……”你不是不喜欢那个小姨么，她微皱眉。

“绿了。”

“啊？”什么绿了？

他视线看向她，带着淡淡不耐烦：“灯。”

朵棉慌乱转头一看，果然，交通指示灯已经跳成了绿色，通行时间倒计时三十秒。

靳川往前走，看眼左右行人，手自然而然地放到朵棉背上，力道不轻不重，稳稳把她往前带。这个动作，他纯粹不经意，朵棉却浑身一僵。

虽然已经是深秋，但今天气温回暖，她校服外套里就只穿了一件薄短袖。最关键的是，校服外套说是外套，其实也很薄。

隔着两层布，她背上的皮肤感觉到了他手掌的温度。

温热而有力。

朵棉深吸了两口气，强迫自己忽略那种触感给她内心带来的悸动。

周围行人快步前行着，他和她走在一起，离得很近，向着一个与人群相反的方向。

马路过完了，靳川继续带着她往前走，面色如常。他的手还保持着原有姿势贴在她背上。

是不是忘记拿开了？

朵棉迷迷糊糊地想着，脑子又开始变得不太清醒。

“背挺那么直，国旗下宣誓呢？”身边那人凉凉地来了这么句，那语气，已经又恢复成一贯的散漫调侃。

嫌我背太直，那你倒是把手拿开啊！

朵棉抿了抿唇，顶回去：“我就习惯站这么直走路，不行吗？”

靳川勾起嘴角笑了下，“行。”

朵棉发现，这人说话的时候总爱拖调子。一个字以上的句子，他拖最后一个音，像这种一个字的，用上他那副慵懒又意味深长的语气，简直能拖出个九曲十八弯。

也只有声线好听的人才敢有这种习惯。

换成个公鸭嗓，怕是早被人拖出去打死八万次了吧？不过，他好像正常了？心情好回来了吗？朵棉乱七八糟地琢磨着。

过了会儿，走到小区大门口。

“我到了，你回医院去陪你外婆吧。”朵棉站开两步对靳川道。说完，想起在校门口时火车叮嘱她的话，又继续，“你那个朋友让我跟你说，让你保重身体，注意休息。”

靳川挑挑眉，“他让你这么跟我说，那你自个儿呢？”

“我什么？”心跳又变快了，但朵棉应得很自然。她没有勇气看他，索性转过头，看向一旁。离小区大门不远处是一条巷子，黑咕隆咚，老路灯发出萤火般微弱的光。

靳川盯着她，语气依然很淡，“你是怎么想的。”

朵棉沉默几秒钟，说：“我当然也希望，你不要太辛苦太累，能多休息。”哪个高三的学生像他这样天天在学校睡觉。

她好想知道，除开外婆生病的这几天之外，这人平时晚上都在干些什么。

"行。"靳川脸上带着懒洋洋的笑意，"你发话，我当然得听。"

什么意思？合着在你心里，她地位有点儿不一样？

朵棉眸光微闪，觉得心里有什么东西在蠢蠢欲动，要破壳似的。跟他独处的感觉真的太要命了。

"那行，我就先回家了，明天见。"她冲他挥了下手，然后就转身，几乎是小跑似的往小区大门走去。

"刚在医院电梯里，"这时，背后飘来几个字，"吓到你了？"

朵棉脚下的步子骤然顿住，她回头，几秒后露出一个笑容："没什么，看得出来你当时心情不好，没关系的。"

"我妈在我九岁那会儿就死了。"靳川淡淡地说。

朵棉听完，脸上的神色骤然一变，半天做不出什么反应。

"我也没老子。"他手里玩儿着打火机，开口，极其稀松平常甚至半带调侃的语气，字句间，冷静得听不出一丝波澜，"亲人就一外婆。"

夜晚的风忽然停了。

朵棉在原地站了好一会儿，嘴唇嗫嚅，想说对不起，又没有说出口。她想起靳川在电梯里对她说的话。

"在这个世界上，没有光靠道歉就能解决的事。"

周围的空气安静到极点。

良久，靳川懒懒朝她走近几步，"万儿八千年前的事，别整这么沉重。"

朵棉无言，片刻，点了下头。事实上，她万万没想到以他这种性格，居然会跟她解释这些。

他盯着她，低声："那笑一个给我看。"

朵棉迟疑了会儿，调动面部肌肉，把两边嘴角往上扯。白生生的脸蛋儿被挤出了褶子，形成一副标准的假笑，看上去滑稽蠢萌。

靳川看她两眼，自己倒是很淡地弯了弯唇，"呆苹果。"

托半期考试的福，之后的几天，七中全高三差点被各科老师的题海战术给炸蒙。语数外，物化生；语数外，物化生。各种试卷练习题，工程量之浩大，以致朵棉晚上做梦都梦见的是周开蒂和胖丁。

就这么做了几天噩梦，考试了。

又在噩梦的噩梦中煎熬了两天，考试结束了。

交出英语答题卡的那一瞬，朵棉肩一垮，长长地呼出了一口气。这几天实在是太辛苦，也太可怕。等考试成绩出来，周末她要疯狂打两天*PUGD*来压压惊。

这个点儿，距离考试结束还有二十分钟。朵棉先去了趟洗手间。

出来一看，1考室里不少同学都已经提前交卷。各班的优等生聚集在走廊上，小声讨论着，好像在对答案。

朵棉眨了眨眼，过去凑热闹。

“干吗呢？”她伸长了脖子问。

“哦，谢雨亮找靳川借了他的英语和理综试卷，我们在对答案。”一个斯斯文文的男生好心回答，“你知道靳川吧？是第一名的大神哦，特别强，听说他就语文弱点儿，其他科客观题基本上不会扣分。”

岂止知道，我和他还有点熟好不好！

“这样啊！”朵棉听得有点心动，再一看，只见人群中央的桌子上，果然摆着几张试题卷，拿黑色签字笔在ABCD选项下面做了点记号，卷面干干净净，只有极少数的难题附近象征性地写了点思考过程。

标准答案，不对白不对。思索着，朵棉也跟随众人的脚步，拿出卷子对答案。

“ACBBC……”她全错？

“CDACD……”嗯，又全错？

朵棉眼珠子都差点瞪出来，嘴角一抽，无法接受自己山河一片红的事实。

就在这时，终于，排名第二的一个男生提出了质疑，“靳川这几道有问题吧？最简单的基础题。你们看，这道是考连词的，这道是考短语的，他做错了吧？”

话音刚落，一呼百应。

优等生们纷纷附和着第二名，讨论了会儿，散去了。

朵棉拿起桌上的试卷垂眸打量，须臾，脑门儿上升起三个问号。他这考试的状态不对劲吧，怎么会错这么多，还好巧不巧，难题不错，全错基础？

朵棉摸了摸下巴，陷入沉思。

晚自习开始前的半小时，大家都去吃晚饭了，教室里稀稀拉拉有几个人。朵棉转身，坐她后排的大爷正低着头玩儿手机，面无表情。

她想了想，伸手凿凿他的桌子。

哐哐——

靳川锁了手机屏，抬眸，一张有点肉感的小脸映入视野。皮肤雪白，两边脸蛋儿呈现自然健康的浅粉色，乌黑的大眼藏在镜片后面，晶亮晶亮。

他目光若有似无扫过她的唇。唇形小巧而饱满，是比她两腮更深的粉色。

“这位同学。”朵棉一本正经，“说出来你可能不信，你的英语选择题，错了十道。”

“嗯。”他继续看手机。

“你听清楚了么？”这什么反应，是不是太淡定了点？

“英语十道，理综四道，数学语文各两道，加上大题里的扣分点。”靳川淡淡地说，“总分应该在年级二十到三十之间。”

“你故意的？”朵棉震惊了，“周老师都说了，这次考试之后要按排名重新选座位，你为什么还故意考差？”

靳川很冷静，“因为我不确定你敢不敢选我。”

你是不是少说了几个字？应该是选你……旁边的座位才对吧？

“所以换我选你。我不乐意跟你分开，就想挨着你。”他带着淡淡调侃，轻挑眉毛，尾音标志性拖长，“不行？”

这句话成功把朵棉撩得面红耳赤。

他整个人的气质本就慵懒，这么拖长了语调一挑眉，痞气冲天。朵棉发现他那张脸，冷的时候冰冻三尺，但寒冰融化时，其实很适合做这种不太正经的表情。

而且能把这些表情做得毫不轻浮不招人反感的，他是她见过的唯一一个。

朵棉脸涨得通红，支吾着，好半天才小声嗫嚅出几个字：“干吗拿我开玩笑。”

靳川盯着她，淡淡地问：“你觉得我在开玩笑。”

“对呀。”不然呢，难道还是认真的么？

不乐意跟她分开，还就想挨着她，这些话真容易让人误会。

就在这时，一个声音从教室外的走廊上传来，喊道：“朵棉，胖丁叫你马上去办公室，把大家的文言文练习册抱过来发了。”

不知为什么，听了这话，朵棉竟有种终于能逃脱的感觉。

“好的！”她应了一声，几乎是顿都没顿一下站起身，离开了座位，连再回头看靳川一眼的勇气都没有。

走廊上人不少。

趴在栏杆上听歌的、玩儿手机的。半期考结束，沉寂了两天的高三教学楼恢复活力，少男少女们追逐打闹，光把每个青春的影子都拉得很长。

朵棉从语文办公室抱出了厚厚一摞练习册，走在走廊上，若有所思。

虽然靳川的语气不正经，浑然一副吊儿郎当开玩笑的姿态，但有一点，她必须承认，当他说出那番话的刹那，她内心深处的情绪，喜悦远大于质疑。

一直以来，她都对靳川充满好奇。

在她心中，他就像一个永远逆流行舟的强者，姿态懒散，气焰嚣张，谈笑间就做完一切她无数次幻想，但从没有勇气实施的事。这种难以抗拒的吸引力，是残缺对圆满的向往。

她想要了解那个未知的世界，因此，为表诚意，和他定下天梯排名前三百之约。但冷静地想一想，自己刚才那种油然而生的欢喜和愉悦，又好像没办法用单纯的“好奇”和“向往”来解释。

朵棉皱皱眉，咬着唇瓣思索着。

刚好经过高三（9）班教室。一个女生靠在栏杆上放音乐，闭着眼，脑袋一晃一晃，听得入神。手机里女歌手的声音懒洋洋的，带着少女独有的甜美和软糯：

如果有一天我要去流浪，

不是因为我厌倦了家乡，
不是难忍这里的冬天太长，
而是我终于得知了你的方向。
如果有一天我不再感伤，
不是因为我突然的成长，
不是有天有人向我递一颗糖，
而是我终于走到了你的身旁。
…………

朵棉弯了弯唇，不知不觉跟着唱起来。她听过这首歌，张晓雯曾向她隆重推荐，她依稀记得这首歌的歌名，叫《遥不可及的你》。

周六早上，朵棉接到一通电话，是补习班的班主任打来的，说给他们上课的老师家里有突发事件，课程临时取消。

朵棉很淡定地“哦”了一声，又很淡定地挂断电话。然后，高兴得差点儿跳桌子上。

一通电话给陆易打过去：“Hey mate？（嘿兄弟？）”

“美你大爷。”听筒里，陆易的声音暴躁又无语，显然是刚被她从被窝里吵醒，“大周末的扰人清梦，你丫咋这么缺德啊！”

“对不起嘛！”不用补课，朵棉心情非常好，“下午要不要出来打游戏？”

陆易嗤了声，“哟，你现在可是大神级人物，还看得上我们这种菜鸡。”

“放心，”朵棉一副“好说好说”的语气，“苟大神，勿相忘。我不会嫌弃你这个糟糠之友的。”

陆易被呛了下，“那哥们儿谢谢你啊！”

“去哪里玩？”

“你都是大神了，跟那些小网咖坐着多掉你身价。”陆易习惯性地损她两句，打了个哈欠，说，“知道白马道么？那儿有个‘SHEN’电竞馆，设备配置是全J市第一，大神你想去感受一下不？”

全J市第一的设备配置？

朵棉听完就心动了。她最近打*PUGD*冲排名都是在自己家的台式电脑上，鼠标、键盘、耳机，每一样都是几十块钱的居家配置，和电竞专业设备根本不是一个概念。

“可以是可以……”她眨眨眼，“不过，那么好的设备，是不是特别贵啊？”

“最好的机区五十块一小时，最差的二十八。女生全机区半价。”

朵棉默默捂住自己滴血的小心脏，沉思。嗯，她这个月的零花钱还有一百八十块，半价的话，好像也勉强可以接受。

“嗯，你把地址用微信发给我。”

“几点？”

“下午一点半吧。”

“成。”

电话挂断了。朵棉看了看今天的气温，打开衣柜随便找了身较为凉爽的衣服换上，看看时间，离下午一点半还有两三个钟头。她抿抿唇，躺回床上玩手机。

打开微博，习惯性地点进 MYS 的官博主页。最新一条微博是前天晚上发的，内容如下：*PUGD*亚洲邀请赛将于 12 月底在韩国首尔开幕，恭喜 MYS 代表中国拿下全亚洲首张邀请函。

评论 4500，点赞 20000。

还配了一张图片。

画面里的背景是一个宽敞的冷白色调空间，应该是 MYS 的基地训练室。正中是四个年轻男人的背影，坐在电竞椅上，面前并排摆着四台宽屏电脑。

朵棉盯着这张图片看了会儿，忽然皱眉，有点狐疑地滑动手机屏，把图片放大。

右数第二个位子上的人，坐姿明显和其他队友不同。他的个子应该很高，整个人微斜着身靠在椅背上，姿态闲散，一只手臂随意地支出，搭在电竞椅的扶手上，修长结实，线条流畅，五根手指骨节分明。

这只手，有点眼熟。

朵棉眯了下眼睛，几秒后，把画面放到最大。果然，刚才她没有看错，这人的电脑旁边确实放了一样红色的圆圆的小玩意儿。

画质已经很模糊了，看不清具体是什么。

朵棉瘪瘪嘴，戳进评论区。

网友1：恭喜！加油啊！和守愉快！

网友2：可以的。全亚洲首张邀请函实至名归。坐等人形挂杀爆首尔。

网友3：每次都是背面照，敢不敢发正面。

网友4：知道为什么别家都是女粉扛起一片天，你家的粉丝就只有一群大老爷们儿么？答应我，等Broken毕业之后就把他的照片公布出来，作为一个看过乌克兰现场赛的女粉表示你们不拿他吸粉简直是浪费那张神颜。

这条评论底下几百条回复，全是“无图无真相”之类。

朵棉眸光闪动，戳进去，抱着试一试的心态敲字：求图。

刚回复完，房间的门就被人从外面推开了。朵棉脸上发自内心的笑容，慢慢收起，同时锁了手机屏放到一旁。

朵母手里端着一碗切好的水果，放到她的书桌上，问：“下午去补习班的资料收拾好了么？”

“嗯。”朵棉并不打算告诉妈妈补习班放假的事。

朵母点头，又说：“我给你切了水果，多吃水果能补脑，记得吃。”

“好的。”

“对了……”朵母正要离开，忽然又想起了什么，“上次我跟你们班主任打电话的时候，听说你们要根据这次半期考的排名，自主选座位？”

“嗯。”

“那你视力不好，记得选前排的中间。”朵母叮嘱着，“另外，最好是挨着一个理综成绩比你好的同学坐，也好多帮助你。”

“嗯。”朵棉的语气已经明显带着敷衍，随手拿一本课外辅导书，展开。

“我那次看你拿回来的成绩单，那个年级第一……叫什么来着？”

朵棉翻书的动作骤然一顿：“靳川。”

“他当你的同桌就不错。”朵母笑了下，“我看他理科成绩都很好，就是语文不怎么样，你们好学生之间，应该互相帮助。”

朵棉闻言，默了。心说你这种只看成绩的习惯其实真该改改，靳川其人，和“好学生”三字，真是半毛钱关系都没有。

午饭之后是个艳阳天。朵棉走出小区大门后打了个车，直奔白马道上的“SHEN”电竞馆。

到地儿之后下车一看，陆易已经等在路边了。

“说好的一点半，怎么迟到了十分钟。”陆易皱着眉数落。

朵棉干笑着解释：“不好意思，我出了门想起自己没带身份证，又跑回去拿了。”

“真服你。”陆易推着她大步往电竞馆大门儿走，“这家电竞馆是前职业选手‘SHEN’开的，火得要死，加上今天好像还有内战要打，也不知道还有没有座位。”

“职业选手？”朵棉听完皱眉，隐约反应过来什么，“SHEN？沈宇楠？MYS 电子竞技俱乐部的老板兼创始人？”

陆易有些惊讶地看她一眼，“我都还没说呢，你怎么知道？”

等等。

SHEN 是 MYS 的老板？这家电竞馆又是 SHEN 开的？现在她又来这家电竞馆打游戏？感觉离*PUGD*神话级大神 Broken 近了那么一点点？

朵棉迷迷糊糊地想着。

趁她走神的工夫，陆易已经拽着她冲进了电竞馆大门。刚进去，两人就被里面的阵仗给镇住了——占地约 3000 平方米的三层建筑里，灯火通明，人山人海，嘈杂的喧闹声几乎掀翻房顶。

“人是不是太多了？”陆易皱眉，转头问身边的路人甲，“今儿怎么了？”

路人甲说：“今天这里要打*PUGD*的内战，所有会员都可以报名参加。”

“我知道 SHEN 这里每个月都要打一次内战，但是以前没这么夸张啊！这么多人，就冲着那三千网费的奖品？”

“这你就不知道了吧。”路人甲说，“今天 SOLO 内战的 Top1，可以得到跟 MYS 战队原班人马组队玩三局游戏的机会，游戏过程会在微博上全程直播。这要是赢了，出不出名火不火都是其次，对大家来说，能跟Broken这种巨神组次队，和守生涯死而无憾啊！”

“你是说，今天的第一名，可以跟Broken组队？”朵棉瞪大了眼睛，“所有人都可以报名么？”

路人甲看她一眼，只以为这小姑娘是陪着男朋友来看热闹的，便点点头，“对啊！会员直接报，不是会员的话花五百充个会员就可以。”

朵棉摸着下巴认真思考，片刻，她正色对陆易说，“兄弟，能不能借我点钱？”

陆易听完掏出钱包，有点狐疑，“干什么？”

“我要报名。”

电竞馆三楼的休息区平台。

大山抱着杯可乐往楼下张望了眼，幽幽地说：“真服了SHEN，居然卖了我们来炒热度，亏他想得出来。我们是拉客的工具吗？！”

“这本来就是SHEN的电竞馆，给客人福利也正常。亚洲邀请赛也要开始了，还是需要一点营销手段。再说了，万一瞎猫碰上死耗子，遇上个好苗呢？”森森露出一个笑容，扭过头，看向安静站在背光处的高大男人。

他整个人斜靠墙，手里把玩着一枚胸章样的小玩意儿，直勾勾盯着一楼大厅的某处，眼神不明。

森森凑过去，也跟着张望，楼下乌压压一片全是人。他好奇：“老大，你看什么呢？有美女？”

Broken没有答话。

那抹小小的身影排在报名队伍的末尾处，踮起脚，好奇地东张西望。他目光往下，注意到她今天穿了一件浅粉色连帽长袖和浅色短裙。

裙摆下的一双腿，白且直，大腿和小腿连接处，曲线自然下凹，形成一个娇弱可爱的小腿窝。

“又是你。”他忽然语气淡淡地来了句。

“啊？”森森抓了抓脑壳，没懂。

Broken撩起眼皮瞧他，扯唇，似笑非笑地说："我的小苹果找我来了。"

报名参赛的人实在太多了，从朵棉的角度往前望，几乎看不到尽头。

"欸，"陆易碰了碰她的肩膀，压低声音说，"你真的要参加啊？"

朵棉点点头。

陆易皱眉，语气里透出一些担忧，"虽然这场比赛，名义上只是电竞馆的内战，但是你要知道，SHEN名气很大，加上比赛的奖励又是跟Broken组队直播，这种成名机会千载难逢，用脚指头想都知道肯定来了很多高手。"

朵棉继续点头，"哦。"

这时，边儿上一个在围观的路人乙听见两人的对话，侧目，看向那位肤白娇小的少女，震惊得笑出一声："什么？小妹妹，你要参加比赛？"

朵棉被这人的笑弄得有点蒙，"对呀……有什么问题么？"

路人乙的表情好笑得很，"我劝你算了吧，真当这儿闹着玩儿呢！我听这里的工作人员说，SHEN办这场比赛，有一部分目的是为了给MYS招替补队员。喏，你看见那个瘦瘦高高的穿夹克的人没有？那是*LOL*'风格'战队的前队长微雨；那个穿白色衣服的，是*PUGD*的大主播。我们都没报名，你凑个什么热闹？"

你不敢，你尿呗。

朵棉有点无语，但没等她开口，陆易就先火冒三丈地反驳了："这本来就是所有人都能参加的比赛，凭什么她不能报名？你谁啊在这儿瞎叨叨？"

"没关系。"朵棉笑着打断，对路人乙说，"我的确不是什么大人物，想来参赛也只是单纯喜欢*PUGD*而已。不过我有点纳闷儿，我报名碍着你什么事？"

路人乙："我只是好心劝你两句，不该凑的热闹别凑。"

"嗯，你的好意我心领了。"朵棉语气淡而随意，依旧在笑，眼神却很冷，"请你要报名报名，不报名就站远一点，别挡着路。"

路人乙被她呛得脸一阵红一阵白，翻了个白眼，站到旁边去了。

"什么玩意儿。"陆易嘴里骂骂咧咧。

“算了。”朵棉冲他笑了下，继续站定了身子排队。

“*PUGD*里的女的，一千个里面九百九十九个都是坑，剩下的那一个，除了苟也不会别的了。电竞是男人的世界，真搞不懂这些女的哪儿来的勇气玩儿这游戏。”

“就是，居然想报名参加SHEN的内战，还真不怕虐。”

“可能越菜的人越自信？”

“估计是吧。”

背后有人压低了声音议论着，偶尔笑几声，语气嘲讽。

朵棉脸上的神色很平静，理都不理。

终于，排到她了。

偌大的吧台里工作人员很多，有男有女，忙忙碌碌，其中，负责登记信息的是一个穿着时尚的年轻男人，梳脏辫，肤白帅气。他看着电脑屏幕百无聊赖地敲键盘，眼也不抬，问道：“报名么，是不是会员？”

“不是。”对面传来一道细柔甜软的嗓音，很有礼貌，“我是第一次来，所以麻烦你先帮我充值一下。”

脏辫小哥有点诧异地抬高视线，挑挑眉。

朵棉把手里的身份证递给他，笑笑，“谢谢！我想报名参加比赛。”

脏辫小哥接过她的身份证，看两眼，说：“你等一下。”

朵棉点点头。

嚓嚓几声，脏辫小哥飞快地敲着键盘。

MYS-替补GoFly(溜掉)：老大，快看快看，你说的小姑娘是不是这个？

很快对方的回复就来了。

MYS-队长Broken：嗯。

MYS-替补GoFly：名字叫朵棉是吧？

MYS-队长Broken：嗯。

MYS-替补GoFly：哇哇哇，所以老大这是你的小女朋友吗？长得好可爱！

过了三秒钟，Broken：闲？

GoFly干咳了两声。好吧，老大的私事果然不是轻易就能打听出来的。

思索着，GoFly关掉了聊天对话框，抬头，一改之前酷酷的表情，冲朵棉露出副非常和蔼可亲的笑，说：“稍等一分钟，会员马上帮你开好。”

“哦哦。”朵棉说着就从衣兜里摸出五张一百块的现金，“你们这里充值会员是500块吧？”

GoFly立刻摆手：“不要钱不要钱。”

朵棉整个人都愣了下，狐疑：“啥？”

“哦……那啥，”GoFly伸手撸了把头顶的脏辫，干咳两声，“是这样的，今天我们这儿搞活动，大酬宾，女生新开会员全都免费。”

“哦。”朵棉明白过来，点点头，“可是我等下要上机，总得充值吧？”

“充值啊？哦没事儿，我们送你五百块钱。”

朵棉问号脸：“不要钱，反而送我五百？”是错觉吗，为什么感觉怪怪的？

“对啊送你。”GoFly内心流下一行面条泪，已经快编不下去了，忙道，“比赛下午四点正式开始，你先找台电脑练练手吧，加油！”

“那谢谢你了！”朵棉一脸茫然地离开吧台。

下午四点整，比赛正式开始。

由于是单排SOLO模式，所有参赛选手使用的都是半封闭式机区的电脑，隔音效果佳，互不打扰。

朵棉拧开矿泉水瓶的盖子，喝了口水。

所有选手就位之后便进入游戏。

在*PUGD*里，游戏的场景有两种，分别是海景地图和沙漠地图，通常随机出现在匹配之中。朵棉更擅长海景地图，然而，不太走运的是，这场比赛正好是沙漠地图。

她盯电脑皱了下眉，深呼吸，握紧鼠标，精神高度集中，迅速根据飞机航线判断出哪些是敌人聚集的区域。

这幅地图她不太擅长，在装备成型之前，不适宜刚枪交火。思索着，朵棉选择降落在一个固定刷车点，开车前往距离航线大约3公里的墓地。

游戏进行着。

整个比赛机区没有任何人说话，只有密集点击鼠标和敲键盘的机械声。

终于，在朵棉完成7击杀之后，决赛圈的安全区刷了出来。

她一看地图，安全区距离她目前所处位置有400米左右，而下次的刷毒时间，在一分半钟以后。

朵棉皱起眉。

根据各方位的枪声判断，她之前在地形的选择上出现了失误，现在，她的前后左右几乎都有敌人。如果她现在往安全区出发，极有可能一进去就被埋伏在安全区内的敌人击毙，如果过一段时间再出发，又面临被后来进安全区的人淘汰的可能。

真正的前有狼，后有虎。

怎么办呢？

如果是Broken，他会怎么做？如果是靳川，他又会怎么做？或许她可以现在无声无息地潜入……朵棉有些犹豫，握鼠标的五根手指无意识地收紧。

这一紧，就摁下了鼠标左键。

“砰！”一声枪响撕裂寂静。

朵棉脸色大变，走火了，位置已经暴露。她懊恼地捏了捏眉心，深呼吸，迅速翻窗从房子里跳了出去，绕到一个反斜坡背后，往安全区的方向跑。

电脑屏幕里黄沙漫漫，风烟滚滚。

突然，一阵枪声从左后方位置传来，与此同时，朵棉血量迅速变红。她皱眉，听出是一把SKS，来源大概是西北方向，一回身，对面山坡上果然有一个正在狙她的壮汉。

朵棉深吸一口气冷静下来，切换至98K，左右晃动着，同时开镜，压枪，瞄准对方的头部。

“砰。”打中了对方的身体，没命中头部。朵棉咬唇。她擅长的是强攻突击，狙一直都用得不太好。

这时，对面又是一枪打过来。

屏幕灰了。

系统提示：stinger（毒刺）使用 SKS 狙击枪命中头部淘汰了你。

朵棉：“……”

最终她的名次是第十。

*PUGD*最精彩的对决部分永远是决赛圈，被淘汰之后，朵棉就着击杀她的那个人观了会儿战，没过多久，整局游戏就结束了。

获得第一名的 ID 叫 Weiyu（魏宇）——之前路人乙口中的那个职业战队前队长，以前打《英雄联盟》，最近开始转*PUGD*。

朵棉耷拉着脑袋，垂头丧气地离开了机区。

整个场地闹哄哄的。

陆易找到朵棉，说：“怎么样？第几？”

“……十。”

“行啊你。”陆易笑容满面地拍她头，“那么多职业半职业选手，你都能拿到第十，牛。”

哪里牛了？她出现了好多失误。

朵棉垮着小肩膀，丧丧的，“我是为了 Broken 来的。只有第一才能跟他组队，我有点难过。”

“这有什么，以后还有机会嘛，能冲进前十已经很厉害了。”

朵棉瘪嘴，她对自己的期望高于得到的结果，自然免不了失落，一时也没什么心情玩儿游戏了，便道：“我想回家了，你要继续在这里玩儿么？”

陆易说：“那你自己注意安全。”

朵棉点头，转身往电竞馆大门走去。

然而令她没想到的是，经过吧台时，一个穿制服的漂亮小姐姐却叫住了她，说：“小姐，麻烦你等一下。”

朵棉站定，有点不解。

漂亮小姐姐笑容满面地走过来，说：“你好，我是这里的工作人员，请问你现在有时间么？”

“怎么了？”

“是这样的，由于你在上一局的比赛里表现突出，又是万年难见的女选手，所以我们打算破例邀请你跟‘MYS’的正式队员们组队，在微博上进行一次线上的游戏直播，请问你这边方便么？”

我是谁我在哪儿？我是不是还在梦中？

朵棉在原地愣了足足五秒，才轻声，很不确定地重复：“……邀请我，跟MYS的正式队员组队？还是线上？”

“是的。”

“和Broken，线上组队？”

“是的。”

闻言刹那，朵棉开心得差点跳起来，连忙点头：“我当然可以啊，一点问题都没有！”

“那太好了。”战队副经理冲她弯了弯唇，“大家都在三楼的竞技室，我找人带你上去。”

幸福来得太过突然，朵棉一时还有点反应不过来，上楼梯时都跟踩在棉花上似的，晕晕乎乎。

跟Broken组队！线上组队！那不就意味着，她要见到他本人了？天啦！自己活了十八年居然要见到活的史诗级大神了啊啊啊啊！

嗯，签名合影什么的一样也不能少！

不过……等一下。

朵棉想起什么，赶紧伸手掏掏自己的衣兜。完了，她没有带笔和纸？算了到时候借支笔让他把名字签在她的手上好了，大不了她十年不洗手？

就这么胡思乱想了几分钟，前面带路的人停了下来，说，“就这里。”

朵棉回过神，抬头一看，面前赫然是一扇很大的磨砂玻璃门，密码锁，墙上赫然几个大字：MYS战队专用竞技表演区。

再往下还有一行红色标语：非工作人员禁止入内。

紧张。

好紧张好紧张好紧张。

她应该偷偷拿她妈的化妆品化点妆的，实在不行，喷点香水也好啊！第一次见偶像，这么素面朝天好像过于随便了点？

朵棉咬了咬唇，心都提到了嗓子眼儿。

带路的小姐姐敲了敲门。

哐哐——

过了会儿，一阵脚步声从里面传来，然后，门开了。

朵棉从小姐姐的背后探出一颗脑袋，一瞧，开门的是一个个子高高的男生，穿着黑色 MYS 队服，头发染成金色。浅浅的金刘海底下是一双大眼睛，清澈明亮，年纪看起来比她还小。

谁？Broken？有点不像啊？

朵棉眨了眨眼。

高个子男生上下打量着眼前的小女生，皱眉问道："你就是'Woshinidie'？"

朵棉被呛得咳嗽了一声，早知道会有今天，就应该提前把这个昵称给改掉的，第一印象算是毁了，输在了起跑线上……

她干笑，"是我，你好！"

"进来吧。"大山端着杯咖啡让开一步，说，"SHEN 安排的线上直播在今天晚上八点，到时候很多粉丝会看，很多平台也会转播，你先跟我们磨合一下。"

朵棉走了进去。

这间电竞室很大，墙面和地面都是毛坯色，看上去干净又简单，正中央的地面下陷出一片区域，并排摆着四台顶配电竞设备和印着 MYS 字母样式的定制电竞椅，周围还有少部分同样深色系的家具。

她侧目，发现除了给自己开门的男生外，屋子里还有另一个年纪稍微大点的男生。他年纪和她相仿，身材修长，正窝在沙发上玩儿手机游戏，听见响动以后抬起头来看她，"你好。"

"嗨。"朵棉依然保持着笑。

所以……哪个是 Broken？

沙发上的男生笑了下，说："我是森，这个是大山，你先随便坐。Broken 在洗手间，应该马上就出来。"

原来在洗手间……

朵棉点点头，弯腰，小心翼翼地在沙发上坐下，等待着。

突然，不知从哪儿传来一个声音，语气淡淡的，“来了？”

朵棉蓦地一僵，这副嗓门儿？

随后又听见大山回答：“嗯，她刚来。”

一阵脚步声从室内传出来，同时响起的，还有那副音色低沉的嗓音，懒洋洋的，听着散漫又随性，“还行，进步比我想象的要大。”

坐在沙发上的朵棉瞪大双眼，抬手，捂住了嘴巴。她不敢让自己发出声音，她怕自己一出口，就是声毫无风度的惊呼。

怎么会？怎么可能？

下一秒，在她心里制造出十级台风八级地震的人，两手插在裤兜里，漫不经心地站在了她面前。然后，随手拖了把椅子摆她对面，一弯腰，敞腿坐下了。

朵棉的心在胸腔里扑通狂跳，全身血液都像在逆流，烫得像在烧。

他抬眼，盯着她，散漫轻声道：“不认识了？”

朵棉还是捂着嘴没有出声，只是瞪着他。她快要炸开了。

僵持几秒。

就连旁边的大山和森森都察觉到了两人之间有些不对劲。

突地，Broken挑眉，捏住她捂嘴的右手拿了下来，微倾身，唇贴近她的左耳，用只有她能听见的音量说：“震惊的苹果小姐，我送你的这份礼物，喜欢么？”

第七章
大神身份

对方靠得很近，这种距离，声音几乎在朵棉耳畔形成了立体式环绕。

她眸光闪动，迟迟回不过神。

Broken 居然是这个人？这个人居然是 Broken ？

剧情的走向为何如此尴尬而出人意料？而且他怎么又靠这么近了？屋子里又不止他们两个人！不对。打住打住，靠得近不近根本不是现在的重点啊！

“靳……”朵棉好不容易才找回自己的声音。她扭头看着近在咫尺的他，细眉微拧，极其不确定地喊出一个名字：“靳川？”

“嗯。”

她看见他神色玩味地应。

看来并不是抽风出现幻觉？嗯，这种味道？薄荷味夹杂烟草味，还有种干爽的皂荚粉气息，他身上的吗？感觉还挺好闻。他贴得是不是真的太近了？注意力分分钟被完全带偏！

大脑重新恢复正常运转，朵棉脸烫手烫全身都烫，身子往后，跟靳川拉开一段距离。

边儿上，大山瞅瞅自家老大，又瞅瞅被自家老大不知说了什么给弄得面红耳赤的小姑娘，糊涂了，“你俩认识啊？”

靳川往椅背上一靠，目光还落在她脸上，扯扯唇，没有说话。那笑容懒洋洋的。

朵棉疑惑地眨眨眼。

什么表情？你不回答要我来回答？

思忖着，她清了清嗓子，朝不远处的金发少年道："我们是一个班的同学，前后桌。"

大山诧异地瞪眼："哇，这么巧？"

"看来你们那个班上出人才啊！"森森笑盈盈地看着朵棉，"你之前不知道川哥就是Broken？"

"……不知道。"朵棉说完，看了眼靳川，有种要暴走的冲动。

行啊你，居然藏得这么深！

难怪年纪轻轻这么狂，十八岁就制霸全亚洲FPS电竞圈，换她她也狂。但是，做人就不能诚恳一点么？人与人之间的信任呢？说起来，她好像还专门在他面前发过花痴，宣扬自己有多喜欢Broken多崇拜Broken……

朵棉在心里嗷嗷叫着，整个人被淹没进了羞窘的海洋里，无力扶额。

好蠢。实在是蠢哭了。

突地，朵棉反应过来什么事情。网上的资料写着，Broken去年因为乌克兰的比赛辍学几个月，最后还放弃了高考。这么说，靳川是因为一场电竞比赛而放弃的高考？

她微微蹙眉。

就在这时，表演室的门被人从外面推开了。朵棉听见响动回过头，她没戴眼镜，晃眼一看就瞧见外面滚来一个圆乎乎的"土豆"。

近了才发现，"土豆"不是土豆，而是一个体型圆润的大兄弟。

"哟，"土豆哥的目光第一时间就注意到了坐在沙发上的她，惊讶地挑了挑眉，"想不到是个这么漂亮的小妹妹啊！"

大山和森森出声打招呼："虎哥。"

朵棉微笑，也跟着大家喊："虎哥好！"

"你好。"虎哥也笑了下，随手从桌上拿起一盒口香糖，倒一颗出来，丢嘴里，语气十分随意，"我是MYS的战队经理张小虎。听Broken说，你在今天的内战上表现挺突出，所以我们准备邀请你跟我们的队员进行一次线上直播，艾丽应该都告诉你了吧？哦，艾丽就是之前在大门口把你留下的那个美女，她是MYS的战队副经理。”

朵棉点头，“嗯，她都已经告诉我了。”

“成。那我不打扰你们练习，先出去了。”虎哥说完就准备走。可还没到门口又像忽然想起什么，顿步，有点儿迟疑。

几秒后，他回转身，看了眼椅子上那位把玩打火机的大爷，又看了眼那个一看胆子就很小的小姑娘，清了清嗓子，朝朵棉招手，“请你过来一下。”

朵棉狐疑，起身，绕过靳川走了过去。

“怎么了虎哥？”

“其实也没什么。”虎哥干笑了下，有点尴尬地清了清嗓子，背对着屋里其他人，压低嗓音，“我们的有些队员……脾气可能不是那么好，待会儿训练的时候要是有什么得罪的地方，多包涵。”

有些队员？朵棉额头滑下一滴冷汗，侧目，目光若有似无瞟了眼靳川。

他已经坐在了电竞椅上，戴着耳机，调试着鼠标上的各个摁键，神色专注，表情看上去，有点儿冷。

她发现这人打游戏的时候永远都是这副表情。

严肃，平静，并且冷漠。

Broken啊！全中国乃至全亚洲FPS界的骄傲和传说。朵棉弯了弯唇。

她和“有些队员”认识也不是一两天了，他性格里的毒舌、高傲、野蛮、嚣张，都已见识过。至于其他的，更多的，全部的，放马过来就好。

虎哥开门离去了。

大山和森森相继站起身，往电脑面前走。朵棉见状，赶紧也跟过去。

总共就四个座位，两人一个坐在最左侧的位子上，一个坐在靳川的右边，唯一空出来留给她的，是靳川左边的位子。

挨着他坐在最中间，会不会不太好？

朵棉有点尴尬，小声对森森说：“我坐边上吧。”

“你可是特邀嘉宾，怎么能坐边儿上。”森森摆手，“而且你和老大不是同班同学么？挨着他坐你应该没那么紧张吧！”

谁说的？就是因为挨着他坐才会紧张好嘛！

朵棉沉默。最终只能选择默默地走过去，默默地坐下，默默地开电脑……嗯，怎么开？主机的电源按钮在哪里？

朵棉东张西望。

旁边一只骨节分明的大手慢条斯理地伸过来，慢条斯理地在显示器旁的某个位置上，慢条斯理一摁，屏亮了。

她整张小脸上都写着尴尬二字，干咳两声："谢谢！"

"不客气。"

朵棉清了清嗓子，登录*PUGD*。

五秒钟后。

"大山，"靳川语气平平地开口，说，"给她一个新号。"

"哦好。"大山点点头，从裤兜里摸出手机翻找着。

朵棉却有点狐疑，皱眉说："我为什么要用新号？"

靳川看她一眼，"你打算顶着个'我是你爹'上直播？"

朵棉："……"

嗯，还是不要在全国观众面前丢脸的好。

一旁的大山憋笑憋得胃疼，然后说："这儿有个新号，你退出来重新登一下，然后再给自己重新起个名儿吧。"

新号登上去了，可是，叫什么好呢？朵棉摸着下巴认真思考起来。

纵观身边这几位的 ID：Broken、Mountain（大山）、Sen（森），一听就是霸气威猛威风凛凛的大神。她也要取一个霸气威猛威风凛凛的名字才行……

思索着，她的视线无意识扫向一旁的靳川。他整个人松散地靠着椅背，看着屏幕，在键盘上敲着什么，然后似乎是习惯性地从裤兜里摸出个什么玩意儿，拿嘴唇碰了碰，轻掷在鼠标旁边。

朵棉眸光微闪，短短几秒，整张脸迅速变成番茄色。

是她送他的苹果胸章。

他刚才，在亲吻她送他的胸章？

朵棉深呼吸，咽了口唾沫，强自镇定着，尽量让自己的表情如常。

但是控制不了……

她的心怦怦狂跳，她的手在发抖，她内心忽然涌动起一种复杂又热烈的情绪。她忽然意识到，今天会是自己整个青春，以至于整个生命中一个非常重要的日子。

昵称？纤细的指在黑色键盘上敲击着。很快，朵棉的新名字出现在她的游戏人物的下方：Apple（苹果）。

“现在这个名字，”连朵棉自己都没有发觉，她的声音，听着有点儿哑，“还行么？”

靳川的视线漫不经心地移过来，只看了屏幕一眼，便看向朵棉。

他发现她那双眼睛是真漂亮，不同于很多女孩用各种彩妆营造出的靓丽和精致，这双眼睛简单而干净，甚至还有极轻微的，因为近视长期佩戴框架眼镜导致的瑕疵。

但，就是很美。

带着些许忐忑、紧张，又并不掩饰期盼的目光，和那种从骨子里透出的柔韧，明艳至极，靳川一时移不开眼。

片刻，他轻笑了下：“行。”

朵棉嘴角不自觉往上扬，内心备受鼓舞，甚至有种自己马上就要变身铁甲战士万夫莫敌的错觉。

“先打一局。”靳川看着她，“小姐，准备好没有？”

朵棉点头，“嗯。”

直到此时此分此秒，朵棉才终于意识到，自己为这一刻的到来究竟期待了多久，准备了多久。这进入他的世界、他的领地的一刻，原来是如此令人欢喜。

正式直播之前，朵棉一共和MYS磨合了四局。

四局的结果，并不算好。

她虽然算半个天赋型选手，但大局观、战术、实战经验，跟真正的职业选手根本不是一个等级。简单总结的话，就是在团队中既不会拖后腿，也起不了太大作用，存在感微弱。

Broken等人对这个结果毫不意外，朵棉却有点郁闷。

大山见状，凑过去安慰她，说：“你是一个女生，没有受过任何专业训练，能打成这样已经很不错了。别拿自己跟我们老大比，他哪儿是人啊！”

朵棉眉心打起一个结，怎么说话呢？

谁知大山又叹着气补充，“是神人。”

令人折服的求生欲，朵棉默。在椅子上坐了会儿，忽然，像下定什么决心似的站起身，朝靳川走了过去，气势如虹。

靳川跷着二郎腿坐在沙发上玩儿手机，闻声，掀起眼皮看她。光洁饱满的额头因这个动作挤出很浅的纹路。

目光静而深。

她深吸一口气吐出来，“你给我安排一个位置吧。我不擅长狙，但是我反应速度很快，走位也还行，只要不遇到像你们这么强的对手，我刚枪应该没问题的。”

靳川看了她一会儿，说：“今晚的直播，只是SHEN为亚洲邀请赛给MYS造的势，不是什么正儿八经的比赛，所以不管你是落地成盒还是全局0杀，都没关系。”

“我觉得有关系。”朵棉盯着他，很认真地说，“我应该有自己的作用。你是队长是团队指挥，只要你肯给我位置给我战略……”

我可以有自己的作用。

我不想再躲在你身后等你送装备挡子弹等你保护。

我希望，可以真正成为你的队员，你的追随者。

秒针嘀嗒嘀嗒地流逝着，靳川面容淡漠地盯着她，朵棉屏息凝神地等待。良久，他忽然勾了勾唇，“好。”

同意了？朵棉微微瞪大了眼睛。

“试试突击手。这是以前Hunter的位置，他退役之后，我们一直没能找到合适的人选补上。”靳川淡淡地说，“Good luck，my girl.（祝你好运，我的女孩。）”

晚上八点整，直播正式开始。

朵棉紧张得两只手都是汗，不住拿纸巾擦着。目前是跳伞前的候场时间。朵棉一看地图，瞬间长舒一口气，是她相对熟悉的海景图。

边儿上，另外三台电脑上全是轰炸式滚过的弹幕。她眨眼，定睛看了看靳川那台的：

网友一：兄弟，你今儿杀一个人我就送十个游艇，一换十，说好了啊！

网友二：啊啊啊 Broken 嫁我嫁我！

网友三：那个路人王妹子是这个叫 Apple 的新 ID 吗

网友四：为什么要找个女的来和 MYS 组队打游戏，SHEN 是脑子出问题了还是疯了，炒作这么没下限吗？

…………

突然，密密麻麻的字一瞬间空了。

靳川关了弹幕。

朵棉看向靳川的侧脸，到底年轻就是本钱，虽然他平时又要抽烟又要喝酒，但皮肤却相当不错。加上这轮廓，这五官，这整个人的气质——

真好看。

“注意力给我集中。”靳川冷不丁来了句，“东张西望，瞎瞅什么。”

朵棉瘪嘴，乖乖收回视线，不看他了，最后调整着屏幕的清晰度。一旁，靳川拿起一瓶矿泉水，喝了口，眉心微拧。

这种感觉有点微妙。

在过往的多年中，他习惯了一意孤行，习惯了孤勇，也习惯了孤独。谁承想，有一天会从天而降一颗小苹果。

牛顿因为一颗苹果，发现了重力。而现在，靳川发现，他的这颗苹果对自己造成的影响力，似乎一点不比牛顿那颗小。哪怕她坐在他旁边，什么也不干，他都会分心，更别说她再用那双天真纯粹的眼睛，直勾勾地盯着他看了。

简直要犯罪！

游戏正式开始了，朵棉把全部注意力都集中到电脑屏幕。

一旁，虎哥跷着二郎腿坐在沙发上，膝盖上摆着台笔记本，看直播。

“我们跳哪儿？”大山问。

靳川打开大地图快速浏览两秒，冷静答道：“学校宿舍楼。”

“嗯。”其余三人点头。

当飞机经过学校附近时，朵棉跳了下去，一面控制着自己的降落方向，一面调整视角看向周边。

除了他们以外，还有一队敌人也在往学校的区域降落。

“有一队人。”她开伞落地，冲进距离最近的一栋大楼，边捡装备边语速飞快道：“我旁边的这栋楼有两个，另外两个不知道落在哪儿。”

虎哥电脑上滚过弹幕：

网友一：哟呵，路人王妹子的声音还挺甜，声音不错，就是不知道技术怎么样？

网友二：一女的，技术能怎么样？

网友三：但愿她别坑就行！

…………

“3号捡到枪没。”靳川面无表情地盯着屏幕。

弹幕：

网友一：肯神的声音也太好听了叭，真的好想看看他长什么样……

网友二：见过真人的在这里，贼好看！

…………

“只有一把喷子（霰弹枪）和一把UMP9。”朵棉尴尬地回答。原谅她吧，这个游戏开局的几分钟运气实在太重要了。

靳川静默三秒钟，淡声道：“待你那楼别出去，我过来找你。”

“哦。”朵棉有点狐疑，但还是点了点头。

没多久，靳川开门上了楼梯，朝她走近几步，站定，然后丢下来一把M416，一把Scar，和90发5.56mm的子弹。

朵棉被他的举动弄得有点儿茫然，不解道：“这是……”

靳川说：“捡。”

这莫名熟悉似曾相识的场景？她脸微热，有点不好意思地说：“还是你自己留着用吧，初期大家装备都不算太好，你把这些给我了那你用什么？而且……”

“让你捡就捡，哪儿这么多话。”他有点儿不耐烦的样子，“UMP9

丢出来。”

好吧，朵棉默，皇命不敢违，只能乖乖将自己的UMP9扔了，捡起两把步枪，装备了，上满子弹。

然后靳川就拿着她的UMP9转身出去了。

弹幕：

网友一：什么情况？ Broken居然把M416和Scar让给一个女的，自己拿UMP9？

网友二：这种特殊照顾，这女的是SHEN的哪个亲戚吧？准备出道当网红了来炒个作？直播完了是不是准备买热搜啊？

网友三：我怎么觉得Broken的语气很宠溺……错觉么？

“老大，我看见那队人了。”森森拿着6倍镜观察着周围，沉声道：“你旁边那栋楼里有两个，我这边两个。”

靳川淡淡地说：“清了。”

“好。”森应完，瞄准镜头里的一颗脑袋就是一枪，屏幕上立刻弹出一条系统提示：Sen使用98K狙击枪命中头部击倒了Pink（粉色）

“倒了一个，大山，跟我冲上去。”森动作飞快地跳了出去。

大山托着一把AKM紧随其后，很快学校区域便响起两阵枪声。一阵来自森和大山攻入的大楼，另一阵则来自地图上靳川的位置，枪战爆发。

朵棉一惊，问道：“你已经开始攻楼了？”对面是两个人，他只有一个人，她应该马上赶过去支援。思索着，击碎窗户跳出了自己这栋楼，朝着靳川所在的那栋楼狂奔。

奔着奔着，又听见一阵冲锋枪的突突声。

系统提示：

Broken使用UMP9冲锋枪淘汰了Bobchen（鲍勃陈）；

Broken使用UMP9冲锋枪淘汰了Arrogant（傲慢）。

朵棉：“……”

游戏继续进行，时间一分一秒流逝。

靳川带着森和大山，遇神杀神，遇佛杀佛，几乎是毫不费力地就杀进了倒数第二个圈。

朵棉始终都默默跟在三人后面。

靳川偶尔出声，对下一次的进攻或防御进行部署，除此之外，整个队伍可以说是鸦雀无声。

“老大，决赛圈出来了。”森看了眼地图，判断着，皱眉，“我们离安全区大概500米。是一个反斜坡，又是草丛，易守难攻‘伏地魔’也多，到时候可能有点儿难打。”

朵棉心一紧，看了眼屏幕上方的剩余人数：10。

也就说，除了他们以外还有至少两队敌人。

“圈外应该没人了。”大山说，“老大，进去么？”

“嗯。”靳川面无表情地看了眼地图，道，“开车，从东边绕进去。”

四人坐上一辆破破烂烂的吉普。

刚碰到决赛圈的圈边，枪声便从四面八方响起，子弹有的擦过吉普车车身，有的陷入汽车铁皮。

朵棉屏息凝神，仔细分辨着每一阵枪声传出来的具体方位。如果没有记错的话？石头后面有两个，树后面一个，还有几个应该趴在附近的草丛里。

“决赛圈，狙的作用几乎为零，也不需要太多的战术指挥。”忽然电脑前的靳川淡淡说了句，侧目，视线落在身边少女白皙小巧的脸蛋上。

朵棉察觉到什么，扭过头，两道视线在空气里相遇。

他好整以暇，她忐忑不安。

过了两秒，“It’s your show time.（请开始你的表演。）”靳川朝她勾了勾嘴角，“Apple.”

朵棉盯着那双深黑色的眼睛，有些出神。

突然明白了。她此刻不是这局游戏里的突击手，也不是所谓的路人王，她只是跟在太阳身后的逐光者，在他的照耀下生长，也愿为他肆无忌惮地盛放。

这场战役，MYS毋庸置疑地取得了胜利。

而最后一个敌人倒下的那一刻，虎哥瞪大了眼睛，忘了把嘴闭拢，面前的电脑屏几乎被弹幕完全遮挡：

网友一：我刚才是不是瞎了？

网友二：我好像也瞎了……

网友三：这也太牛了吧……决赛圈冲防线的时候居然能 1 对 4 连杀一队，真是“活久见”……

网友三：这什么手速什么走位什么反应速度，要逆天？

网友四：Hunter 后继有人？

网友五：路人妹子居然这么牛？失敬失敬

…………

咔嗒——虎哥用手托住下巴，合拢了嘴。

电脑前，还不知道自己已经引燃全直播平台爆点火了的朵棉，一手摁键盘，一手握鼠标，盯着屏幕上的“大吉大利今晚和守”还没回过神。

就结束了？她刚才干啥了来着？好像拿了把枪冲进决赛圈干掉了一队人？不过那队人是不是也太菜了？她这么没遮没掩地冲过去居然都只打中她一枪，居然还被她反杀团灭？其实她本来是抱着吸引火力必死决心冲进去的，以为这样能为靳川他们制造突破口，万万没想到……还真是猜中了开头没猜中结局。

正胡思乱想着，一个爽朗的男声把她的思绪拉了回来。森森笑道：“Nice（很好），很棒啊 Apple。”

朵棉干巴巴地笑了下，“过奖了。”

“这么牛谦虚啥啊！”大山笑嘻嘻地站她旁边来，神色好奇，“欸，你反应速度是多少？简直神了。”

“好像……0.145？”朵棉也跟着站起来。

“牛×！”大山惊得爆了句粗，“牛就一个字，我只说一次。你真没接受过专业训练？”

“没有啊……”朵棉应着，视线往旁边一瞟，只见靳川摘下耳机随手丢在桌上，站起身，往洗手间去了，和她擦肩而过。

“一会儿别急着走，等我送你。”她听见他在经过自己身旁时，淡淡地说了几个字。

心跳怦怦怦，一股前所未有的喜悦在朵棉的心里蔓延开。这种感觉很奇妙，谈不上多骄傲，也谈不上多洋洋自得，更像是个一直在追逐一只萤火虫的孩子，一回头，发现萤火虫在自己背后连成了一片光海。

“Apple 是吧？”突然又一个男声响了起来，打断她的思绪。

朵棉回头，见是一直坐在沙发上的战队经理张小虎。他走了过来，脸上的笑容阳光又灿烂，搓搓手，“听说你是 Broken 的同学，那你今年应该十八岁，对吧？”

朵棉不知道这个虎哥为什么忽然提这个，只点点头，“嗯，我和靳川一样，都在念高三。”

“你有没有兴趣打职业啊？”

朵棉一愣，“职业？”

“对。你的*PUGD*玩儿得很不错，看得出来有天赋。”虎哥从上衣口袋里掏出张名片，递到她手里，“不用急着给答复，先自己想清楚，再跟家里商量商量，有意愿的话随时跟我联系，薪酬什么的都可以谈。”

朵棉捏名片的指微微一紧，静默片刻，笑笑，“好的，等我考虑清楚之后再给你答复吧。”

“没问题。”

两人正说着话，靳川从洗手间出来了。

“我先送她回家。”他随手把擦手的纸巾丢进垃圾桶，拿起桌上的车钥匙，看朵棉一眼，“走吧。”

“嗯。”朵棉乖乖地点头，跟屋里的其他人礼貌地道别，“那我先走了，再见。”

大家笑着挥手，“再见。”

一高一矮两道人影前后离去。

砰，门开了又关。

森森靠在电脑桌上摸了摸下巴，眯眼，“欸，刚才决赛圈的时候你注意到没？”

“注意什么？”大山往嘴里塞了一口薯片，咔嚓咔嚓嚼着。

“那姑娘一挑四的时候，老大一直在给她保驾护航，不仅帮她清了西北方向的另外一队人，还一直在替她补枪。她自己技术是不错，但也没这会儿网上吹的那么神。”

“你一说还真是……”大山抓了把金灿灿的头发，皱眉，“川哥为啥啊？这么照顾她，专门给她人头给她机会秀技术。”

森森挑眉，意味深长地说：“原因嘛，恐怕只有他自己才知道。”

离开电竞馆已经晚上九点多，夜里的风凉悠悠的。

朵棉原本以为靳川又要打车送她回家，却并不是，他直接把她带进了电竞馆的地下停车场。片刻，摁了下车钥匙。

一辆朵棉不认得牌子的黑色轿跑，车灯闪了闪。

朵棉诧异地瞪大了眼睛。

靳川拉开车门坐进去，语气平平地说：“这会儿时候不早了，别傻站着，上车。”

朵棉迟疑几秒，跟着坐进了副驾驶室，好奇道：“这是谁的车呀？”

“我的。”

朵棉：“……”

靳川看她一眼，“怎么，你有什么意见？”

“没有。”朵棉沉默，心说你老人家是谁啊！知名的*PUGD*人形挂，直播里杀一个人就能让粉丝心甘情愿送出两个游艇的电竞巨神，买个豪车怎么了？大爷你就是把月亮买下来她也不敢有意见啊！

白马道离朵棉家不远，加上晚上一路畅通无阻，开车过来只花了二十分钟不到。

靳川把车靠边停下。

朵棉微转眸。这一带的路灯是较深的橙黄色，他的半张脸被笼在路灯的光线下，看上去，肤质细腻，深邃的五官仿佛流光溢彩。

车厢里又陷入了黑暗。黑黑的，又很安静。好像真的太安静了。朵棉有点不自在地咽了口唾沫，很清楚地听见，自己胸腔里怦怦直跳，跟刚跑完马拉松一样。

也不知道他是不是也听见了？应该不会吧。他应该听不见自己的心跳，除非有超能力。她迷迷糊糊地琢磨着。

就在这时，边儿上的大爷忽然金口一开，打破了沉默。他淡淡道：“没什么话对我说？”

朵棉悄悄做了个深呼吸，说：“谢谢！”

靳川挑眉毛，眼神玩味地盯着她，“谢我什么？”

“谢谢你给我一个机会，让我展现自己，认可自己，证明自己。”好官方，怎么感觉像小学生的获奖感言？朵棉硬着头皮继续，“总之，真的很感谢你。”

车厢里一片安静。一秒钟过去、五秒钟过去……

朵棉低头摇了摇唇瓣，手指无意识地绞紧衣摆，忐忑紧张。

突地，旁边那人轻笑出声。

朵棉脸唰地红透，那头，靳川足足笑了有半分钟才停下。

“嗯。”他嗓音懒洋洋的，还有几分之前的低沉笑意，“没了？”

朵棉摇头，难道还应该有其他什么吗？

“成。那你说完了，轮到我。”

“……什么？”朵棉有点诧异地抬眸，看向他。

你还要说什么？

靳川侧头，视线落到她脸上。朵棉被他这么一看，莫名更紧张了。他的表情还是一贯的漫不经心，眼神还是一贯的淡，但不知为什么，她就是觉得他有哪里不一样。

哪里不一样？说不上来。只知道黑夜和夜色下的人，都令人心惊肉跳。朵棉盯着他，心跳更快了。

“苹果……”靳川低低喊了一句，盯着她，食指若有似无触了触她的脸蛋，然后捏住她的下巴，倾身贴近，“我有点儿想吃你。”

天哪！他在说什么……

朵棉的眼睛瞬间瞪得很大，脸上的温度蔓延至全身，滚烫一片。视线中，掀起这股火山暴雨的人却好整以暇，嘴角微勾，一副跟她的紧张惊慌截然相反的气定神闲。

吃？什么意思？她脑子晕乎乎的，依然保持着原有姿势，呆坐在副驾上。

过了几秒钟。

靳川微挑眉峰，“不打算拒绝，那就是同意？”

拒绝什么？我连你的话是什么意思都没听明白……

车厢里空间逼仄，那人高大的身躯靠过来，压迫感强到可怕。朵棉下巴还被他捏在指间，紧张得手心背上全是汗，睫毛颤动，连呼吸都在发抖。

靳川低眸看了她一会儿，原本散漫含笑的眸色，渐深。

“真同意？”他的脸往她挨得更近，低沉音色在狭小的空间里环绕，每个字都直接敲在人心上，语气轻柔，半带蛊惑，“那我要吃了。”

终于，在他的唇真正贴上来之前，朵棉如梦初醒，身子条件反射地往后躲，抬起双手，捂住了嘴巴，只露出一双惊愕和羞窘交织的眼。

这举动，令靳川的眉挑得更高。

“……你你你，”她脸涨得通红，难以启齿，支支吾吾半天才挤出两个字来，“流氓！”说完逃也似的推开车门跳下去，跑走了。

纤细的身影没入夜色，很快拉开小区大门儿，消失了踪影。

良久，靳川的目光从远处收回来，手伸进裤兜，掏出一枚苹果式样的红色胸章，捏着玩儿。

“苹果……”他轻念出一句，打量着，眼底充满兴味。然后像是想起什么极有趣的事，缓慢勾了勾嘴角，“小苹果。”

跑出好一截路，朵棉才停下来。

秋天的夜风将那种要命的悸动和燥热感消退去几分，她做了个深呼吸，强迫飞快的心跳恢复到正常频率，然后才定定神，走进单元楼入口。

下午的时候朵母给她打过一个电话，说自己临时有事要回单位加班，可能要晚上十一点左右才会回家，要她自己解决晚饭。

朵棉拿出手机看了看时间：不到十点。

她不由暗暗松了口气，还好，这个点儿，妈妈应该还没回家。

正思索着，“叮”一声，16 楼到了。

朵棉有点疲累，打着哈欠走出电梯，准备拿钥匙开门。然而一抬头，几丝光线却从紧闭的大门底下透出来。

灯是亮的。

朵棉心突地一沉，咬咬唇瓣儿，捏钥匙的指无意识收紧。

在门口足足站了有两分钟，她才深吸一口气，吐出来，把钥匙插进了锁孔，一扭，门锁“嗒”的一声开了。

朵棉走进去，再反手把门关上，心都提到了嗓子眼儿。

“怎么这么晚才回家？”一个声音从客厅方向传来。

闻言刹那，朵棉悬着的心放松下来，回头看向坐在沙发上的中年男人，神色很惊喜：“爸爸，你什么时候回来的？”

“晚上，刚到没多久。”朵父冲她露出一个笑容，“那你又是干吗去了？”

朵棉清了清嗓子，正经八百地鬼扯：“我和同学玩密室逃脱，那一关太难了，我逃了半天也没逃出来。”

朵父不咸不淡地哼了声，拿手点点她，“你妈一不在家就背着她出去玩儿，你啊！”

朵棉眨眨眼：“帮我保密好不好？”

朵父一记白眼翻天花板上。

“老爸，”她腻歪歪地叫了声，正色道，“拜托了，如果妈妈知道我补完课没有按时回家，她会生气的。”

朵父好气又好笑，“知道你妈会生气还出去玩儿，还要我帮你打掩护？”

朵棉嘸嘴，“要是我妈有你一半的开明一半的民主一半的通情达理，我至于这么躲躲藏藏么！”

“行了行了，别拍马屁了。”朵父屈指敲她额头，“你妈平时虽然严厉了些，但她也是一门心思想帮你，为你好。你是她的亲闺女，她还能害你不成？”

“我不是这个意思。”朵棉揉揉脑袋，嘀咕，“我就是觉得她有点儿不讲道理。”

朵父拉下脸，“可不许这样说你妈。”

“好了好了，知道她在你心里永远是完美女神。”朵棉笑出声，“有时候我真纳闷儿，像爸爸你这种好好先生，怎么会喜欢我妈。你年轻时候没被她骂死呀？”

“嘿。”朵父作势揪她耳朵，“你这丫头片子还没完没了了是吧？”

朵棉一个灵活闪身，躲开了，朝朵父笑盈盈地挥手，“我回房间了，待会儿妈妈回家如果问起来，你就说你回来的时候我已经在家了喔！”

朵父拿这闺女半点法子都没有，无奈地说：“知道了知道了。”

朵棉笑着走进卧室，关上门，然后背贴着门板长长呼出一口气。

万幸……万幸中的万幸。如果今天在家里的是她妈，如果被那位皇太后知道她出去玩儿，后果简直是不堪设想。

朵棉心有余悸地甩了甩头，拿起睡衣和换洗衣物，去浴室洗澡。在电竞馆呆了大半天，又是打比赛又是打直播，脑子里的弦一直处于紧绷状态，这会儿一松，她顿时感觉自己累到变形。

身体累，脑子累，心也累。可见那些每天都得固定训练七八小时的职业选手有多辛苦，朵棉在心里掬了一把同情泪。

洗完澡之后懒懒的，不想复习也不想动，干吗呢？她想了想，决定滚回被窝里玩手机催眠。

打开微博，习惯性地点进热搜，往下翻——

MYS 全网直播，Broken 开微博，路人 Apple，明星 ×× 被爆出家暴丑闻，明星 ×× 机场街拍美成仙女……

嗯？等等！

朵棉眸光微闪，手指在屏幕上滑动，使界面重新回到第二条第三条第四条热搜，然后，惊呆了。

今天的直播居然上热搜了？Broken 开微博？路人 Apple？路人 Apple 不就是她本人么？

朵棉抽了抽嘴角，艰难地移动手指，戳进这些热搜。浏览一大圈，全是些被弹幕挡得完全看不见界面的游戏视频，和一些高端*PUGD*玩家对这场直播的点评——

网友一：今天晚上的“MYS 全网直播”很精彩。其实看“Broken”的直播（无论是他 SOLO 还是组队）永远都是一个字，爽。神级手速神级意识神级战术，整场比赛随便一场刚枪都是燃点。听说这位大佬才二十岁，还是挺高兴的，说明中国在全球*FPS*至少还会有五年左右的辉煌时代。

PS，那个“路人 Apple”算是刷新了我对和守女选手的认知，厉害。

网友二：Broken 在乌克兰一战成名之后几乎就一直是不败神话的地位，甚至被欧美 FPS 界评价为“令人恐惧的亚洲杀神”，影响力和实力毋庸置疑。而 Broken 又是 MYS 的台柱子超级王牌，这种关系挺微妙，可以说是 MYS 成就了 Broken，也可以说是 Broken 成就了 MYS……听说 Broken 现在还在上学？唉，职业生涯和学业有时候是很难兼顾的。

网友三：……只有我觉得今天晚上被喂了一大把狗粮吗？路人 Apple 和 Broken 是什么关系啊？感觉 Broken 对她好好……

网友四：我会告诉你们路人 Apple 就是我的好朋友么？

点赞 1039，评论 500，全是求图求照片求坐标的。

朵棉一愣，仔细看了眼网友四的昵称：666111 陆大易。

噗——她喷了，飞快调出通讯录给陆易打电话，嘟嘟几声，接通。

“快把你的微博删了删了！”朵棉额头滑下一滴豆大的冷汗，“想不到你这么歹毒，居然想让我被人肉？”

“哟，火了还记得我这个糟糠之友啊！”陆易哼了声，“被邀请去跟 MYS 打直播也不跟我说一声，被人肉了也是活该。”

朵棉心虚，声音小了点：“主要是我当时太激动，就把你忘了。”

陆易：“哼。”

她声音更小：“对不起嘛，你快把那条微博删掉，万一真的有人人肉我怎么办？”

“你又没干什么伤天害理的事，谁人肉你啊！”陆易说，“行了，等我再涨五百个粉我就把微博删了。”

“……”朵棉抽了抽嘴角。

三秒钟后，电话那头正在喝水的陆易忽然一呛，整个人惊天动地地咳起来。朵棉没好气地说：“喝个水都要被呛到，智障吗？”

对方破天荒没有顶回来，只是沉默了会儿，很深沉地说：“看来我真的得马上把那条微博删了。”

她问：“为什么？”

陆易：“因为你可能真的要被人肉了。”

“捂好马甲别让Broken的女友粉们找到你的微博，祝好。”吧嗒，陆易挂断了电话。

朵棉一头雾水，想了想，又点进那条“Broken开微博”的热搜——弹出来的第一个用户就是MYS-Broken，头像是一张纯黑色的图片。

她眨眨眼，进入他的主页。

MYS-Broken，关注：0，粉丝：26万，个人认证：MYS电子竞技俱乐部*PUGD*分部队长。

这个号是才注册的，总共就只发了一条微博，时间是5分钟前：你是我的小苹果。

评论：498，点赞：2600。

网友一：你是我的小呀小苹果，我有一个大胆的想法，莫非……Apple？

网友二：果然！Apple真的是你的女朋友啊啊啊啊啊难怪今天直播的时候这么甜！

被窝里的朵棉愣愣地瞪着这些汉字，呆滞两秒钟，然后，放下手机，拉高被子捂住变成颗番茄的脸，羞到打滚儿。

故意的故意的，他绝对是故意的！之前黑灯瞎火想占她便宜，现在又发个暧昧不清的微博给她招黑？谁是他女朋友啊！

第八章

新同桌

朵棉就这么火了，或者更准确地说，是托直播之战，和靳大爷那条引人遐想的微博的福，“Apple”这号人物就这么火了。

一时间，关于她身份的猜测满天飞，甚至有少女心泛滥的女玩家开始根据自己的想象，把“Apple”和“Broken”的故事写成小说，画成漫画图。

周一的早上，阳光灿烂书声琅琅，张晓雯请假没来。看着网上一大堆莫名其妙的小说和图画，独自坐在座位上假装背单词的朵棉，沉默了。

鲁迅先生在《纪念刘和珍君》里写道：不在沉默中爆发，就在沉默中灭亡。

朵棉眯了眯眼，在“爆发”和“灭亡”之间纠结了会儿，拳头一握，选择了前者。

做完一系列心理建设后，她转过头，用十分严肃的表情看向自己的后排座位。那人眸微垂，手机堂而皇之摆在课桌上头，玩儿游戏，他校服里的黑色衬衣没有扣最上面的两颗扣子，从这个角度看过去，刚好能看见修长的脖颈、性感的喉结和露出的锁骨。

她抿了抿唇，强迫自己不去注意这些，正色道：“麻烦你先停一下，我有事情要问你。”

对方眼也不抬，淡淡地说：“讲你的，我听得见。”

“你……”冷静，不能慌。狭路相逢勇者胜，绝对不能被看出来一点点的紧张。虽然，她现在紧张得都快死了。

朵棉深吸一口气，也学他的语气淡淡说，“你为什么要发那条微博。”

“哪条？”

“就是……”她声音都在发颤，含含糊糊语速飞快地糊弄过去：“‘你是我的小苹果’那条。”

滑动在屏幕上的指，略微一顿。靳川抬眸看向她，片刻，勾了下嘴角，“那句话不是歌词儿么，有什么问题？”

歌词？不对，歌词就能乱发么？歌词就可以么？你知不知道你那些粉丝会误会？我也会误会。

尽管朵棉不想承认，但此时此刻，她心底确实涌现了一种名为“失落”的情绪。人之所以失落，大部分是因为发生的事实低于心中的预期。

那么，她原本是希望从他这儿得到什么解释呢？不知道。

朵棉脑子里一时乱糟糟的。

“说话。”

“……没什么问题。”她笑了下，转回去重新坐好，低下头，把英语书胡乱翻开一页。

背后又是一阵低笑声，心情大好似的。朵棉察觉到什么不对劲，回眸，有些不解地瞪着他。靳川眼带笑意，贴过来，在她耳边低声说：“那句歌词的下一句是什么？”

什么是什么？歌词的下一句？怎么爱你都不嫌多？

嗖嗖两下，朵棉心情跟坐云霄飞车似的从谷底升至最高空，她眸光闪动，好像看见了烟花从一望无际的夜色里突围，绚烂地炸开。

读书声、交谈声、笑声，各种声音交织在一起，但朵棉都听不真切。周围的一切在此时都是模糊的，声音、人影、景物，唯一清晰的就只有靳川那张似笑非笑的脸。

不知为什么，在她看来，这副懒散傲慢仿佛永远不会把任何东西放眼里的眼神，离奇地显现了几分认真。

嗯？认真？

朵棉脸通红，被这个词儿给惊到了，连忙甩甩头让自己清醒过来。这人吊儿郎当，开玩笑没下限也不是一两次了，她怎么会觉得他认真？

“这个玩笑一点都不好笑。”她维持着心平气和的表象，说完转回去，面朝黑板坐好，嘴里自言自语地嘀咕，“想不到居然还听广场舞歌曲，什么审美，土！”

背后那人淡淡的，“大点儿声，再说一遍。”

我这么小声你都能听见，顺风耳吗？朵棉身子一僵。

“给我再说一遍。”

她干巴巴地笑了下，回头，若无其事地说：“我刚才没说什么呀！”

靳川也笑了下，“你对我的审美有意见？”

朵棉摇头：“没有。”

“我审美怎么样？”

她正经八百地称赞：“清新脱俗，超棒。”

“是么？”靳川不咸不淡地应了句，挑挑眉，“能让你夸一句是我的荣幸，谢谢！没什么事儿了，转回去早读。”

“哦。”朵棉在心里默默鄙夷了自己两秒钟，然后摊开书，跟着大部队的节奏朗读课文。

第一堂课是化学课。

预备铃响起后，朵棉收起早读用的英语书，从书包里拿出化学书和对应的练习册，做着上课前的准备工作。两分钟后，一阵高跟鞋踩在地上的声音由远及近，嗒嗒嗒嗒——

周开蒂走进教室。大家伙抬眼一瞧，只见班主任手里除了化学练习册以外，还拿了两张 A4 大小的纸，全都是单面黑白印刷。

“天啊，”有眼尖的同学一眼就认出来，压低声音哀号，“半期考试成绩单！”

朵棉咬了咬唇，心里隐隐有些紧张。

接着便听班主任道：“好了，请同学们先把手上的事放一放。”说着，扬起手里的两张排名表向全班展示，“我手上拿的是大家这次半期考试的总成绩单，这上面既有各科分数，也有大家在班上和年级的排名。

正式上课之前，我们先把座位调了。”

陆易翻了个白眼，压低声音吐槽：“还真要根据排名来选座位？这也太打击人自尊心了吧。”

边儿上的张安阳叹气，“现实就是如此残酷。”

周开蒂又道：“好，现在给你们两分钟的时间，背上书包收拾好自己的东西，到走廊上集合。”话音落地，威力丝毫不亚于往一汪静水里丢了颗原子弹，霎时间，原本鸦雀无声的教室，炸了。

“不是吧，还要站到走廊上去？”

“什么意思？成绩好的先选座位先进来坐，成绩差的干站着等？”

叽叽喳喳，百鸟尖叫。

讲台上的班主任皱起眉毛，拍了拍讲桌，沉声：“全都安静，收拾书包是用手，不是用嘴。”静几秒，又接着说：“跟大家解释一下，并不是只有咱们一个班要根据考试排名自主选位，全年级都统一。老师的目的，不是打击大家，也不是要把你们分个几等几等，而是想通过这种方式告诉你们，只有付出才会有回报、有收获，大家想要坐好位子，就必须努力学习。”

大家伙怨声载道唉声叹气，好一会儿才陆陆续续走出教室，在走廊上站定。

时值十一月，已是初冬，刚从东方升起的太阳懒洋洋地挂在天上，驱走清晨的寒意。

朵棉背着碎花书包站在人群中，安安静静，听大家抱怨。

这时，陆易拨开人群挤过来，一副发现新大陆的表情，惊诧道：“大新闻大新闻！”

朵棉还在担心自己的半期成绩，兴趣缺缺，“怎么了？”

陆易压低声：“这次的第一居然不是靳川！”

哦。

意料之中，毕竟故意做错了那么多大题。要是这样都能Top1，他们七中的其他优等生都不用混了。

朵棉的关注点不在这个上。她皱眉问：“你看到排名了？有没有看到我是多少名？”

“我就只晃了一眼，除了前三一个都没看清楚。”陆易挠了挠头，瞧着她，“看你这样子……怎么，半期考发挥得不好？”

“废话。”行刑前的等待最是难熬。朵棉惴惴不安，“那段时间我忙着冲天梯排名，哪儿有时间好好复习。”

陆易笑笑，拍着她肩膀安慰，“别担心，你底子在那儿，再差能差到哪里……”

话还没说完，班主任的声音就又响起了。

“现在我们开始按照排名选座位。”周老师拿着成绩单站在教室门口，神色严肃，“第一名，朱和平。”

被念到名字的男生一下愣住了，好像还没反应过来。

“朱和平？万年老二终于逆袭了？”

“难得难得，自打靳川转过来，朱和平都八万年没当过第一了……”

班上的其他人议论纷纷，也是很惊讶的样子，纷纷扭头，看向队伍的最末端。朵棉也侧目，跟着大部队看过去。

靳川靠在栏杆上，正侧着头跟身边的人说话。朝阳为他的轮廓笼上一层柔和的光，这么一看，她发现他的头发好像长了些。其实他如果不留这种板寸头，换个其他发型也会很好看吧？

“第二名，刘彩喜。

“第三名……”

很快，前十名都已经进入教室挑选好自己心仪的座位。

朵棉轻轻咬住唇，垂在身侧的两只手无意识地握成拳头，隐隐感到不安。

十一名过去了，十二名过去了……

还是没有她。

朵棉浑身冰凉，心跌到谷底。

“第十六名，靳川。”这次，周开蒂的语气不悦里夹杂一丝讽刺，“恭喜啊，靳川同学，拿下咱们班‘最佳退步奖’。”

靳川脸色很淡：“谢谢周老师！”

全班惊了：“噗……”

周开蒂差点气吐血，黑着脸哼了声，没好气道："赶紧进去选你的座位。"

"我坐哪个位子都行。"靳川笑了下，"先让其他同学选吧。"

全班再次惊了："……"

周开蒂皱眉，靳川这学生让她头疼也不是一两天了。七中虽校风良好，但仍有那么几个问题学生，要么是缺爱，故意叛逆想引人关注，要么是讨厌学习，读不进去书。但靳川和那些问题学生有本质上的区别。

他的离经叛道和不按常理出牌，没有任何特别的动机和理由，仿佛，那些只是他性格的一部分。

独特并且张扬。

周开蒂静默几秒钟，由他去了，继续念后面的排名。站在人群里的朵棉皱眉，微转头，纯粹无意识地看向靳川。视线相遇，他刚好也在看她，目光平静，没什么特别情绪。

为什么不去选座位？等她么？

真是难为这位伟大的第一了，考差了那么多分都没能排在她后面选位子，恐怕就连他都没想到她会考得这么差吧？惊喜不惊喜？意外不意外？她扑街扑得超乎想象。

思索着，朵棉难过又沮丧，但沮丧的同时，又觉得自己莫名其妙把他大坑一回的行为有点好笑，于是又弯了弯唇，苦中作乐地笑起来。

这次半期考试，朵棉的成绩排名是班上第二十一名，年级第八十六名，光荣斩获高三（1）班的第二枚"最佳退步奖"。

班主任在念出她的名字和名次后，叹了口气，要她中午放学到办公室。朵棉耷拉着脑袋点点头，走进教室，坐在了老位子上。

昨晚在电竞圈爆火，今天就因为成绩下滑被老师请去喝茶，所谓大起大落乐极生悲，也不过如此了吧。唉，要怎么拿着这份成绩单给妈妈交差呢？妈妈会很生气，对她很失望吧！真是个悲伤的故事。

化学课上，朵棉托着腮丧丧地想着。

不过……她侧目，悄悄看了眼身边正垂眸敲手机的人。

悲伤的故事里总算还是有一点令人欢喜的存在，比如说：最终，传说中的史诗级大神Broken，成了她的同桌。

中午第四节课下课，朵棉垂头丧气，乖乖地进办公室找班主任。周开蒂正在批改高三（1）班的作业，听见响动后抬起头，道："来了啊！"

"嗯。"朵棉头埋得低低的，羞窘又愧疚，"周老师好。"

周开蒂放下红笔，尽量用温柔平和的语气说道："朵棉，你一直是班上的优等生，成绩好，品学兼优，你妈妈也经常跟我打电话交流你的学习情况。这次考试成绩下滑这么厉害，是不是最近压力太大了？"

朵棉有点儿心虚，"……嗯。"

"高三学习是很紧张，但也别给自己太大压力，平常心才是考出好成绩的关键。"

"嗯。"

"听你妈妈说，你想考B大的大数据专业？"

"……嗯。"

"那得再加把劲，争取冲进年级前十。"周开蒂的笑容里充满了鼓励，"你从高一开始成绩就好，是完全有这个实力的。加油，心无旁骛，奔着自己的梦想前进，不要让父母和老师失望。"

"……嗯。"

"好了，你出去吧。"

"谢谢周老师，周老师再见。"朵棉转身，离开了办公室。

天有些暗下来了。

朵棉走在走廊上抬头看天，原来是几片乌云飘过来，挡住了太阳。她抿了抿唇，思考了会儿，往实验楼的方向走去。

这个点儿，同学们都去食堂或者校外吃饭了，实验楼连个人影都见不着。

安安静静的，挺好。

朵棉找了个楼梯角落，坐下来，抽了抽鼻子，就那么盯着有些斑驳的墙壁发呆。墙面是白色，有少部分的漆脱落了，露出里面的水泥。

突地，背后传来一声轻响。她眸光闪了闪，下意识地回头，看过去。

那人不知何时过来了。他懒懒地侧倚在楼梯扶手上，视线笔直地看着她，不发一语。

朵棉仰着脖子有点惊讶，干咳了一声，“好巧，你也在这儿啊？！”

“不巧。”靳川说，“我跟你来的。”

朵棉微愣，静默须臾，才说“是么？我以为你是想找个地方呆会儿。”

他说：“是么？我也以为你是想找个地方哭。”

朵棉此时的心情着实不好，没什么精力跟这人闲扯，只是笑了笑，有点无力地说：“只是考差了而已，又不是大不了的事，我为什么要哭。”

靳川不答话，仍旧盯着她的眼睛。

朵棉深吸一口气吐出来，实话实说：“那请问你能不能回避一下。”

“不能。”靳川淡淡地说，“我就想守着你。”

朵棉：“……”

周围的空气有一瞬间的安静。

须臾，朵棉看见靳川迈开长腿朝她走了过来，弯下腰，直接敞开两腿坐在了她旁边。他点头说，“行，哭吧，我准备好了。”

这人怎么前言不搭后语？她哭关他什么事。朵棉着实蒙了，“你准备好什么？”

“心疼呗。”

本来是真的很想哭的，但听他这么一说，朵棉刚要流出来的眼泪瞬间被硬生生堵了回去。她清楚地感觉到，考试考差所带来的郁闷感，在这一瞬，正被另一种情绪覆盖。

怦怦，怦怦，朵棉心跳的节奏又乱了。

心疼？

这人最近是怎么回事，老爱跟她开这种暧昧的玩笑，抽风吗？

“那个……”她手心滑滑的，全是汗，胡乱在校裤上抹了两把，支吾道，“那个，半期考试的卷子发下来了，我想起我还有一些错题没有弄懂，先回教室了。”说完赶紧站起身，准备离去。

“躲什么。”靳川的声音忽然从背后传来。

朵棉动作一顿，齿尖磕了磕下唇瓣，没有回头，也没有说话。

“跟我呆一块儿怎么了？光天化日的还是在学校，你怕我吃了你还是什么？”他语气不善，明显是对她的这一举动很不满。

朵棉被这番话惊到了，心说你还真是直白不做作，是天边不一样的焰火。

不用照镜子也知道自己脸肯定红了。不过还好，朵棉庆幸自己此时是拿后脑勺对着靳川。就这么呆滞了两秒钟，她回过神来，清清嗓子，故作镇定地瞎扯：“我没躲你，真的是要回教室去看错题。”

“那就拿出来一起看。”他淡淡地说。

朵棉：“……”

“不会的我教你。”

好想拒绝啊！明知道我怕跟你单独呆在一起，心跳长期处于高出正常状态几十倍的频率，会得心脏病吧？

“快点儿。”

“……哦好。”

两分钟后，在强权压迫下的朵棉再次选择了屈服，从教室里拿出半期考试的理综试卷和数学试卷，回到实验楼。乖乖地站到靳川面前，伸手，把卷子递给他。他接过试卷，垂眸，眉心无意识地拧出一个很浅的结，神色专注，面容冷峻。

起风了，浓云散开，之前被挡住的太阳又露出半张脸。午后的教学楼，秋风习习，阳光缱绻。

周围安静极了。

朵棉打量着靳川。她站着，他坐着，从她的角度刚好能看见他的睫毛，黑而密，跟两把小扇子似的。

斯人斯景，她忽然有一种“现世安稳岁月静好”的感觉。

“别傻站那儿。”靳川眼也不抬地说，“坐下。”

“哦。”她点点头，弯腰，坐在楼梯台阶上他旁边的位置。坐下以后……嗯？好像离得太近了点？于是又悄悄往远点的地方挪挪，再挪挪。

谁知，对方又是淡淡一句：“坐过来。”

朵棉默，又默默挪回去。

靳川把卷子翻到后面，面无表情地扫过大题部分，问：“哪些不懂？”

朵棉探头瞧了眼，“物理倒数第一题和第二题，化学倒数第一题，生物的遗传学部分。”

“笔。”她连忙把手上的红色签字笔递给他。

靳川两笔在图示上做出受力分析，“B物体在牵引力作用下在A上做加速运动，加速度a是3……”

朵棉原本还认真地听着解题思路，但听着听着，没几秒钟注意力就开始跑偏。她发现他的声音其实很特别，天生的低沉，和长期抽烟形成的微哑，再配上那副不紧不慢的语速，辨识度极高，很好听。

在知道靳川就是Broken之前，他们在游戏里有过语音交流，她为什么早没有把他认出来呢？朵棉单手托腮盯着他看，出神想着。

“这就是解法。”须臾，靳川已经在试卷空白处演算完毕，抬眸，看向她，“听明白没？”

咳！“前半部分还明白……”后半部分就……

靳川静默两秒钟，点头，语气平平地说：“我再给你讲一遍。”

“嗯嗯。”朵棉点头，腰杆儿一挺，坐得笔直笔直。

“给我认真听。”

“嗯嗯。”

“别走神。”

“嗯嗯。”

“从下道题开始，”靳川淡道，“我每多讲一遍，你就给我亲一下。”

“嗯……嗯？”

啊呸！嗯个鬼啊！

朵棉脸瞬间涨得通红，瞪大双眼，不可思议地望着他。请问是怎么做到这么一本正经地说出这么流氓的话的？

没等她从羞愤当中回过神，旁边的人已经开始讲第二遍了，字字清晰，语速放得更慢，“物体B在牵引力作用下在A上做加速运动……”

一侧眸，那姑娘还保持着震惊得满脸通红的造型。

嗒——靳川眯了下眼睛，把笔一撂，淡淡地瞧着她，“给老子亲还是听老子讲题，自个儿选。”

“……听你讲题。”

虽然靳川的威胁手段简单粗暴，但不得不承认，效果极佳。一个午休时间过去，朵棉已经把整张理综卷的难点易错点完全吃透。她把所有错题都抄在了错题本上，并认真批注出自己的知识点盲区。

下午第二堂是心理课。

这门课程是七中专为高三年级开设的课程，目的是关爱所有高三生的心理健康，帮助高三生们释放心理压力，平顺度过“黑色七月”。但对于大部分的学生而言，这节课存在的唯一意义，就是用来写作业或者玩儿手机。

丁零零——上课铃声响起了。

朵棉摸摸抽屉，拿出一本心理健康书，掩人耳目，再拿出一本课外的高考理综模拟卷，开始刷题。

侧目，悄悄看了眼身旁的新同桌。靳大爷闭着眼趴桌上，都不知道睡着多久了。桌子上空空如也，连张纸都没有。

朵棉微微皱眉。

白天又要上学，晚上还要回基地训练，难怪总是到学校来补觉。事实上，她怀疑这人的睡眠就从来没充足过。

思索着，戴眼镜的女心理老师已经走进了教室。她在讲台上站定，皱眉，颇为不满地在教室里环视一圈，说：“上课了上课了，写作业的把东西收起来，睡觉的也叫一下。值日生呢？”

话音落地，值日生立刻高声喊道：“起立！”

大家都站了起来。

朵棉弯腰凑到靳川耳朵边上，小声道：“上课了，值日生叫起立。”

两秒后，靳川拧着眉头从座位上站了起来，大概是没睡醒的缘故，漆黑的眸子有少许血丝。

“敬礼！”

大家有气无力地嚷嚷：“老师好。”

“嗯同学们好。”心理老师点点头，“请坐。在正式上课之前，我先跟大家分享一个小故事……”

讲台上，心理老师讲得很投入。

讲台下，同学们仍是写作业的写作业，刷题的刷题。

朵棉看了眼靳川。被吵醒之后他似乎也没有接着睡的意思，从兜里摸出手机，摁亮了屏幕。她想了想，压低嗓音说：“你们职业选手，平时的训练很辛苦吧，看你平时好像很缺觉的样子。”

靳川动作顿了下，扭头，看她，挑了挑眉毛，“心疼？”

朵棉简直想对他翻白眼，“你别贫，我是跟你说认真的。”

靳川直勾勾盯着她，“谁不认真了？”

她沉默三秒，直接选择无视这个心不心疼的话题，继续道：“据我所知，大部分职业选手都会选择暂停学业或者直接放弃学业，你为什么……”

靳川连顿都没顿一下，“为我外婆。”

朵棉眸光闪了闪，“你外婆不希望你辍学，所以你才？”

他收回视线继续看手机屏，没什么表情地“嗯”了一声。

“老人家的想法是对的。”朵棉语气很真诚，“你成绩这么好，辍学实在是太可惜了。”

靳川听完，一扯唇角哂了下，没有出声儿。

朵棉不懂靳川这个笑容的含义，只是直觉告诉她，他并不是很想继续这个话题。

于是干笑了下，又问：“你外婆身体怎么样了？”

“出院了。”

“那真是太好了。”闻言，朵棉发自内心地高兴，又想起什么，叮嘱道，“我听我妈说，老人心梗之后不能干重活也不能劳累，你一定要让你外婆好好休息。还有要记得按时去医院拿药……你一个人忙不忙得过来啊？”

周围忽然有几秒钟的安静，靳川转头重新看向她，眸色深沉。

她被他看得有点不自在，摸了下脸，“为什么忽然这样看着我？”

他盯着她，说：“这么多年我一个人惯了，大事儿小事儿，还没遇上过我不能处理的，所以你根本不用担心我。苹果，多操心操心自己。”

朵棉：“……”

“你妈那儿估计够你喝一壶。”靳川移开目光，淡声道，“你有我号码，有什么事打电话，我二十四小时为你开机。”他依然是散漫随意的语气，字里行间波澜不惊，但不知为什么，听他说完，她连心尖都微微一颤。

“记住没。”

“……嗯。”朵棉认真地点头，“记住了。”

晚自习结束后，朵棉背着书包骑车回家。

听班上的其他同学说，下午的时候学校就用家校通短信把这次的半期成绩发给了各个高三家长。也就是说，想瞒是瞒不住的，只能选择面对。还好爸爸这几天在家里，就算妈妈发火骂她，爸爸应该也会帮她说话吧？

给自己做了无数次心理疏导之后，朵棉的心情稍微平复了几分，把车骑进小区，停好，走进单元楼。从电梯里出来，她家那层楼的过道漆黑一片，就像一个吃人不吐骨头的怪兽，张开着血盆大口。

朵棉咽了口唾沫，跺跺脚，灯不亮。

看来是坏了。

黑暗为人心里的恐慌浇了一把油。朵棉忐忐忑忑，在门口徘徊好一阵儿后才咬咬牙一跺脚，拿钥匙把门打开。

“今天这么早就回来了啊！”朵父的声音从客厅那边传来。听语气，和平时没有任何不同。

朵棉稍微安心了一点，笑笑，边换鞋边说：“今天没有在学校写作业。”

话音刚落，另一个声音就从她的卧室里传出来。

“朵棉。”朵母喊了一声，声音平静得出奇，“你过来。”

妈妈为什么会在她的房间里？她有点困惑，也没有多想，背着书包就走了进去。抬眸一看，瞬间惊愕地瞪大了眼——

她妈穿着睡衣坐在电脑桌前，电脑开着，桌面上那个名为*PUGD*的图标赫然就在正中央。朵棉脸色冷下去，双手攥拳，用力地皱起了眉。她的电脑明明有密码，为什么会？

屋子里死寂数秒钟。

然后，朵母竭力压制着怒火，深吸一口气，看向她，“这是什么东西？”

朵棉低着头，浑身冰凉，双手在身体两侧用力攥成了拳头，深吸一口气，吐出来，没有说话。

朵母拧眉。此时，震惊、愤怒、失望、难以置信……各种情绪翻江倒海似的在她脑海里交织，随便一个火星就能引爆。但她还是尽力控制自己，保持冷静，“妈妈在问你，不说话是什么意思？”语气骤然更加严厉，“这是什么？”

窗户没有关，夜晚的风从微敞的窗户缝里吹进来，冷冷的。

朵棉盯着深棕色的地板，沉默好一会儿，低低地回答：“游戏。”

“你平时熬夜，说是在复习在刷题，其实都是锁着门儿在房间里玩游戏吧？”

“不全是。”

火星丢出来了，犹如暴风雨前的平静一般，屋子里静默须臾，然后炸开。

“我就知道，莫名其妙成绩下滑这么多，肯定有原因！”朵母勃然大怒，一巴掌拍在电脑桌上，厉声斥责，“你知不知道你高三了？知不知道高考对你的人生有多大影响多重要？你居然在这个时候沉迷游戏？”

朵棉拳头越捏越紧，指甲陷入掌心，疼痛感尖锐到难以忽视。她咬了咬唇，道，“妈妈，事情没有你想的那么严重，我也没有沉迷，只是课余时间才会……”

“别跟我扯什么课余时间玩一玩劳逸结合。”朵母打断她，“我把电脑放在你屋里，是为了方便你学习方便你查资料，我那么相信你，你呢？你干了什么？这么不自觉，你实在太让我失望了。”

是吗？真是不好意思啊，又让你失望了。

这么多年我一直在为你的期望努力，活在你的期望中，你只知道要求我成绩优秀听话懂事，你知道我有多累吗？你关心过我真正喜欢什么想要什么吗？

朵棉咬着嘴唇沉默，没有出声。

朵母看着她，“哑巴了？现在做错事连认错都不会了？”

朵棉说：“我认错以后，妈妈你会认错吗？”

朵母一怔，以为是自己听错了，“你……你说什么？”

“因为打游戏耽误了复习考差了半期，确实是我不对，我错了。”朵棉鼓足勇气抬起头，看向朵母，“那妈妈你知道自己也错了吗？”

朵母不可思议地瞪大了眼睛。女儿自幼乖巧懂事，几乎没有如此强硬地顶撞过她。她又惊又怒：“我错？朵棉，你长大了翅膀硬了，我现在连管你都有错了？”

朵棉嘴唇都要咬出血，挤出一个字：“是。”

朵母气结，抬手作势要打朵棉，朵棉背脊挺得笔直，和母亲对视，躲都不躲。那只手举在半空，迟迟没落下来。

“你……”朵母气得红了眼睛，想掴朵棉耳光又狠不下心，最后只能打了下她的肩膀，话音带哭腔，“你是不是要气死我？！”

就在这时，一直在客厅里干着急的朵父走到了房门口，刚好瞧见这一幕，拧紧眉，一下将朵棉拽过来护到身后，朝朵母沉声道：“你怎么回事儿，怎么还动手打孩子了？”

朵母别过头，把泪意给憋回去，抬手，用力指了指朵棉，“你自己问她刚才说了什么，问问你的好闺女刚才说了什么？”

朵父回头看朵棉，有点儿疑惑：“你跟你妈说什么了？”

朵棉平静地说：“我说，我认错以后希望妈妈也能认错。”

朵父眉头越皱越紧，一边儿的朵母要被气吐血，她怒极反笑，“我错在哪儿？你是我的女儿，你做错事我不该管你？”

朵棉直直盯着朵母，“你真想知道自己错在哪儿么？”

朵母也盯着她，没有说话。

朵棉做了个深呼吸，一字一顿道：“第一个错，你没经过我允许就翻我电脑，侵犯我隐私。”

朵母觉得可笑：“你是我闺女，是我身上掉下的一块肉，你在我面前根本就没有什么‘隐私’可谈！”

“第二个错，你不分青红皂白就认为我的成绩下滑完全是因为我打游戏，但根本不是这样。”说着，朵棉红了眼睛，“这次半期考试考到了我很多知识点盲区。从另一方面来说，我认为考差并不完全是件坏事，找到了问题才能对症下药，至少我这么认为。妈妈，你这么生气，究竟是因为我成绩下滑，还是因为我成绩下滑让你觉得没面子？你究竟是为了我还是为了你自己？”

“你……你！”朵母被她最后一句话气得浑身发抖，“你给我闭嘴！”

“我不要闭嘴。从来都是你说什么我做什么，我什么事都得按照你的想法来！你为什么不能听听我的想法？”

朵棉嗓音夹带哭腔，几乎是吼出来：“你的第三个错，是身为我的母亲，却从来没有问过我喜欢什么想要什么。从小到大，你只关心我成绩好不好，能不能让你拿出去炫耀，根本不关心我开不开心高不高兴。我受够了。”

这一股脑的爆发突如其来，朵母听完，怔怔地愣在了原地，眼神由最初的惊讶、愤怒变成暗淡的死灰色，似乎失望到了极点。

“朵棉，”朵父也变了脸色，压低嗓子斥道，“你怎么能对妈妈说这样的话！”

朵棉眼泪止不住地往下流，她抽抽鼻子，拿手背胡乱在脸上抹了把，故意一副若无其事的样子，道：“我只是在陈述事实而已。”

屋子里静了会儿。须臾，朵母开口，语气竟平静到极点：“你觉得我对你要求严格，我要你成绩优秀，都只是为了拿你出去炫耀，为了自己的面子？”

朵棉苦笑：“不是么？”

朵母忽然也笑了，“原来在你心里，一直是这么想你妈的。”

“事实就是这样。”

“受够我了？”

“对。”

“好。”朵母点了点头，随手从电脑桌上抽出一张纸巾擦脸，然后转身，走出了朵棉的卧室，“从今天开始我不会再管你的任何事。这个家你爱待就待，不待就走，没人会拦你。”

拖鞋踩在地板上的声音逐渐远去。

朵棉木呆呆地站着，心疼得像被刀扎出了一个大窟窿，想号啕大哭，又只能倔强地强忍回去。过了几秒钟，她打开衣柜开始收拾衣物。

朵父眼神复杂地看着她，叹气道，“怎么，还真打算出去？这里是你的家，离开这儿你能去哪儿？”

朵棉动作顿了下，然后继续，“我去奶奶家。”

朵父静默须臾，点头，“现在你妈在气头上，看你这样子也不会服软，先去你奶奶那儿也行。”说着，摸出手机拨出去一个号码，一副挺轻松的口吻：“喂妈，嗯，对了，我和慧慧这几天要出去旅游一趟，棉棉就先住你那儿。嗯，成，我马上把她送过来。”

电话挂断。

“你奶奶那儿我都说好了，你先去住几天。”朵父对朵棉说，“你妈那儿……我也承认，她对你确实是严格了些，但是棉棉，你对她说的话实在是太重了。你是她的骄傲是她的心头肉，她那么爱你，你怎么能说她做这些都是为了自己？”

“奶奶那儿不远，我自己打车过去就行，爸爸你不用送我了，去安慰妈妈吧。”朵棉风轻云淡打断朵父的话，收拾好东西，转身出门。

“这么晚了你打什么车？你要我和你妈担心死啊？”朵父喊道。

啪——大门已经关上了。

“这丫头……”朵父皱眉，赶紧拿起车钥匙追了出去。

朵母披着件外套站在主卧阳台上，看着女儿走出单元楼，夜色下，那纤细的背影竟有种说不出的坚定和决绝。她抿唇好一会儿，再忍不住，终于捂着嘴哭出声来。

朵棉到奶奶家时，已近晚上十点半。

朵父还赶着回去安慰朵母，并未多留，很快便驾车离去。朵爷爷朵奶奶丝毫没有多想，笑盈盈地给朵棉煮了好几十个自己包的大肉饺，然后便叮嘱她早点休息。

晚上十一点整，两位老人已经睡熟了，整个屋子里静悄悄。

朵棉躺在床上，睁着眼睛盯着天花板发呆，脑子里有各种声音交错响起，妈妈的、爸爸的、周老师的、靳川的……

片刻，她伸手往枕头底下一摸，拿出手机，在通讯录里翻找起来。找到一个号码，纤细的指在拨号键那一栏停顿数秒，然后咬咬唇，拨了出去。

嘟嘟两声，通了。电话另一头的人没有说话。

朵棉深吸一口气吐出来，动了动唇，开口。之前哭过的缘故，她的声音听起来有点哑。她轻声问道，“……睡了吗？”

“没有。”那人淡淡地应了声。

“在训练？”

靳川说：“在等你的电话。”

捏电话的指无意识收紧了些。她沉默几秒钟，有点磕巴地说：“我们能不能出来见个面？”说完就后悔了，连忙又改口，“不过现在好像挺晚了，你要是不方便就算了，我也没什么事……”

“你在哪儿？”他打断她。

朵棉眸光微闪，说了奶奶家小区的地址。

“等着。”说完，对方嗒一声挂断了电话。

朵棉拿着手机愣怔几秒，回过神，这才意识到自己刚才对他提了一个多么……引人遐想的要求。

她躺了会儿，起身，在“把睡衣换掉”，还是“在睡衣外面加个外套”之间纠结数秒后选择了前者。翻翻从家里带出来的背包，拿出件连衣裙换上，换完还照了下镜子。

镜子里的少女，肤色很白，眼睛微肿，看上去有些憔悴。但腰细腿直，身材纤细比例匀称，倾国倾城谈不上，还是很漂亮的。

朵棉微微皱了下眉。

这条裙子是她去年生日的时候爸爸送的生日礼物，蓝白色的水手风格，精致上档次。不过……只是大晚上出去见个面而已，这样会不会显得太隆重了？又不是要干啥。

朵棉最后脱掉了那条连衣裙，换上了一身朴素的卫衣和牛仔裤。刚换好，手机就响了。

她接起来，“喂。”

“我在这个小区门口。”

这么快？朵棉点头，“哦，我马上出来。”

爷爷奶奶睡得很熟，朵棉轻手轻脚，从走出卧室到离开奶奶家，没有惊醒任何人。

外面，天空黑漆漆的，没有月亮也没有星星。

她走出小区大门，举目四顾，一下就看见了坐在广场长椅上的修长身影。她走过去。听见脚步声，靳川扭头看她一眼，挑眉：“离家出走了？”

“……不算。”朵棉在他旁边坐下来，声音小小闷闷的，“这里是我奶奶家。”

靳川点了下头，从裤兜里摸出一根烟拿手上，也不抽，就那么捏着玩儿。忽然淡淡地说：“我给你讲个故事。”

朵棉一愣，以为他是要讲个什么励志温暖故事来鼓舞她，便点点头，说，“好，你讲，我听。”

靳川很冷静，“从前有一个鬼。”

朵棉：“……”

靳川依然非常冷静：“他放了一个屁。”

朵棉：“……”

“然后死了。”

朵棉嘴角一抽，已经不知道用什么表情来面对他了。几秒后，靳川掉转视线看向她，“不好笑？”

朵棉：“……”

他把烟点燃，抽了口，自嘲似的一嗤，“看来我还真没讲笑话的天赋。”

话音落地，朵棉噗地笑了出来，不知想到了什么，笑容越来越灿烂，最后直接笑出了声，连眼泪都笑出来。

靳川平静地看着她。她笑着，抬手抹眼泪，抹了又流，再抹，再流，最后干脆直接拿两只手捂住脸，笑得呜呜呜。

夜深了，老小区附近没什么行人，只有一盏路灯孤零零地在黑暗里支撑。朵棉肩膀抽动，指缝里全是流出来的眼泪。

靳川抽着烟坐了会儿，然后掐了烟头，一伸手把她整个儿给揽过来，扣紧了，下巴搁她乱糟糟毛茸茸的脑袋顶，低声道：“傻不傻。”

靳川轻柔抚着朵棉的背，一下一下，没有说话，眼底的眸色深不见底。

她抽泣着，小手无意识地攥住他衬衣的下摆，像强忍太久终于找到了一个宣泄口，咬着唇，越哭越伤心。

不知过了多久，哭声渐渐弱下去。

大哭一场之后心里舒服不少。朵棉哭累了，只剩下一抽一抽的干音，脑子里晕乎乎的，眼睛都肿成核桃。

夜深人静，周围一个人都没有。

她整个人被他硬摁在怀里，背上腰上各环一只手臂，有力修长，扣得很紧，她甚至有一种快要被他揉进身体里的错觉。

刚才哭得太认真还没反应过来，他居然，抱她了？真是一个猝不及防的安慰的抱抱。但是不是抱得太紧了点？再这么抱下去，她要窒息了吧？

这时听见靳川道："舒服点儿了？"

"……嗯。"

"跟你妈聊过了？"

"……嗯。"

"这段时间都住你奶奶家？"

"……嗯。"

关于她突然住到奶奶家的事，靳川三言两语就猜出了大概，没多问一个字，很快便结束了这个话题。

朵棉眼皮红红的，鼻头红红的，连两边脸蛋都红红的，整张脸像颗熟透的番茄。须臾，抬手，小小地推了靳川一下，支吾："我没事了，谢谢！你现在可以放开……"

话没说完便被对方打断，"老实呆着，别动。"

朵棉疑惑，眨了眨眼睛。头顶上方紧接着又传来一句话，平静地说："给我抱一会儿。"

唰一下，她脸上温度飙升，熟透了似的。扑通扑通，心跳怦怦飞快，僵着身子一动不敢动。怎么感觉画风突然变得有点不一样？

朵棉呆呆的，被他身上清爽的皂荚味熏得大脑失灵，迷迷糊糊地思索。靳川抱着怀里的小姑娘，两只手臂都从她纤细的腰肢处环过去，闭着眼，脸贴近姑娘粉嫩的颊，轻轻蹭了蹭。

像被吓到似的，她整个人一颤。

"苹果。"他此刻的声音带着种未知的性感的沙哑，喊她。

朵棉依然僵着身子，干巴巴地应了声：“……嗯？”

“你挺软。”

挺软是什么形容？她应该回话么，怎么回，回什么？朵棉全身体温直逼五十度，脑子更晕了。

“适合给我抱着睡觉。”他接着说。

所以你是把我当你的抱枕吗？朵棉脸通红，在抱枕问题上足足纠结了数秒钟，才清了清嗓子，哑声道：“你先放开我。”不是她夸大其词，她真的快不能呼吸了。

不是憋的，纯粹让靳川给撩的。这次靳川没再拒绝，又抱了她几秒便松开双手。朵棉如蒙大赦，连忙往旁边挪开几厘米，呼吸久违的纯洁的不受男色污染的新鲜空气。

靳川侧眸，懒懒地意味深长地盯着她看。

朵棉察觉到他的视线，扭头，有点莫名地问：“你看着我干什么？”

“这么不经撩。”靳川笑了下，“之前没交过男朋友？”

朵棉抽了抽嘴角。

她没交过男朋友你都能看出来？没交过男朋友怎么了，没交过男朋友很可耻吗？她才十八少女一枝花，高中都还没念完，往后有大片森林。

“没交过很正常啊！”朵棉回道，“学校明令禁止早恋。”

靳川挑眉：“十八怕也不算‘早’了。”

“还是不太好。”朵棉思绪被带偏，居然很认真地跟他讨论起早恋问题，并正色阐述自己的观点，“首先，早恋肯定会影响学习。其次，高中生就是些十七八岁的孩子，心智不成熟，没几个能对感情负责。”

靳川把玩打火机的动作一顿，“也有靠谱的。”

“靠谱的是凤毛麟角，比大熊猫还稀有。”

“那你面前这个怎么样？”

朵棉眸光突地一跳，狐疑，下意识地左右看看，最后反应过来什么，万分震惊地看向他。

“嗯，就我。”靳川依然是那副懒散随性的语气，淡淡地问，“你觉得我靠谱不？”

话音落地，朵棉在半秒的愣怔之后，微微睁大了眼睛。

“你想打游戏我陪你，题不会我教你，崇拜MYS、想跟MYS的人见面组队，我也想方设法满足你。大半夜随传随到，就为你一句话。”靳川盯着她，字字清晰，语气平稳而冷静，“我这样的靠谱不？”

朵棉瞪着他，整个人已经蒙了，都不知道能回些什么。下一秒她下巴一紧，被他手指捏住。靳川抬起她的下巴使她只能仰头看自己，垂眸，贴近了点儿，“我在问你话，说话。”

“……靠谱。”她浑身发烫，连声音都开始抖。

偏了。今天晚上的注意力已经完全偏了……

“靠谱。”他重复一遍，扬了扬下巴，“所以呢？”

还有所以？所以什么？她这会儿的大脑就是个装饰品，根本没办法用来思考。

朵棉哭过的眸子涩涩的，眨了眨，不太清晰的视野里映入他的眼睛，眸色浓如黑夜。她半天才憋出几个字：“不知道。”

靳川闻言挑眉，静几秒，忽然一勾嘴角缓慢笑起来，“行吧。”

行什么？

“想不明白就慢慢儿想。”他唇贴近她耳畔，周围漆黑，五感中的听觉被无止境放大，低沉嗓音将她环绕成世界的中央，“小苹果，咱俩以后的日子还长，我有的是时间陪你磨。”

第九章

告白

靳川回到基地已经是夜里零点三十分，

浓云散开，露出了半边月亮的脸，挂在天上，跟别墅区的路灯灯光遥相呼应。他把车停进地下车库，走进直达电梯，摁下生活区所在的楼。很快，叮一声，电梯到了。

极简风格的客厅里亮了一盏夜灯，MYS 各战队的队员们大部分已经睡了，只少部分的房门缝隙里透出灯光。

靳川煮了杯咖啡，点燃一根烟，靠在吧台上等。等了会儿，摸出那枚苹果胸章垂眸打量，弯了弯唇。

就在这时，一扇房门突然开了。

大山打着哈欠睡眼惺忪地走出来，一不留神，被那道高大身影给吓一大跳，瞌睡全没了。他皱眉，惊魂未定地摸了摸心口，狐疑道：“我说老大，你老人家大半夜不睡觉杵这儿干什么？”

靳川冷淡瞥他一眼，“这么大一咖啡机摆这儿，眼残还是脑残？”

大山被呛得干咳两声，伸了个懒腰走过来，上下打量打量靳川，微讶，“你这是刚去哪儿了呀才回来？”

靳川淡淡地说，“见一个朋友。”

“朋友？”大山听完，眼里顿时蹿起两簇八卦的小火苗，压低声音，“这大晚上的，哪种朋友啊？”

靳川侧目瞧着他，不发一语。大山被他看得浑身发毛，很识时务地打起退堂鼓，干笑道：“突然想起来我还有个厕所没上，先放水去了，老大晚安。”说完，一溜烟闪进洗手间没了影儿。

“哪种朋友？”靳川自言自语地重复了遍，视线重新回到手里的胸章上。看了会儿，忽然有点好笑。

也不知道那块儿小木头疙瘩几时能开窍。

朵棉就这样在奶奶家住了下来。

饭照吃，觉照睡，课也每天照上，除了每天上学的交通方式从骑车变成了搭公交之外，生活和以前似乎没有任何不同。

高三年级的学习紧张，生活节奏也快，一周的时间不知不觉就过完了。这段时间，朵父每天都会给朵棉打电话，除了关心她在奶奶家住得习不习惯外，就是明示暗示让她回家跟朵母道歉。

那些话，朵棉听完就过了。在她看来，几天前和母亲的争吵，自己当然也有错，但导致一切错误的人却是母亲，她既然下定决心拥有自我，就必须和霸道强势的母亲抗争到底。

低头是不能的。

而这个做法，也得到了好友张晓雯和陆易的支持，他们在听说朵棉跟朵母大吵一架之后，直呼大快人心，还说星星之火可以燎原，鼓励朵棉将革命的火焰烧得更烈，相信她必定会取得胜利。

对于青春期的孩子来说，同龄人的话永远比父母老师的有用。朵棉把这些话牢牢记下，愈发坚定了不向朵母低头认错的决心。

这天是周五。

晚自习的英语考试把人弄得头昏脑涨，因此，下课铃刚响，大家便迫不及待地交了卷，背上书包飞奔出教学楼。朵棉也是大部队中的一员。她离开学校，来到距校门口有一公里左右的公交站台上，等车。

突地，一辆纯黑色轿跑不知从哪儿开了出来，不偏不倚，刚好停在她面前。驾驶室的车窗落下，里面的人看她一眼，说：“今天开了车，顺道能把你捎回去。”

朵棉默。心说来上课都开车，虽然没停在学校，但也很容易被别人看见吧？这么高调？难怪关于这位大爷是富二代的传闻甚嚣尘上。她坐他的车不太好吧？被人看见会不会误会？

靳川单手握方向盘，拧眉，“发什么呆？”

朵棉继续默。在“被人误会傍大款”和“惹靳大爷生气”之间毫不犹豫地选择了前者，默默拉开车门，默默坐到后排。

谁知刚坐下，靳大爷又发话了。

“坐那么远怕老子吃了你？”

“……”

“前边儿来。”两分钟后，黑色轿跑载着副驾驶室里满脸黑线的朵棉绝尘而去。一个红绿灯过去，两个红绿灯过去，车厢内安安静静，始终没有人说话。

气氛尴尬。

片刻，朵棉清了清嗓子随便找了个话题，打破死寂，“你……你今天怎么突然想开车来学校？”

靳川说：“今天朋友过生日，在城东那边儿包了个场，我送完你之后得直接过去，开车方便。”

“哦。”

然后就又是冷场。

朵棉咬了咬唇。自从那天晚上之后，她总觉得和他之间有什么东西好像不一样了，但具体是什么东西不一样，又是怎么个不一样法，又说不上来。

那天晚上靳川说的那些话，和平时的调侃玩笑不同。

如果不是玩笑，不是调侃，不是逗她好玩儿，那么，那些话所传达出的，是什么意思呢？这个问题她思考了好几天，但都只是模糊有些猜测，无法确定。

干脆问一问？万一得到的答案和她想的一样，她该怎么办？万一不一样，又该怎么办？

不管了，反正明天是周六也不会见面。尴尬就尴尬吧。大不了听完答案她就跳车而逃。朵棉乱七八糟地思索着，然后不知第几次地清了清嗓子，开口，说：“那个……靳川。”

“嗯。”他开着车，平视前方，随口应了句。

“我能不能问你一个问题？”

“嗯。”

“你那天晚上跟我说的那些话，具体，是想表达什么意思？”

靳川食指无意识在方向盘上敲两下，淡淡地道：“你说呢？”前方刚好要等红灯。靳川踩了刹车，扭头，视线落在她白皙微红的脸上，“你觉得我什么意思？”

他此时的眼神，很直接，也很直白。

朵棉被他看得心里一慌，下意识移开目光，低下头，小声地说：“我不知道，知道就不问你了。”

“你知道。”靳川盯着她，沉声，一个字就是一句话。

不知是不是因为车里没有开窗，大秋天的，朵棉却觉得全身都在发烫。手心湿湿的，一抹全是汗。

朵棉抿唇，没有出声。

过了几秒钟，靳川低沉的嗓音再次响起。他说：“朵棉，我从小浑到大，真不是什么好人，还没哪个女的能让我这么伺候。你看不出来我什么意思？”

朵棉低着头，两只手无意识地绞紧衣摆。心跳跳得飞快，她感觉全身的血液都在往脸上冲。

靳川破天荒没有催，也没显露出任何的不耐烦。

人行道的绿灯开始倒计时。

靳川依旧直勾勾地盯着她，没有任何动作。

“马上要绿灯了。”周围霓虹斑斓车水马龙，各种色彩的交织令朵棉更加慌乱，她咬了咬嘴唇，低声提醒他。

靳川：“你还没回我话。”

这时，红灯一瞬间跳绿。

嘀嘀嘀，背后有汽车摁响了喇叭。

朵棉皱眉，回头往身后看了眼，背后的车辆显然有点疑惑，有几个司机甚至探出头张望，喇叭狂摁不停。

她又看向靳川。对方目光就没从她身上离开过，鸣笛刺耳，他置若罔闻。

你赢了你真的赢了。

朵棉被打败，连对这位大爷高举双手投降的心都有了，通红着脸，她道："我看得出来，看得出来你是那个意思，行了吧？"

他挑眉："我哪个意思？"

她脸烫得快失去知觉，声音很小，"不就是，那个意思。"

靳川听完勾了勾嘴角，坐正身子一踩油门儿，这才把车给开了出去。

此时，看着车窗外光束一般倒退的路灯，朵棉坐立难安，生出一种自己被拐上了贼车的感觉。

热热的。

脸热，耳朵热，身上也热。她伸手把车窗落下，侧头，感觉晚风带着一股张扬的力道恣意吹过来，脸上的温度总算降下来些许。

轿跑拐进了一条老街，朵棉举目四顾，发现离奶奶家的小区已经很近了。

太好了！她暗暗呼出一口气，一手捂住心口，一手握住门把，做好随时跳车逃走的准备。

两分钟后，轿跑在老小区的街道上靠边停下。

"谢谢你送我回来。"朵棉开口，这才发现自己紧张的情绪已波及声带，她连声音都是哑的，"我先走了。"说完便去推车门。

就在这时，旁边传来两个字，"回来。"

朵棉心一紧，动作突地顿住，整个人僵在了抓住门把夺路而逃的姿势上。

靳川淡淡地说道："都知道我哪个意思了，不给句话？"

她觉得呼吸有点不顺畅，努力吸了口气，清清嗓子，尽量让自己的声音听起来淡定点，"什么？"

"别跟我装糊涂。

"招惹完还想拍拍屁股就走，我这儿没这种好事。"

这句话，怎么说得像我占了你多大便宜还要始乱终弃一样？

不知是不是夜色太浓周围太静的缘故，靳川的声音，听着比平时要轻柔几许，不变的是平缓散漫的语调，和低沉悦耳的音色。

车厢里有须臾光景的安静。

“给句话，就说行不行？”他又道。

朵棉顿了几秒钟，不太确定地问：“也就是能说‘不行’？”

靳川两个字就给她回过来：“不能。”

一道选择题，总共就A和B两个选项，其中选项B被出题的人直接毙了，告诉考生只能选剩下的一个A。

那这道题存在的意义是什么？而且，角色定位是不是搞反了？你明明是在告白，那么主动权不应该是握在她手上的吗？朵棉脑子里乱糟糟地想着，忽然反应过来。

很突然地，一只手伸了过来，手掌宽大，指节修长，拇指食指捏住她的下巴，离奇地、轻柔地，把她绯红的脸转过去。

靳川直视她的眼睛，“还打算让我等多久。”

朵棉眸光闪动。清楚感觉到他手指传递来的体温，暖暖的。不多时，她暗暗做了个深呼吸，说：“我……”

靳川微挑起一侧眉毛，等着。

“我……”握门把的手使力，咔嗒一声，车门开了，“我要再想想。”说完，她以迅雷不及掩耳之势跳下了车，百米冲刺，冲向小区大门。

预谋多时的缘故，整套动作可谓行云流水，一气呵成。

这是何等熟悉的一幕？

朵棉跑着，忽然想起不久前自己好像也曾干过类似的事，同样的夜色，同样的人，同样的逃跑。不一样的是，很多东西都已经不一样了。

走在老小区宁静的小路上，暖黄色的路灯在黑夜中照亮了前路。不知怎么的，她忽然弯弯唇角，不由自主地笑起来。

如果说确实能把刚才发生的一系列事件及对话定义成告白，那么，靳川的“告白”方式，的确很是他一贯的做派和风格。

高高在上，酷得二五八万。这人太傲也太狂了。以他的脾气和性格，或许能把话说到这个程度，已经是极限。

朵棉甚至觉得，这世上不会有什么事能让他放低身段低个头。你见过告白的比被告白的还狂么？你能指望一个大爷低三下四么？

只许说“行”不许说“不行”，一点都不讲理。凶巴巴的，时不时爆两句粗口。抽烟喝酒打架斗殴，离经叛道一意孤行。

朵棉认真思索着，发现，那位大爷的缺点简直是多到数不过来，从她开始了解他的第一天起，他的人设就在崩塌。

不过其实优点也蛮多：脸长得好，身材好，成绩好，游戏技术就更不用说了。而且看他平时的穿衣品位和开的车，貌似年纪轻轻还挺会赚钱？优点缺点相当，所以正负相抵，归零，不能作为参考依据。

那么你的答案是行，还是不行？朵棉在心里问自己。

她仰头，看向头顶漆黑一片的天空，眯了眯眼睛，没过多久就有了答案。

忘了在哪里看过一段话，写道：

“黑暗无时不充盈着这个世界，魑魅总是悄悄啃食人的心灵。

“迷夜漫漫，于黑暗中前进的行人，都渴望着把心奉献给太阳。

“我们是虔诚的逐光者，膜拜那喷薄而出的壮丽，信仰那战胜一切的决心。”

楼道内，朵棉跺跺脚把声控灯震亮，然后摸摸裤兜，掏出钥匙开门。换好拖鞋进客厅，抬头一看，愣住。

“爸爸？”她微微惊讶，“你怎么来了？”

沙发上的朵父脸色不太好看。他抽着烟，深吸一口直接把剩下的大半截烧完，将烟头戳熄在烟灰缸里，然后才看向她，语气平平道：“你奶奶给你热了鸡汤，先去吃，吃完我有话跟你说。”

“我晚上吃过东西。”朵棉已经猜到父亲的来意，笑笑，转身把书包放进卧室，道，“你有什么话就进来说吧。”

朵父静默几秒钟，起身，也跟进了卧室。

厨房那头远远传来朵奶奶的声音，喊道：“棉棉，出来喝鸡汤，喝完再去写作业。”

“不用了奶奶，我这会儿不饿。”朵棉高声应了句，然后便关上了卧室门。

回头，父亲人已经在阳台上站定。她上前几步，很淡地勾了勾唇，“爸，你是来劝我回家跟妈妈认错的？”

朵父眉头拧着一个结，沉吟片刻，道：“棉棉，小孩子脾气闹几天也就够了，你妈是长辈，总不可能让她来给你道歉。”

“我在奶奶这儿住得挺习惯。”她依然是波澜不惊的态度，“爷爷奶奶也很喜欢我和他们住一起，这样也没什么不好。”

“好什么？”朵父面露愠色，“这里是奶奶家，不是你家。”

朵棉很平静地道：“我今天作业很多，爸爸，你要是没有其他事的话，我准备写作业复习了。”说完就走回了书桌前，打开书包，拿出几本练习册。

朵父不满，“你这什么态度？家和亲妈都不要了？”

朵棉拿书的动作顿了下，侧头，目光笔直地看向朵父，“爸爸你知道么，如果妈妈意识不到她的问题，改不了她很多错误的观点和行为，我和她生活在一起只会越来越累，越来越不开心。我是一个独立的个体，我有自己的想法有自己的选择，我不想再被妈妈控制。”

闻言，朵父闭眼用力摁了下眉心，道：“你妈从来没想过要控制你。可能她的教育方式不够开明，不够尊重你的个人意愿，但她做的一切都是因为她关心你她爱你。”

朵棉沉默，没有说话。

朵父长长叹了口气，“这一个星期，你妈每天晚上都睡不着觉，整宿整宿地哭，整个人憔悴了一大圈。白天去单位，那些同事还以为她生了大病。”

朵棉听完，心口一阵抽痛，两手缓缓握成拳，但依然没什么表情。

“不过再这么整夜失眠哭下去，我看她离病也不远了。”朵父声音有点哑，眼眶微红，“棉棉，你还是一个孩子，太年轻了。只有等你为人父母的时候，才能体会我和你妈的心情。你妈为了你什么都可以牺牲，你说她什么都行，唯独不能说她自私，说她是为了自己，你明白么？那些话就像刀子一样扎在她心上，你明白么？”

朵棉心里酸涩，别过头，胡乱抹了把脸。

“我们干土木的，一年三百天都在项目上，回家的次数一只手就能数过来。你妈把你拉扯大几乎全靠她一个人。”朵父苦笑，“女子本弱为母则刚。我不能时时刻刻照顾你管教你，她只能一个人既当妈又当爸。棉棉，你妈没你想的那么不讲理也没你想的那么不近人情，你太不了解她了。”

听完最后一个字，朵棉已经泪如雨下，只能用力咬住下唇瓣，不让自己哭出声。

“跟我回家。”朵父笑笑，伸手拍女儿的肩，“你有什么想法，有什么选择，都说出来，跟你妈好好聊一聊，她会理解你支持你的。”

良久，她缓慢地点了点头，回答：“嗯。”

朵棉最终收拾好东西，跟朵父回了家。

一进门，客厅里黑漆漆的，连半盏灯都没开。她在玄关处换好拖鞋，有些无措地站在原地。

朵父压低声，“你妈在卧室里，进去吧。”

朵棉皱眉，很迟疑的样子，“爸爸，你不跟我一起么？我有点害怕。”

“怕什么？”朵父揽着她的肩往主卧方向推，鼓励道，“事情总得解决，我已经跟你妈谈过了，她知道自己什么毛病也答应了我会改，没事儿的。”

然后朵棉就被推到了主卧的房门口。

门关着，灯光从缝隙里透出来。朵棉犹豫，抬手放下，又抬手，又放下，直到第三次才鼓足勇气敲响房门。

里面传出母亲的声音，沙哑得不像话，淡淡地说：“自个儿家里还敲什么门。”

朵棉咬了咬唇，“妈妈，是我。”

话音落地，里面瞬间沉寂下去，时间一分一秒流逝，朵棉杵在门口，忐忑不安地等待着。

好一会儿，朵母才说：“进来吧。”

闻言，朵棉握住门把轻轻一拧，打开了房门，缓缓走进去。看见母亲坐在阳台的小圆桌旁边，背对着自己，看不见她此时的表情。

朵棉深吸一口气吐出来，上前几步，声音也有点哑：“妈妈。”

朵母回头。夜色下，朵棉看见母亲的双眼红肿得几乎分辨不出本来样子。朵母瞥她一眼，语气冷冷地说，“舍得回来了？”

朵棉刚憋回去的眼泪又开始往外冒。她清了清嗓子，说：“这里是我家，当然得回来了。”

朵母静片刻，指了指旁边的椅子，“行了，有什么话，自己坐下说。”

朵棉弯腰坐下来。然后低低开口，“妈妈，首先我向你道歉……之前我口不择言，说了一些很伤害你的话，对不起。”

朵母拿手巾擦了下脸，别过头，“嗯，还有呢？”

“还有……”朵棉无意识地捏紧了坐椅扶手，深呼吸，心平气和地说，“我想跟你聊一聊，我对自己未来的一些想法，和初步成型的规划。”

“聊吧。”朵母平静地看着她，“我知道你不喜欢大数据，也知道你不喜欢被我牵着鼻子走，正好，我也想知道我女儿真正喜欢的感兴趣的，是什么？”

朵棉直视着母亲的眼睛，认真道：“妈妈，你听过‘电子竞技’么？”问完，做好心理准备，等待着暴风雨的到来。

然而之后发生的事，有些出乎朵棉的意料。暴风雨没等来，等来的是朵母很平静的一个回答：“亚运会表演项目？”

朵棉怔了下，惊得下意识脱口而出：“你居然知道？”

朵母脸上没什么表情，“之前看过一条新闻，说电子竞技什么的被纳入了亚运会表演赛项目。不就是打游戏么？”说完稍微顿了下，看她一眼，“怎么问这个？”

朵棉看着母亲的眼睛，片刻才道：“妈妈，我对电竞很感兴趣。”

朵母也看着她。

“那个世界引力之强，连光都会弯曲。”

莫名的，MYS 的战队口号又一次在朵棉脑海中浮现。她暗自做了个深呼吸，定定神，继续：“我想去打比赛，我想走上国级甚至世界级的电竞赛场，成为一名职业选手。”这番话，朵棉在回家的路上深思熟虑，打了好几回腹稿，在说完最后一个字的那一刻，竟有种如释重负的轻松感。

朵母的表情先是一愣，紧接着便是副好气又好笑的表情，似乎怀疑自己耳朵出了毛病，“你说什么？”

朵棉只字不变：“我想去打比赛，我想走上国级甚至世界级的电竞赛场，成为一名职业选手。”

屋子里静了静。

几秒后，朵母的面色以肉眼可见的速度沉了下去。她说："别跟我开玩笑。"

"我没有开玩笑。"朵棉很认真，"妈妈，你不是想知道我真正感兴趣真正喜欢的东西么？我已经告诉你了，就是电竞。"

话音落地，朵母刚消下去的火气隐隐有复燃的趋势。

坦白说，上周朵棉的爆发的确给她带来了一定程度上的震撼。在女儿离家的一周里，朵父劝了她很多，她自己也思考了很多。这十八年来对女儿的严格要求和身心管制式教育，是不是真的存在错误。

思考出的答案是肯定的。

所以朵母接受了朵父的建议，答应心平气和地跟朵棉聊一聊，听听朵棉的想法。然而，令她万万没想到的是，她辛辛苦苦培养出的优秀孩子，真正喜欢的东西是游戏。

朵母别过头闭了下眼睛，竭力克制着不发火，然后用平和的口吻说："棉棉，你听我说，电子竞技只是一个冠冕堂皇的说法，事实上就是把'一个人打游戏'变成'一群人打游戏'，就是一群不务正业的年轻人聚在一起不务正业。"

不是。根本不是这样。

"不是你说的那样。"朵棉皱紧了眉头，正色道，"电竞并不仅仅只是游戏，和所有体育赛事体育运动一样，它是一种竞技，一种职业，是人与人之间意志与智力的对抗，不然亚运会也不会把电竞纳入表演赛项目。电竞选手也不是所谓的'不务正业'的人，他们每个人都有自己的信仰和坚持，他们承受着各种压力、白眼、非议，通过自身努力让中国的电子竞技站上世界舞台，他们是英雄。"

朵母闭了下眼睛，说："就算你说得对，但是没有哪个真正成绩优秀前途大好的孩子会选这条路，走这条路的都是读不进书的。"

"当然有。"朵棉连一秒钟的犹豫都没有，想也不想地反驳，"*PUGD*世界级选手Broken，他就是一个智力非常好，成绩优秀的天才。他曾经为了电竞比赛放弃高考，而就在那一年，他参与的*PUGD*乌克兰杯赛中国拿到了全球亚军，仅次于欧美最强的一支老牌战队。”

一大堆专业名词绕得朵母头疼。她拧紧眉，颇为不耐地摆了下手，“别人怎么选择走什么路是别人家事，我不管。但是朵棉你不一样，你是我女儿，我不能让你走歪路。”

“妈妈，这不是不务正业也不是歪路。”朵棉忽然感到一种莫大的无力感和无奈感。母亲的不理解和排斥其实在情理之中，这就是国内电子竞技的大环境。

在大部分人心中，电竞等于游戏，电竞选手等于不务正业只知道打游戏的人。

没有人在乎他们付出了多少努力，也没有人在乎他们为国家为梦想做出了多少牺牲，人们只会将他们视作异类，毫不忌惮地回以十二万分恶意。正因如此，在梦想和现实的博弈中，无数人会选择妥协和放弃。

但，朵棉不想放弃。

这条路黑暗崎岖，又怎么样呢？她的太阳光明而璀璨。

她起身蹲在了朵母身前，伸手，轻轻握住母亲的手，认真道：“妈妈，这是我发自内心喜欢的事业，非常有意义。在国外，电竞的接受度和认可度在百分之九十以上，电竞选手和运动员一样，很受人尊敬。”

朵母看着她，唇紧抿，没有说话。

朵棉鼻子酸得厉害，话音出口带上了一丝哭腔：“妈妈，你和爸爸是我生命中最重要的人，我可以不在乎其他人的看法，但我在乎你们。我希望得到你们的理解和支持，可以吗？”

朵母有些心软了，“你也说了，电竞的接受度和认可度高是在国外，国内很不一样。”

“每项事业都需要先驱和开拓者，不为梦想拼一次命，怎么能算是完整的青春。”朵棉眼底涌出泪光，“而且我也不算是先驱了，真正的先驱已经把最难的年代挺过去了，今后这条路，只会越来越好走。”

听完这番话，朵母敛目，似乎在慎重思考什么。

朵棉握紧母亲的手，安静等待。良久，朵母才抬眼，重新看向她。问：“你真想去打职业？”

朵棉点头，“是。”

“真的只是因为你喜欢电竞？”不全是。

她继续点头，“是。”

“觉得自己能行？”他说过她能。

于是朵棉还是点头，“能。”

“为什么觉得自己能？”朵母定定地看着她。

“我有一定天赋。”朵棉回答，“就在不久前，一个知名战队已经向我发出了邀请，他们想招我入队。”

朵母微微怔了下，片刻，缓慢地点了下头，叹气，“好吧，你态度这么坚决，我想拦应该也拦不住。”

朵棉一下瞪大了眼睛，惊喜道：“妈妈，你同意了？”

“别给我高兴得太早。”朵母语气冷冷的，“我有条件。”

内心有狂烈的喜悦在翻涌，她想哭又想笑，激动得两只手都在发颤，动动唇，用力点头，半天才挤出一句完整的话：“你放心，我一定会在高考结束之后再加入战队，一定全力以赴考出好成绩。”

“不只要这样。”

朵棉微皱眉。

朵母沉声说：“一、认真完成学业，考完高考；二、你的高考分数必须达到B大一流专业的录取线，至于要不要读大数据，你可以自己决定。这两个条件同时满足的前提下，我允许你休学一年去那个什么战队，如果你闯出了名堂，你就接着干你喜欢的事，如果你闯不出来，你就给我回学校好好念书，从今以后打消一切不切实际的念头，听我的话，按我说的做。”

B大一流专业的录取线……

朵棉咬了咬唇，在心里掂量着完成这一目标的难度。

朵母看着她，“不是说得为梦想拼一次命青春才完整么？怎么，为了你的梦想，连这个要求都怕？”

“好。”朵棉笑起来，“我答应你，我一定会做到。”

聊完，夜已经深了。

朵棉离开主卧回到自己的房间，内心的喜悦和激动几乎要从心口喷薄而出。看着女儿发自内心的笑容，朵父挑了挑眉，走到朵母身边。

“跟闺女聊了什么？看她高兴的。”

朵母躺在椅子上闭目养神，说：“你女儿说，她高考之后要去当什么电竞职业选手。”

朵父惊得眼珠子都快瞪出来，“不是，你同意了？”

“不同意能怎么样。”朵母看他一眼，淡淡的，“她态度那么坚决，管得住人也管不住心。小孩子嘛，只有摔过痛过吃过亏，才会相信父母是对的。”

朵父沉吟数秒钟，点头，“没错儿。”

妈妈同意了，她真的可以去打职业了？

回到房间，朵棉脑子里不断地重复着这个问题。像是一个千辛万苦想要一颗限量版糖果的孩子，在终于得到那颗糖果以后，狂喜到难以置信。

她躺在床上愣愣地瞪着天花板发呆。呆了几分钟，想起什么，猛地坐起来拿出手机，打开通讯录在里面翻找。

纤细雪白的指还在微微发抖，摁出拨号键。嘟了几声，通了。朵棉激动得情绪难以平复。

“喂。”那人应了句。

不知为什么，在听见他声音的一刹那，她热泪盈眶，想说话又怕被他听出哭腔，只好憋着，不出声。电话那头的靳川等了会儿，以为她出什么事了，嗓音骤沉，“朵棉？”

“……嗯。”她居然一下子哭了出来，抽抽搭搭，哽咽着说，“我妈同意我加入战队打职业了，就高考以后。”

“那得恭喜啊！”靳川淡淡地笑了下，“好事儿，你哭什么。”

“……激动。”

“有什么可激动的？”

我可以打职业，就意味着我能跟你做同一件事，走在同一条路上，拥有共同的信仰。

意味着我们将为同样的目标拼搏，奋斗。

意味着我和你的距离，越来越近。

意味着，我即将正式进入你的世界。

“别哭了，乖。”不知是错觉还是真实，他这句话的语气，听着异常温柔，

“嗯。”朵棉抬手抹了抹脸，吸吸鼻子，“没其他的事儿，我就是想跟你分享一下这个消息。”

“有好消息了第一个告诉我。”靳川转眼就又是那副懒洋洋的腔调，“挺好一习惯，继续保持。”

你怎么知道我是第一个告诉你，这么自信自恋的吗？虽然也确实是第一个。朵棉脸微红，支吾了下，“那我不打扰你休息了，再见。”

“苹果。”突地，他叫了她一声。

朵棉耳朵还贴在听筒上，轻轻地应道，“嗯？”

夜色下，周围寂静，连听筒里轻微的电流声都清晰可闻，她好像听见一种类似火星子燃烧烟草的轻响。

然后他似乎吐出了一口烟，淡淡地说：“下周我得跟学校请个长假。”

朵棉眸光一闪，“请长假？”

“嗯。”靳川说，“大概两个多月。”

她皱眉，隐约反应过来什么，“亚洲邀请赛要开始了，所以要封闭式集训加参赛？”

“嗯。”

两个多月，也就是请到一月底？后面紧接着就是寒假……那不是下周以后就得明年三月才能再见到他了？

太久了吧？

太、太、太久了吧！

从之前的狂喜到此刻的失落，一晚上心情过山车似的起伏，刹那间，一种在她心里潜伏已久的情绪被激发，毫无征兆，翻江倒海似的涌了出来，然后汇聚成了一股子冲动，势如破竹地席卷朵棉的大脑。

她忽然问：“你……你明天有空么？”

“白天得训练。”

“晚上呢？”

“还是训练。”

朵棉莫名有些焦急，“更晚呢？或者说中午？早上？连半小时的时间都没有么？”

靳川静了几秒钟，说：“集训下午五点半结束，应该能空出一两个钟头。找我有事儿？”

“有啊！”

“什么事儿？”

朵棉心跳蓦地漏掉一拍，顿了下，假装很淡定地道：“就是想找你出来，说一点事情。”

电话那头，靳川意味深长地勾了勾嘴角，“成，那就下午六点钟见。”

“嗯好就这么定了，不见不散。”朵棉说完就飞快地挂掉了电话。

扑通，扑通，扑通扑通。

她靠在门板上，闭眼，伸手，轻轻放在心口的位置，感受着心跳那错乱又令人无比沉沦的频率。

决定了么？她轻轻问自己。

决定了。

朵棉和靳川约定的见面时间是第二天下午的六点钟，地点不远，就在距离她家十分钟车程的美食街。

他们约了一起吃晚饭。

这天晚上，不知是革命的胜利令朵棉过于喜悦，还是她对明天的见面过于紧张并期待，躺上床以后，她辗转反侧，直到凌晨才迷迷糊糊地睡过去。难得的是，一夜安眠，梦中开满鲜花。

第二天，朵棉醒了个大早。她睁着眼，木愣愣地瞪着天花板发呆，好一会儿才伸手抓手机。一看时间，还不到八点钟。连闹钟都没她醒得早。

朵棉拉高被子盖住脑袋，弯了弯唇，不知怎么就傻乎乎地笑起来。然后下床，穿鞋，走到窗前“唰”一下把窗帘拉开。

天空蓝得像水洗过，太阳明晃晃地挂在东边，晴空万里。

她心情瞬间变得更好了。

等等。

今天的大事都还没办，你在傻笑个什么劲？

满脑子的粉红泡泡逐渐消退，理智终于宣告回归。朵棉甩甩脑子让自己清醒过来，原地思考三秒钟，转身、拉开衣柜，寻宝似的在一堆衣服里精挑细选。

今天去见靳川，虽不至于盛装出席，但起码还是得打扮打扮吧。也不知道他喜欢哪一款的穿衣风格？朵棉皱眉琢磨着，拿出一件白色的淑女风外套，换上，照照镜子。

太朴素了，放回去。

又拿出一条淡粉色的秋冬连衣裙换上。这件倒是不错，嗯？为什么感觉腰被勒得有点肉肉？太显胖了，放回去放回去。

再拿出一件米色的连衣裙……

就这么来来回回试了好几件，一直到上午九点，朵棉终于从一堆被嫌弃的裙装衣物里挣脱出来，拿出手机，给张晓雯打电话。

嘟嘟嘟了不知多少声，对面才接起来。

“大早上的干什么呀你。”从美梦中被吵醒的人简直要抓狂，怒冲冲道，“上次大周末早上骚扰陆易，今天大周末早上骚扰我，大姐，咱俩上辈子和你什么仇什么怨？”

朵棉被呛了一下，愧疚满满，“你不是每个星期六的上午都要上钢琴家教么？我以为你早就起床了，对不起啊！”

“钢琴老师今儿结婚，鬼来给我上课。”张晓雯没好气地回了句，打个哈欠，“昨儿看小说看到今天凌晨四点半，困死姐姐了。”

朵棉迟疑两秒钟，“那你继续睡吧，我晚点再给你打。”

“醒都醒了还睡什么睡。”那边的张晓雯胡乱抓了把乱成鸡窝的脑袋，坐起身，一脚把被子踢开，懒懒的，“说吧，找我什么事。”

朵棉干咳两声，“其实吧，这件事情比较复杂。”

张晓雯不耐烦：“那就拣重点的说。”

直接上重点？

“事情是这样的，之前靳川跟我告了白，我考虑了几天决定今天给他答复。想你陪我去逛街买点东西，衣服啊化妆品什么的。”朵棉语速飞快，跟讲绕口令似的蹦出这么句。

这回换那头的张晓雯愣住，“啥？你说啥？”

“我想你陪我去逛街买点东西，衣服啊化妆品……”

“前一句。”

“我考虑了几天决定……”

“再前。”

“事情是这样的……”

“我说的是‘靳川跟你告白’那句！”张晓雯忍无可忍地咆哮，着实震惊了，“我的妈啊！你丫可以啊，自从跟我结束同桌关系以后就什么事儿都瞒着我了是吧？难怪靳川要选你旁边的位子，难怪他有事没事儿就盯着你看，原来你俩都……天呐天呐，这太劲爆了！都什么时候发生的事？他什么时候看上你的？”

靳川有事儿没事儿就盯着她看？

朵棉伸手用力敲了下自己的脑袋，沉吟数秒钟，道：“其实我也不知道他什么时候看上我的。”

张晓雯：“……”

“莫名其妙就这样了。”

张晓雯：“……”

“要不，”她认真思考了下，小声，“我今天去问问他？”

张晓雯默，无力地捏了下眉心，跳过这个根源话题，转而道：“所以你准备今天就去投入他的怀抱？”

朵棉默了默，“你怎么知道我是去同意，万一我是去拒绝呢？”

“谁拒绝人还专程打扮得花枝招展去见一面，智障？”

朵棉：“……”

“十点钟，时代广场1号门，过时不候。”

挂断电话，朵棉洗漱完换好衣服就出了门，朵母问她去哪里，在得知是和张晓雯一起去逛街之后也就放心了，又说自己和朵父晚上要和朋友见面，让朵棉下了补习班之后自己在外面解决晚饭。朵棉乖乖地应下，离开小区打了个车，直奔时代广场。

两个年轻姑娘在商场门前碰面，简单聊了几句便进入主题，开始逛逛逛，买买买。

“你打算买件什么衣服？”张晓雯随手拿起一条网纱半身裙。

“我也不知道……”朵棉看得眼花缭乱，扭头，很认真地望向好友，“对了，校内校外，你男性朋友都挺多的，那你说，像靳川这种……他应该喜欢女孩子走哪种风格？”

张晓雯上下打量她一番，摇头，“总之肯定不是你现在这风格。”

“那他应该喜欢什么样的？”

“火辣的。”

朵棉无语几秒，“你确定你的推测靠谱？”

“我能这么说当然有我的原因。”张晓雯转头看向她，脸上戏谑的笑容渐敛，“你也知道我朋友多，其实这几个月，关于靳川的事我在外面听了不少，你想知道么？”

“那你说啊！”

张晓雯压低嗓子，“他是个复读生，本来应该大我们两届。”

朵棉笑了下，“这个我知道。”

“那你知道他之前是三十九中的么？”张晓雯换上副神神秘秘的表情，“那学校可是全J市出了名地校风不良。三十九中的校霸叫陈进，靳川跟那个陈进是过命的好兄弟，听说，他俩都不是什么好人，什么坏事儿都干。”

道听途说的东西，朵棉一般都是听听就过了。她拿起一件上衣在身前比画，随口说：“比如呢，靳川干了什么坏事？”

“具体哪些坏事我就不知道了，我只知道他们经常打群架，为这，靳川还在三十九中挨过处分，不过后来好像又撤销了。”张晓雯说着，忽然冲朵棉挑挑眉，“而且我还听说，靳川之前在三十九中的时候，换女朋友比换衣服还快，女友一个比一个漂亮。”

朵棉眸光突地闪了下，须臾，放下手里的衣服，“这些乱七八糟的东西你都是从哪儿听来的？”

“朋友之间你传我我传你，自然就传开了呗。”张晓雯说。

“晓雯，”朵棉平静地看向她，“你到底想表达什么？”

张晓雯这才长长地叹了口气，道：“我想表达的是，靳川跟你告白的事，我觉得你应该慎重考虑。”

“你之前不是还说，我和他是高冷男神和呆蠢萌鸡，很配么？”

“成绩那么好，鬼知道他之前是混世魔王。”张晓雯啧了两声，“像你这么单纯的女孩子，对他来说要搞定实在太容易了，简直就是小菜一碟。这种男的最好别招惹，你会吃亏。”

那头，朵棉随手把一条连衣裙递给导购员，笑盈盈地说：“我试一下这件，麻烦帮我拿个S号。”

导购小姐转身走开了。

张晓雯皱眉，“你听到我说的话了么？”

“听到了呀！”

“那你现在有什么想法？”

“我的想法是，”朵棉抬眼，眸光平静含笑地看向好友，“比起听来的东西，我更愿意相信我自己真实的感觉。”

张晓雯有点不解地和她对视。

“靳川很好。”朵棉很认真地说，“你如果了解他，就会知道，他是个像太阳一样的人。”他的世界引力之强，连光都会弯曲。

张晓雯听完，淡淡翻了个白眼，“你知道你这句话让我想到了什么吗？”

“什么？”

“武侠小说里的魔教教主和教徒。”张晓雯说，“所有人都知道，魔教教主腥风血雨杀人不眨眼，但教徒可以不问原则就给他递刀。朵棉，你走火入魔了。”

最后，朵棉买了一条红色的及膝毛衣裙，直接穿在身上。毛衣裙是修身款式，将年轻女孩儿曼妙傲人的曲线完美地勾勒出来，小腰纤细，前凸后翘。

其实朵棉的身材一直都挺不错，只是平时穿的校服太宽大，该遮的不该遮的全给遮完，加上她身形娇小，才会给人一种很低幼的错觉。离开商店以后，张晓雯的目光都一直在朵棉身上打转。

朵棉不好意思，有些尴尬地说："你别老看我……我这样穿真的很奇怪么？"

"不奇怪啊！"

"那你看什么。"

"我在思考，同样是十八岁少女，为什么你的胸能比我大整整一个cup（罩杯）。"

朵棉："……"

在广场底楼简单吃了个午饭，张晓雯又陪朵棉买了个BB霜和眉笔，便回家了。朵棉看了眼时间，这会儿刚好一点钟，离补习班正式上课还有一个多小时。她估摸着，动身前往地铁站。

时代广场位于二环内，是J市城西片区最大的商业体，街道繁荣，人流量大，连带着地铁站也十分拥挤。尽管不是工作日的上下班高峰，过安检的队伍也排成了长龙。

朵棉站在人群的最末端，百无聊赖，索性拿出手机消消乐。刚打完两关，忽然听见身后不远处传来一个女人的声音，有点难为情地问："请问，这地铁票怎么买呀？"

朵棉面色微微一变。这个声音……

她回头。果然，一个衣着朴素泛旧的农村妇人站在购票机前，手里捏着一张皱巴巴的十块，四处张望着，看上去十分窘迫无措。

朵棉皱起了眉毛。如果没有认错的话，这妇人是……

她离开安检队伍走过去，看着妇人，不确定地说："你是……靳川的小姨？"

妇人闻言转过头，一愣，打量她好一阵儿才反应过来，咧嘴笑道："你不是川子的同学么？上回还来过医院的那个？"

果然是她，还真是令人始料不及的偶遇。

"是的，是我。"朵棉干笑了下，"阿姨你要买票么？到哪儿，我帮你买吧。”

“那真是太谢谢你了。”妇人面露感激，“我是乡下来的，头回坐这玩意儿，真是麻烦你。”

“不客气。你是到哪儿？”

“金北路。”

朵棉在购票机上戳戳点点，最后拿支付宝一扫，一张地铁票很快就吐了出来。她把票递给妇人，“阿姨，买好了。再见。”说完便转身准备离去。

谁知背后的人却追了上来，“欸欸，小姑娘你等一等。”

朵棉回眸，“怎么了阿姨，还有什么事么？”

妇人似乎有些难以启齿，支吾了下，道：“姑娘，你是川子的同班同学，应该经常能见到他吧？”

朵棉愣了愣，“你要找他么？”说着便翻手机，“我这儿有他的电话号码，我念给你，你记一下吧。”

“我给他打过两次电话，一听是我，立马就给挂了……”妇人笑容僵硬，纠结了几秒钟，才接着说，“是这样的，川子小姨父前几年跟着别人到外面做生意，吃了没文化的亏，让人给骗了，欠了些钱……你也知道，我们乡下人没什么积蓄，我就想着川子现在不是能挣大钱么，他爸那边条件也老好，我就寻思着，能不能找他帮帮忙？”

地铁站人来人往。年轻少女和农村妇人的组合很快就引起了不少人瞩目。朵棉皱眉，左右看了眼，旁边正好是一家奶茶店。她把妇人带过去，随便点了两杯喝的。

然后问妇人：“你说，你给靳川打电话他不接？”

妇人忐忑地绞了下手指，“嗯。”

“为什么？”朵棉眉头越皱越紧。

妇人低着头沉默，良久，叹了口气，这才说：“他压根就不认我们，全家上下，除了他外婆，他谁也不认。”

朵棉错愕地瞪大了眼睛。难怪，靳川说在他母亲去世以后，外婆就是他在世上唯一的亲人。

妇人说着，鼻头一酸，抬手抹了抹眼睛，“是，是我们欠他的。但我们也没办法啊，咱老家地方小，人的思想都封建，收养私娃子（私生子）是要让人戳脊梁骨的……”

从认识靳川的第一天，朵棉就对这个人充满了好奇，他另类的性格，独特的思想，以及离经叛道的行事方式，无一不令她想一探究竟。

童年是决定一个人性格的关键。

她想，像靳川这样与众不同的人，成长环境也必定与常人不同。但她怎么也没想到，自己会从靳川小姨的口中听到“私生子”这个词，更没有想到，这个平静的、充满了阳光和希望的午后，那段关于靳川的过去，会经由一个所谓的亲人的口，猝不及防，在她面前鲜血淋漓地铺陈开。

故事的起点要回到二十年前。

靳川的母亲叫靳小兰。靳小兰出生在东北一个叫小邱河的村子里，除她以外，家里还有两个妹妹，一家五口就指着一亩三分田养活，生活得贫困而拮据。后来，顺应农村人员外出务工的大潮流，成年后的靳小兰跟着村里的另几个远亲一起来到了J市——地处中国南方，全国首屈一指的发达城市。

靳小兰自幼生长在农村，读完初中之后便辍学在家务农，文化水平不高，也没有一技之长，只能干一些保洁或者端盘子洗碗的工作。

不知是幸还是不幸，在劳务市场的路边坐了几天之后，一个操着本地口音的中年女人找上了她。

中年女人告诉靳小兰，她是给一户有钱人家洗衣打扫的保姆，因为儿媳生了孩子需要人照顾，她必须辞工回老家一年。但是主人要她在走之前再找一个保姆顶替她一年。

主人家经济条件非常好，在寸土寸金的J市，他们住得起独栋式小洋房，家里除了保姆以外，还有一个用人和一个司机。主人出手大方，给保姆的待遇也很不错。

中年女人觉得靳小兰年轻，老实朴素又清秀白净，很面善，便问她想不想干这份活。

靳小兰欣然同意。

于是，中年女人带着靳小兰去了那户有钱人家试工。靳小兰不怕脏不怕累，吃苦耐劳，很快就得到了女主人的认可。就这样，她成了那户有钱人家的保姆。

一段时间过去了，女主人对这个农村出来的年轻姑娘很有好感，时不时便和她聊天。

通过和女主人的交谈，靳小兰知道了，女主人的丈夫姓张，家里的玉石生意做得很大，他们还有一个儿子，在英国读书，年纪只比她大一岁。

国外的圣诞节类似于中国的春节，所有学校都会放假，所以那年年底的时候，女主人的儿子回来了。

那是靳小兰第一次见到张青山。

年轻男人从汽车上下来，挎着一个帆布包，踩着一双帆布鞋，高大英俊，神色慵懒，整个人的气质时髦得像来自另一个世界。

原来这就是大城市的"海归"，喝过洋墨水儿，还真是不一样。没怎么上过学的靳小兰很羡慕。

张青山是标准的大户人家纨绔子弟，家世好，自身条件也好，在英国的时候身边围的都是些千金小姐或者洋妞，还真没见过农村来的小姑娘。

质朴单纯的小保姆很快引起了张青山的注意。

他们好上了。

农村少女和富家少爷的相遇，这个故事的开头，符合一切梦幻浪漫的童话。然而现实毕竟不是童话，所谓的"王子和灰姑娘最终幸福地生活在了一起"，仅仅是虚幻的憧憬。

靳小兰和张青山的爱情没多久就被张母发现。她雷霆震怒，不留一丝情面地把靳小兰赶出了靳家。

张青山原就是玩玩儿的态度，被张母臭骂一顿之后也就收了心，继续回英国上他的学。

靳小兰心灰意冷，离开 J 市回到了小邱河。

如果故事在这里画上句号，那么这就只是一个渣男和一个悲情女孩儿的爱情故事。然而，命运最喜欢紧紧扼住不幸之人的咽喉，在回到小邱河的第三个月，靳小兰发现自己怀孕了。

靳父暴怒，拿鸡毛掸子把靳小兰打了一顿，然后把她连拉带拽地拖去了街上的卫生站，要她把孩子打掉。靳小兰原本只是一言不发地流泪，真躺上手术台时却不知怎么的，疯了一样地反抗。

医生没辙，只好作罢。

靳父差点被这个女儿气吐血，一怒之下把靳小兰赶出了家门，要她要么去把孩子打了，要么就永远别回家。靳小兰只好住到了靳母出嫁前的老房子里。

几个月后，那个注定要饱经苦难的孩子出生了。靳小兰让孩子跟了自己的姓，给他取名“靳川”。

靳小兰虽然是个农村女人，文化程度低，但出于母亲保护孩子的本能，她下意识地对靳川隐瞒了他的身世。她告诉靳川，他的父亲是个木工，老实，善良，顾家，很爱她和靳川，是个特别特别好的人。

那时，小靳川用疑惑而天真的眼神看着靳小兰，问她：“那爸爸为什么不和我们住在一起？”

靳小兰黯然回答他，“爸爸去了很远的地方。”

于是，那年小小的靳川懂的第一件事，就是他和其他小朋友不一样，大家都有爸爸，他没有。

日子一天天一年年地过着。

靳川慢慢地长大。

靳父和靳小兰的关系没有丝毫改善。村里闲言碎语满天飞，靳父视这个未婚生子的女儿为耻辱，两个妹妹也觉得这个姐姐丢了全家的脸，从不过问靳小兰和她的孩子怎么生活，就只有靳母时不时偷偷托人给靳小兰送点钱和粮食。

于是，小小的靳川懂的第二件事，就是他和其他小朋友很不一样，大家都有一大堆的亲人，吃饭的时候围一桌都坐不完，而他只有一个姥姥。

生活就这么拮据地过着。

可渐渐，靳小兰发现光靠母亲给的那点钱和粮食根本不能养活靳川，毕竟孩子长大了得上学。自己就是吃了没文化的亏才会被人骗，她一定得让靳川接受教育。

靳小兰开始一边种地养鸡，一边去街上帮人洗衣服，承受各式各样的窃窃私语指指点点，从窘迫，到麻木。

靳川偶尔会跟隔壁的几个小哥哥小姐姐一起打水漂玩儿。小哥哥小姐姐总是笑着喊他私娃子（私生子）。靳川不懂私娃子是什么意思，他好奇地去问靳小兰。

靳小兰听完以后冷了脸，叫他以后不许再跟隔壁的小哥哥和小姐姐玩耍。对孩子来说，妈妈的话就是圣旨，小靳川不敢不听靳小兰的话，只好乖乖在家里呆着。偶尔，跑到田里去捉蛐蛐儿。

蛐蛐儿是靳川唯一的朋友。

终于，他到了上小学的年纪。

靳小兰省吃俭用攒下了街上小学的学费，把靳川送去了街上的小学报到。

九月一日那天，六岁多的靳川背着妈妈给他买的新书包走进了学堂，孩子的世界是张白纸，这是他第一次正式走出那间砖瓦房，靳川充满期待。

但这一天，靳川又听到了"私娃子"这个词。

小朋友们脸上全是乐悠悠的笑容，把他围在正中央，拍着手，不停地喊着"私娃子"。

靳川皱眉，有点不高兴了，"为什么我要叫私娃子？"

"嘻嘻。"一个小男生露出一个满是恶意的笑，"因为你妈妈不要脸啊！我妈妈说，只有很坏很坏的坏女人才会生出私娃子喔！"

小男生越笑越开心，露出一口白牙。后来，小男生被靳川摁在了教室门口，那口雪白的牙，被他一拳一拳打得只剩几颗。

于是，小小的靳川懂的第三件事，就是他和其他小朋友很不一样。其他小朋友都不是私娃子，就他是。

靳川讨厌别人说妈妈的坏话。

有人说，他就打到他们乖乖闭嘴，不闭嘴，就打到他们说不出话。

久而久之，敢当着靳川的面喊他私娃子、说他妈妈不要脸的人越来越少，而逐渐长大的靳川，性格也越来越冷，越来越怪，越来越狠。

就这样又过了几年，靳川升入五年级。

命运的悲剧和"狗血"在这一年，上演得淋漓尽致。长期劳累过度的靳小兰晕倒在了街上，那时天黑路暗，一辆小货车毫无意识地从她身上碾了过去……

靳小兰的突然去世在小山村里掀起了轩然大波。小砖房里搭了简陋的灵堂，看热闹的村民把那间从来无人问津的小砖房围了起来，大家议论纷纷，悄悄观望着灵堂里终于聚在一起的靳家一家。

靳母哭得肝肠寸断，说靳小兰走得突然，她最牵挂的无非就是自己的孩子。靳川还小，还要上学还要生活，希望靳小兰的两个妹妹能收养靳川，给他一口饭吃，供他把初中读完。

两个姨你瞅瞅我我瞅瞅你，心思各异，都没说话。短暂的沉默之后，她们展开了一场踢皮球似的拉锯战，又哭又闹，说自己有难处，说自己家连揭开锅都困难，总而言之一句话——收养靳川是不可能的。

灵堂正中，靳小兰的黑白照片还摆在棺材前面，她清秀的面庞带着微笑，注视着眼前的一切。

两个姨越闹越厉害，靳川跪在地上，面无表情，冷眼旁观。

后来，靳母实在听不下去了，夹杂哭腔把两个女儿痛骂一顿，当场把她们赶出了灵堂，“都给我滚！棺材里的是你们的亲姐姐，小川是你们的亲外甥啊，两个畜生都不如的东西！你们不管他，我管，我就是砸锅卖铁也要把他养大成人！”

靳小兰尸骨未寒，小砖房鸡飞狗跳。靳川淡淡瞧着这一片众生相，忽然一勾唇角，露出一个讽刺到极点的笑容。

故事到这里说完，农村妇人已经哭得连发出声音都困难，她哽咽着，字里行间似乎全是悔恨，“我自己也有个娃，都是农村里种地的，条件都不好，我真没办法啊……”

对面，朵棉的反应却从始至终都很平静。她眼帘低垂，一语不发，捧住奶茶杯的两只手，收紧，用力到骨节处都泛起青白。

“小姑娘，阿姨求你帮帮忙，小川能带你去看他姥姥，你俩关系肯定挺好的……”妇人忽然伸手想去拉朵棉，俨然把她当成救命稻草。

朵棉毫不掩饰地躲开了，妇人神色微微一僵。

朵棉用力咬唇，似乎在竭力克制什么，然后才抬眼看向妇人，淡淡地说："抱歉，我可能帮不了你。"

妇人愣了下，"你……"

朵棉盯着妇人的眼睛，扯了下唇角，笑得讥讽而风轻云淡："我突然知道靳川为什么不接你电话，也不想见到你了。"

"……"

"你太让人恶心了。"她冷漠地道。说完连一秒钟都不愿再和这女人多呆，起身，径直扭头走人。

拥挤的地铁站人流匆匆，朵棉咬紧了唇，还没从刚才的故事里回过神，一时间，震惊、心疼、愤怒……各种情绪在脑子里交织，她甚至全身都在发抖。

关于那个人的过去，他的童年，他的成长经历，"狗血"到仿佛所有不幸都撞到了一起，还真是完美映衬了"造化弄人""天意难测"这些词。

竟然是这样，原来是这样。

她怔怔，后知后觉地醒悟过来。难怪靳川会用那样认真的口吻对她说，人只有足够强大，命运才会对你低头。

那时她还觉得有点好笑，心想他一个20岁的人，哪儿来这么老气横秋看破红尘的觉悟。

现在回想，才明白。

只有曾被命运紧紧扼住咽喉的人才会说出这句话。有的人，只是活着就必须用尽全力，更别说要活得如此耀眼而张扬。

无法想象那是番怎样的千锤百炼。

朵棉忽然抬起右手捂住嘴，湿了眼眶。

下午的补习，老师在上面讲得唾沫横飞声情并茂，朵棉半个字都没听进去。

度日如年算什么，度秒如年才是真可怕。

她脑子里乱糟糟的，拿笔无意识地在草稿纸上写写画画，好不容易挨到下课，她立刻抓起书包一阵风似的冲出了教室，到楼下打了个车，直奔和靳川约定的见面地点。

摸出手机看时间，傍晚五点半。打车过去应该就差不多了。

朵棉深吸一口气吐出来，定定神，坐正之后猛想起什么，赶紧从包里翻出之前买的BB霜和眉笔，对着镜子有些笨拙地开始化妆。

好了吧？朵棉对镜子里的自己眨眨眼。

好像左边眉毛粗了点？

改改。

好像右边的又粗了点？

她皱眉，越着急越办不好事，一双眉毛也越画越诡异，就在她准备进行第七次修改的时候，前面的司机师傅丢来一句话："到了。"

朵棉只好默默地收起眉笔镜子，默默给钱，默默下车。

手机收到一条消息：曼谷料理，包间名清柠。

朵棉眸光闪了闪，回复：你到了？

靳川：嗯。

朵棉：我马上到。

这种场合，顶着副蜡笔小新的眉毛实在是太丢人了。但丢人就丢人吧，他一个人已经等了那么久，她不想让他再继续等。思索着，朵棉走进约好的泰式料理店。

身着沙笼的服务员笑盈盈地迎了过来，朵棉报了一个包间名，服务员将她引导过去。

"请进。"服务员贴心地为她推开包间门。

朵棉抬眼。包间装修风格是十足的泰式风情，窗户半开，夕阳的余晖斜洒进来，里面的人听见响动，微侧头，在一片光影交织中看了过来，脸上的神色很淡。

斯人如彩虹，遇见方知有。莫名地，朵棉脑子里蹦出这么句文艺范十足的句子。四目相对，空气里有几秒钟的死寂。

服务员关上包间门离开了。

朵棉移开目光坐到那人对面，尽量让自己遗忘下午偶遇那名妇人的事，若无其事的语气，"你不是说下午要训练么？我还以为是我找地方等你。"

那头，靳川没答话，只是拿起杯子喝了点儿水，盯着她看，眼神直勾勾的，里头充满兴味。

朵棉被看得有点发毛，清清嗓子，自己给自己找话缓解尴尬，“这地方我以前来过，味道还不错。”

“化妆了？”靳川冷不丁道。

朵棉微怔，下一秒立刻生出一种小心机被看穿的窘迫，脸微红咳嗽两声，“买……买了眉笔一直没用，顺便，就用一下。”

“嗯。”他把杯子放回桌上。

啊啊！居然一眼就注意到了，看来她的蜡笔小新眉真的很醒目。这么重要的时刻……

“我不太会化妆。”她脸红红的，想了半天觉得自己还是可以抢救一下，于是强行解释，“不过我学东西一直都很快，下次应该就能……”

“挺好看的。”靳川淡淡打断。

朵棉一愣。

他抬眸瞧她，懒洋洋地挑了挑眉，“你在我这儿怎么都好看。”

一副闪闪发光的蜡笔小新眉，请问好看在哪里？请问嘴巴这么甜是刚吃了糖么？传说中的那啥啥眼里出西施？

朵棉脸微红，干咳了一声转换话题，试图把靳川的注意力从自己眉毛上移开。她拨了下刘海挡住眉毛，问他：“晚上的训练什么时候开始？”

“八点。”靳川淡淡开口，说着，瞥了眼挂在包间墙上的钟表，“你还有一小时五十分钟。”

朵棉眸光微跳。

“不是有话跟我讲？”他冲她抬了抬下巴，一勾唇角，懒散的痞气从眼角眉梢流淌出来，“苹果，我等着听。”

你等着听？怎么跟你早知道我要对你说什么似的。

朵棉低垂眼眸咬了咬唇，手指收紧，心跳如雷，一种难以言说的情绪在身体里蔓延开。

激动、紧张、不安、期待。

包间外夕阳西下，包间内灯光暧昧，无数画面走马灯一般闪过脑海。

在数秒钟的翻江倒海过去后，朵棉不知怎么又平静下来。然后她做了个深呼吸，抬头，鼓起勇气看向靳川。

那人坐姿随意，正目不转睛地盯着她。

朵棉直视他的眼睛，道："你上次跟我说的事……我考虑过了。"

靳川挑了挑眉毛。

她心跳怦怦怦地加速，脸通红，却仍旧努力保持镇定。看着他，一字一顿地继续说："以后就让我陪着你吧，暂时以朋友的身份。"

闻言，靳川一时没有说话。他靠椅背坐着，安静地看着少女羞涩却坚定的面容，目光不明，眸色深沉。

朵棉和他对视，弯了弯唇，"以前你跟我说，'人只有足够强大，命运才会向你低头'，我听了、信了，也努力了，最后收获了目前看来最好的结果。你真的帮了我很多很多。我很感谢你，很羡慕你，也很崇拜你。"说着顿了下，又道，"以后让我陪着你吧，那样，你就再也不是一个人了。"

屋子里有几秒钟的安静。须臾，靳川定定注视着她，"朋友？感谢我，羡慕我，崇拜我，还有呢？"

朵棉："……"

"苹果，"他声音微微低下去，"你这是拒绝我？你知道我想听什么。"

短短零点几秒，朵棉的脸更红了。好在这时候包间门开了，服务员端着餐盘进来上菜，摆好之后冲两人笑了笑，礼貌道："你们的菜已经上齐了，请慢用。"说完，服务员转身离去。

哐当一声，包间门开了又关上，整个屋子再次回归安静。

朵棉整张脸滚烫滚烫，热得快失去知觉。瞟一眼桌子上的菜，赶紧干咳一声道，"不……不是拒绝……我要说的都说完了。吃……吃饭吧，你晚上还得回基地训练，别耽误了。"

为什么她一个被告白的人这么紧张？再看看那位向她告白的，人靳大爷气定神闲胸有成竹，压根儿一副把她吃得死死的样子。

朵棉有点尴尬地思索着，飞快拿筷子夹菜塞嘴里，腮帮鼓鼓地嚼。对面那人依旧盯着她，筷子摆面前，动都没动。她假装没看见，继续吃。

靳川继续盯着她看。

就这么在十万伏特高压下抗了几分钟，朵棉认输，挥舞小白旗向靳川投降，“你为什么不吃？”

靳川答非所问：“想清楚了？”

“想清楚什么？”

“不是拒绝，跟我好。”他很冷静。

这土味十足又莫名严肃的说法。朵棉在心里默默替他尴尬了两秒钟，清清嗓子，声音很小地应了声：“嗯。”

“真想清楚了？”他非常冷静。

“……嗯。”她声音无意识地更小。

靳川听完点了下头，然后拿出手机拨出去一个号码，语气平平道：“今天晚上我有事儿，请个假。”然后挂断。

对面的朵棉有点茫然。请假？是训练请假么？为什么要请假？

她想着，直接把这个疑惑问了出来，“你为什么要请假？”不是说亚洲邀请赛快开始了么？这段时间的训练任务应该很重吧！

靳川不答话，收起手机扫了眼她面前的那些菜，一挑眉，“吃好了？”

“差不多了吧。”她中午吃得比较撑，本来就还没饿。

“怎么吃这么少？”靳川拧了下眉。

“主要是中午吃多了，还没消化……”

靳川静默两秒，点点头，唤来服务员买单。

从泰国餐厅出来，外面的天已经暗下，城市华灯初上，车水马龙。朵棉背着包站在路边，想了想，赶紧趁人不备掏出纸巾擦眉毛。再一照镜子，里面的姑娘肤色雪白细腻，五官精致，两边脸颊染着一丝薄薄的粉红色，看上去娇艳而青涩。

虽然脸红得有点不正常，但没了粗眉，顺眼多了。她满意地弯弯唇，收起镜子。这时路边传来一阵喇叭声，嘀嘀——

朵棉转头看过去，只见一辆熟悉的纯黑色轿跑停在路边。车窗落下一半，驾驶室里的人手里夹了根烟，隔着遥遥夜色瞧着她，目光很深。

这一瞬间，朵棉脑子里莫名冒出一个词：狩猎。

他是蛰伏于黑夜里等待觅食的兽，她是猎物本身。

这个诡异的念头令朵棉胆战心惊。她心跳骤快，甩甩头，把“狩猎”“觅食”之类的词汇通通抛出脑子。

过了几秒钟，靳川终于懒懒出声，“杵那儿装木头呢？过来。”

朵棉愣了下，小跑着过去拉开车门，有点惊讶，“你不是说晚上有事还请了假么，不去办事？”

“你就是我的事儿。”靳川弹了弹烟灰，“上车。”

“……哦。”虽然不知道他要干什么，但也总不能一直呆在这儿。思索着，朵棉拉开车门坐了进去。

靳川一踩油门。

朵棉习惯性地扯过安全带系身上，随口问道：“你准备带我去干什么呀？”

靳川开着车连眼神都没斜一下，淡淡丢过来两个字：“开房。”

朵棉：“……”

他从中央后视镜里看她一眼，“你对酒店有没有什么要求？喜欢什么风格的？”

朵棉整个人无法从震惊中回过神，足足过了好几十秒，她的大脑才恢复运转，动动唇，极其艰难地开口：“你能不能不要开这么惊悚的玩笑？”

靳川语气挺淡，“你哪只眼睛看我像在开玩笑。”

朵棉再次震惊了，同时“唰”一下，整张小脸红个底朝天。她瞪着他，好一会儿才挤出几个字：“……我……我不。”

“不什么。”

“不跟你……开房。”朵棉脸涨得通红，支支吾吾挤出几个字。

天哪天哪天哪！这是什么神转折？她敢保证连电视剧都不敢像他这么演！

话音落地，黑色轿跑在路边停了下来。朵棉心都跳到嗓子眼儿，环顾四周。此处是一条小路，肉眼可见范围内的行人不超过两位数。路灯的光昏昏暗暗。车厢里漆黑一片，安静得可怕。

咕咚，朵棉干巴巴地咽了口唾沫。

边儿上，火星明灭的光照亮靳川的面容，他侧过头看她，“为什么不跟我开房。”

这种事还有为什么？你能不能别把流氓耍得这么理直气壮？

朵棉快给他跪了，扶了扶额，依葫芦画瓢地顶回去，“那你为什么要跟我开房？”

谁知顶没顶成，倒是给自己挖了个坑。

靳川让她这个问题给逗得笑出声。他掐了烟头随手丢出窗外，眯了眯眼，在黑暗中朝她贴近，坏笑：“真傻还是假傻，除了‘彻夜长谈’还能是为什么？”

朵棉已经羞到开始冒烟了。烟草味薄荷味清爽的皂荚味一股脑地涌进她的鼻腔，好晕……

醒醒！靠这么近干吗？

朵棉深吸一口气往后退了点，定定神，尽量心平气和地跟他讲道理，“我是没拒绝你，但也没说是答应啊！开房什么的，不行。”

一来就连跳三级是什么操作？

她退，靳川就逼更近。他目光玩味直直落在她脸上，几秒后，似乎非常勉为其难地点了下头，懒洋洋地说：“今天不开也行。

“但是……”

还有条件？她眼睛瞪得圆圆的，背抵车门，已经无路可退。

“苹果，都是我的人了，”靳川抬手，把她完全圈入自己的领地，另一只手捏住她的下巴往上一抬，低声道，“先说句我想听的来听。”

他想听的？

什么？

狭小的车厢里黑暗而安静，朵棉紧张得连呼吸都困难，眨眨眼，半晌才声若蚊蚋地挤出一句：“……我喜欢你。”

“嗯。”靳川闭眼，埋头在她香香软软的颈窝处拱了拱，黑暗中，声音低哑得可怕，“接着说。”

第十章

一约若定，万山无阻

朵棉脑子已经完全晕了。

总觉得有哪里不对劲，但又说不上来具体什么不对劲。靳川修长的双臂把她圈在怀里，头埋在她颈窝位置，喷在她脖子上的气息均匀而温热，有点儿痒。

他刚才说什么来着？接着说。说什么？

朵棉僵着身子脸色红透，好半晌才挤出一句：“我觉得，我应该回家了。”

话刚说完，便明显感觉到腰上的手臂收紧几分。下一瞬，那人的呼吸远离她颈窝来到耳边。朵棉的心在胸腔里扑通狂跳，想镇定，却愈发心慌意乱。

为什么车里会这么黑？视觉受阻，其他感官就更敏锐了。

“苹果。”靳川的嗓音压着她耳垂响起，低沉地、近似威胁地道，“今天不发生点儿什么，你走不了。”

朵棉有点缺氧，深呼吸，像条缺水的鱼一般汲取周围的氧气，然而吸进肺里的不是氧，是男人身上混合着烟草与清爽薄荷的味道。

矛盾又令人沉迷。

她用力把拳头捏紧，尽量让自己的声音听起来平静如常，“你现在应该回去训练，我也应该回家复习。靳川，我们慢慢来，好么？”

他脸颊贴上她的，闭着眼，轻轻摩挲，“怎么慢。”

“比如，”天知道，此情此景她须要多努力才能说出一句完整的话，“我们先正常一点相处。”

“哪样算‘正常相处’？”若有似无，他的唇轻蹭过她的脸颊。

朵棉整个人一抖，大脑空白，后面想说什么全给忘了。她怔忡的瞬间，靳川手指勾起她的下巴，她看见他隐藏在夜色中的眼，深不见底。

拇指刮过她柔软的唇，他问：“这算不算？”

朵棉出口的都成了颤音，“不算。”

整只大手往上几厘米，包裹完她半张脸庞，手指穿过乌黑柔软的发，堂而皇之触到她的耳朵。他微微挑起了眉，万年不改的调侃表情:“算不算？”

朵棉：“……不算。”

靳川忽然笑了下，盯着她，目光不明，“怎么都不行，你怎么不让我直接出家当和尚。”

朵棉从脸蛋到脖子都红成了火烧云，静默几秒钟，忽道:“就七个月。”

咫尺之遥，靳川眯了下眼睛。

她定定神，鼓起勇气与他对望，字字清晰，“按照我和我妈妈的约定，七个月之后，只要我能考上B大，我就能做我想做的所有事，打比赛、加入MYS，和传说般的Broken组队，”稍微顿了下，“还有……成为你的女朋友。”

车厢里安静数秒。

片刻，靳川淡淡地开口：“嗯，接着说。”

“我是一个很认真的人，既然动了心，打算陪你走你今后所有的路，就一定不会反悔。”她目光前所未有地坚定，“所以靳川，你愿意再等我七个月么？”

说完不等他有反应，又非常严肃地，沉沉地，一字一顿补充：“一约若定，万山无阻。”

最后八个字，是朵棉从一本书上摘抄来的。在她看来，此八字气势如虹浩浩汤汤，用来表达她此时激昂而澎湃的心潮，再合适不过。

就是好像有点儿幼稚。那什么，他该不会觉得很好笑吧？朵棉咬咬唇，低下了头，有点忐忑地等待着对方回应。

迟迟没有任何动静。

朵棉皱眉，就在她怀疑靳川到底有没有听清楚自己说话的时候，头顶传来一个声音，淡淡地道："一约若定，万山无阻，你说的。"

"嗯。"她缓慢点头，我说的。

又过两秒钟，

"行。"靳川说，"你说怎么办就怎么办。"

朵棉闻言，有点诧异地眨了眨眼睛。怎么突然这么善解人意这么好说话了？不太符合这位大爷一贯的风格啊！下一瞬下巴被靳川再次捏住，抬高，她看向他。朵棉眸光闪了闪，莫名心紧。

他垂眸，目光在她整张绯红的脸上来回扫视一阵，然后埋头，贴近她道，"苹果，记着我的好，要不是真稀罕你，我可没这么好的耐心。"

"嗯。"朵棉声音哑哑的。

好热，她全身都像要烧起来一样。

靳川摸了摸她鼻尖，忽然一勾唇，轻笑着说，"都把我后半辈子定下来了，不打算付点儿定金？"

"什么？"朵棉蒙蒙的，一时没反应过来。

"比如说，"他粗糙的指腹暗示性摩了下她的唇，"先给亲一下。"

话落，朵棉错愕地瞪大了眼睛，靳川的脸刚放大，便见她猛地转头躲过。那一瞬间她肩膀一颤，一种触了电似的感觉从心底被引燃，短短零点几秒，野火焚草一般蔓延到四肢百骸。

连呼吸都好像要停止，车内有清淡的薄荷味在弥漫。是靳川的味道。她脸通红，晕乎乎的，分不清东南西北。

靳川逮着她下巴上的软肉掐了把，低笑，"这么怕我？"

"……"

"行吧，初吻先留着。"

"……"

于是这天晚上，险些失去初吻的朵棉知道了一件事：靳川很危险。

七个月之约就这么定了下来。

亚洲邀请赛开幕在即，MYS 全体成员按照惯例要进行两个月的封闭式集训，因此，靳川给学校请了长假，休学两个半月。

朵棉身旁的座位空了。

年级第一的突然休学，班主任没有做任何解释，也正因如此，各式各样的猜测版本众多，满天乱飞，有说靳川生病的，也有说他是回豪门继承家产的。这些说法，朵棉听完一面好气好笑，一面又由衷佩服那些造谣者的想象力。心想有这才能还考什么大学，直接去编故事写小说多好。

好在这种状况并未持续多久，大约过了一星期，关于靳川的流言便沉寂了下去。

时光按部就班地往前流，一切重归平静。每天，老师们照常用题海战术轰炸全高三，大家伙也照常在叫苦连天中刻苦复习。

朵棉成了最刻苦的几个学生之一。她甚至从鲁迅先生在课桌上刻“早”字的故事中得到了启发，找来一张便利贴，写下目标，拿透明胶仔仔细细地贴在课桌上，时时看，时时激励自己。

几个目标，按在她心中的重要程度分排名先后：Broken，MYS，B 大。

一次，张晓雯课间来找她聊天的时候，偶然发现了这张便利贴，狐疑地问：“这是什么？”

朵棉回答她：“我的目标。”

张晓雯更奇怪了，皱眉：“B 大我知道，但是……这个‘MYS’是什么？‘Broken’又是什么？”

朵棉笑笑，“MYS 是我喜欢的一支电竞战队，Broken 是我崇拜的一个电竞大神。”

张晓雯对电竞既不了解也不感兴趣，听完，很随意地哦了声。余光扫过朵棉身边的空位，挑挑眉，忽然又想起什么。

“欸。”张晓雯神秘兮兮地压低声，凑近朵棉。

朵棉翻开一本化学练习册，眼也不抬地应：“怎么？”

“上上个星期六，你不是去和靳川见面了么？”好友冲她挤眉毛，一双眼睛闪动着八卦之光，“都过去这么久了，合着我不问，你就不打算跟我交代交代情况？”

正在认真做题的朵棉动作骤顿，不知想起什么，雪白的脸几秒间便浮起红云，支吾，“交代什么？”

“结果呀！”张晓雯仔细观察她的表情，诧异，“成了？”

“……不知道。”

“成就是成，没成就是没成，什么叫不知道。”

“那就是还没？”

“我天。”张晓雯被惊了下，啧啧道，“可以啊小朵，平时看着挺老实，结果不鸣则已一鸣惊人，居然敢拒绝靳川？”

朵棉被口水给呛到了，默了默，小声争辩：“我们约好了七个月之后再说这件事。”

张晓雯抛了抛桌上的橡皮擦，又有点好奇，“那你肯定知道你家靳川为什么请长假吧？”

咦？她家靳川？原来在群众眼里他已经是她家的了吗？等等！这根本不是重点！

朵棉红着脸甩了甩头，干咳两声，打哈哈：“这个嘛……我其实也不是很清楚，应该有什么特别重要的事吧。”

“切。”张晓雯听完瘪嘴，“连我都瞒，不说就算了。”

朵棉冲她露出一个干巴巴的笑，然后低下头，继续做题。

张晓雯站了会儿，大概是觉得没挖掘出什么劲爆猛料有点不甘心，小声问：“那你们那天拉手没有啊？”

闻言刹那，朵棉手抖，签字笔在空白处画出一道斜线，脸如火烧地憋出两个字：“秘密。”

高三两天一小考，三天一大考，日子过得飞快，眨眼间就又过去了一个月。这期间，朵棉每天都把自己泡在各科题库里，不打游戏，不刷微博，远离所有分散自己注意力的事物。

她唯一无法避免的，就是经常会想起靳川。想起那人深黑色的眼，似笑非笑的表情，和那个险些被夺走的初吻，他周身清淡的、混合着薄荷气息的烟草味，充斥她所有感官。

无意识地，朵棉乱涂乱画，在草稿纸上写下一个“川”字。

起风了。

已经是十二月底，冬季的晚风寒凉凛冽，从半开的窗户吹入。她发烫的脸颊让风一吹冷却下来，回过神，一看时间，已经是晚上十一点半。

这时房门外传来脚步声。

哐哐——房门被敲响，紧接着就是朵母的声音，说：“快十二点了，早点睡。”然后顿了下，“明天周末，你可以晚点起床。”

朵棉弯起唇，“嗯，知道了妈妈。”

脚步声又远去。

朵棉坐在书桌前发了会儿呆，拿起手机，打开通讯录，手指顿在一个名字上，怔忡。

这种感觉其实很难形容。

怎么说呢，枯燥的高三生活本如一片贫瘠荒土，靳川的出现，令这片荒土绿草成茵鲜花遍野。如今，他从这片荒土上离开了，于是花草枯萎，显露出底下坚硬丑陋的本来面目。

好想给他打个电话，朵棉抿了抿唇。

这一个月里，她和靳川见面的次数为零，只在上周末的时候打过一次电话。那时他似乎在忙什么要紧事，因此那通电话的通话时长没超过三分钟。

训练很辛苦吧，全封闭式，平时应该不能离开基地？也不知道有没有按时吃饭按时睡觉？烟还是抽那么多么？为什么那么喜欢抽烟，抽烟等于慢性自杀，对身体的伤害真的很大啊……她乱七八糟地思索着。

就在这时，手里的电话突然震动起来。朵棉吓一跳，垂眸，屏幕上的来电显示赫然三个闪亮亮的大字：靳大爷。

传说中的心有灵犀？

她惊讶地眨了眨眼，然后飞快滑开接听键把耳朵贴上去，轻声：“喂？”

那人低沉嗓音透出一丝微不可察的疲惫，淡淡的，“睡了？”

“还没。”

“干吗呢？”

朵棉顿了下，乖乖地老实交代，“正在纠结要不要给你打电话。”

靳川那头不知人在哪儿，她听见有轻微的风声从听筒里传出，然后是“叮”一声，类似金属打火机的盖帽被甩开的声音。盯着台灯暖橙色的光，朵棉已经自动脑补出他垂眸，吸燃火星的画面。

靳川笑了下：“找我有事儿？”

她脸微红，隔着一条电话线好像胆子也跟着大起来，清清嗓子，“没事就不能给你打电话么？”

“能。”他懒洋洋地应她，“你有什么不能的。”

朵棉嘴角弯了弯，问道：“你呢？你睡了吗？这段时间你们的作息应该会被严格控制吧。”

“没有。”靳川说，“睡不着。”

朵棉听完就皱起了眉，担忧，“心情不好么？为什么睡不着？”

“想听真话还是假话。”

朵棉被这道古怪的选择题弄得一蒙。

靳川：“假话是之前熬夜混乱惯了，突然让早睡早起，有点儿适应不过来。”

朵棉有点好奇：“那真话是什么？”

靳川：“想你。”

“我这边儿朝思暮想睡不着觉。”靳川一手拿电话，空出的手弹了弹烟灰，淡淡地说，“苹果你呢，想我没？”

朵棉心口一紧，突然觉得周围的空气很闷热，举着手机上前两步，把窗户推得更开。

“嗯。”她面红耳赤嗓音微哑，悄悄呼出一口气。

话音落地，那头一声轻笑。

朵棉原本还能假装淡定，一听他笑，心态就崩了，瞬间有种挖个坑把自己整个藏起来的冲动。几秒后，靳川轻声喊了她一句，语气低柔得不可思议，“苹果。”

朵棉心还颤着，应道：“嗯？”

“想见面么。”

朵棉：“……”

“想就下楼。”靳川说，“我就在你家单元楼门口。”

闻言，朵棉瞬间呆了。下楼？单元楼门口？现在？

她惊愕地瞪大了眼睛，跑到窗户边上往下看，夜色深浓，目之所及只有几户人家还亮着灯，四处都安安静静。朵棉近视，没戴眼镜只看见乌漆墨黑的一片。她皱眉，一时不能确定靳川的话是真是假。那人的性格，天大的事也能拿来开玩笑，万一又是逗她呢？

她有点不相信，“你别跟我闹着玩儿……”

“下不下楼？”

“你真的在？”

靳川语气平平，“两分钟，没见你人我就摁门铃了。”

朵棉简直要给这位大爷跪下来唱《征服》，忙道：“别别，我信你我信你，你稍微等一下我马上下楼。”说完飞快挂断了电话。

卧室里暗暗的。

她啪一声把灯的开关摁亮，照镜子，手忙脚乱地拨了拨头发。镜子里的姑娘个子小小的，不知是不是最近太用功的缘故，圆润的脸蛋稍微瘦了点，胜在皮肤白皙五官精致，就算穿着套天线宝宝的居家棉袄，也不算太见不得人。琢磨着，朵棉拿起钥匙，关掉灯，轻手轻脚地拉开房门走了出去。

主卧里头漆黑一片，爸妈应该都睡熟了。

朵棉踮着脚小跑，连棉拖都没换就打开大门出去了。在等电梯的时候她才后知后觉地反应过来，靳川刚才拿摁门铃来威胁她？可是，他怎么知道她家是几楼几号？他压根不知道啊！

又被骗了。朵棉有点懊恼地鼓了鼓腮帮。

叮——电梯到一楼了。

朵棉忐忐忑忑地走出电梯，穿过大厅，抬头，果然看见夜色下站着一道高大修长的身影。靳川斜靠着一棵粗壮老树的树干，手里有一搭没一搭地把玩着一枚打火机，似乎察觉到什么，他转过头来。

隔得远，朵棉看不清他的表情和眼神。

这是约定那天之后的第一次见面。

她莫名有点紧张，吸气呼气，走过去，在距离他两步远的位置站定。

不敢看他的脸，那就看他的手好了。骨节分明修长有力，只是一双手而已，长那么好看干吗？打火机换新的了？纯金属的做旧款式，方方正正，还挺好看。朵棉低着头，糊糊涂涂地想着。

下一瞬，腰上忽然多出一只手臂，使劲儿一钩，不由分说就把她给揽怀里去。

冷静冷静。朵棉深呼吸，试图稳住心跳的频率，然后快速地逃离他的束缚。

靳川垂眸盯着她，打量几秒钟，拧眉，“瘦了。”

朵棉轻轻清了下嗓子，“天气冷，脂肪消耗比较快。”

他语气不善，“那不知道多吃点儿？”

“我尽量。”朵棉答完，赶紧把这个话题跳过，问道，“我还以为封闭式训练的意思，是你们要一直呆在基地，不能出来。”

“当坐牢呢？”

朵棉被呛了下，顿几秒，开口，语气里多出一丝自己都没察觉的不满，“你之前为什么不主动跟我联系。唯一一次电话还是我打的，还几分钟就挂，我还以为你特别忙。”

谁知，靳川听完竟低笑一声，懒散道：“嗯，娇撒得不错，继续。”

谁在跟你撒娇啊？她有点无语，动了动唇正要开口，对方已经弯下腰，将视线与她拉平，自嘲似的笑了下，嗓音很低：“一想你就分心，本打算不跟你联系忍几个月。

“但是忍得住个屁！”

说着，他大手忽然摁在她的头顶，像是在压制什么动物一般，使劲地搓了搓她的发：“想死老子了。”

霎时，朵棉浑身跟过了电似的一抖，一动不动。

而且，她和他现在的造型，会不会太奇怪了点？靳川的个子本来就高，加上母亲是北方人，整副身板儿生得健壮高大，而她是典型的南方女孩儿骨架，小小一只，他揉着自己头顶，怎么看都像在摸小狗一样。

还没等朵棉回过神，那道低沉慵懒的嗓音又响起了。他淡淡地问：“想我没有？”

这个问题，之前电话里不是问过了么？

朵棉脸热得快失去知觉，默了默，轻声：“嗯。”

刚答完这个字，他又说：“想谁。”

怦怦怦，朵棉心都要从喉咙里跳出来，“……你。”

他双眸微合，语气很低，“谁想。”

她大脑迟钝，呆呆地老实回答：“我。”

闻言，靳川一声轻笑。

靳川看着夜色下的姑娘，眸色很深。

朵棉的五官相当精致，只是她娇小，朴素，平时又素面朝天，几乎不会有人把她和“美艳”二字联系在一起。她很美。这副分明慌张又要红着脸故作镇定与他对视的样子，就更美了。

“苹果。”他喊她。

“嗯？”

“我有没有跟你说过，”靳川勾了下嘴角，“你长得真漂亮。”

朵棉愣了下。赞美来得好突然，这句话他夸得自然而然，她却听得很不好意思，沉吟好几秒才挤出一句回应：“其实你也特别帅。”

靳川听完，“嗤”地低笑出声。

朵棉被他笑得有点尴尬，支吾，认真道：“……我说的是真的。”

靳川那头笑了好几秒才停下。他伸手，捏住她柔软的下巴轻轻一晃，毫无征兆地来了句：“知不知道我最喜欢你什么。”

突然提到关键问题，朵棉精神一振，一下就严肃起来，“什么？”

喜欢她貌美如花？蕙质兰心？成绩优异？总不会是因为她打*PUGD*有天赋吧？

靳川：“喜欢你又傻又呆。”

朵棉：“……”

“让我特想欺负你。”他埋头贴近了点，笑容痞气。

朵棉：“……”

你能不能正经点说话？说好的高冷呢？说好的不近女色呢？刚开学那会儿塑造的人设是被你吃掉了吗？讲真，你这样是会掉粉的啊！

在心里腹诽三秒钟后，朵棉别过头，长长地做了个深呼吸。总是这么被他一撩就炸，太丢脸了，自己得学会反击。于是她清清嗓子，想了想，故作淡定："就当你在夸我。"

"我看上的人自然全方面都是可以夸的。"

经此一役，朵棉总算彻底明白一个真理，脸皮这东西对于靳川而言，大概是身外之物。

那晚，直到凌晨两点钟，朵棉才被靳川给放回家。她这段时间早睡早起养成习惯，熬不了夜，又加上与靳川见了一面，整个脑子都晕乎，一回家就爬进被窝呼呼大睡。

一睡就睡到了日上三竿。

朵母本想着周末，可以让女儿睡个懒觉，但午饭总要吃。因此，在中午十一点多的时候，她敲响了朵棉的房门。

"棉棉？"朵母喊道。

床上的小粽子拱了拱，翻了个身继续睡。

"朵棉？"朵母皱起眉，这次直接推开门走了进去，掀开被子，把那颗"粽子"给提溜出被窝，"你昨晚干吗了，这么晚了还起不来？"

朵棉这才迷迷糊糊地睁开眼睛，坐在床上，打了个哈欠，"没干吗呀，就是睡得不太好。"

朵母在她脸上打量着，忽然注意到什么，诧异，"你这右脸怎么了？"

嗯，右脸？朵棉下意识地伸手摸摸，"什么？"

"有个小红点儿。"朵母弯腰凑得更近，"怎么弄的？"

短短几秒钟，朵棉反应过来什么，雪白的脸以迅雷不及掩耳之势红了个底朝天。她窘迫，用力清了清嗓子打扫喉咙，一本正经道："哦，大概是被蚊子叮了下，难怪有点痒。"

说着，赶紧跳下床，抓起手机冲进了洗手间。

朵母看着她的背影皱皱眉，狐疑地嘀咕，"这大冬天哪来的蚊子。"

洗手间里，朵棉瞪着镜子，整个人羞得快要冒烟。

这哪里是蚊子咬的，明明是被他掐的！朵棉一边想，一边拿起手机，准备发个短信去控诉一下下手没轻没重的某大爷。然而一行字还没敲完，便来了条新的微信消息。

她点进去一看，有一个新的好友申请：Broken 请求加你为好友。

头像是一张纯黑色的图片，备注：七个月之后的你男人。

朵棉：“……”

没脸没皮是靳川的典型性格特征，习惯就好，习惯就好。她拍着心口安慰了下自己，定定神，通过了那条好友申请。

朵朵朵不是棉花：我……

只过了两秒钟，对方的回复便来了：怎么？

朵朵朵不是棉花：我的脸被你掐红了！

Broken：去招摇过市。

朵朵朵不是棉花：……哈？

Broken：告诉别人你被我预定了。

坦白说，朵棉觉得自己已经快跟不上这位大爷的思维了。不过，有一点不得不承认，这种清奇又特别的宣告所有权方式，很靳川。

她默了默，随手抓抓乱成鸡窝的头发，回复：……其实吧，这除了说明我可能被虐待或者被蚊子咬了之外，不会让人产生其他任何联想。

Broken：知道了。

知道了？知道了什么？

朵棉皱眉，就在她还在钻研这三个字的深层含义的时候，微博弹出一条提示：你的特别关注 @MYS-Broken（@，微博上呼叫别人的方式）发送了一条新微博。

她眸光突地一闪。

如果没记错的话，靳川注册微博号之后，就只在注册当天发了一条内容，第一条，也是唯一一条：你是我的小苹果。

此后，她时不时就会去他的微博主页闲逛，经常看见他的粉丝在那条微博底下不停留言，高呼“肯神更博啊更博啊”“不发自拍发个背影或者手也好啊啊啊”之类。

又更博了呀，不知道发的啥？

思索着，朵棉抿抿唇，准备点进那条微博瞅瞅。然而指尖还没触到显示屏，连续不断的微博提示音突如机枪扫射似的响起，叮叮叮叮，你新增一位新粉丝、你新增一条新留言、你新增一位新粉丝、你新增一条新留言……

提示音频繁密集。

朵棉狐疑，甩甩手机，以为是自己的微博软件出bug了。点进自己的主页一瞧，粉丝数赫然是：685。

她惊了。她的粉丝不应该只有陆易张晓雯和几个卖假药的僵尸粉么？怎么一瞬间就从“78”变成了“685”？谁给她买粉了？

云里雾里摸不着北。

朵棉眨眨眼，随便点进了一条自己微博的留言区：

网友甲：啊啊啊啊是Apple吗！！！

网友乙：肯嫂好！！

网友丙：肯嫂会参加亚洲邀请赛吗？

网友丁：感觉肯神好喜欢你，羡慕……

朵棉整个人成了个大写的问号，她茫茫然，反应过来什么，手指微抖，点进了MYS-Broken的微博主页。

最新一条微博发送自四分钟前。

简单干净的一句话，没有任何配图和符号，写道：You are the apple of my eye，你是我毕生所爱。@朵朵朵不是棉花

托靳川的福，继电竞馆内战之夜后，朵棉再次火了。

准确地说，是她那个叫“朵朵朵不是棉花”的微博号一夜之间火了。提示音响个不停，增粉速度以秒计，粉丝数量以肉眼可见的速度不断刷新暴涨。

看着一大堆多出来的新粉丝和新留言，身穿天线宝宝棉袄、顶着鸡窝头还有点儿没睡醒的朵棉，震惊了。

虽然那句中英结合的告白既撩人又很戳心窝，但……

这么把她挂出来示众了？这么“招摇过市”的吗？幸好她平时不怎么发微博，主页上都是一些转发MYS官博的内容或者中老年养生文章。

她扶额，一时间还无法接受自己从“Broken的一枚小粉丝”摇身一变成为粉丝们口中的“大嫂”这件事。有句话怎么说的来着？不是我不懂，是惊吓来得太快就像龙卷风。

沉吟几秒后，朵棉闭眼，鼓鼓腮帮做了个深呼吸，然后调出通讯录，拨出去一个电话。

只嘟嘟了两声就通了。

“喂。”靳川的声音从听筒里传出来，淡淡的，很随意。

朵棉问：“你在干吗呀？”

“吃饭。”

“在外面？”他周围的环境听着有些嘈杂。

“基地食堂。”

“……哦。”准备好的开场白说完了，接下来就是切入正题。朵棉转头，瞧了眼关得紧紧的洗手间房门，然后，声音压低：“喂，你为什么要发那条微博？”

电话那头，靳川拿透明玻璃杯喝了点水，懒懒的：“跟你告白。”

朵棉默了默。自打七月之约以后，这人就隔三岔五都在跟她告白，语言丰富，花样百出，以至于她都在怀疑，当初那个傲慢冷漠总不拿她当回事的第一，只是她的错觉。

靳川对她的态度，前后差别可谓一个地，一个天。

也不知是她可爱迷人魅力太大，把他给征服了，还是，这也只是他另类性格的一部分。

“我知道你在跟我告白。”朵棉脸热热的，心平气和，一副跟他讲道理的语气，“但是，就算你要发微博，也不至于把我艾特（@，微博上呼叫别人的方式）出来吧？我突然涨了好多好多粉。”

哐——靳川把餐盘丢进回收箱里。

这时，边儿上过去几个MYS俱乐部其他项目战队的年轻队员，他们笑容满面喊着“川哥”，打着招呼。

靳川点了下头，走出用餐区，随口回道：“涨粉不挺好的么？”

朵棉支吾了下，“但是，突然多那么多粉丝和留言，我有点不习惯。”

“不习惯也得习惯。”

“……”

“等你成为MYS的人，关注你的粉丝会更多，你收到的留言也会更多，好的坏的，各式各样。”靳川冷静道，“提前适应不是坏事。”

朵棉闻言有点好笑，扑哧一声，“你对我这么有信心啊！”居然都想好她进 MYS 以后的事了。

靳川：“对。”

听完这话，朵棉脸上的笑容缓慢凝住了，眸光闪烁，感觉有一簇火苗从心底深处燃了起来，在四肢百骸间攻城略地，燎原遍野。

她激动得手指微颤，清嗓子，故作轻松地揶揄：“干吗给我这么大压力，我都不知道自己能不能做到，你别这么确定。”

“我确定。”靳川淡淡地说，“你能。”

他一句话是她的千军万马。

朵棉弯起唇，笑得阳光灿烂：“我努力。”

日历一天一天地翻着。

黑板上距离高考的天数，一天天减少。七中的校长给高三年级下达了新指标，要求全年级的本科上线率不低于百分之九十二，重本上线率不低于百分之六十，其中，高三（1）班、高三（2）班更是重点保护对象，要求的重本率是百分之九十。

校长给年级主任施压，年级主任给各班班主任施压，压力层层堆叠，等传到学生们身上时，已经重如千钧。

作业量加大，考试也愈发频繁，整个高三年级都被一团乌云笼罩。这期间，*PUGD*亚洲邀请赛如期开幕。来自全世界的数支超强战队齐聚韩国首尔，赛事隆重，声势浩大，在国内掀起了不小的热潮。MYS 和另一支中国战队抵达首尔机场的第一天，便上了微博热搜榜第七。

高三年级的晚自习放学时间，已经延迟到了晚上九点四十分。

朵棉白天要上课，晚上要刷题，每次复习完都差不多快到凌晨。但不管再累，她都会在入睡前刷一刷关于赛事的最新报道。

随着*PUGD*的受众面越来越广，关注度越来越高，网上总算流传出了一些媒体和粉丝拍到的照片。

那些图片里，MYS 的队员们身材高挑，意气风发，清一色身穿印有五星红旗的MYS战队队服。撇开不认识的人不提，大山还是那头标志性的灿金色短发，森森还是那副标志性的阳光笑容。

至于靳川，闪闪发光惹眼球。

倒不是说他多招摇，想想看，将近一米九的个子，宽肩窄腰大长腿，再配上那张英俊冷淡的脸，想不惹眼都困难。

Broken的照片就这么流出来了。

粉丝们终于如愿以偿一睹偶像的庐山真容，激动之下，发起了话题“Broken 神颜”。当晚，这条话题被顶上微博热搜Top2（第二）。

MYS-Broken涨粉百万。

网上热火朝天，一时间，粉丝们疯狂，电竞圈热议，MYS出战*PUGD*邀请赛一事的关注度也被推上了巅峰。

冬季的夜晚凉风飕飕。

朵棉拿棉被把自己裹成粽子，捧着手机刷刷刷。一连几十条看下来，全是一些花痴女粉丝的吹捧，什么“之前看Broken的直播，听那声音就知道他肯定是帅哥！”“啊啊啊现在电竞圈的大神都这么帅了吗！”“Broken嫁我嫁我”等等。

认都不认识你，嫁个大西瓜啊！

朵棉满脸黑线，鼓起腮帮，默默锁掉屏幕，默默闭上眼睛，准备睡觉。然而辗转反侧，在床上烙了十分钟馅饼都毫无睡意。终于，她认命，深吸一口气从床上坐了起来。

重新拿起手机，犹豫了会儿，还是决定打开微信给靳川发消息。

第一条：再过两天就是正式比赛了，应该睡了吧？好好休息。

第二条：这段时间我复习得特别认真，嗯，下次比赛争取跟你一起。

第三条：你知不知道自己上热搜了啊？涨了好多粉，还基本上全是女生。

朵棉皱眉，第三条刚发出去就后悔了，赶紧去点撤回键。然而手指还没碰到屏幕，一个电话忽然打过来。

她错愕，愣了好几秒才把电话接起来，在被窝里捂住嘴巴，小声：“你居然还没睡觉？”

“起夜放水儿，刚好瞧见你发的微信。”靳川没睡醒的声音带着一种慵懒的低哑，懒洋洋的，意味深长，“怎么，不高兴？”

她瘪嘴，闷闷地答：“没有。”

还不是怪你过分美丽。一夜之间多一百万情敌，她能怎么办，她也很绝望啊！

靳川淡笑，“大半夜乱吃什么飞醋。”

她嘴硬：“真的没有。”

“睡了，乖。”他语气就像哄个小孩子，自然而然地说，“我就你一个人的。”

朵棉听完，脸蛋一下子通红。足足过了五秒钟，朵棉才憋出一句：“你能不能，别总这么不正经……”我可是个很正经的人。

“谁不正经。隔万儿八千里，聊两句都不行？”靳川淡淡地说，“睡你的觉，明天还得早起。”

“哦。”她拿着手机点头。

“这段时间我这儿忙，你好好上你的学，别胡思乱想，不然小心我回来弄哭你，听见没？”

朵棉想起被掐红的脸，被呛了下，深刻怀疑他有暴力倾向，闷道：“知道了。”

屋里没开灯，一室漆黑，靳川背靠墙，支着一条腿坐在酒店的床上。她乖乖的反应令他心情极好，笑了下，“行，挂电话。”

那头顿了下，甜甜软软的嗓音再次传出来，认真道：“我会加油的，你比赛也加油。”

“嗯。”

她一副小粉丝的口吻：“我们肯神最厉害了，像太阳一样。”

这比喻挺新奇，他勾唇：“嗯。”

“那，再见，我挂了喔？”

“嗯。”

电话挂断，只剩下空洞的忙音。

靳川随手把电话扔床头柜上，躺下去，屈起一条胳膊当枕头，目光平静，透过窗，望向异国繁华的夜色。

他夜里的睡眠质量一向很糟，往往一醒，想再入睡便很困难。小时候落下的毛病，有些年头了。看着外头那一望无际的夜，靳川点了根烟，想起他的小时候。

他的生命从出生开始，就是个笑话，关于童年，绝大部分的回忆也都是灰色，贫困落后的北方农村、四四方方的小砖房、一声声刺耳的“私娃子”。值得怀念的东西极少，如果非要选出些什么，就是母亲靳小兰，和那抹总是从东方山头升起的朝阳。

靳川记得，他见过的最漂亮的日出，是在自己五岁那年。在大城市呆过的母亲和普通农村妇女不同，她单纯，善良，还有着一些不知从哪儿学来的文艺调调。那天，母亲突发奇想，天还没亮就把他从床上拎了出来，要带他去看日出。

彼时夜浓如墨，他和母亲一人一个大馒头，坐在山头上等着，等着，见证太阳从地平线上升起的全程。

母亲说，永远不要惧怕黑暗，因为再黑的夜，也会被太阳照亮。

五岁的靳川把这句话记在了心里。

后来，母亲意外离世，亲人的冷漠，周围人的恶意，让年仅十岁的他明白了一件事：等不来驱走黑夜的光，就只有把自己变成太阳。

这么多年受尽白眼，从一摊贱泥到站上云端，是怎么过来的，他的记忆已有些模糊。

此刻，脑海中唯一清晰的画面，是那个老爱脸红的小姑娘在实验楼的走廊，忐忑不安，向他递来一枚红色的苹果胸章。

那天晴空万里，他在她头顶看见了比当年日出更美的光。

起初只是觉得朵棉好玩儿。

游戏里撞死他；现实里跟他同班；游戏天赋高；还一逗就脸红，挺有意思。这种戏谑玩味的心态是何时起的变化，他不确定。

唯一能确定的是，他靳川认准了，朵棉就一辈子都是他的，从头到脚，里里外外，老天爷也抢不走。

第十一章

毕业

亚洲邀请赛结束了，朵棉的期末考也考完了。

众望所归，MYS 在亚洲邀请赛中拿到了冠军。虽说这项大赛在*PUGD*联赛中的含金量不是最顶尖，但依然令国人激动万分。

好事成双。

朵棉也终于在高三的上学期期末，冲进了年级前十。

高三的寒假等同于除夕放十天，亲戚之间串串门，拜拜年，一眨眼就过去了。那头的爆竹声还没响完，她这头就又开学了。

新年伊始。

靳川再次回到学校上课，这一回，他的归来在整个七中引起了爆炸式的轰动。网络发达，高中生再刻苦也不可能整个寒假都不上网，一时间，“靳川就是 Broken”的新闻传遍了学校的每个角落。

大家瞠目结舌，根本无法相信自己身边有这样一位中国电竞界的神话级人物。

靳川照旧不和人交朋友，傲慢冷漠，酷上天。

坊间的说法却变了。在得知这位大爷就是刚刚拿下冠军的Broken之后，他所有的不好，都变成了好，所有的好，都变成了传奇。

对此，朵棉不由生出了一些感叹。

所谓“成王败寇”，大抵就是如此。没有人在乎失败者是否努力是否优秀，只有成功者才能得到世人的尊重和膜拜。

高中的最后一学期，过得风一样快。

一诊、二诊、三诊，几次诊断性考试一结束，高考便真的来了。

眼瞧着黑板上的倒数日期只剩下个位数，整个高三都陷入了即将离别的氛围中，不少人堂而皇之拿出了手机，拍拍花草，拍拍教室，拍拍和同学们的合影，留作纪念，老师们也睁只眼闭只眼，最后放纵孩子们一次。

拍毕业照的这天是周四。

六月初，J市惠风和畅，阳光晴好。

班上的女生大多哭成了泪人，男生也大多沉默不语。朵棉被这种悲伤的氛围感染，整个上午眼睛都是红的。

午休时，张晓雯和陆易找隔壁班的朋友忆青春去了，朵棉留在座位上复习。其实这个节点，真要复习是复习不进去的，因此，她只是抱着必背篇目的小册子，发呆。

呆了几分钟，视野里忽然多出一只大手，敲了下她的桌子。

朵棉有点茫然地抬头。

靳川单手插裤兜里，站她面前，居高临下地看着她，说："跟我出来。"

她狐疑，只好起身跟着他走出去。两人一前一后，没多久，走到了实验楼的三楼楼梯平台。靳川伸手，递给她一样东西。朵棉垂眸一瞧，一颗薄荷糖躺在自己白嫩的手掌心里，外面小卖部八块钱能买一大袋的那种。

这不是她很久以前送他的那种糖么？

她有点不解，但还是拆开糖纸把薄荷糖吃了。清爽的薄荷气息在味蕾间弥漫，甜甜的，提神醒脑。

朵棉腮帮鼓鼓，背靠墙，转头，有点好奇地问："为什么忽然给我糖？"

靳川淡淡地说："有件事儿得告诉你。"

"什么？"

朵棉呆住，却听他说："这是我的味道，记住了。"

朵棉浑身一抖，眼珠子都要瞪出来，"你说什么呢！"

"毕业之后还有一件事儿，那事儿比糖甜。"

…………

高考的日子全国统一，六月的七日和八日。

这几天，J市的天气格外炎热，太阳往天上一挂，整个城市跟烤炉似的。有关部门为了让考生们有一个更加良好的考试环境，在五日这一天进行了人工降雨。

绵绵细雨中，燥热的暑气总算减退。

老师们早有交代，考试前两天，重点不是复习，是放松休息，这种节骨眼儿上，心态平和才是考出好成绩的关键。

因此，七中提前五天便给全体高三生放了假。

朵棉便和陆易张晓雯约好，六日下午一起去七中的后校门，最后吃一次奶茶店的炸鸡和刨冰。

下午两点半，他们准时在奶茶店碰头。

这三个高三生，从初中开始就在一个班里，六年时光，感情不淡，是真正意义上的发小铁哥们儿。要毕业了，大家虽然嫌肉麻嘴上不说，但内心深处还是很舍不得。

“我要报C大，你要报Z大，朵棉又打算留在J市念B大……”陆易说着就笑起来，低低骂了句脏话，“都在不同的城市，往后天南地北，想再聚可真不容易了。”

“有什么办法呢！”张晓雯摇头感叹，“小时候约好以后要考同一个大学，住同一个小区，长大了才知道不现实啊！”

朵棉听得有点难受，却还是笑着，“这有什么关系，学校再远也会放假，也会毕业，到时候你们都要回来的。”

陆易顿了下，忽然扑哧一声，“说得跟我们仨都已经被录取了一样。”

张晓雯一脸无畏：“每年Z大文学系的录取线都不离谱，只要我发挥正常，肯定没问题。”

陆易打趣：“你当然没问题了，你谁啊，大作家，未来的诺贝尔文学奖得主。”

“客气客气。”张晓雯两手抱拳，“你也不差，未来的大造价分析师。”

两个活宝你一言我一语地胡吹，听得朵棉捂嘴直笑。又笑闹好一会儿，陆易咬了口炸鸡忽然想起什么，挑挑眉，目光落在朵棉脸上，“欸，我说小朵，你真打算将来走那条路啊？”

朵棉笑笑，“有什么问题么？”

“没什么问题。”陆易嘀咕了句，挠挠头，纠结好一会儿才憋出句话来，“老实说，我真挺羡慕你的。”

“羡慕什么？”

“羡慕你能坚持做自己喜欢的事。”陆易自嘲似的勾了勾唇，“我是既没这福气，也没这勇气。”

张晓雯感叹，“要不，你也跟你妈闹次革命？”

“我？算了吧。”陆易耸肩，“朵棉敢闹，是因为她有天赋有资本，还有一个 Broken 帮她牵线引路进职业战队，我有什么？如果真一意孤行地去做了，成功了还好，失败了怎么办？我妈得拿刀砍死我。”

朵棉闻言静默了几秒钟，淡淡道：“如果你真的喜欢一件事物，热爱一件事物，就不应该轻易放弃。”

陆易听后陷入了沉默，垂着眸，久久没有说话。

整个奶茶店都安静了几分钟。

突地，张晓雯把自己面前的可乐举到半空，高呼：“敬最好的青春！”

朵棉露出灿烂的笑容：“敬最好的梦想。”

陆易顿了下：“敬最好的我们。”

可乐里放了很多冰块儿，一口闷进去，三人都冻得牙齿打战。离开奶茶店以后，他们又骑着共享单车来到 J 市七中的正校门门口。

阳光下，“国家级示范高中”几个大字烙在校名旁，会发光似的闪耀。

母校。

看着校门，朵棉脑子里忽然就冒出了这么两个字。她弯起唇角，不知怎么的，有种想流泪的冲动。

张晓雯拿出手机找来一个路人大妈，请大妈帮他们拍照。身穿校服的少男少女在校门前站成一排，比出剪刀手。

咔嚓。

这年高三，被永远地定格。

今年的高考题，从客观角度来说，整体偏难，不少考生在考完数学后，一出校门便哭出声来，祭奠自己那似乎要付诸流水的十二年寒窗生涯。

相较而言，朵棉觉得自己是被上帝选中的幸运儿。她在考前一周还泡在题海里，很巧合的是，做到了和高考数学最后一道大题类似的题目。当时，她仔细看完了解析全过程，因此在最拉差距的题目上，她已经脱颖而出。

朵棉有了无穷无尽的信心。这样的好心态，使她在之后的两门考试上也有了相当不错的发挥。

高考就这样结束了。

没有想象中的惊心动魄和曲折剧情，结束得平静。在走出考场的那一刻，朵棉看着头顶蔚蓝的天和柔软的云，生出一种已经脱胎换骨的感觉。

和所有高三生的父母一样，朵父朵母对女儿的高考高度重视，全程接送，陪考。朵棉一出考场，朵母就快步迎了上去，神情隐隐透出一丝紧张。

“还可以吧？”朵母低声问。

“嗯。”朵棉回她一个很轻松的笑容，“还行。”

简单两个字，给朵父朵母喂下了一颗定心丸，他们眉开眼笑，开车带朵棉去爷爷奶奶家吃饭。

坐在车上，朵棉沉吟几秒钟，拿出手机，给靳川发去了一条微信：出来了么？

对方没多久便回过来：嗯。

靳川和朵棉被分在同一考点的不同考场，这几天，朵父朵母全程陪在她身边，就算和靳川打了照面，她也不能和他多聊，往往就是打个招呼完事儿。

朵棉抿了抿唇，琢磨好半天，才又写道：我也回家了。

靳川：今晚有事儿没？

她眨眨眼睛：要去爷爷奶奶家吃饭。怎么？

靳川：想见你。

这句话，朵棉那时没有看出丝毫异样。

这人的表达方式向来很直白。她默了默，敲字：明天吧。明天晚上不是要在“南苑”办谢师宴么，到时候就能见面。

这次，靳川过了片刻才回复一个字：成。

翻过高考这座大山，高三生们可谓集体放飞自我，不少女生当天晚上就去打耳钉，烫发染发，把过去十八年想做又不能做的事，做了个遍。

看着同学们在朋友圈晒出的新造型，朵棉巴巴的，也有点心动。再想到，明天是高考毕业后第一次见靳川，她或许应该有点改变？

这时，张晓雯打来电话，问她，都毕业了，有没有去做个新造型的想法。两人一拍即合，约好次日下午在J市一家很出名的造型工作室见面。

这家造型工作室收费高昂，主打“VIP（贵宾）定制”系列，为顾客进行从头到脚的打造，发型妆容，服装鞋饰，一条龙包干。

朵棉捂着滴血的小心脏，一咬牙一跺脚，把朵父奖励的“考后红包”给花了。

最后的结果，证明贵有贵的道理。

她整个像换了一个人。

工作室灯火通明，不知是这灯光有美化效果，还是造型师们技艺高超，朵棉望着镜子里的自己，第一次看出了“美艳”二字。

就连同为女生的张晓雯，都瞪直了眼睛，啧啧道：“看来我以前是瞎了眼。”

过去，张晓雯一直觉得朵棉是枚老实朴素的好学生，呆萌蠢，充其量就是个“可爱”，但现在这一看，她发现是自己缺少一双发现美的眼睛。

水红色连衣裙，衬得朵棉肤色雪白，修身款式，包裹出前凸后翘的曲线。身材首先就是极品，再加上那副精致小巧的五官，纯黑色长卷发。

分明是个妖精！

谢师宴的时间是晚上六点半，朵棉和张晓雯进酒楼包间的时候，发现不少同学都已经到了。

门开刹那，所有人的目光都集中了过来。

朵棉的出场堪称惊艳。

众所周知，优等班盛产学霸，普通班才产美女，在过去的三年中，大家对朵棉的印象一直停留在“学霸”“乖乖女”上，而对于她的颜值，同学们印象都不深。

一时间，各色目光都盯在了朵棉身上，惊诧的，探究的，跃跃欲试的。

可朵棉的性格，极不习惯受人瞩目。她有点尴尬，匆匆拉着张晓雯坐到人群之中，然后抬眸四顾，搜寻那个人的身影。

还没来么？她皱眉，有点狐疑地拿出手机发微信：到哪里了？

消息发出去，石沉大海，没有人回复。

又等了会儿，一班的人基本上都到齐了，班长拿着花名册在大包间里走动，清点着还有哪些同学没到，随后再让副班长逐一打电话联系。

靳川的电话打不通。准确地说，是通了之后，一直处于无人接听状态。

班长没辙，老师们都到齐了，总不能让几个老师跟着一起等，于是张罗着请班主任致辞，正式开席。

包间里嘈杂喧嚷，气氛热烈。

朵棉两道眉毛越皱越紧，低着头，不停地给靳川打电话，心里升起一股不祥的预感。就在她忍不住想要打电话报警说人口失踪的前一秒钟，叮一声，微信弹出新消息。

Broken：到了。

这时谢师宴已经进行到大半，包间门突然被推开。大家齐刷刷看过去，是靳川。

“不好意思。”他面容冷静，淡淡地朝众人道，“家里有点事，耽搁了。”

这个插曲令包间的热闹氛围有刹那凝固。

后来是班长乐呵呵地站了起来，钩住靳川的肩，打圆场：“来了就好来了就好。来来，正好咱们这桌还有位子，坐下吃坐下吃。”说着，直接把靳川给安排在了周开蒂旁边。

班主任喝酒，话匣子已经打开了，笑着说：“靳川啊，你一直都是老师们最看重的学生……”

靳川压根没怎么听，他侧过头，视线在几大桌子人里搜寻。

朵棉坐在一群女生中间，察觉到他在找自己，便招了招手，远远朝他露出一个笑容。

看见她的刹那，靳川神色不明，眼底闪过了一丝异样的光。

谢师宴的主题虽是感谢师恩，但进行到后面时，已变成同学之间的互诉离情。大家聊着天喝着酒，少年意气，挥斥方遒。就连一向冷漠的靳川，都和身边同学来了番畅饮。

朵棉的座位离他有段距离，周围嘈杂，她听不清他们在说什么，只是看见那人的酒杯满了空，空了满，不断循环。

朵棉微微皱眉。他的状态不大对劲。

刚才迟到，靳川说是家里有事耽搁了。难道是外婆？她越想越觉得担心。

这时，身边的张晓雯扯了扯她的衣袖，道："班长去结账了，说是等下直接去楼上的KTV唱歌，应该要玩儿挺晚的，你去我家睡吧。"

朵棉听完点了点头，思索片刻，给朵母发了条微信：刚吃完饭，等下还有其他活动，我今晚在晓雯家睡。

朵母回复：好，注意安全。

又过了会儿，饭吃完了，班长组织全班往楼上的KTV转移。大部队分拨上电梯。朵棉等了会儿，独自一人去往洗手间。

路过吃饭的包间时，她朝里面看了看。靳川坐的那桌，几个已经喝高的男生满脸通红，还在勾肩搭背地吹牛，独独不见靳川人影。

已经走了？什么时候走的？电梯口也没见到他人啊！

她狐疑，转身进洗手间，打算出来之后再给靳川打电话，可刚一转弯，一个高大人影忽然闯入视野。

朵棉硬生生被吓了一跳。

靳川背靠在洗手间外面的走廊墙上，头微垂，闭着眼，单手撑额，暖色灯光在他侧脸投下几道深浅不一的影。

喝醉了么？朵棉皱眉，上前几步，道："你是不是喝多了？"

听见这个声音，靳川转过头来。

他一转头，朵棉立即印证自己的猜测。他的眸色本就偏深，此时暗光底下一照，不那么冷冽，酒意醺然，浓如墨染。

"为什么要喝那么多酒？"朵棉叹气，有点无奈。

靳川不语，只一个劲盯着她看。

朵棉默了默，本来还想问他家里出了什么事，见他这状态，只好作罢。她走过去扶住他的右手臂，准备送他到楼下打车，嘴里道："我跟班长说一下，你别去唱歌了，先回家休息。"

"你……"靳川开口，酒气钻入她鼻息，声音低哑得可怕。

朵棉闻声站定了步子，抬头，踮脚靠近了他一些，"你说什么？"

他低头，唇几乎都要贴在她脸上，"我宝贝儿。"

朵棉无语，被他嘴里的酒气熏得脑子晕，皱眉，往后靠了点。

靳川忽然钩住她的腰。

朵棉一惊，下意识往他怀里站一步，怕他摔倒，只能拿肩膀支撑，红着脸低斥，"别闹。"

他双眸微合，索性把全身重量都压到她身上，在她颈窝里放肆汲取暖热的香气，低低说："困了。"

她有点无措，抱住他的腰轻声说："我送你回基地？"

话刚说完，便听见耳朵里钻进一阵夹杂酒气的呼吸，他柔声说："隔壁就是酒店。"

朵棉在心里思考着带靳川去酒店的可行性。

他是 MYS 战队的队长，醉成这样回基地，可能是不太合适。那就送他去隔壁的酒店住一晚吧。

思索着，她轻声对靳川说："那我带你去休息。"

靳川脸埋在她颈窝里，低低嗯了声。

酒楼附近就是一家连锁酒店，规格算不上高档，但收费不高，整体环境看着也算干净整洁。

朵棉把靳川扶到了沙发上坐下，然后去前台开房。

前台处，前台小姐正在电脑上看电视剧，听见脚步声后抬起头，看了眼面前的朵棉。

"住宿么？"

"嗯。"朵棉点点头。

"单间 158 元，押金 100 元，把身份证给我登记一下。"前台小姐敲着键盘做记录，眼也不抬地说。

“稍等一下。”

朵棉回头，靳川正以一种十分懒散的姿势靠在沙发上，头微仰，闭目养神，从她的角度看过去，他英俊的侧颜被笼在朦胧的柔光中，轮廓分明，脖颈修长。

她走过去，弯腰微微靠近他，“你身份证在身上吗？”

醉酒的缘故，他闻言，顿了好几秒钟才掀起眼皮，沾染酒意的眸盯着咫尺外的她。

她耐着性子柔声重复，“酒店需要身份证，把你的身份证拿出来。”

靳川闭眼捏了下颚角，片刻，从钱包里拿出一张身份证和一张银行卡，递给她。

朵棉拿着东西回到前台。

前台小姐接过靳川的身份证，看她一眼：“你的呢？”

朵棉一怔，“我的也要么？”

前台小姐说：“一人一证，几个人住就要几张身份证。”

听完这话，朵棉微微红了脸，有点尴尬地说：“就他一个人住，我把他送上去，等他睡了我就走。”

前台便不再多问，把押金单和房卡给了朵棉。

她带着靳川走进电梯。

靳川虽然不太清醒，但没有到烂醉如泥的地步，被朵棉扶着，走路不成问题。他在电梯里搂着她，身高将近一米九的大男人，孩子似的，把头靠在她的头顶。

房间在七楼。经过二楼餐厅时，电梯停了，上来两个年轻女孩子。她们看见靳川和朵棉的亲昵姿态，都愣了下，相视一眼，然后才走进来。

朵棉有点尴尬，小声道：“你先站直。”

边说边无意识地推了下他的腰，谁知下一秒，右手猛地被靳川给一把抓住。

她愣住。

靳川挑挑眉，贴她耳朵边上压低声，有些含混地说：“男人的腰不能随便碰，知道不？”

浓浓的酒气钻入朵棉的鼻腔，熏得她晕晕乎乎。就在这时，叮一声，七楼到了。

朵棉刷卡开门，取完电，再把屋子里的灯打开。她下劲架住他，估摸着他这状态应该也没法洗澡什么的，便直接把他往床的方向带。

靳川一沾床，立刻倒下去。他躺在床上，一只手臂随意地横过额头，眼微合，眉头拧着一个漂亮的结。

朵棉趴在床边上，两手托腮，安静地看着他出神。她发现他的头发长了些，这么一看，衬得这张脸愈发英俊逼人。就在这时，手机里传来一条微信。

朵棉垂眸一看，是张晓雯发的：在A888包间，你在哪儿？什么时候过来？

她看了看床上的靳川，准备等他睡熟之后再走，便回道：有点事，你们先玩。

张晓雯：好。

朵棉收起手机。

突地，那人低低说了声："渴。"

朵棉听后立刻拧开一瓶矿泉水，递到他面前，"水在这儿。"

靳川半睁眼，双眸中不见清明之色。视野模糊又清晰，清晰又模糊，映入一张娇俏灵动的小脸。他定定地盯着她，眸色深不见底。

朵棉见他半天没有反应，皱起眉，"怎么了？喝水呀！"

靳川撑身坐起来，接过那瓶水，连带捏住她纤软的手指，就着她的手喝。整瓶一口就给喝完了。

朵棉有点诧异，"够么？要不要我再去给你买几瓶？"

靳川没有说话，只随手把空水瓶扔进垃圾桶。

她想了下，又说："你先睡觉。我去给你烧点水，你半夜醒了如果渴就自己喝，等会儿我还要去找其他同学。"

靳川依然不说话，沉默，眼睛直直盯着她看。朵棉站起身准备去拿烧水壶。极其突然地，他抓住她的手腕大力一拽，把她扯上床，然后，翻身压住了她。

朵棉心跳如雷，惊愕地瞪大了眼睛。这个举动令她措手不及，一时间，脑子里“酒后乱性”“越矩”之类的词语一个接一个地蹦出来。

他以前时常跟她开一些荤段子笑话，但他那性格，她一直以为他是开玩笑，从没当真过。心脏怦怦直跳，朵棉脸通红，惊慌地瞪着离她只有十几厘米远的靳川。

他沉着眼，居高临下，眸色混沌，修长的手指在她脸上下巴上摩挲。朵棉紧张得心都提到嗓子眼儿，睫毛颤个不停。靳川目光定定落在她脸上，忽然勾了勾唇，嗓音慵懒，“现在可以做我女朋友了吗？”

他说这话时，呼吸丝丝缕缕喷在她脸上，他压在她身上的重量令她有一种难以言喻的甜蜜。

朵棉缓慢点头。

靳川看着她小巧饱满的粉红色唇瓣，低头，亲了上去，蜻蜓点水，不带情欲。他嘴里一贯的烟味和薄荷味都淡去了，酒气在她鼻息间弥漫，她脑子晕眩，双手渐渐捏成了双拳。

朵棉以前听人说“酒香”这个词，无法理解，她始终没办法把“酒”和“香”字联系在一起。

此时，她却在靳川呼吸里尝到了酒的甜香。

可见张晓雯看的那些言情小说并不完全是胡编乱造，爱情真的有魔力。她迷迷糊糊地想。

好歹也是成年人，对于初吻，朵棉也曾有过无限的幻想，但基本的步骤和程序还是只有一点理论知识。

朵棉在迷蒙之中忽然想起张晓雯的话：靳川以前换女朋友比换衣服还快，她这样的女孩子，对他来说简直是小菜一碟。

理智告诉朵棉，她应该拒绝，不然就太傻了。但这个年纪的姑娘遇上这个年纪的爱情，或许本就是傻的。

朵棉内心七上八下，对刚刚那个吻，并不排斥，甚至有点雀跃。

灯光昏暗的酒店房间里，两人你看着我，我看着你，对视。过了几秒钟，他不知想到了什么竟笑起来，翻过身，躺在了她身边。

他淡淡地说：“你怎么这么好骗。”

朵棉稍微清醒一点了，满脸绯红，坐直了身子，支吾道，“你酒醒了？”

靳川手掌盖住双眼，没有说话。

他头还沉得厉害，理智残缺，年少轻狂，想要发生点什么的念头汹涌如海啸，在这时候忍住几乎耗光所有自制力。

朵棉深呼吸几口，整理好自己。静默片刻，起身下床，小声说：“我去把热水给你烧好。”

“不许去。”背后忽然一个声音。

靳川手指捏眉心，半躺着，然后眼也不睁地拍了下身边的床，“过来，再给我抱会儿。”

她迟疑须臾，冲他挤出一个干巴巴的笑，“你不喝水的话，我先走了，晓雯他们还在等我。你快睡觉吧，再见。”

说完就准备拿起包离开。

靳川皱眉，有点不耐烦了，坐起来胳膊一伸环住她的腰，使劲一带，她重心不稳，低呼了声直接摔进他怀里。

他低声问：“亲了你，跟我生气了？”

朵棉脸红得快滴出血来，轻轻挣了下，“没有啊，我为什么要生气？你放开。”

请问是哪只眼睛看到她生气了？她明明是尴尬好不好。

“不放。”

朵棉沉默，想挣扎又没靳川力气大，只好继续乖乖给他当抱枕。他闭着眼，有力的手臂和大长腿把她完全禁锢在怀里，嘴唇贴着她额头，鼻息平缓。

过了好一会儿，墙上的挂钟指向了晚上十一点。

朵棉伸手试探性推了下靳川的手臂，轻声：“喂。”

对方动也不动，没有任何反应。

难道睡着了？她蹙眉，不出声了，只小心翼翼抬起他横在自己腰上的手，放到一边，随后动作极轻微地坐起身，下床穿鞋。然而，脚丫还没沾到地板，一股大力就重新把她扯了回去。

靳川把香软的小身子捞回胸膛上紧抱着，眼皮子都没掀一下，嗓音低哑："谁许你跑的。"

"我想去找晓雯和陆易，我一直不在，他们会担心。"朵棉老实巴巴地说。

靳川拧眉，语气里带出一丝不耐烦，"打个电话说跟我在一起不就完事儿了，担心什么。"

朵棉汗，心说就是因为跟你在一起才担心吧？

整个房间静悄悄。

须臾，朵棉抬手轻轻摸了摸靳川的脸颊，思索片刻，柔声说"你睡觉，我去找其他同学，明天早上我再回这儿找你，可以吗？"

他醉酒之后难得有些孩子气，不说话，但手臂下意识把她搂得更紧。

朵棉再接再厉，几乎用哄的："今天晚上我住晓雯家。她家离这里很近，明天我一早来叫你起床陪你吃早饭，好不好？"

话音落地，靳川手上的力道终于松了些，又过片刻，他终于松开手，朵棉长舒一口气，得以脱身。刚才腻歪半会儿，朵棉的头发和衣服都有些凌乱，她见状，赶紧对着镜子整理。

背后一阵窸窣，她回头，看见靳川从床上坐了起来。

"你起来干什么？"她疑惑地问。

"你不是要去找张晓雯么。"靳川捏了下颌角，头疼加疲惫的缘故，他两道浓眉微拧，眸子里隐约有些血丝，"我送你。"

朵棉听了忙摆手，"不用，KTV就在隔壁，两步路就到，不用你送我。"

靳川撩起眼皮看她一眼，"你对自个儿倒是挺放心。大晚上在外面瞎晃悠，不知道自己多招人？"

这是在变相夸她很漂亮吗？朵棉呆住。

他站起来直接往大门儿走，抽出房卡，淡淡道："跟上。"

数分钟后，靳川和朵棉一前一后走出酒店，去KTV的路上，短短几百米，朵棉担心他喝了酒又吹冷风会着凉，连说了几次让他回去休息。靳川很平静，执意把她送到了KTV大门口，目送她进包间。直到那抹纤细的人影从视野中消失，他才转身离去。

这一带是J市的老城区，居民数量庞大，尽管已经夜深，街道上仍旧霓虹闪烁热闹繁华。靳川走在马路牙子上，脸上没有任何表情。

这段时间，张家的人隔三岔五就会来找靳川，低三下四，无所不用其极。原因是张家老夫人突患重病，想在最后见一见靳川这个孙子。

靳川很冷淡，拿那些人当空气。狠心也好，冷血也罢，他根本不在乎张家任何人的死活。在他看来，早在二十年前，张母狠心将怀孕的母亲赶出张家的那一刻起，自己便与张家再无关系。

他骨子里有和靳小兰一样的决绝和骄傲，再难再苦，宁肯打落牙齿和血吞也没向张家低过头。讽刺的是，一晃数年过去，倒是张家求上了门。

大概真的有“报应”。

其实，之前靳家小姨跟朵棉说的那些，只是当年故事的上集。

靳小兰去世后，年仅十岁的靳川跟外婆生活在了一起。那时，村子里的闲言碎语并没有随靳小兰的离去而消失，村民们照旧在背后指指点点，议论纷纷，流言蜚语如病毒，在这个小村庄里蔓延。

外公和两个姨觉得自己抬不起头做人，对靳川愈发反感，渐渐地，连维护靳川的外婆也被靳家视作了异类。

他们开始拒绝把地里的收成分给外婆，并放下话，叫外婆要么把靳川送到镇上的孤儿院，要么就永远别回这个家。

外婆被丈夫和女儿们的冷漠伤透了心，带着靳川离开了小邱河，去往 J 市，投靠在建筑工地打工的远亲。

农村女人结婚早，生孩子也早，刚到 J 市时，外婆也就五十几岁的年纪。她在建筑工地找了个帮工人们煮饭的活，供靳川在市郊的一所子弟校上学。

就这样，靳川和外婆在 J 市住了下来。

靳川的性格虽另类叛逆，却很懂事，为了不让外婆失望，小小年纪的他勤奋刻苦，年年都是子弟校里的第一。

几年后，靳川升入高中。他的中考成绩是全市第七，分数远远高出 J 市诸多一流中学的录取线。但他最终选择了直升三十九中的高中部。这所学校虽然校风不好，教学质量也一般，却愿意为靳川免去高中三年的所有学杂费，并承诺，每年都会给靳川和他的外婆发放一笔励志奖学金作为他们的生活补贴。

靠着奖学金和外婆单薄的薪水，婆孙两人生活在J市，相依为命，日子过得清贫而简单。

在三十九中高中部那会儿，靳川学照上，酒照喝，架照打，偶尔遇着几节不感兴趣的科目，就翘课去外面打游戏，是全校最有名的好学生，也是全校最负盛名的坏学生。

十八岁这一年，是靳川命运的转折点。他在这年收到了MYS战队的邀请函，也在这年，第一次见到了那个叫张青山的男人。

当年风度翩翩留过洋的公子哥儿，已是西装革履一身贵气的成功人士。他告诉靳川，这些年他一直活在悔恨和愧疚中，希望靳川能认祖归宗。

给机会弥补当年的过错，是张青山来找靳川的原因之一。但更重要的一个原因是，靳川是如今张家的唯一男丁。张青山在英国的几年纸醉金迷纵欲过度，身体留下了病根，回国结婚后调理好几年，一直都没能有孩子。

张青山的妻子好不容易才在几年前怀上孕，生下来的，是一个女儿。

张母重男轻女的思想根深蒂固。在焦虑之中，她想起了当年被自己赶走的农村女孩，抱着试一试的心态，调查了一下那个农村女孩离开J市后的去向。

这一查，便知道了靳川的存在。张母大喜过望，连忙让张青山去把这个孙子给找回来。

那时，听完这些话，靳川只回了一声很淡的嗤笑，然后，扭头走人。

夜已经极深了。

地上烟头四五个，靳川坐在酒店大门前的街沿上，凉风吹得他眯了眼睛，他目光冷淡地投向漫无边际的夜色。

坦白说，张家态度的转变并没有令靳川有一丝动容，谢师宴上喝的那些酒，全因为想起了他母亲，想起了小邱河，想起了连活下去都必须拼尽全力的那些年。

至于朵棉……靳川闭眼，抬手发狠摁了下眉心。

今晚他真没打算动朵棉。告白那天说要去开房，今天拐她把自己送到酒店，抱她、亲她，都只是单纯想逗逗她，瞧眼她满脸通红娇滴滴的小模样。但真吻上她唇的那一刻，他脑子里的念头就跑偏了。

靳川的自制力向来很好。

靳川这人，自幼生长在小邱河，来J市又念三十九中，身边没几个正经朋友，没接受过任何高洁品质的熏陶。他本不是善类，自然没有守身如玉的观念，但他之前却完全没兴趣。

然而如今出现了一个例外。

那颗苹果，他不用碰也不用摸，就只是想想那张娇美雪白的脸，他就恨不得，把她揉搓在怀里再也不松手。

夜色迷离。

琢磨着，靳川忽然自嘲似的笑了下，扯唇，淡淡地爆了句粗口，说："这点儿出息！"

在张晓雯家睡的这一晚，朵棉满脑子都在想靳川。

唱完歌，出来已经是凌晨两点。她本想给他打电话，又怕吵他睡觉，于是就给他发了条微信，说：我们唱完歌啦，你乖乖睡觉，我明天八点就过来。

然而令朵棉没想到的是，靳川直接秒回了一个"嗯"。

次日清晨，张晓雯还在床上呼呼大睡，朵棉定的闹钟就响了。她爬起来摁掉闹钟，迅速洗漱换衣服。尽管动作已尽量小，张晓雯还是被吵醒了。她皱眉，睡眼惺忪瞧着忙来忙去的朵棉，含混道："干吗呀你，昨晚那么晚才睡，你怎么起得比打鸣的鸡还早啊！"

朵棉单脚站地上，把连衣裙往身上套，"我去找靳川，他喝多了在酒店里，我给他送点早饭。"

张晓雯听完，一记白眼直接翻天上，说："行行行，高考完了该你俩腻歪，'单身狗'没资格发言。"

朵棉被这话逗笑了，拎上包打开房门，道："晚点跟你联系。"

张晓雯一脸凉悠悠的表情，挥挥手，"甭跟我联系了，跟你家川哥哥好好玩儿。"

张晓雯家离靳川住的酒店，就一条街之隔。朵棉在小区门口的早餐店驻足，思索片刻，买了五个大肉包、三个鸡蛋和两杯热牛奶。本想走路的，又怕牛奶凉了对身体不好，直接打了个出租。

几分钟后，朵棉拎着早餐站在了酒店房间前。

哐哐——她敲了下门，然后清清嗓子理了理头发，安静等待。

没人理。

朵棉皱眉，再次抬手更用力地敲门，还是没人理。

睡得这么沉吗？她在原地黑线了会儿，默默拿出手机，准备给里面的大爷打电话。就在这时候，面前的房门突然打开。她下意识抬眼，然后，震惊了。

靳川显然是刚被吵醒的样子，略长的黑发有些凌乱地堆在额头前方，站在门前，眉拧成川字地垂眸，俯视她。美男就是美男，就算是刚睡醒的样子也有一种格外慵懒的美态。

不过，这不是朵棉震惊的重点。重点是，靳大爷他老人家没有穿衣服。

虽然认识了快有一年，但这人不穿衣服的形象，朵棉第一次见。她觉得呼吸有点艰涩，瞪大眼睛，困难地转了下眼珠。

他人很高，肩膀很宽，双臂修长线条流畅，肤色是很健康的古铜色。没有健身房那种夸张饱满的肌肉感，但每块肌理都富有活力，有生命似的紧紧咬合在骨骼上，紧实漂亮，充满了一种很阳刚的美感。

这副身体无疑是很美的，但，一点也不像一个少年该有的那样清瘦和干净。

大清早的，视觉冲击太大，朵棉忽然有点口干舌燥，视线无意识地下滑了点。

这难道是传说中的八块腹肌和人鱼线？

朵棉呆住，下意识地捂住了鼻子，怕下一秒自己就要鼻血喷出而亡。

靳川把她的一系列反应尽收眼底，微挑眉，斜靠在了门框上，瞟了眼她手里拎的一袋子东西，淡淡地随意地说：“来送饭？”

朵棉像机器人似的，一顿一卡地点头。他侧身让开一步，示意她进屋。朵棉木呆呆地走进去，把吃的放在了桌上。靳川关了门，走进洗手间洗漱。

几分钟后，出来了。

朵棉心跳扑通扑通，坐在桌子面前，目不斜视地看着那几个大肉包。

靳川走过来，随手拖了把椅子放她旁边，坐下来，打开眼前的塑料袋子，“买的什么？”

“包子……”平时穿着衣服怎么没发现，这么有料。

“鸡蛋……”传说中的穿衣显瘦脱衣有肉？

“和牛奶……”不过，起来了就把衣服穿上吧，空调开这么低，这么晃来晃去不怕感冒么？

“包子有五个，四个是你的，一个是我的。”朵棉边说，目光边无意识地在他身上各处偷瞄。

瞄着瞄着，靳川的动作忽然顿住。他侧目，盯着她看了好一会儿后挑挑眉毛，淡声：“看够没有？”

啊？朵棉一怔，目光上行看向他的脸。

“反正都是你的。”靳川捏住那小下巴，晃晃，指着左胸位置，懒懒地似笑非笑道，“看多不得劲儿，来，摸一下。”

光天化日，朵棉无语，默默收回目光，眼观鼻鼻观心，默默念了几遍“色即是空空即是色”来告诫自己要六根清净，然后默默捧起桌上的大肉包。

比起咬这位大爷，还是咬包子比较实在。

思忖着，她张开嘴，对着白花花的包子嗷呜就是一口，腮帮鼓鼓地嚼。脸颊绯红，跟熟透的番茄一个颜色。

靳川勾了勾嘴角，知道这颗苹果脸皮薄，不过逗她两句。他垂眸，把塑料袋里的鸡蛋拿出来，在桌子上凿两下，开始剥。

清晨的阳光透过窗户照进来，一室之内暖洋洋的。

两人坐在桌子前，一个啃包子，一个剥鸡蛋，都不说话，气氛难得地平静温馨。

不多时，“给。”耳畔忽然传来这么句。

朵棉包子还没吃完，闻言抬头，看见靳川把剥好一半的鸡蛋递了过来。拿鸡蛋的那只手，手掌宽大指节修长，和班上那些男同学养尊处优养出的白皙纤细截然不同。

莫名地，朵棉想起从靳家小姨口中听来的往事，心里忽然有点酸。

“你自己吃吧。”她冲他弯嘴角，笑容柔软，“我等下要吃就自己剥。”

靳川听完，直接把鸡蛋放她面前，语气平平道：“要吃就吃这个。”

朵棉茫然，“为什么呀？”

靳川淡淡地说：“我一片心意……就想伺候你，不行？”

朵棉被呛了下，对这人清奇的脑回路表示无言以对。为了不辜负这位大爷的一片心意，只好努力咽下最后一口肉包，再拿起鸡蛋，强行往嘴里塞。

旁边靳川也拿起包子开吃。

朵棉侧目，悄悄观察这人吃东西的样子。她发现他的进食速度挺快，这没什么，因为大部分男生的进食速度都很快，但，在这种情况下还能给人一种赏心悦目的感觉，就格外难得了。

可见，长得好看的人无论干什么，都很好看。看着靳川那张冷淡英俊的脸，朵棉花痴地傻笑了下。

他说他是她的。

朵棉弯了眉眼，甜蜜欢喜的情绪在心里蔓延开。

这时，正在吃东西的靳川似乎察觉到什么，转过头，视线将好把她逮个正着。朵棉微窘，咬着牛奶吸管清了清嗓子，若无其事地看别处，装傻。

一只大手整个扣住她柔软的后颈，不轻不重一捏。那动作，跟拎刚出生的奶猫似的。

朵棉被他碰得脸微红，缩缩脖子试图躲开，“别别，有点痒。”

靳川眯眼，“再拿这种眼神看着我试试。”

朵棉赶紧捂住眼睛，“不看不看。”

靳川让这蠢兮兮的反应逗笑了，一哂，空出的手在她脸蛋儿上轻拍两下，说：“赶紧吃，吃完跟我去一个地方。”

说完，他起身弯腰，把昨晚随手丢地上的黑色衬衣捡了起来。朵棉皱眉，目光追着那道高大身影跟过去，“去什么地方？”

他微垂着眸扣纽扣，自下而上，片刻，冷静道：“MYS 基地。”

MYS基地位于J市城南的一处别墅区，离这个酒店直线距离都将近二十公里。数分钟后，朵棉跟着靳川走出酒店大门。

他开车去了，她站在路边等。一面等，一面狐疑地思索靳川突然要带自己去MYS基地的原因。难道是想让她提前去参观基地的环境？毕竟他对她信心十足，几乎笃定她一定能在不久后成为MYS的一员。又或者，只是他要回去顺便把她也带过去遛一圈儿，没什么特殊原因？

想来想去没得出结果，再一抬头，那辆风骚的纯黑色轿跑已经停在跟前儿了。

朵棉回神，拉开副驾驶室的车门坐进去。

刚过上班高峰期，车流量并不大，轿跑在马路上飞驰着，一路畅通。

看着窗外快速倒退的街景，朵棉忽然想起什么，转转眼珠，故意用很不经意的语气问："你这车性能应该挺好的吧？"

靳川开着车平视前方，随口道，"还行。"

朵棉压低声，试探："是不是很贵？"

"一般。"

"什么时候买的呀？"她在心里盘算着说辞，"十八岁才能考驾照，你应该是考完才买的车吧。"

"嗯。"

"是进MYS之后买的？"

照靳家小姨的说法，靳川幼时家境不好，靳小兰去世后他又一直跟外婆相依为命，生活应该很拮据才对。但，看他平时花钱的大方程度，哪里能跟"贫困"两字沾上边。

靳川十岁以前的故事，她知道了。但从他十岁到如今与她相遇，中间间隔了将近十年，那在这空白的十年间，又发生了什么？

那头，靳川闻言连顿都没顿一下，自然而然地答道："成名之后买的。之前太穷，哪儿来的钱潇洒。"轻描淡写的一句话，没有任何起伏，也不带丝毫情感，寥寥数字就概括完他过去长达二十年的灰色人生。

朵棉鼻子发酸，心口像被一只无形的手捏住了，脸上却仍旧平静。她故作轻松地打趣："看来打职业很赚钱嘛！"

"这一行奖金还行，但大头收入还是直播这一块儿。"

她思索一会儿又问："你当初为什么会进 MYS？"

车厢里安静了数秒钟，须臾，靳川淡淡道："命。"

朵棉愣怔。

非常突然地，靳川一打方向盘把车拐到了路边，踩下了刹车。他目光冷而深，嘴角却弯起一道标志性的弧度，淡淡地说："小时候我经常想活着是为了什么。但是后来就明白了，人活着不是赢就是输。我只是不想认输。"

朵棉抿唇，双手无意识地收握成拳头，盯着他认真地一字一句道："你已经做到了。你说过，人只有足够强大，命运才会向你低头。你已经做到了。"

靳川侧眸，看向她。

她也不知打哪来的勇气，直视着他的眼睛，继续说："从今以后，不管以后发生任何事，好的坏的，我都陪着你。"

话音落下，车里又一次陷入死寂。

太安静了。朵棉甚至能清楚地听见自己的心跳声，扑通扑通，一阵比一阵快。之前头脑一热，突然就把心里想的全给说出来了。这会儿稍微平复下来，真尴尬。

朵棉收回视线，只一个劲儿盯着自己的捏成拳头的手，心里十五个吊桶打水，七上八下，忐忑地等着那人回应。

数秒后，旁边一声轻笑打破沉默。

你笑什么啊？她明明很严肃。

朵棉费解，抬头拿疑惑的眼神看向他。

靳川一副心情不错的样子，抬起她的下巴低头贴近，近到彼此的呼吸交错。他盯着她，嗓音低沉懒散："小嘴儿这么甜，不奖励一下可不行。"

朵棉眨眨眼，一时没反应过来那句"奖励"是什么意思。

靳川直接亲上来，朵棉错愕地瞪大了眼睛。朵棉被欺负得双眼雾蒙蒙的，满脸绯红，那种被放进电饭锅快被蒸熟的感觉又来了。侧目，有点羞恼地瞟向靳川。

对方倒是很淡定，发动引擎重新把车开上马路，镇定自若气定神闲的样子，仿佛刚才亲她的另有其人。

怎么练到脸皮这么厚的？洗脸用刷子么？

朵棉愤愤握拳。

靳川察觉到这道视线，挑挑眉，目光似笑非笑落在她脸上，“意犹未尽？”

朵棉羞窘欲绝，直接抬手捂住他的嘴，瞪他：“流氓，闭嘴不许说话！”

晴空万里，艳阳高照。

黑色轿跑在马路上拐了个弯，驶入一条宽敞开阔的林荫大道。看着眼前壮观的别墅区，朵棉微微睁大了双眼，注意力被完全吸引。

原来战队基地的环境这么好啊！真是有钱！

大约五分钟以后，一栋造型独特的后现代简约风格的建筑物映入视野，占地面积庞大，极其惹眼。朵棉眸光闪动，只见网格状玻璃大门紧紧闭合着，整座建筑的最顶点，“MYS”徽章标志在阳光下熠熠生辉。

MYS 基地？基地！到了？

她体内的血液隐隐有沸腾的趋势，激动得手指都在发抖，趴在车窗上仔细观望。周围的光线微微暗下去。朵棉回过神，转眸才发现靳川已经把车直接开进了地下停车场。

“到了。”

“……哦。”她难掩兴奋，迫不及待地解开安全带跳下车，左右看看，发现除了靳川的黑色轿跑之外，附近还停了好些一看就很拉风的轿车跑车 SUV（运动型实用汽车）。

“哇。”她惊叹，“这么多车啊？都是队员们的么？”

靳川锁了车门，右臂很自然地从她纤细的腰上环过去，带着她走进电梯，应了声“嗯”。

她疑惑，“MYS 的职业选手，除了你之外，不就是森森和大山他们么？这些车是他们的？”

靳川摁下电梯楼层中的“1F”，淡淡地说：“MYS 是一个大型电子竞技俱乐部，除了*PUGD*战队以外，还有许多国内外热门游戏的职业战队，比如*LOL*、《王者荣耀》、*Dota2*之类。”

朵棉听完点点头，“原来是这样，那你们平时都生活在一起么？”

“训练的时候在各自战队的训练区，平时吃饭喝酒健身什么的，都在一块儿。”

今天算是长见识了。原来传说中的职业战队基地长这样？原来一个基地可以有很多不同竞技类游戏的战队？原来大家平时还要健身？短时间内接收到的信息量太多，朵棉努力吸收并消化着。

一楼到了，电梯门打开。

她心跳加速莫名紧张，深吸一口气，抬眸。仿佛第一次登上月球的人类，来到一个从未踏足过的、神秘而神圣的异度空间。

“我们的世界引力之强，连光都会弯曲。”这句话忽然在朵棉的脑海中浮现。

靳川先走出了电梯。朵棉轻轻咽了口唾沫，不知是太紧张还是太激动，一时竟迈不出步子。然后，出乎朵棉意料的是，他在走出一段距离后忽然顿住步子，站定，回头，转身面向了她。

她像隐约预感到什么，浑身血液都开始逆流。几步外，靳川站在阳光和灯光交织的最中央，手插裤兜，嘴角微勾，仍是那副散漫痞气的姿态。他在那一瞬的目光深邃如海，嗓音淡而稳，说：“朵棉小姐，欢迎来到我的世界。”

第十二章

欢迎来到我的世界

MYS 基地共有三层，分为训练区、生活区和办公区。现在正是工作时间，各个战队训练室的大门都关着，隔音效果良好的缘故，整个楼层十分安静。

朵棉跟在靳川身后，边走，边好奇地东张西望。他个子高腿又长，怕她跟得吃力，便刻意放缓了步速，每走一段距离就停下来，耐着性子等。

朵棉小跑几步追上他，微喘气，感叹：“你们这基地好大。”本来就面积广、空间开阔，装修还是黑白灰色调，视觉效果更是大得出奇。

靳川脸色淡淡的，没说话，牵起她继续往前走。朵棉一怔，几乎是两人指尖相触的瞬间，脸就红了。

他牵她牵得好自然。

心跳加速，朵棉清了清嗓子，试图说点什么来转移自己的注意力，“现在是上午，大家是不是都在训练？”

“嗯。”

“你们平时每天要训练多久呀？”

靳川答道：“通常情况是朝九晚五，十二点到两点午休，八个小时。”

“哦。”朵棉听完点点头。刚点完又突然想起件事。众所周知，绝大多数职业电竞选手都会选择放弃学业，像靳川这样的，毫无疑问是电竞圈的一朵奇葩。问题是，他在七中念高三的这段时间，只在亚洲邀请赛期间请过一次长假，那平时呢？MYS 战队是怎么训练的呢？

她眸光闪烁，正想开口问一问靳川，那人却带着她停了下来。

朵棉抬头。面前是一道双扇磨砂玻璃门，*PUGD*游戏图标位于大门正中央，被两扇玻璃均匀地一分为二。大门正上方是一个印有 MYS 俱乐部徽章的门牌，写着：MYS 战队训练室。

这就是他平时训练的地方。

朵棉精神一振，咬咬唇，做了个深呼吸。身旁，靳川把右手拇指放进指纹锁识别区，短短零点几秒，嗒一声，他握住门把将门推开，进去了。

朵棉整颗心都紧起来，探首，悄悄往里面望了眼。偌大的屋子依然是暗黑偏哥特式的风格，四台顶级配置的电脑摆在正中央，旁边是沙发、酒柜之类的家具装饰。

大山和森懒懒坐在电脑前，屏幕黑着，聊天休息。除了他们以外，屋子里还有两个稍微年长些的男人。朵棉细细一瞧，认出其中那个体型圆润的是战队经理虎哥，至于另一个，身形高大，雅痞气质，长得很是英俊。她眨了眨眼，只觉得这人眼熟，一时却又想不起在哪里见过。

听见门口传来的响动，屋内几人不约而同地扭头，看过来。朵棉咬唇，瞬间紧张了。这时，背后贴上来一只大手。透过一层单薄的衣料，她能清晰感觉到那人手掌的轮廓，温度微热，很有力。

下一瞬，靳川轻轻一推，把那傻愣着的姑娘半揽半拥带进大门，同时低下头，在她耳边语气低柔地说了句，“别怕。”

朵棉仿佛受到了鼓励的小孩子，定定神，下意识地挺了挺腰杆。

“哟。”最先开口的是朵棉不认识的雅痞男。他朝靳川笑了下，挑挑眉，一副揶揄打趣的口吻，“这么早。美人在怀，还以为你要让咱们等到下午。”

靳川的表情很冷淡，揽着朵棉坐到沙发上，无视对方话中有话的调侃，直接道：“这就是我跟你说过的 Apple。”

朵棉没料到他会忽然介绍自己，愣了下，然后才干笑着打招呼，“你好，我是朵棉，在*PUGD*里的游戏昵称是 Apple。”

靳川又淡淡补一句：“我媳妇儿。”

朵棉："……"

屋子里其他人："……"

雅痞男一记白眼翻向天花板，然后目光一转，看向靳川身旁的那个小姑娘，打量几秒后，笑，一副逗小孩儿的口吻，"你好呀Apple小妹妹，我看过你那场直播，操作不错。"

直播？应该是电竞馆内战那次吧。

朵棉反应过来，还雅痞男一个笑容，道："没有没有，你太过奖了。那天我就是个抱大腿的，误打误撞，纯粹是运气好。"

那人笑得痞里痞气，"别这么谦虚。我们Broken的眼光可是出了名地挑和毒，要你没点儿真本事，他不可能隔三岔五就在我面前提你。"

朵棉侧目，看了眼旁边面无表情的靳川。和她猜的一样，之前那场直播本来要邀请内战Top1和MYS组队，却突然换成了她，还有之后战队经理虎哥邀请她加入的事。果然是他给她开了后门啊！

不过，Broken隔三岔五就在你面前提我？你是？

"哦，年纪大了记性差，差点儿忘了自我介绍。"雅痞男像忽然想起什么事，一拍脑门儿，笑道，"我叫沈宇楠，你也可以叫我SHEN。我们以前见过一次。"

话音落地的同时，一个画面走马灯似的从朵棉脑海里闪过去。那辆保时捷？那个无奈收下她二十块赔偿费的保时捷车？

她蓦地瞪大了眼睛，脱口而出道："是你？"

沈宇楠哈哈大笑，"想起来了？"说着，他转头看向正在喝水的靳川，挑眉揶揄道："说来，我也算是你和你媳妇儿的媒人，怎么，不打算请我吃个饭喝个酒什么的答谢一下？"

靳川把透明玻璃杯放回桌上，语气平平道："认识了？"

这话没头没尾，朵棉和屋里其他人都是一脸莫名。靳川的视线看向朵棉，说："大山，阿森，虎哥，他们你之前都认识。这个话最多的叫沈宇楠，现在也认识了？"

朵棉抽了抽嘴角，点头。一旁被形容成"话最多"的沈宇楠，脸黑成锅底。好在，靳川的下一句话拯救了这份悬崖边上摇摇欲坠的友谊，他对朵棉说："这几个都是我兄弟。"

朵棉再次点头。

"走吧。"说完，靳川便从沙发上站了起来，朵棉见他起身，赶紧也跟着起来。

他脸色如旧平淡，再次极其自然地牵起她的手，转过身，径直离开了训练室。朵棉木呆呆的，走出好几步才忙慌慌地折返回来，对屋里几人说了声"再见"，脚步声远去。

虎哥探头往门口方向看了好几眼，啧啧感叹，"上回见的时候还没觉得，今天一看，这俩还真挺配。"

"就是。"大山也接话，"上回没觉得Apple有这么漂亮。"

边儿上的沈宇楠跷起二郎腿，凉悠悠道："不漂亮能让Broken这么护食么。晃一圈儿就带走，生怕咱几个多看那姑娘一眼。"

森森闻言啧啧感叹："可怕的占有欲。"

直到走出训练室，朵棉都还沉浸在一种震惊的情绪中。过去，她认为缘分二字太梦幻，只存在于小说和电视剧里。但现在来看，现实打脸。

她在游戏里匹配到靳川，不小心把他撞死，第二天又撞上一辆他乘坐的豪车，甚至在不久之后和他成了同班同学。更离奇的是，当初那辆豪车的车主，居然是MYS的老板兼创始人……

或许这一切冥冥之中自有天意。她注定喜欢上靳川，注定成为他的追随者，和他走在同一条路上。思索着，朵棉脸微红，侧目看靳川一眼。

他手还牵着她的，灯光照映下的侧脸很俊美，完全就是书里描写的眉眼如画。他神色淡淡，嘴角弧度平展，目测上去，心情不错。

她不自觉地笑起来，乖乖由他牵着走，左右逛逛，漫无目的，跟参观博物馆似的。其间，他们路过了食堂和健身区，还遇见了几个其他战队的队员。

又进到电梯。

看着电梯数字键上亮起的那个"3F"，朵棉有点好奇，"现在我们是去哪里？"

靳川说："我的卧室。"

电梯停下，门往两边分开。靳川出了电梯，走几步，停在走廊最里侧的一个房间前。

他打开房门。

朵棉心跳略微加速，抬眸，往里面看了眼。明明是白天，整个屋子却黑漆漆的，伸手不见五指，估计是挡光帘没有拉开的缘故。她迟疑几秒钟走进去，在靠门的墙上摸索着灯开关。

半天没摸到，黑暗令人心生恐惧。朵棉在一片黑灯瞎火里说："什么都看不见，你为什么把窗帘……"

话没说完，忽然感觉手腕被人一把捏住，是她熟悉的温度和力道。靳川拿脚把门一关，扯过她，直接把人给摁在了门上。

朵棉一下子瞪大了双眼，慌张之下，心跳都漏掉一拍。

黑暗中，他和她只隔半指距离，四目相对。

"小苹果。"靳川微微贴近她的耳垂，那双素来冷淡的眸，浮起一丝浅笑，音量低得只有她能听见。

她被这性感低哑的嗓音撩得头皮发麻，好半晌才轻轻地问："……什么？"

靳川闭眼，薄润的唇若有似无摩挲过她的鼻头，"要奖励。"

朵棉脸爆红，这下连怎么发出声音都忘记。

他的呼吸喷在她脸上，唇在她嘴唇周围游走，然后，额头轻轻抵住她的，语气低柔，"乖。"

只这一个字，啪一下，她脑子里的弦断了。踮起脚，纤细的双臂怯怯地、不太确定地抬起来，环住靳川的脖子。

好紧张，紧张得要死。

她在那一刻不敢直视他的眼睛，于是闭上眼，仰头贴近。可错估了高度，这一吻，亲到他的下巴。

靳川轻笑了下，抱着她，低头。

过了一会儿，迷迷糊糊察觉到他忽然环住她的腰，微用力，把她抱了起来。她整个人烫得都快自燃，动动唇，想说什么，靳川高大的身体已欺上来。长臂长腿把她往怀里一搂，她顿时和他贴在一起，脑袋顶刚好抵住他的下巴。

屋子里黑漆漆的，也安安静静。

朵棉不安，试着动了下，轻声道："……喂。"

"别乱动。"他语气沉沉的，带着威胁。

朵棉一下老实了。

一分钟过去、五分钟过去……

朵棉睁着眼睛东看西看，片刻，终于还是忍不住道："……你要干什么呀？"

"昨晚没睡好。"

"嗯？"

"睡了。"他闭上了眼睛。

这段日子阴魂不散的张家，和那些尘封多年的往事，都远去了。此时，靳川只想抱着他的姑娘睡一个好觉。

高考成绩下来了。

六月末的晚上，看着电脑上的电子版成绩单，朵棉长舒一口气，紧着的心终于彻底地放松。就在这时，桌上的手机响了。朵棉拿起来一看，来电显示是张晓雯。她接起来，"喂。"

"看到分数了吗看到分数了吗！"张晓雯还是那副咋咋呼呼的腔调，嗓门儿比平时起码高出八度，难掩兴奋："我刚给陆易打完电话，我俩都发挥超常！"

朵棉脸上浮现灿烂的笑，"恭喜，我也考得不错。"

周开蒂在谢师宴致辞时对大家说："在学生时代，大家都把高考当作终极目标，但，当真正翻过这座大山后，人们就会发现，高考只是人漫长一生的一部分。高考成绩决定不了人的未来，我们重视高考，是为了给过去十二年的寒窗奋斗一个结果。结果若不好，不用灰心，结果若好，也不能沾沾自喜。

"因为奋斗和努力是一辈子的修行。"

一听朵棉也考得好，张晓雯更高兴了，在电话里叽叽喳喳地东拉西扯，好几分钟才舍得挂断。朵棉拿着手机发了会儿呆，手指滑动，点进通讯录。正要往外拨号，靳川的电话就来了。

他们两人似乎总有这种神奇的默契。好几回都是她刚要跟他联系，他就先找上了门。

朵棉弯了弯唇，接通："喂？"

"多少。"对面随口两个字。

"635分。"她把手机夹在脸颊和肩膀之间，登录QQ，进入高三（1）班的群聊。未读消息99+。鼠标滚轮往下一滑，聊天消息全是问分数报分数的，表情有大哭有大笑，众生百态，几家欢喜几家愁。

听筒里，靳川笑了下，"不错啊！"

"咳，还行还行。"朵棉被他夸得有点不好意思，答完一顿，迟疑两秒钟才压低了声音，问："那你呢？"

"一般。"

一般是什么意思？朵棉脸色微变，心一瞬间揪起。然后就听见他淡淡地说："应该不是状元。"

朵棉脑门儿上画下三道黑线，动动唇正要说话，房间门被人从外面推开。

"怎么样？"朵母走进来，把一杯果汁放她桌上，"查到分数没有？"

听见母亲的声音，朵棉眸光闪烁忽然有些紧张，试着清了清嗓子，拿开电话，说了个"635"。

闻言，朵母悬着心放回肚子里，欣慰笑道："一本线是521分，高出114分，报B大应该是没问题了。"

"应该没问题。"朵棉表面上倒是镇定自若，但是，只有天晓得她这会儿多紧张。电话那边是靳川，这边是她妈。她居然当着妈妈的面在跟他打电话！

就在这时，那人问了句："你妈？"

"……嗯。"

"把电话递过去。"靳川说。

朵棉有点儿蒙，"递过去干什么？"

他语气挺淡，平常得像在谈论天气，"当女婿的不得跟丈母娘问个好？"

饶是已见惯这人的语出惊人，朵棉还是被这句话给惊了。她眼风无意识地瞟过母亲，小声说：“我妈在跟我说事情，先挂了，我等会儿再给你打过来。”

说完不等靳川回应，“嗒”一声挂断。不到两秒，来电显示再次亮起，朵棉忙忙慌慌地挂掉。靳川再打，她接着挂。

两个人都锲而不舍，如此循环往复三回，朵棉直接把手机翻个面扣在桌上，心跳怦怦怦，生怕被母亲发现什么。一旁，朵母把女儿的举动从头到尾收入眼底，不动声色地问：“刚才在跟谁讲电话啊？”

朵棉有点心虚，回答道：“普通同学。”刚说完，就后悔得想把舌头咬掉。同学就同学，干什么画蛇添足加个普通？这不是此地无银三百两么？

朵母听完，没说话，只安静地看了女儿一会儿。她是国企高层，在职场上被不少后生同辈称作女强人，其精明自然是不用说的。很明显，朵棉有什么事刻意瞒着她。这个年纪的小姑娘，通常会瞒什么事，朵母拿脚指头想也知道。

片刻，朵母笑了下，什么也没说就转身出去了。那次和朵棉的争吵之后，她的教育观念以及方式都发生了一些改变，开始接受孩子长大了，理应拥有独立的思想和坚持。朵母现在的想法是，只要朵棉不走歪路不出格，其余的，随她开心就好。

脚步声远去，房门再次关上。

朵棉竖起耳朵，确定母亲已回到客厅后才松口气，急急忙忙地抓起手机。一看，未接来电十三个，全是靳川。

她赶紧把电话拨回去，嘟嘟两声，通了。但是听筒里很安静，没有人说话。朵棉干巴巴地咽了口唾沫，轻声，语气试探：“喂？”

对方不语。

“喂喂喂？”

对方依旧不语。

朵棉抬手扶住额头，仿佛已经看见了那人冷着脸面无表情的尊容。她有点无措，解释说：“你别生气。主要是，我妈还不知道我们的事情。我不是故意突然挂你电话……”

良久，靳川才语气平平地“嗯”了声，阴晴不明。

朵棉想了想，嗓音一软："这样吧，明年，明年我就跟我妈说我们的事，好不好？"

妈妈向来严肃又古板，能同意她高考完就签约 MYS 已经是极限，要是再被妈妈知道她一毕业就和靳川谈恋爱，朵棉根本不敢想象。

电话那边安静数秒钟，道："去年拖今年，这会儿毕业了，又给我拖到明年，你还想磨多久？"

朵棉卡了下，有点莫名，"我分数上了 B 大录取线，马上就能跟 MYS 签约了，到时候我们就能随时在一起。我们俩好好的不就行了么？什么时候告诉我父母，没那么重要吧。"

"怎么不重要。"他说，"微博、队里，我昭告所有人你是我女朋友，带你去基地，见我那些兄弟们，知道你要报 B 大，我也跟着报。这些什么意思，看不出来？"

什么意思？她咬咬唇，心尖轻微颤动。

"苹果，"靳川很冷静，"我想跟你定下来。"

老实说，这番话的听觉效果，很震撼。

他音质本就低沉磁性，只是平时老爱用一副玩世不恭调侃懒散的语气，无论说什么，都像是开玩笑。此时，难得严肃了，她竟从中听出一种足以教人沉沦的正经和深情。

愣怔当中，朵棉脑子里冒出个不合时宜的念头来。靳川要是没这逆天的智商和电竞天赋，去电台当主播可能也不错。这把嗓门儿从耳机里出来，想也知道，会斩获万千少女粉。

这时，电话那边的人又说话了，有点儿不耐烦地催，"说话。"

朵棉好几秒才从震撼中回过神，清清嗓子，脸上的温度在往上升，支吾："你的意思我听明白了，但是……"

转折关联词出来，那头的靳川，一挑眉。

"我才十八，你年纪也不算大……"朵棉捏手机的指收紧，深吸一口气，"现在就说定下来，会不会太早？"

对方语气冷了些，透出不满："你嫌早？"

"……没。"

他勾嘴角，嗓音却沉得可怕，“留着活口，给自己往后反悔用？”

“我当然不会了。”朵棉脱口而出，说完齿尖叩住下嘴唇，好一会儿，才颇不自然地续道，“我是怕你会。”

这次，靳川静默足足半分钟，紧接着竟笑了，“不会。”

朵棉瘪嘴，忽然想起以前在微博上刷到过的一则情感故事。

那个故事的男女主人公青梅竹马郎才女貌，从高中一直恋爱到大学毕业，历经从校园到职场的恋爱长跑，在二十八岁时谈到了结婚。就在女主人公满怀欣喜等待出嫁的日子里，却等来了一个晴天霹雳。男主人公出轨，对象是公司新招进来的一个小姑娘，活泼靓丽，青春无限。

十几年深情，敌不过数个月的新鲜感。可见，约定不一定都能成真，海誓山盟也很脆弱。

这个故事给朵棉留下了心理阴影，再加之，张晓雯跟她说过的那些关于靳川的流言蜚语。

朵棉其实不介意靳川过去如何。她性格单纯，想法也简单，在她看来，自己在十八岁这年情窦初开，喜欢上靳川，是非常美好纯粹的一件事，恰好他也喜欢她，更值得庆幸，不用拿过去的事给自己增添烦恼。

但，听完靳川的这番话，她不免产生联想，他是不是对每个女朋友都说过同样的话，做过同样的事？

朵棉有些出神。

片刻，靳川淡淡地说：“又想什么呢？”

她抿抿唇，好一会儿才说：“定下来这句话，你以前对别人说过么？”

“没有。”

朵棉有点不确定，“真的？”

“听谁说我什么了？”

朵棉沉默，当然不可能出卖晓雯。

“你听好，”靳川语气低沉，“我可以很明白地告诉你，那些传到你耳朵里的玩意儿，八成都是假的。我就惦记过你，你是第一个，也是最后一个。”

朵棉听了脸微红，顿了下，说：“那个，其实不用跟我解释，我没有追究那些的意思。”

靳川说：“我解释，是因为别人怎么看我怎么说我，我都不在乎。但是你不一样，你得信我，过去现在未来，知道么？”

朵棉听他说完，嘴角不自觉就往上翘起来，甜甜地：“嗯。”

暑假过去，高中这一页被完完整整地写入历史。

开学了，一帮子刚从高考炼狱中解放出来的少男少女重获新生，搭火车的搭火车，坐飞机的坐飞机，去往全国各地的高校，开始了大学生活。

张晓雯和陆易都顺利进入了各自理想的大学，理想的专业。他们的学校都在外地，八月底的时候，便相继从J市机场离开。朵棉在送完好友回家的路上，还刻意绕路，回七中看了眼。

还没到九月，仍旧是盛夏光景，绿树成荫，校园依旧。新一届的高三生已经提前开学，朵棉笑笑，转身离开了那条承载了她三年回忆的林荫小路。

新生活开始了。

跟MYS战队的合约，是八月上旬签下来的，其间，前前后后耗了二十来天。倒不是因为MYS的法务部磨叽，而是因为朵父朵母对女儿签约职业战队一事太重视，又是找律师事务所的朋友，又是咨询相关法律知识，直到完全确定合约没问题，才同意朵棉落笔。

入队时间规定在九月底，给了朵棉充足时间入校报到，跟辅导员说明自身情况。

朵棉报的是B大建筑系，而同读B大的靳川对专业没什么想法，见她读了建筑，顺手也报了。

他们被分到了同一个班。

B大是国内名校，在重视学生学习成绩的同时，也非常重视综合素质，鼓励学生们德智体美劳全面发展。今年，B大的录取线是592分，朵棉的成绩顺利被建筑系录取，靳川自然也是。

他的高考成绩，在全J市排名第三，分数之高，报考比B大更高一档次的H大都绰绰有余。因为他的入学，B大的招生办还被校长夸奖了一番。

对此，朵棉在心里有点小骄傲，也不看看是谁家的男朋友。

新生入学程序繁复，开学讲座、军训、领书……各种杂七杂八的事忙得朵棉晕头转向，直到九月中旬的时候，辅导员那边才回话过来。

院长听说靳川和朵棉是国内电竞行业的高端人才后，很引以为傲，批准两人在战队比赛期间不到校上课。唯一的要求是，期末和半期考试上的所有科目，都要做到不挂科。

九月二十五日，天气晴，微风徐徐艳阳高照。

朵棉收拾好大包小包的行李，又扛又拎，蜗牛搬家似的挪出宿舍楼。跟太阳底下一抬头，远远就瞧见了那道站在大树下的高大身影。靳川走过来，脸色很淡，什么话也没说就径自把她的所有行李都拿过去。

沉甸甸的一大堆，在他手里轻得跟羽毛没两样。

朵棉见状，在心里对比了一下他和自己的体能差距，然后沉默了。过了会儿才说：“我们怎么过去呀？”

“我车停在东区操场那儿。”靳川随口说。

朵棉侧目，见烈日当空，他额前的黑发又长了些，被汗水打湿两缕。他穿着件纯黑色的尖领T恤，露在外面的两条手臂线条流畅，使了力的缘故，臂肌鼓起的弧度相当漂亮。

她心疼，掏出纸巾给他擦擦额头上的汗，说：“很重吧？这里离东区操场还有点远，我自己拎这个包好了。”说着就要去抢他手里的行李包。

靳川微拧眉，手臂一横把她轻推开，“走你的。”

“没事，这个我拎得动。”她很坚持，不依不饶地伸手去抢，跟他展开了一场抢行李拉锯战。

几步外就是个校园超市，里外人来人往，都是买东西的学生。

俊男美女的组合本就惹眼，又是在超市附近，不少同学都注意到了不远处的两人，纷纷好奇地看过来。朵棉一时脸更红，左右看看，放弃了，随他拎着全部家当，径直顺着大路往前面走。

靳川嘴角弯起一道弧，笑了下，跟上去。彼时一高一矮两道人影走在校园的林荫路上，阳光晴好，将前方道路映照得无比开阔。

他们始终朝着同一个方向。

朵棉是基地里唯一的一个女队员，自然不方便和一群大老爷们儿住同一楼层，因此，后勤部门思来想去后，给她搞了个特殊，专门腾出位于二楼的一个房间给朵棉当卧室。

数分钟后，靳川的车驶入了基地地下车库。朵棉解开安全带背上书包，正要开车门，便听见靳川的手机响了。她侧目，见他摁了下蓝牙耳机上的接听键，脸上没什么表情。

靳大爷一向惜字如金，简单“嗯”了两声之后，电话便挂断。

朵棉好奇：“谁打的电话？”

“艾丽。”靳川答。

这个名字听着有点耳熟。朵棉脑子里回忆片刻，想起来了，“哦，就是之前邀请我参加电竞馆内战的那个小姐姐，战队副经理？”

“嗯。”靳川下车绕到后备厢，把大堆行李拿出来，然后关上厢门。

朵棉紧随其后地跳下来，“艾丽姐找你有什么事么？”

靳川：“她负责你的接待工作，问你到没有。”

话音刚落，负一层的电梯门就打开了。朵棉转过眸，瞧见一个身穿浅蓝色连衣裙的漂亮姐姐从里面走了出来。那女孩子年纪在二十八岁以内，眉清目秀，妆容精致，正满脸笑容地看着她。

“来了呀，Broken说他直接带你过来，不然我还准备开车去接你呢！”艾丽笑盈盈地走过来，朝朵棉伸出右手，“你好，Apple。”

朵棉也笑，跟这位战队副经理握手，“你好，艾丽姐。”

握完手，艾丽注意到靳川手里拎的那一大堆，说：“这么多东西，要不要我再去多叫两个帮手？”

“不用。”靳川冷淡应了句。说完，直接走进电梯，朵棉和艾丽也跟进去。

艾丽在MYS既是*PUGD*战队的副经理，也是战队的公关，笑容和善，气质亲切，能说会道。朵棉性格稍微内敛点，但架不住艾丽的热情，一路说说笑笑，倒也没觉得尴尬。靳川则很冷淡。他对女人之间的话题丝毫不感兴趣，从始至终没插过话。

没多久，房间到了。

“就是这儿。”艾丽笑道，然后便拿出钥匙开门。

朵棉左右观察了一番，发现MYS的后勤部门的确很贴心，她的卧室距离食堂和健身房都有较长一段距离，紧邻着阅读区，非常安静雅致。

门打开，靳川把行李给朵棉拎进屋，然后接起一个电话。

两句就挂断。

朵棉问：“有什么事情么？”

“虎哥那边找我有事儿。”他抬手捏了下她软嫩的脸蛋儿，随口说，“我先下去了，一会儿再上来找你。”

她乖乖点头，“好的。”

靳川转身走了，沉稳的脚步声在空旷走廊上远去。朵棉目送那道高大背影远去，好一会儿才收回目光。回头一看，艾丽正笑眯眯地看着自己，还朝她比了个“请”的手势。

朵棉眨眨眼，缓慢走进了房间。

屋子不大，面积在十五平方米左右，但麻雀虽小五脏俱全，除了一张单人床以外，屋子里还有书桌和一个衣柜。装修风格简单温馨，甚至还有一个小巧的独立卫生间。

朵棉圆溜溜的眸子里闪出惊喜的光。

艾丽看出她的疑惑，说：“除了你之外，其他战队成员都是男孩子，他们每个队都是共用浴室共用洗手间，你当然不能和他们一起共用。”

朵棉点头，扭着脖子打量周围，好奇道：“这个房间以前是做什么的啊？”

艾丽说：“这里以前是Broken的休息室。”

朵棉听完很诧异，“他的房间不就在楼上么，怎么还有专门的休息室？”

“Broken晚上的睡眠质量很差，相反，白天的时候，阳光越大，他睡得越好。很奇怪吧，我也觉得奇怪。”艾丽说完自己都笑起来，“这个房间的采光很好，SHEN就专门辟出来给Broken做休息室了。”

朵棉眸光突地跳了下，一怔。晚上睡眠质量很差？难怪之前上高三那会儿，她经常撞见他在学校睡觉，她原以为是训练太辛苦的原因。这个毛病，是小时候留下的心理阴影么？思索着，朵棉抿了抿唇，两道眉毛都挤到了一起。

“好了。”突地，艾丽的下一句话将她的思绪拽回来，“你也辛苦了，先休息休息。用餐的饭卡和房间钥匙都在书桌的第二个抽屉里。”

朵棉冲她露出一个感激的笑，“谢谢你！”

“不客气，以后大家都是一家人。”艾丽说，“晚上和其他队员一起吃饭，位子我都订好了，到时候见。”

“嗯嗯。”朵棉点头。

艾丽说完便转身走出了房间。谁知，走到门口时像又想起什么事来，顿住步子，“对了 Apple……”

“嗯，怎么了艾丽姐？”

艾丽脸上的表情有些欲言又止，“你和 Broken 是真的在恋爱么？”

朵棉脸发烫，轻轻点了点头，紧接着一愣，问道：“是不是队里有什么规定呀？”

“不是。”艾丽失笑，想了一会儿才说，“是这样的，你也知道，Broken 是电竞圈的天才，粉丝数量庞大，跟一个这么优秀的电竞选手谈恋爱，你可能会承受很多压力。尤其，你现在不仅是 Broken 的女友，更是他的队友。”

朵棉眸光微闪。

艾丽继续：“我没有其他意思，只是希望你能提前有一个心理准备。不管是作为‘Broken 的女朋友’还是‘MYS 的替补突击手’，你都会被很多很多人关注，而现在你同时拥有这两个头衔，关注度当然更高。要得到这么多人的认可不是件容易的事，意味着，你可能要付出比其他职业选手更多的努力才行，明白么？”

屋子里有须臾的安静。不多时，朵棉嘴角弯起一个很淡的弧，说：“我明白。”

承受更多压力，付出更多努力，有什么关系呢？早在选择站在靳川身边的那一刻起，她就已做足了思想准备，下定了决心。

要对他虔诚追随，忠贞不贰，永不言悔。

晚上聚餐的地方是一家火锅店，在 J 市名气很大，经常客满为患一位难求。艾丽订了一个包间，参与人员除朵棉和 MYS 的各名队员外，还有战队经理虎哥。

一群年轻人，饭桌上笑笑闹闹，很快就熟络起来。

“欸，Apple，大嫂，请问你还记得我吗？”席上，一个梳着脏辫穿着时髦的年轻男人冲朵棉挥手，“上回在电竞馆，你还找我充网费来着，忘了没？”

朵棉被那声“大嫂”弄得脸微红，清清嗓子，盯着那张俊脸回想起来，几秒后：“你是那个网管！”

年轻男人沉默了，一群人哈哈大笑，纷纷嚷着瞎起哄。

朵棉察觉到什么不对劲，凑到靳川旁边小声弱弱地问：“我是不是说错话了？”

他笑了下，把烫好的毛肚放她碗里，淡道：“这小子和你一样是队里的替补，游戏ID叫‘GoFly’。”

GoFly假装抹了把泪，“还是川哥对我好，知道在大嫂面前帮我正名。”

大山被这矫揉造作的腔调恶心到了，“呕”了声。GoFly冷脸，一脚踹他凳子上。

朵棉不好意思地说：“对不起啊，我之前没搞清楚状况。”

“没事的。”GoFly豪情万丈地摆了摆手，笑道，“大嫂你能记得我，我已经很开心的啦，哈哈！”

朵棉见他不介意，心情也跟着放松许多，又问：“听你口音，你母语是不是粤语呀？”

GoFly促狭地眨眼：“系呀，我系G城人来噶（是呀，我是G城人）。”

朵棉听完拍拍手，回了句：“哇，好厉害，G城离J市这么远，你平时岂不是没办法回家？”

“远是远了点，不过没关系呀！”GoFly伸手揽过大山和森森的肩，笑道，“阿山是C城人，阿森是S城人，大家不都从天南海北聚到一起了么？”

大山酷酷地撸了撸一头灿金色短发，用方言道：“咱是为啥啊？大声地说！”

除靳川和两个经理以外的所有人，异口同声，用吼的：“制霸FPS！”

朵棉被嘴里的果酒给呛得咳嗽一声，悻悻擦嘴。心说自己这是被拐进了一个怎样的少年天团？

“Apple，甭理这群傻小子。”虎哥笑着举起面前的啤酒杯，说，“来，我敬你，欢迎你加入我们。”

“很高兴认识虎哥。”朵棉跟虎哥碰了碰杯，咕噜咕噜，把杯子里的果酒喝完了。

嗯，果酒甜甜的，真好喝。就是有点撑，朵棉摸了摸圆滚滚的肚子，打嗝。感觉脑袋有一点飘，飘啊飘……

旁边，靳川瞥了眼她手里的空酒杯，抬眸，视线落在她浮着两抹娇艳酡红的小脸上，一挑眉，手指捏住她下巴，“一杯接一杯地干，今儿这么猛？”

“这个挺好喝的。”朵棉皱眉，一副被小瞧之后不高兴的样子，音量微拔高，“你不用担心，难道我连几杯果酒都不能喝吗？我有这么弱吗？”越说越委屈，好像都要哭了。

靳川眉毛挑得更高。没记错的话，这是她今天晚上的第三杯。

“你确定，”靳川贴近她，嗓音压低，“让我不管你？”

小丫头一脸正色，很严肃地点头，“Yes.”

靳川听完，淡嗤一声就不吭声了，点点头，由着她去。

两小时后，朵棉不出意外地喝醉了。除她以外，其余队员酒量都不错，几瓶啤酒只算润润嘴，没一个晕乎的。

虎哥结账去了，艾丽到路口去帮大家拦出租。

火锅店门口。

“老实点儿。”靳川沉着脸，把趴自个儿怀里动来动去的小树袋熊给摁住。小家伙从他怀里抬起头，脸红红的，一脸傻笑。

对视两秒钟。

“嗯——”她忽然委屈兮兮地嘟起嘴，“奖励。”

靳川：“……”

“咳咳。”旁边大山几人不约而同地干咳了声，转过头，看树看楼看天空，一副“老大你自便我们什么也看不见”的姿态。

怀里的小家伙见他半天没动作，皱眉，嘴嘟得更高了。靳川低头在她的唇上咬了口。深吸一口气，很克制，嗓音低柔："乖一点，别闹。"

像在哭的小孩儿终于得到了糖果，朵棉很开心，胳膊把他的脖子抱得紧紧的，大眼晶亮。

又对视两秒钟，她再次嘟起嘴，"奖励。"

靳川在她唇瓣上啄了下，她歪歪头，拿软软的小脸蛋对着他："脸也要。"他亲一下，她换另一边脸，"这边也要。"再亲一下。

被自家老大以眼神驱逐到百米外的队员们，站在夜色下，勾肩搭背，神情感叹。

"啧啧。"GoFly 摇头，"大型'虐狗'现场。"

"唉。"森森也摇头，"这还只是个开始，被虐的日子还长着呢！"

众队员异口同声："残忍。"

晚上十点左右，大家打车回到基地。

靳川把已经睡着的人横抱回她房间，放在了床上，帮她脱掉鞋盖好被子以后，他在床沿上坐了会儿，忽然哑然失笑。捏捏小家伙的脸，"老子算是着你道儿了，祖宗。"

迷迷糊糊中，朵棉闭上眼，脑子里有许多画面走马灯似的闪过去，一幕一幕，出奇地清晰。她好像又看见了那个九月的清晨，班主任走进教室，说："耽误大家两分钟时间，我们班转来了一个新同学……"

朵棉嘴角勾起一丝浅笑。

"大家好。"低沉的嗓音漫不经心，然后那人唇一勾，扯出一个淡淡嘲讽的弧度，"我最大的爱好是，打游戏。"

命运真是神奇。

初见他的第一天，她怎么也没想到，自己会喜欢这个人胜过所有。

朵棉在基地的房间，的确采光很好。第二天，她直接是被阳光给照醒的。

她嘟嘴咕哝了声，皱眉，准备翻个身继续睡。

欸，动不了？朵棉身子僵了。短短几秒，昨晚某些残缺不连贯的记忆潮水一般涌进脑海。

天哪！

朵棉睁开眼睛，呆呆的，有些不确定昨晚发生的事是梦还是真实。

就在这时，“醒了？”靳川嘴唇压在她耳朵上，嗓音低而哑，懒懒的，透出种令她汗毛倒竖的性感。

昨晚，发生了什么？

朵棉干巴巴地咽了口唾沫，不敢说话，也不敢看靳川，整个人从脸红到了脚指头，跟被烤熟了似的。

靳川闭着眼，手臂把她软软的小腰搂怀里，淡淡地说：“大山和森都有事出去了，下午开始训练，你可以再睡会儿。”

“……哦。”她试着挤出一个音儿。

他低声，“昨儿喊着要奖励的时候不挺欢快的么，这会儿害臊？”

朵棉简直想把枕头捂他脸上，面红耳赤地瞪眼：“喂，你正经一点好不好？”好歹也是个知识分子，对得起B大高才生这身份吗？

靳川听完，语气平平地来了句，“跟你没法正经。”

朵棉默，无言以对。几秒之后轻轻挣了下，有点紧张地说：“天都亮了，你还不回你房间？让人看见多不好。”

他拧眉，手臂使力把她摁住，低声说：“乱动什么。”

她不依不饶地继续推，“我让你回自个儿屋！”

知道她在担心什么，靳川眯眼，无奈地解释：“放心，没动你。”

清晨的光夹杂一丝暖风，从半开的窗户吹进来，屋子里安安静静。

靳川把她揽在怀里，揉了把她毛茸茸的头顶，低柔哄道：“再睡一会儿。”

“嗯。”朵棉轻声应了句，贴紧他，在他胸膛上找了个舒适的位置当枕头，闭上了眼睛。

朵棉身心俱疲，至于早上的突然惊醒，“回光返照”的成分居多。因此，回笼这一觉，她直接睡到了快十一点。

醒来的时候屋子里就她一个人，靳川不知去向。

她龇牙咧嘴，忍着醉酒后的酸软下床，穿鞋，进洗手间洗漱。出来的时候余光一瞥，发现小书桌上放了一块抹茶蛋糕、一个鸡蛋和一杯牛奶。

朵棉诧异，思索几秒后拿出手机，点开微信。果然有一条靳川发的未读消息：早餐在桌上。

她笑起来，拿起蛋糕咬了口。边吃，边坐在椅子上看手机，刷刷朋友圈，刷刷微信群。

这时，一条好友验证忽然弹了出来，写着：MYS战队经理张小虎。

朵棉眸光微闪，连忙点了同意，发送消息道：虎哥好。

对方秒回：昨天忘记拉你进群了。

紧接着：拉了，去跟大家打个招呼吧。

朵棉眨眼，退出对话框一看，果然，自己的聊天界面多了一个微信群，群名：MYS战队（*PUGD*）。

朵棉戳进去，先是把自己的群聊昵称按格式改成了“MYS-替补Apple”，然后敲字：大家好。

MYS-狙击Sen：欢迎大嫂！撒花。

MYS-侦查大山：欢迎大嫂！撒花。

MYS-替补Fate（命运）：欢迎大嫂！撒花。

MYS-替补blessing（祝福）：欢迎大嫂！撒花。

…………

朵棉被一长串整齐划一的回复惊到了，干咳两声，回复：谢谢大家的欢迎，不过，还是叫我的名字吧。

MYS-队长Broken：醒了？

朵棉愣了下，连忙敲字：嗯嗯。

MYS-队长Broken：早饭吃了没有。

朵棉：嗯嗯，吃了哦！

MYS-队长Broken：牛奶凉没？凉了拿出来热一下再喝。

朵棉：还是温的，不用不用。

MYS-狙击Sen发了一张“散发着单身狗清香”的表情包。

MYS-侦查大山发了一张“冷漠”的表情包。

MYS-替补GoFly：欢迎大嫂！话说，老大你昨晚睡的哪儿啊？我昨晚上你屋里找烟，咋没见到你人呢？

“……噗。”朵棉嘴里的牛奶直接呛得喷出来，瞠目结舌。

MYS-侦查大山：老大昨晚没回房间？沉思。

MYS-狙击 Sen：大嫂刚搬来，老大就没回房间？沉思。

MYS-替补 BlessU：……我好像发现了什么不得了的事？

MYS-替补 GoFly：春宵苦短日高起，从此君王不早朝？

众人齐刷刷地发：机智。

看着一条条刷出来的信息，朵棉直接捂住了滚烫的脸，没眼看。

过了大约两秒钟，

MYS-队长 Broken：都闲？

此言一出，整个群顿时鸦雀无声。坐在休息区等开饭的队员们抬起头，你瞅瞅我，我瞅瞅你，咽了口唾沫，只觉背后阴风飕飕，直往脊梁骨里钻。

下午，训练室内。

“砰砰砰”一阵密集枪响之后，三个敌人和 GoFly 同时倒地。与此同时，GoFly 的电脑屏幕上第六次弹出同一条提示：你被队友误伤。

大山顶着一头黑线跑过去，把 GoFly 扶起来。

靳川淡淡地说：“对不住，手滑。”

GoFly 心里的泪流成了西湖的水，“川哥我错了，真的错了，我再也不敢开大嫂的玩笑了，呜呜呜……”早知道 Broken 这么护食，给他十个胆子也不敢在老虎嘴里拔牙啊！

每个*PUGD*战队都由四名队员组成，各自分工明确，在队伍里各司其职。总共分为四个位置：总指挥（全能）、侦查手、狙击手、突击手。

朵棉反应灵敏，刚枪的身法和切入选取都是一流，很容易便能对敌方进行火力压制。教练 SHEN 把她安排在了替补突击手这一位置上。

加入 MYS 之后的日子，朵棉的感受可以用“痛并快乐”来形容。

战队训练严苛，要求队员们除白天的八小时常规训练外，晚上还要在固定平台上进行两个小时的直播。一天二十四小时，整整十小时都处于精神高度集中的战斗状态，辛苦程度不言而喻。

但朵棉觉得这种辛苦，是她很乐意接受的。

第十三章

入队生活

日子异常充实地过着。

十二月初，在历经数个月辛苦的生活之后，朵棉的技术得到了质的飞升，教练SHEN很高兴，把她从替补突击手，晋升为MYS的正式突击手。

晋升当天，MYS官博发送了一条微博：恭候多时 @MYS-Apple。

只过了两分钟，MYS-Broken便转发了这条微博，并配字：只要你。

这条转发博在当天晚上转发量破万，点赞量近三万，成了继Broken公布女友之后又一枚电竞圈的重磅炸弹，网友们褒贬不一，唇枪舌剑。

网友一：天啊！居然真的是Apple！好期待大佬和嫂子夫妻档！明年的RIG（*PUGD*全球邀请赛）加油！

网友二：这段时间看直播，觉得你这媳妇还不错。加油。

网友三：说吧，她是靠技术进的MYS，还是靠的你？

…………

“在Hunter正式退役之后，我们的突击手位置其实一直处于空置状态，在你之前吧，虎哥和艾丽找过不少人来顶替，什么新锐主播，从*LOL*转过来的老牌职业队员，都有。”

这天午饭后，大家坐在训练室里休息，一边闲聊，一边准备开始下午的训练。大山瘪嘴摇头，“只可惜，这些人没一个能入川哥的眼。”

朵棉听了微微皱眉，点头说：“能看出来，他对队友的技术要求一定很高。”

“不。”森森冲她摆了摆手指，“技术不是最重要的，一个队伍，最重要的是队友之间的默契跟合作。”

森森笑了下，耸肩：“川哥和那些人不合拍。”

朵棉有点不明白：“那，怎么样才叫合拍？”

“就是说，你永远知道他想做的事，他也永远知道你想做的事。”大山叹了口气，道，“Broken 的想法有时候太特别了，基本上没人知道他在想什么，他想做什么。就算是我和阿森，也不能在*PUGD*里完全摸清他的心思。他是队伍的核心，如果不能适应他的节奏和战术，也就不适合 MYS。”

朵棉抿唇，“但是，上次亚洲邀请赛你们不是夺冠了么？当时突击这个位置是用的谁？”

“BlessU，他原本应该是打侦查的，那段时间找不着人，临时给凑合了下。”大山说，“亚洲邀请赛能夺冠，其实运气占一部分，而且这项比赛的含金量在全球来说并不是最高，真遇上顶尖战队，打不了。”

原来是这样，朵棉听得皱眉。

“好在现在有你了。”金发少年冲她露出一个促狭的笑，揶揄打趣，“看得出来你和川哥的默契度很高，加上你的意识、技术，不一定比 Hunter 差。”话刚说完，训练室的门一下被人给推开。

朵棉转过眸，看见靳川从外面走进来。他穿着黑色的 MYS 战队队服，唇抿成一条线，神色阴鸷，连眼睛里都凝着一层寒霜。谁也不理，直直走进卫生间，砰一声甩上了门。

“咋了？”森森也很蒙，不解道，“上午的时候不还好好儿的么。”

大山耸肩，脸上写着：你问我我问谁。

就在三人疑惑不解的时候，大门又开了。朵棉又侧目，见这回进来的是艾丽。她皱着眉，表情看起来没比靳川好多少。

艾丽左右环顾一眼，“靳川呢？”

大山和森森被这阵仗吓住了，抬手，指了指紧闭的洗手间门。

艾丽：“他状态怎么样？”

大山和森森摇头，做了个抹脖子的表情。

艾丽闭眼捏眉心，朵棉着急得厉害，不安道："怎么了艾丽姐，发生什么事了？"

艾丽长长叹了口气，几秒才说："今天有一家媒体约了靳川的访谈，说是要给 MYS 做一个专题，中午的时候我就让他去了。结果……"

朵棉拧眉，猜测着，"记者是不是问了什么不该问的问题？"

艾丽迟疑几秒钟，答道："那个记者莫名其妙，问靳川为什么不肯认自己的亲生父亲？你说这不是有病么？从哪儿捕风捉影听来的东西，造谣生事。靳川什么脾气，当场翻脸，撂下人扭头就走了。"

闻言，朵棉脸色微微一变，急道："他们会不会把这件事报道出去？"

"这倒不会。"艾丽说，"这些无良媒体，给些封口费就能打发。我就是怕靳川不舒坦。你也知道，他个性太……"

话还没说完，洗手间的门开了。周围气场变化，整个屋子瞬间噤声。森森和大山看看靳川，又看看艾丽。艾丽看看靳川，又看看朵棉。朵棉一直看着靳川，靳川谁也没看。

才洗了把冷水脸的缘故，他头发脖子和整张脸都是湿的，随便扯了张纸巾擦擦手，扔进垃圾桶，然后很冷淡地说："都该干吗干吗，愣着装雕像呢？"

众人这才如梦初醒。艾丽又看了朵棉一眼，示意她注意一下靳川，随时跟自己联系。然后走出房门。朵棉点头，跟着森森和大山坐回电竞椅。

靳川脸色阴晴不定，大家怕说错话，连大气都不敢出，各自登录 Steam，进入准备状态，训练室内静悄悄。

突地，"晚上跟我出去一趟。"靳川冷不丁地来了句。

朵棉愣住，这是在跟谁说话？

边儿上大山皱眉，试探着说："川哥，你叫我么？"靳川没吭声，只撩起眼皮瞟了他一眼。大山干笑："……打扰了。"

朵棉明白了，乖乖地点头："嗯，好。"

傍晚五点半，训练结束，朵棉摘下耳机往椅背上一靠，终于松了口气。大山和森森各自关了电脑，凑过去，压低嗓子问朵棉："你和川哥是吃了饭再出去还是怎么着？要不要等你们一起啊？”

朵棉耸耸肩，拿疑惑的目光看向旁边。靳川脸上没任何表情，冷淡道：“吃你们的。”闻言，大山和森森点了下头，没再多问，勾肩搭背，边聊边推开训练室的门出去了。

偌大的屋子里瞬间只剩靳川和朵棉两个人。几秒钟的安静后，朵棉清了清嗓子，试探开口：“那个，晚上去哪儿？”

“回趟家。”靳川应了句。说完，起身，两手扯住黑色T恤的下摆，往头顶一拽，把队服给脱了下来，随手揉成一团拎着，去衣帽间换衣服。

不一会儿，靳川换完衣服回来。他穿了件衬衣，领口位置的纽扣往下敞开两颗，露出小片皮肤，古铜色的，结实有力。

朵棉皱了下眉，有点无语地提醒：“现在是冬天。”

“出去再加。”他淡声说，右手轻轻摸了下她的脸，“走了。”

朵棉帮他把外套拿上，一手抱着，另一只手自然而然牵住他，好奇地问：“为什么忽然要回家？”

靳川微微揉了下她的指尖，“外婆让我带你回去吃饭。”

短短几秒，朵棉整个人都是一愣。之前听他说回家，她还以为只是单纯回他在J市的房子。外婆？外婆叫她回去吃饭？须臾的震惊过后，朵棉瞪眼，脱口而出：“见家长？”

靳川勾嘴角，“算吧。”

“为什么这么突然？”她有点慌乱，磕磕巴巴地说，“要回去吃饭你怎么也不提前告诉我？我什么都没准备……”

“外婆今天才给我打的电话。”靳川看她一眼，“你要准备什么。”

“至少得换身新衣服，再化个妆，还得给外婆买点儿东西。”

靳川扣住她往外走，“不用了，我等会儿在路上随便买点儿。”

她挣了下，没挣开，急道：“怎么不用？我打扮一下，给外婆留个好印象。”

他拧眉，手指用力把她扣得更紧，有点儿不耐烦了：“我说不用就不用。”

她怔住，靳川淡淡地说：“我看上的就是最好的。”

向来如此。

靳川在J市的房子是一年前买的，公寓性质，面积不大，位置在四环五环之间，远是远了些，但交通便利，开车顺着出城大道一条路下去，不堵车的话，五十分钟就能到。

傍晚六点多，太阳顺着西边垂下去，正撞上下班高峰期，靳川和朵棉去附近的超市买了些水果和营养品，一路堵堵塞塞，七点半左右才到小区门口。靳川把车开进地下停车场，两人直接坐电梯上楼。

“几楼几号？”

“1602。”靳川摁亮16这个数字键。微侧目，看见那姑娘正对着电梯的镜面墙理衣服，理头发，脸红红的，一副忐忑不安的小模样。

他挑了下眉，“紧张？”

“……不紧张才不正常吧。”朵棉瘪嘴应了句。拿出随身携带的口红抹在嘴唇上，对着镜子抿匀，然后转过去面朝他，指指自己，嘟嘴，含混不清地问：“我口红涂好了么？”

靳川低头啄了下，“嗯。”

她脸更红，瞪眼作势要打他，然而手刚举起来就被他一把捏住。他低笑着捻揉她纤细的指，问她：“冷不冷？”

朵棉弯唇，摇摇头。

“叮”一声，电梯停了，门打开。两人走出电梯，在1602号门前站定。靳川拿出钥匙打开房门。听见响动，正在厨房里忙活的老人探出头来，一咧嘴，笑出满脸褶子纹，“可算回来了，我还说给你打电话。”

“下班高峰，堵得很。”靳川边换鞋边随口道，说完，大手放在朵棉背上轻轻一推，把她半揽在怀里往前带，跟老人介绍，“外婆，这是朵棉，上回你动完手术她还来看过你。”

朵棉紧张得心跳都漏掉一拍，清清嗓子，弯嘴角，换上平生最真诚的笑容：“外婆好！”

“小朵是吧？”外婆穿着围裙从厨房里出来了，视线打量打量朵棉，半秒后，脸上的笑容更加灿烂，“好好好，多漂亮一小姑娘，比照片还好看。都饿了吧？洗手准备吃饭。”

“嗯。”朵棉点头，洗完手放下包，回厨房帮忙。

没多久，饭菜上桌，外婆笑盈盈的，招呼两个孩子过来吃饭。看着一桌子的菜，朵棉又是感动又是心疼，道：“真是太辛苦你了外婆，你心脏动完手术不能这么累的……”说完侧目看了眼靳川，压低声，语气略微不满，“你怎么也不劝劝。”

靳川没说话，低着眸，兀自吃他的饭。

外婆怕朵棉误会，忙摆手，说：“做做饭而已，不累的。你别怪小川，他之前硬要请个人来照顾我，是我坚决不同意。”说着，外婆露出一个不好意思的笑，“我们乡下人从小就干活，闲不住。”

朵棉皱眉，迟疑几秒才低声说：“本来回家看你是件好事，结果这么麻烦……我多过意不去啊！”

外婆笑眯了一双眼睛，“好好好，下次咱们出去吃。来，小朵，尝尝这个合不合胃口。”

“嗯。”朵棉笑着点头。

饭桌上气氛融洽。

朵棉原本还很紧张，但没过几分钟，紧张的情绪就完全没了。假想中的“见家长标准你问我答”场景没有发生，外婆为人淳朴，几乎没怎么问朵棉的家庭情况，只简单叮嘱她，天气冷了，要多穿衣服不要着凉。

吃完饭，外婆站起来收拾碗筷，朵棉见了，连忙抢着干。外婆不肯，连连让她去客厅里看电视，一来二去僵持不下。最后，靳川趁这空当，把碗收进厨房洗了。

朵棉有些惊讶地看着厨房里那道身影。靳川人本就高大，洗碗池的高度又偏矮，这副系着围裙弯腰洗碗的样子，怎么看都有点好笑。

她小声问外婆，“他会做家务呀？”

“会，洗衣做饭劈柴烧火，都会。”外婆慈祥的脸上浮起一丝复杂的神色，“他小时候过得……不太容易。”

闻言，朵棉心里蓦地一紧，笑笑说：“现在都好了。”

外婆也点头，“嗯，都好了。”

两人正说着话，门铃忽然响了。

朵棉有点惊讶地看向外婆，问：“都这么晚了，今天有客人要来么？”

“不知道。”外婆摇摇头，也很疑惑，“我去瞅瞅，没准是楼上的陈妈来借东西。”边说边缓慢走过去开门。

“谁呀？”外婆握住门把，皱眉问了句。

门外没人答话。

外婆皱眉，小心翼翼把门打开了一点，透过缝隙往外头张望。走廊上的灯光不算明亮，昏沉沉的光线中，两个身形魁梧的壮汉杵在门外，身穿黑西装，面无表情。外婆起先一愣，然后错愕地瞪大了眼睛。

“怎么了外婆？”朵棉也跟着走过来，“是谁呀？”等看见门外那阵仗，话音戛然而止，也愣了。

短短两秒，她回过神后皱眉，条件反射要把门关上。然而一使力，另一股反作用力却从门的另一侧传来，力大无比。

“别急着关门。”突地，一个低润醇厚的嗓音响起，字里行间都透出一股长居上位者的贵气。那中年男人说：“我并没有恶意。”

外婆咬牙切齿，不说话，年迈的身躯愤怒到发抖。朵棉隐约猜到什么，咽了口唾沫，强自镇定地说：“请问你找谁？”

对方答：“靳川。”

听完这话，朵棉心瞬间凉了半截。果然，最担心的终于还是来了。她抿了抿唇，眸色一寸寸沉下去，冷冷地说：“对不起，这里没有你要找的人。”说完就又要关门。

“谁。”背后传来冷冷淡淡一个字。

朵棉动作骤然一僵，回过头。靳川已经从厨房出来了。他随手摘了手套丢到一边，面无表情，朝大门方向走过来。她闭上眼睛，咬咬唇，松开门把，扶着外婆一道侧身让开，靳川走到了门口。

一室俱静，空气都似有数秒钟的凝固。

片刻，一阵脚步声从不远处靠近。朵棉抬眸，看见一个西装革履的中年男人走上前来，年纪在四十几岁，保养得当的缘故，那张脸上的皱纹不多，气度雍容，样貌英俊，五官和靳川有五分相似。

朵棉眸光微微一闪，脑子里浮现一个名字：张青山。

靳川的脸色如旧冷淡。张青山的出现，甚至没有令他的表情有一丝一毫的变化。但朵棉却能很明显地察觉到，他心情差到极点。往日他心情不好，充其量就是像下午那样，造成压抑的低气压。但此时，方圆十里皆冰冻三尺，寸草不生。她隐约预感到今晚有什么事要发生。

不知过了多久，张青山先开口，打破了这死寂。他看着靳川，说:“你还是不肯去看你奶奶？”

靳川听完这话后，竟一扯唇，笑了。他嘴角勾起的弧度带着最标志性的嘲弄和讥讽，风轻云淡地问：“死了没？”话音落地，张青山的面色顿时黑如锅底。

“看来没有。”靳川挑挑眉，语气里甚至有一丝遗憾的味道。

张青山深吸一口气吐出来，竭力克制怒火，片刻才道:“我再说一次，你奶奶情况不好，她想见你，跟我去医院。”

靳川冷嗤，眸色如冰，反手就要关门。

“听说你和你队里那些队友，关系都还不错。”张青山冷不丁道。

靳川动作顿住，眯了下眼睛。

“不认生父，不尽孝道，这些事如果我让那些媒体全都报道出去，你觉得自己还能混么？”张青山笑，上前两步，“我知道那个记者吓不住你，也知道你不会为了保住自己的前途对我服软。那你想过你那些队友么？不怕连累他们？”

朵棉拧眉。

“听说在我们国家，能当上一名‘职业电竞选手’很不容易，牺牲很多，付出也很多。”张青山继续，“我不妨告诉你，以张家的财力和影响力，那些孩子既没背景又没后台，我要毁掉他们，可太容易了。”

靳川垂着眸，没有说话。

朵棉用力咬牙，两手握拳，必须用尽全力才能忍住骂人的冲动。为达目的用上这种手段，一个人怎么能无耻到这种地步？

她颤声，“你太卑鄙了，竟然威胁他。”

张青山：“我是一个商人，我没有威胁谁，只是在谈一笔生意。”

“畜生！你这个畜生！”外婆气得老泪纵横，破口大骂道，“你们张家把我们靳家害得不够么？小兰死了快十一年了，你心里没有一丁点的愧疚么！你这个畜生，良心被狗吃了！”

听见“靳小兰”这个名字，张青山的眸光有一瞬闪动，但旋即便冷漠如初，他说：“老太太，正是因为我和我母亲对你女儿心怀愧疚，才会找上门认靳川这个儿子。如果靳川能认祖归宗，认我这个父亲，他就能名正言顺地继承张家所有财产，这是多少人求之不得的事。小兰如果在天有灵，也会希望……”

话音未落，张青山就被一道声音打断了。

靳川两眼充血如同一头发怒的雄狮，盯着他，沉声切齿，“你也配提她名字？”

张青山是含着金汤匙出生的大少爷，人到中年，大半辈子都顺风顺水，哪里被人这么吼过。一旁的朵棉被靳川这副样子给吓住了。好几秒反应过来，生怕他激动之下会动手，赶紧两手并用将他拦住，颤声道：“你冷静点，靳川，不要冲动。”

靳川额角青筋暴起，胸膛急剧起伏，拳紧握，没有说话。朵棉鼻子酸得厉害，死死抱住他。

良久，靳川闭了眼睛，再开口时，语气异常冷静，他说：“去医院。”

包括朵棉在内的所有人都是一愣。她猛地抬眼，看向他。

靳川眼中全是血丝，直勾勾注视着她的眸，哑声：“二十年了，张家欠她一个交代。”

晚上九点半，J 市某私立医院 VIP 病房。

年近七十的老妇人躺在病床上，面色苍白，骨瘦如柴，浑身上下贴满各式各样的监护仪器。她睁着无神的双眼看着天花板，氧气罩上偶尔蒙上一层薄薄的雾，看得出，病情不容乐观。

朵棉跟着靳川走进病房时，看到的就是这样一副场景，她微皱眉。一旁，靳川冷眼旁观。

“妈，”张青山俯身贴近张母，说，“我把那个孩子带来了。”

闻言，张母原本涣散的眸光瞬间亮了下，她微侧头，视线有些吃力地在病房里转过半圈，落在了门口两个年轻人身上。

“就是他？”张母死死盯着靳川，抬手，摘掉了氧气罩。

张青山点头，连忙把输氧管给她插上，“对。”

张母嘴角勾起一个笑容，摆摆手，“你们都出去吧，这孩子留下来，我想单独跟他聊一聊。”

不多时，张青山带着两个护工和用人离开了房间。朵棉有点不放心，轻轻捏了捏靳川的手，小声：“我也出去么？”靳川淡淡点头。

她抿唇，这才推开房门出去了。

纯白色的病房里冰冰凉凉，安静极了，心电监护仪上的数字时高时低，显示着张母的状态并不算好。

“你叫靳川？”张母问。

靳川面无表情道：“你不是早就知道么。”

“坐吧。”张母失笑，闭眼缓了口气，说，“这种浑身是刺的性格，一点也不像靳小兰。”

靳川站在原地没有动，脸色极冷。

张母像陷入了某段回忆，怔怔道：“我记得，你妈妈是个很温柔的人，虽然是乡下人，文化程度也不高，但是心灵手巧，又勤快。她刚来我们家的时候，我还挺喜欢她，经常跟她聊天。只可惜……”张母眸光暗下几分，仿佛自言自语，“张家怎么能娶一个那种出身的女孩子。”

靳川弯嘴角，脸上在笑，眼底却严霜密布，讽刺道，“的确，高攀不起。”

张母看着这个年轻人，良久，笑了下，“你和你爸爸长得很像。”

靳川说：“我爸早死了。”

张母沉默数秒钟，苦笑，“其实我想见你一面，并不是真正想要强迫你认祖归宗，让我们张家有香火。说出来你可能不相信，我一定要见你，是因为我已经是半只脚踏进棺材的人，到死之前，不能还背良心债。”

靳川抿唇，沉着眼，一言不发。

“这人多不中用啊！”张母感叹，“年轻时候争强好胜处处不饶人，等到老了，反而才能活清醒。当年的事，我翻来覆去想了很久，觉得，可能真的是我做错了。”

她眼眶微湿，叹了口气，“我对不起你，也对不起你妈，我们张家欠你们母子太多了。”

靳川依旧不吭声。

张母抬手抹了下眼睛，下一瞬，苍老的面容泪雨滂沱，哽咽道：“我就想着，要是闭眼之前能得到你的原谅，我走也能安心。人之将死其言也善。孩子，能原谅我么？”

屋子里再次死一样地静。

好一会儿，靳川忽然微动身，迈开长腿，走到了病床前，站定，没什么表情地看着张母。张母同样也看着他，目光里带着生命尽头所迸射出的强烈渴望和希冀。

然后靳川弯腰，贴近了张母耳边。他轻声，缓慢而残忍地吐出几个字，“这些话，等你见到我妈的时候再跟她说吧，问她能不能原谅你。”

他直起身，居高临下地看着这个老妇，冷漠道：“真愧疚的话，就别再让我见到你们。”说完，无视张母的表情和反应，头也不回地大步离去。

夜浓如墨，无星无月。

朵棉就等在病房外面，看见门开的刹那，愣了下，下意识地问：“聊完了么？”

靳川脸色很冷，没说话，一把拽起她就走。他人高腿长步速飞快，朵棉跟得吃力，小跑着才能勉强不掉队。回头一瞧，病房和病房里外的人都已经被远远甩在了后面，很快就再看不见了。

张母在病房里跟靳川单独说的话，靳川只字不提。朵棉见他心情不好，又什么都不说，也就没有多问。她本就在未经他允许的情况下，窥探了太多当年的秘密，至于其他部分，他愿意说，她就当一个虔诚的聆听者，他不愿意说，她就不会好奇。

她尊重并支持他的所有选择和决定。

心里那道疤，在一夜之间被彻底揭开，反复践踏撒盐，他仿佛又回到了十一年前，母亲去世的那个晚上。

冰冷简陋的小砖房，村民们恶意看笑话的目光，还有所谓亲人的冷漠。

那个晚上，他所有的光明消失殆尽。

夜，基地，朵棉卧室。

靳川闭着眼，眉拧成川，把怀里的姑娘抱得死紧，心里荒凉的洞被填满。

还好，时隔十一年，他的光又来了。

十二月份似乎过得尤其快，朵棉白天要训练，晚上要直播，劳心劳力，感觉日子就像坐火箭一样，眼睛一闭一睁，月底就到了。

圣诞节前夕，自幼在国外长大的SHEN大发慈悲，同意在圣诞节当天，让朵棉他们休一个小短假。当时，SHEN是这么说的："明儿就是圣诞节，这段时间大家训练得也挺辛苦，这样吧，给你们放个假，回来之后我们就开始进行针对RIG的专项训练，大家做好心理准备。"

这话的另一层意思，就是：RIG来了，你们就好好享用最后的晚餐吧。

RIG，中文翻译过来是"*PUGD*全球邀请赛"，是业内公认的含金量最高、最能体现势力的国际赛事。参赛队伍来自全球五大洲。奖金丰厚，在业内关注度极高。

各地区选拔赛分批次进行，经过激烈残酷的角逐，最终将有20支全球顶尖战队入围决赛。

朵棉加入MYS已经四个月有余，对国内外大大小小的*PUGD*大赛早就了解了个透，当然明白RIG对于每个职业战队、每个职业选手的意义。甚至可以毫不夸张地说，每个*PUGD*职业选手，都将"捧一次RIG冠军奖杯"视作职业生涯的终极目标。

宣布完圣诞节放假这一消息后，SHEN转身离开了训练室，出门前似乎想起什么，说："Broken，你跟我出来一下。"

靳川摘下耳机跟着出去了。门打开，又关上。

朵棉转过头，玻璃门外，两个同样高大的男人面对面站着，SHEN神色严肃，正对靳川说着什么。后者的脸色冷淡而平静，偶尔点下头，应上几个单音节汉字。

玻璃是全隔音材质，朵棉无从得知两人说话的内容。但，单从两人的表情和状态来看，她隐约能猜个大概。

之前张青山的事给靳川造成了不小的冲击。他是战队的队长，核心级人物，他的备战状态和发挥，将直接影响到所有人。

SHEN应该是在让他调整心态吧。朵棉单手托腮，盯着玻璃门外靳川的侧脸，发呆。他头发是真的长了，几缕碎发从额角垂落，微挡住眉宇，阳光是浅金色，柔和了他周身一贯的锐利和锋芒，透出几分难得的温和。

真好看。但是，是错觉么？怎么感觉瘦了点？下巴的轮廓虽然以前就很分明，但是这也太分明了吧？

说起来，他最近好像都没有好好吃饭，是因为心情不好胃口也跟着不好吗？朵棉端起杯子喝水，决定明天带他去吃好吃的。

这时，那人似乎察觉到什么，侧过头，黑眸瞬间把她逮个正着。

噗——她被柠檬水呛到了，咳嗽起来，不知是咳得太凶还是窘迫，脸蛋儿一秒涨得通红。靳川挑挑眉，盯着她，眼里流露出一丝兴味。朵棉默默移开视线，默默拿出纸巾擦嘴。

于是，一旁的森森和大山就看见如下这一幕：他们老大就只是隔着玻璃瞧了Apple一眼，小姑娘脸就跟被火烧似的红透了，移开视线，左看右看上看下看。而这个可爱的小动作显然令老大的心情很不错，他嘴角往上勾起一个很淡的弧度，慢条斯理地笑了。

森森和大山额头滑下三条黑线，捂住心脏。

训练室外。

“去年是你离RIG冠军奖杯最近的一次。”SHEN叹气，神色间带着遗憾，“今年又遇上Hunter退役，怎么说呢，好像总差了那么点运气。”

靳川淡淡地说：“运气决定不了任何事，如果能，只能说明实力不够。RIG我会全力以赴。”说着，他视线落在屋里几个年轻男女身上，嗓音微沉，“他们也会。”

“有你这句话我就放心了。”SHEN点头，“咱们这个圈子，优胜劣汰，遭受的流言非议也多，所有进入这个基地的孩子，几乎无一例外都顶着巨大压力。你是MYS的队长，是整个队伍的灵魂，无论发生任何事，你都要尽快调整好自己的状态。”

靳川看了眼外面的大晴天，语气平平道：“我懂你的意思。”

SHEN闻言，迟疑几秒，还是把话说出了口：“家里的事处理得怎么样了？如果有什么要帮忙的，开口，大家都是兄弟。”

靳川说：“都了结了。”

SHEN 不确定：“真的？”

他点头。

“解决了就好。”SHEN 脸上绽开了个笑容，神经放松，拿拳头碰了碰靳川的肩，语气又恢复一贯的戏谑随意，“明年七月德国柏林，等你带着你家苹果为国出征，为爱出战，谱写一段浪漫的东方爱情史诗！”

靳川掀起眼皮，看向 SHEN。SHEN 被他看得全身发毛，干咳了声说：“你看着老子干吗？我告诉你，我和我媳妇儿都快订婚了，你别对我有什么非分之想。”

靳川冷冷的：“沈宇楠。”

“做什么？”

“脑残是病，得治。”说完，靳川推开门进了训练室。

靳川回来，大山伸长了脖子，搓搓手，奸笑着道：“川哥，SHEN 都说明儿放假了，那今天……”

“训练。”靳川坐回电竞椅，冷冷淡淡地扔过来两个字。

大山肩膀一垮，默默登录游戏。朵棉坐在电脑前，拿鼠标点点这里，点点那里，一双大眼目光乱飞，有意无意就往靳川那儿瞟。电脑屏幕的光反射在他脸上，神色专注，格外冷峻。

突地，“晚上还没看够？”靳川敲着键盘，眼也不抬地淡淡来了句。

又在偷看他的时候被逮个现行，朵棉尴尬地咳了几声，收回视线，静默片刻才悄悄凑他旁边，小小声：“SHEN 刚才把你叫出去那么久，说了些什么呀？”

靳川点了下那个“Start（开始）”键，很冷静地说：“让我带你去柏林，谱写东方爱情史诗。”

朵棉：“……”

下午五点半，训练结束，朵棉小跑进洗手间。

大山和森森打哈欠伸懒腰，问靳川：“老大，明天圣诞节又是假期，我们要不要一起出去玩，把隔壁《王者荣耀》那一群也叫上？”

靳川拿起透明玻璃杯喝了点水，淡道：“明天我和 Apple 有其他事，你们玩儿。”

闻言，大山和森森顿时脸一垮，一副委屈得不要不要的模样，期期艾艾，“老大，你自从有了朵朵就不要我们了，你以前不是这样的，这也太……”

哐——靳川玻璃杯往桌上一放，侧目，没什么表情地瞅两人。

大山和森森被求生欲支配，表情一换，拍手鼓掌，同时竖起大拇指：“太爷们儿太疼媳妇儿了，好男人典范。”

靳川静默几秒钟，淡淡地说：“晚上想吃什么？”

两人一愣。

“我请。”森森和大山闻言，在心里喜极而泣。太好了，原来川哥心里还是有他们的。

就在这时，训练室的门忽然被人从外面推开，艾丽轻盈的高跟鞋声音伴随着她标志性的甜美嗓音传进来，道：“十万火急十万火急！”

大家齐刷刷扭头看过去。

艾丽拿着平板电脑冲到几人跟前，左右张望着，“Apple 呢？”

话音刚落，朵棉就从洗手间里出来了。她一边拿纸巾擦手一边走过来，狐疑道：“艾丽姐，找我有什么事么？”

艾丽说，“明天不是圣诞节么？你和 Broken 的 CP 粉官博联系到了 MYS 的官博，问我们能不能提供一张你们俩的情侣照给他们，他们用来当圣诞节晚上的粉丝福利发送。”

“CP 粉官博？”朵棉诧异，“还有这种组织啊？”

“对呀，你不知道么？”艾丽把平板往她面前一放，指着上面的页面说，“这个 CP 粉的官博粉丝量已经快四万了，话题阅读量也已经超过五百万。”

朵棉眨眨眼，随便戳进一条微博的评论区。

一楼：他们的糖我可以吃十年。

二楼：好久都没有秀恩爱了，是不是吵架了呀？

三楼：说吵架的是没看过直播么？我肯神明明实力宠妻一百分，连最喜欢的AWM都让给媳妇，不过下次还是别让了，Apple的狙打得不是很好。

四楼：明年七月就是RIG，RIG之前还有一个国内大赛和一个亚洲范围内的比赛，应该在专心训练吧。

五楼：隐形巨糖，甜度十颗星，不谢。（配上图片）

朵棉眸光微闪，点开了那张图片。这张图片的画质有些模糊，应该是隔了一段距离的偷拍。画面里的男人面容俊朗而冷淡，穿着印有五星红旗图标的MYS黑色队服，坐在电竞椅上，头微垂，在亲吻手里的什么。

朵棉把图放得更大。他手里拿的，是她很久之前送他的那枚苹果胸章。轰一下，朵棉从脸红到脖子根。

这是什么时候拍的？很快，训练室里多出一只煮熟的小虾米。

“Apple？”艾丽眼瞧着小姑娘的脸蛋儿越来越红，狐疑，“你怎么了？突然脸这么红，不舒服？”

“……没。”这只是羞窘欲绝的正常生理反应。

“那，要不你们俩摆一个稍微亲密点的姿势？”艾丽打开手机相机，指挥道，“如果正面觉得不方便的话，背影也可以。”

大山和森森很自觉，起身让到了一边。

靳川坐在椅子上没有动，微侧目，看见小丫头脸红得像颗番茄，磨磨蹭蹭，蜗牛似的挪到他旁边，柔软雪白的小手扯扯他衣服，弯腰，压低嗓子，很不安地小声道：“……我们就拍背影吧，一起打游戏的背影，实在不行的话，也可以拉个手？”

话刚说完，手腕忽然被他捏住。不等朵棉回过神，一股大力就将她拽了过去。她重心不稳，瞬间以一个猛虎下山之势扑进他怀里，刚好坐在他大腿上，被他圈住。

朵棉惊呆了，乌黑的眸子瞪得溜圆。靳川眼底浮着很浅的笑意，贴近她，吻了吻她火烧火燎的脸颊。

咔嚓——艾丽把这一幕抓拍了下来，满意地笑笑，选取图片，发送给修图部门。

当晚，CP粉官博把这张照片发了出来，并配字：今日份暴击“狗粮”。

转发量十分钟不到就破千。

晚上入睡前，朵棉把手机拿到靳川面前，握紧拳头，鼓起腮帮子说：“你看，照片上你这么帅，但是我一点都不好看，脸怪怪的。”

靳川看了那张照片一眼，淡淡地说：“哪儿怪？”

“就是奇怪啊！”没看到我的嘟嘟脸都被你亲变形了吗？

一局手游结束，靳川摘掉耳机随手丢一边，抬眸看着她，拍拍床，“过来。”

小丫头于是踢掉拖鞋，树袋熊宝宝似的窝进他怀里。靳川亲亲她的额头，柔声说：“乖，明天跟我出趟远门。”

朵棉眨眼：“远门？只有一天假，来得及么？”

“当天往返。”

她点点头，小手抱住他脖子，“去哪里？”

靳川唇印在她眉心，安静了数秒钟，回答：“我老家。”

第十四章

光荣时刻

机票是一大早的。

朵棉晚上的睡眠时间本来就不够，又太早起床，整个一路几乎都是睡过去的。先是车上，再是飞机上睡，最后又到车上睡，颠簸将近三小时，终于才在快中午的时候到达小邱河。

这些年，各地农村的经济都在飞速发展，小邱河早已不复当年的贫困落后。公路通进了各家各户，俨然一片新景象。

朵棉是南方大城市长大的女孩子，一路东张西望，走在土埂子路上，对北方农村的种种都感到很新奇。

结冰的小河，枯枝上的冰锥，还有穿着军大衣牵骡子的老大爷。

“这边气温比 J 市低得多。”靳川怕她摔着，一直把她的手攥在掌心里，问她，“冷不冷？”

朵棉摇摇头。出门之前全副武装，被他从头到脚几乎裹成了颗粽子，又是厚围巾又是厚手套，能冷才怪。

她说：“你有多久没回过小邱河了？”

靳川的语气很平静，“之前，出去了就没打算再回来，我不喜欢这儿。”

简单的几个字，轻描淡写概括完他整个苍凉残酷的童年。朵棉心里有点难受，握住他手的指不自觉收紧。

靳川仰头看了眼头顶的天，忽然很淡地勾了下唇，说：“但是之后不是遇到你了么。得让我妈见见你，她肯定高兴。”

朵棉沉默了会儿，说：“以后，每年我们都一起回来看你妈妈吧。”

靳川侧目，看向她，没有出声。

“等RIG结束，把奖杯也拿回来给她看看。”朵棉笑了笑，“她那么爱你，看到你现在这么有出息，这么厉害，肯定会更高兴的。”

靳川勾嘴角，“好。”

两人看完靳小兰之后，没有在小邱河做任何停留，当天晚上便飞回了J市。颠簸劳累一整天，朵棉累得眼皮子都在打架，顾不上别的，洗完澡倒头就睡。靳川很老实，把她往怀里一搂，没有别的动作。然而刚闭眼不到三分钟，一阵手机铃声忽然响起。

朵棉咕哝着抓抓头发，从枕头底下抓起手机，接起来，“喂妈妈。”说完，对靳川竖起食指，示意他别说话。

靳川在黑暗中安静地看着她。

朵母：“干什么呢？”

她含混不清地应：“睡觉。”

“这才十点钟不到就睡了？”朵母有些惊讶。

“……嗯，最近训练比较辛苦。”

“自己注意休息，不要熬夜，少吃点烧烤火锅什么的，对身体不好。”朵母担心女儿累垮了身体，叮嘱着，“都一个月没回家了，先说好，元旦必须回来，你爷爷奶奶都想你了。”

“嗯嗯，好的。”又简单说了几句，朵棉把电话挂断。

这时，被他从身后抱住。耳畔紧贴着响起一个声音，语气低柔得可怕：“棉棉。”

“嗯？”她懒懒软软地应了句。

“元旦我送你回去。”

“嗯。”

“顺便买点东西看望一下你妈妈。”

“嗯。”

等……等等！朵棉一下睁开了眼睛，怎么感觉有哪里不对劲？

元旦放假，基地里瞬间空了一半，这些职业选手们虽然来自全国各地，但也有少部分是J市本地或周边地区的，遇着三天小假期，能回家的当然还是要回家看看。作为一只本地棉，朵棉理所当然成了回家大军中的一员。不过，她回家并不是一个人，旁边还跟了某大只……

早上九点多，柔柔的阳光洒遍城市的每个角落，黑色轿跑在马路上飞驰，穿城。

朵棉第N次往旁边偷瞄。

虽然之前已经打电话跟妈妈汇报过了，但还是好紧张。几秒后，她忽然伸出手，十分郑重其事地放在了靳川肩膀上，表情肃穆。

前头刚好是个红灯。靳川停车，转眸，目光落在那张精致严肃的小脸上。

她说："不要紧张。"

靳川挑起一边眉毛。

"我妈妈人很好的……"说到这里，朵棉顿了下，片刻才又接着道，"她可能比较严肃，但是，是刀子嘴豆腐心，你不用怕她。"

靳川笑了下，手指轻轻捏她脸，"嗯。"

数分钟后，靳川的车驶入了朵棉家的小区，公共停车位正好还有位置，他把车停过去，熄火，下车。两人一起上楼。朵棉背着小挎包，靳川两手都没闲着，大包小包，拎满各种养生营养品。

走出电梯，朵棉在自家大门前站定，刚要拿钥匙，面前的门"咔嗒"一声，开了。

猝不及防地打照面，朵棉整个人一呆。朵母脸上的表情倒很镇定，看看女儿，再看看女儿身后那个高大英俊的年轻男人，笑了下，"来得挺早的。"

靳川弯起唇，淡道："阿姨好，我是靳川。"

朵母很随意地点了下头，"进来吧。"说完余光一瞥，扫见靳川手里的一大堆东西，蹙眉，低声数落朵棉，"你这孩子，那么多东西怎么也不帮人家拎一下。"

朵棉小声支吾："我说要帮忙的，他不让我拎。"

“没事儿阿姨。”靳川笑，“这些东西不沉。”

朵母也笑，“我们家没什么讲究，你不用这么客气。”说完退回屋子里，“外面冷，来，进屋。”

进了屋，正式会面才算开始。

朵母牵着朵棉在沙发上坐下，靳川坐对面。朵棉看看微笑的朵母，又看看淡笑的靳川，觉得这阵仗真奇怪，简直跟法官审犯人没什么区别。

片刻，朵母把倒好的清茶推到靳川面前，说：“茶。”

靳川回得很礼貌：“谢谢阿姨。”说完，端起茶杯轻抿了一口。

朵棉坐在对面盯着他看。他出门的时候外面套了件大衣，进了暖气房，大衣一脱，里面就是一件偏休闲的黑灰色西装，这副打扮，再配上他喝茶的仪态，朵棉脑子里顿时冒出了四个字：赏心悦目。

她忽然在想，要是这人不是个电竞选手，正经八百念完建筑系毕业，也相当符合都市精英的形象。

这时，朵母嘴角弯起了一个弧度，说：“靳川，我要是没记错，你以前高中和棉棉在一个班吧。”

靳川答：“是的。”

“你现在在念哪个大学？”

“B 大，建筑系，和朵棉一样。”

朵母眼中闪过一丝微讶的光，有些难以置信地说：“你和她一个高中，一个大学，还在一个战队？”

“是的。”

朵母若有所思地眯了下眼睛，点头，有意无意看了眼朵棉：“嗯，那我大概明白了。”

屋子里有须臾的安静。

然后朵母忽然笑了起来，说：“我听棉棉说，你们俩在谈恋爱？其实吧，像你们这个年纪的孩子，荷尔蒙分泌旺盛，谈个恋爱处处对象，都很正常。不过，我很惊讶的是，你居然会主动提出要跟我见面。”

对于这次所谓的见家长，朵母其实并没有太上心，这个社会，二十来岁的小年轻谈恋爱，再正常不过，谈一段时间就分手，也再正常不过。

“你们先坐，我去买点菜，中午一起吃饭吧。”说完，朵母便站起了身，准备离开。

就这样？朵棉有点错愕地抬起头。

突地，一个低沉嗓音很平稳地响起：“阿姨，请您留步。”

朵母身形微顿，转过头，似乎有些惊讶，朵棉的目光也看过去。

靳川站起了身，他那张向来冷淡散漫的脸，此时，难得多了一丝名为“认真”的表情。

他平静地交代：“我叫靳川，老家在北方，十几岁的时候就跟着外婆来到了J市。我是一名职业电竞选手，目前主攻的游戏是*PUGD*，在MYS战队担任队长，从业近四年，国内赛事拿过三次冠军，国际赛事，代表中国拿过两次冠军，在圈子里小有成就。”

听完这些话，朵母落在这个年轻人身上的目光，逐渐庄重，开始真正认真地聆听。

朵棉微微瞪大了眼。这是她第一次，听见他用这种语气，如此完整而正式地阐述自己的过去。

“我父母很早就没了，家里亲人就一个外婆。”靳川笑了下，“小时候家庭条件不好，所以我比同龄人要早熟，其他人还在滚铁环的时候，我已经开始想法子帮外婆赚钱了，在不违法的前提下，我什么事都肯干，什么苦都肯吃。

“一直以来，我做任何事都有明确的目的性，从来不在任何无关紧要的人或事上浪费时间和精力，所以我认定的，就不会变。”

朵母有些被震住了，微皱眉，好一会儿才说：“你的意思是……”

“我的意思是，我认定了你的女儿，就是一辈子的事，我希望你能认可我们这段感情。”

“我是打心眼儿里喜欢她。”他视线落在朵棉身上，目光深邃如海，继续，“胜过所有。”

那首歌名是《遥不可及的你》的歌，里面有句歌词，怎么唱的来着？

“我从前相信，这世上有一个温暖的人，只为我悲喜，为我阻挡着人间的锋利。为了找到你，我从未放过任何蛛丝马迹……”

朵棉忽然觉得自己何其幸运，这世上，多少爱情无疾而终，多少故事有头无尾，而她在少年时，就找到了那个遥不可及的人。

将来的事谁也说不清，但至少她可以确定，自己的青春无比璀璨。

RIG给中国区的决赛名额只有两个，国内各大战队为了这两个名额，全都拼尽全力。春节刚结束，MYS的全体成员便已归队，全神贯注，心无旁骛，开始了为期四个月的全封闭式集训。就连刚和女友订完婚的SHEN，也抛下了未婚妻，搬入基地，和队员们同吃同住，共同应战。

认真备战的结果，是中国区预选赛中，MYS获得了第一，不负众望地拿下RIG决赛名额。而另一个拿到决赛名额的中国队伍，则是老牌战队CRI。

七月中旬，两支战队代表中国，在各自经理和教练的带领下乘上了往德国柏林的飞机，参加RIG全球总决赛。

柏林，位于德国东北部，是德国的首都和最大城市，也是德国政治、文化、交通及经济中心。鸟瞰柏林，整座城市被森林、湖泊环绕，仿佛沉浸在一片绿色海洋中，施普雷河从南面缓缓流过市区。

经过十个钟头的飞行，MYS乘坐的航班终于在泰格尔机场降落，队员们身着印有显著五星红旗标志的MYS队服，走下飞机，坐巴士去取托运来的行李。

朵棉把遮阳帽摘下来，搓搓胳膊，“怎么有点冷。”

“之前不是让你带一件薄外套么？”森森数落她，“柏林这个月的最高气温只有二十三摄氏度，你都不看天气预报么？”

朵棉：“忘了。”

“真不知道说你这天然呆什么好。”大山翻了个白眼，把自己的外套脱了下来，扔给她，“接着。”

“谢啦阿山！”朵棉笑着，举起手就去接。

然而，这件外套被人拦截在了半空中。靳川面无表情地抓住那件衣服，顿都没顿一下就扔还给大山。然后脱下自己的，抖开，随手搭在朵棉肩上。

她脸微红，小声说："谢谢！"

他没说什么，只是侧头，冷冷淡淡地看向大山。后者知道自个儿犯了蠢，吐吐舌头，缩着脖子跑一边儿去了。

晚上在酒店，朵棉洗完澡，穿着小兔子睡裙躺在床上看手机，一会儿刷刷朋友圈，一会儿刷刷微博。

她 ID 名为"MYS-Apple"的账号，粉丝已经有一百二十万。这些粉丝，三成和她跟靳川的 CP 粉重合，余下的七成，就是她这几个月打大赛小赛预选赛吸来的。

粉丝们有男有女。女粉丝喜欢她，大部分是因为她长得可爱；男粉丝喜欢她，则是佩服她在突击手位置上的造诣。

在 RIG 中国区的几场预选赛上，她甚至在其中一场，对敌方的伤害量超过了靳川，拿到了全队 MVP（最有价值球员）。

这件事在当时又上了一次热搜，标题为"Apple MVP"。

经此一役，朵棉彻底靠实力摆脱了"Broken 女友"这一尴尬的身份，当初骂她、造谣她走后门靠男人的黑粉们被打脸，赞美盖过了诋毁。

总决赛正式打响的当天，比赛前二十分钟，SHEN 在后台最后一次跟大家开会。

"一定要记住在三分钟内完成初高级物资过渡，高级物资（空投）在确保安全的情况下尽可能争取，决赛圈之前一定不能有任何人员损失。记住没？"SHEN 神色严肃，"还是那句话，战术是死的，比赛是活的，全程严格执行 Broken 安排的所有任务，随机应变。"

"嗯。"大家郑重点头。

SHEN 笑，递给每人一块口香糖，"各就各位。"

朵棉深呼吸，努力让自己的心跳趋于平稳，拆开糖纸，把口香糖放进嘴里。然后跟着靳川、大山、森森一道，走向了前台竞技区。

门一开，一个偌大的暗色空间映入视野。数十台顶级电脑设备四台为一组，由隔音玻璃隔开，陈列在开阔的电竞区域，此时距离比赛开始还有最后五分钟，来自全球各地的战队不少都已就位。

朵棉心跳如雷，视线扫过一张张陌生的年轻面孔。

这次总决赛的队伍组成，欧洲赛区3支，北美赛区3支，亚洲赛区（除中日韩）3支，独立国家联合赛区2支，韩国赛区2支，日本赛区2支，南美赛区1支，澳洲赛区1支，中东赛区1支，北非赛区1支，中国赛区2支。

突地，她视线落在了一个战队座牌上：Silence（寂静）。

前年由Broken、大山、森、Hunter组成的MYS，在RIG上拿到的名次是第二，就是输给了来自北美的Silence。

朵棉抬眸，四个金发碧眼的男孩子坐在电脑后面，说说笑笑，轻松自如，平均年龄不超过17岁。

“怎么了？”大山见她半天不落座，问道。

朵棉摇摇头，弯腰，坐在了靳川身边。微转眸，看见他正面无表情地调试着耳机和鼠标灵敏度。朵棉视线下移，看向他的胸口，一枚红色的苹果胸章别在国旗标志旁。她弯了弯唇，深吸一口气吐出来，集中注意力。

游戏开始。

进入候场区，靳川打开地图观察航线，不到五秒钟，迅速选取好指定降落点，并做出标注。

四人同时跳伞。

…………

两个德国解说员开始用英语对现场观众进行解说。

“砰砰砰”一阵密集枪响后，朵棉蹲下来，躲在巨石后面打药。

屏幕上弹出几行英文字：你使用M16A4自动步枪淘汰了GK-Pgott。

你使用M16A4自动步枪淘汰了GK-PgSixP。

…………

“还有人么？”她问。

“就这一队，全死。”森森和大山迅速搜索战利品，对装备物资进行更新，然后说：“Apple你需要哪些子弹？这队人很‘肥’，你可以过来看看。”

朵棉手指飞快地敲着键盘，打开几个盒子搜寻自己需要的装备。靳川打好药包，把车开到了几人跟前儿，冷冷道：“倒数第二个圈儿的毒很痛，快点。”

话音落地，其余三人立刻拿好枪跳上了车，装上弹药。靳川换了个位置，专门负责开车的森森发动了汽车。朵棉盯着屏幕，往上方扫了眼，剩余人数：19。

也就是说，现在除了他们以外，还有至少4队人。

朵棉咬了咬唇，深呼吸，迅速调整视野观察四周，忽然惊道：“南边有一辆车过去了。”

“扫。”靳川说完，举起重机枪就是一阵扫射。

子弹密密麻麻，一直从车胎扫至车顶，汽车引擎盖开始冒烟。对方反应已经极快，迅速在车上举枪反击，朵棉的血量瞬间少了一半。她稳住神，沿着对方车胎到车顶又是一通猛扫。

一声巨响，对方汽车被引爆，翻滚着落下山崖，与此同时，屏幕上的剩余人数瞬间变成15。

进入安全区，森森把车停在了地图上靳川标注出的反斜坡。四人从车上跳下来，各自找好掩体进行埋伏。

突地，一阵枪声从某个方位传来。

“北3点钟方向，重狙。”朵棉脸色冷静，迅速向其余三人报出方位和敌方使用枪支，“AWM。”

侦查手大山道：“川哥，要不要过去看看？”

“不用。”靳川说，“那队在圈内，我们先清圈外。”

话音刚落，一阵消音器掩盖下的枪声紧接着响起，大山脸色惊变，“有人在狙我。”刚要转移，又是“砰”一声闷响。

系统提示：Silence-Joker（小丑）使用98K狙击枪命中头部击倒了MYS-Mountain。

“又是‘寂静’这帮小子，别急我封烟。”森森直接爆了句粗，迅速往大山倒地的位置投掷出烟幕弹。

不多时，浓白色的烟雾升起大团。森森迅速冲进烟雾，去扶大山，然而就在这时，又是一声枪响。

提示：Silence-Joker 使用 98K 狙击枪命中头部击倒了 MYS-Sen。

森森和大山同时倒地，“大爷的，盲狙啊！”

朵棉一下有些慌了，左右环顾一番，道：“你们的东北方向有一块大石头，往那儿转移，我来救你们。”

她刚要动，靳川的嗓音却响起了，道：“别去，那边架了枪。”

“……不救了么？”

靳川没说话，在倍镜视野内搜寻着什么，突地，眸光骤凛，笑容淡而讥讽。扳机一扣——砰。

系统提示：

MYS-Broken 使用 98K 狙击枪命中头部击倒了 Silence-Joker。

MYS-Broken 使用 98K 狙击枪命中头部击倒了 Silence-Kass（卡斯）。

他切成步枪，正要封烟救人，却有人拿了步枪对着之前大山和森森倒地的位置一阵猛扫。两人都进行了一定程度的转移，但仍被对方扫中，瞬间成盒。

“Damn（该死）！”朵棉猛地砸了下桌面。

这时，观众区响起了解说的声音，用英语道：“非常遗憾，MYS 战队损失了两名队员，现在剩下的是 Broken 和新人 Apple，情形不容乐观。众所周知，在*PUGD*中，决赛圈的对决一直是最精彩也最危险的，稍有不注意就会出局。”

另一名解说接话：“这里值得一提的是 Broken。Broken 是 MYS 的现任队长，在亚服的天梯排名是第一，据说是一名天才少年。在亚洲地区和欧美，知名度都非常高。他在前年也曾率队代表中国出战 RIG，当时是输给了来自北美的 Silence，不知道今年他们的运气如何，冠军之路，会不会又一次终结在 Silence 手上呢？

“两名老将已经全都出局，剩下的这个 Apple 是 RIG 去年才招入的新人，而且，是圈内难得一见的女孩子，希望她和 Broken 能有不错的默契。”

朵棉心凉了大半，闭了闭眼，道：“只有我们两个了。剩余人数 12，还有至少 3 队。”

靳川神色极冷也极专注，道："能赢，相信我，也相信你自己。"

她抿唇，几秒后才用力点了点头。

朵棉趴在安全区的边沿位置，看了眼地图，皱眉道："寂静那队应该已经占了那栋房区了。"如果最后的安全区缩在房区，对方四个人，他们两个，要攻进去可以说是毫无胜算。如果安全区是在他们这个位置，还有一搏的可能。

紧接着就是一阵此起彼伏的枪响，屏幕上的剩余人数变成了6。

时间按秒流逝。

靳川冷冷盯着电脑屏幕，看着地图上的毒圈缩小，显露最后一个安全区位置——房区。

朵棉心瞬间沉到谷底，场下的SHEN也扶住了额头。

大山和森森也是同时爆了句粗口。大山低骂："前年就是天命圈缩在他们那儿，今年又是，咱们运气什么时候能好一回？"

森森拉住他，低声："别说了。"

这时，靳川忽然语速极快道："你那儿燃烧瓶、手榴弹、震爆弹分别还有多少？"

朵棉定定神，飞快打开背包浏览物品，答道："燃烧瓶两个，手雷四个，震爆一个。"

"嗯。"靳川很冷静，"进圈。"

两人一前一后，悄无声息地往房区靠近。朵棉最后检查了一次几把枪支的子弹是否装满，屏息凝神，精神高度集中，等着靳川的下一步指示。

却忽然听见耳机里的声音说："苹果。"

"……嗯？"她有些惊讶。他在打游戏的时候向来专注，除战术部署外，几乎不会跟任何人有任何交流。

靳川淡淡地说："我这人，打出生开始就倒霉。能有今天，从来都没靠过任何运气。"他语气很冷静，"你明白我的意思么？"

朵棉听完，原本慌乱不安的心情不知怎么就平静了下去，她说："我明白。"

人们平时所谓的运气，不过是天意。但是在靳川的思维中，以及他这二十几年的人生当中，一直都是人定胜天。他从来不信命，也不会任命摆布。

两人很快潜入决赛圈房区，确定了一栋三层高的建筑物。

朵棉站在墙角边，卡在楼上敌人视野里的盲区位置，道：“他们就在里面。”

靳川闭眼听了会儿脚步声，道：“二楼两个，三楼两个。”

朵棉点点头，退开几步，往二楼窗户里扔了一颗手雷，爆炸，仔细听脚步声撤离的方位，紧接着再扔，爆炸。

突地。

系统提示：你使用手榴弹击倒了 Silence-Kass。

大山和森森同时惊呼：“Nice！”

解说也高呼：“这个手雷扔得非常有技巧！她是根据前一个雷爆炸后 Silence 一方的撤离脚步预判扔出的第二个雷，可以说是*PUGD*赛场上相当有技术含量的一个操作！这是来自中国 MYS 的选手，Apple！”

“在这里说一个小八卦。”另一名解说笑起来，“Broken 和 Apple 是一对情侣，中国的很多*PUGD*玩家都很喜欢他们。”

下一瞬，靳川往二楼窗户里扔出一枚震爆弹，直接跳窗进了房间，“走。”

朵棉破门紧随其后。震爆弹刚好爆炸，刚要往三楼撤离的 Joker 视野里一片白，只能凭着记忆往楼梯方向跑。

忽然一阵步枪扫射声。

系统提示：

MYS-Broken 使用 M416 突击步枪击倒了 Silence-Joker。

MYS-Broken 使用 M416 突击步枪淘汰了 Silence-Joker。

“还剩最后两个人！”大山激动得声音都变了调，“二打二！”

偌大的 RIG 观赛区鸦雀无声，来自全球肤色各异的人们全都悬着心，屏息观看着最后几分钟的冠军之争。

“丢个震爆直接冲么？”朵棉把体能打满，道，“二打二，应该没什么问题吧。”

靳川忽然说：“闪开。”

一枚手雷从三楼楼梯扔了下来，朵棉匆匆闪开，依然被炸掉一半血量。她咬咬牙，用掉最后一个药包。

靳川换上子弹，道：“震爆用完了，扔燃烧瓶。”

朵棉点点头，面无表情地判断了一下，将燃烧瓶正对楼道墙面扔了出去，叮一声，瓶子被反弹，刚好落进三楼房间。楼上的脚步声凌乱响起。朵棉站到楼梯口，拉开引线准备扔第二个。

却在这时，又一枚手雷扔了下来。

砰——

朵棉脸色大变，惊呼出声：“糟了！”

系统提示：

Silence-Vitas（维塔斯）使用手榴弹击倒了你。

“糟了！”大山和森森瞬间从椅子上站了起来。

形势急转，瞬间从最初的二对二变成一对二，Silence 剩余的两名队员迅速从楼梯口冲了下来，举枪一阵乱扫。短短零点几秒，朵棉只听见一阵密集的枪声在耳畔响起，头顶子弹乱飞。

紧接着屏幕上弹出一句话：

大吉大利，和平万岁！

朵棉愣怔半秒，眼眶瞬间就湿了。

赢了？

“啊啊！”大山和森森抱在一起跳起来，喜极而泣，“吓死老子！赢了赢了！”

整个会场寂静两秒钟，然后，炸开了锅。

解说激动得声音都在发抖，不可置信道：“天呐，刚才最后几秒的对决，中国选手 Broken 的手速实在是太快了……本届 RIG 的冠军已经诞生！恭喜 MYS！”

话音落地，场上观众们纷纷站了起来，会场掌声雷鸣。

音乐声中，主持人笑容满面，用流利的英语，请冠军队伍上台领奖。

国内最大直播平台的弹幕：“啊啊啊啊啊啊啊啊啊啊啊啊啊啊！”“哭

了哭了……金牌！”“恭喜MYS！恭喜Broken！恭喜Apple！”

大山和森森高兴得又哭又笑，两个大男孩勾肩搭背，迫不及待地跳上了领奖台，冲其他人招手：“川哥，朵朵，SHEN叔，快来啊！”

朵棉不停地抹眼泪，视线迷蒙中，有人握住了她的手，微用力，牢牢扣住。靳川有点好笑地盯着她，挑眉，“赢了还哭什么。”

“我也不知道。”她抽泣得上气不接下气，“我……我就是忍不住，我最后的时候失误了，我以为会输……”

“傻不傻。”靳川说，“你已经做得很好了。”

朵棉继续抽泣。

他逗她：“这可是现场直播，哭得那么丑，当心掉粉。”他捏她脸，淡淡地说，“笑一个给我看看。”

朵棉冲他挤出一个笑。

MYS夺冠之夜，注定被全球FPS界、全球电竞圈载入史册，永远铭记。很久以后，久到*PUGD*已经成为历史，被新的FPS类网游代替，久到缔造过史诗的Broken和Apple都已退役，久到MYS的队员已经更新换代不知第几次，人们依然对当年那个晚上记忆犹新。

赛后，有当地媒体对冠军队伍进行了赛后采访。

记者问Apple，“在取得如此成就之后，你最想说的是什么呢？”

Apple的回答是：“我是个天生的幸运儿，走上电竞道路至今，不到一年，但却拿到了这么高的荣誉，我十分感谢我的教练、队友，还有父母。另外，我最要感谢的人，是我的男朋友Broken，是他教会我，‘人一定要成为自己想成为的，而不是成为别人所希望的’。”

记者也问了Broken同样的问题。

Broken的回答是：“You are the Apple of my eye.（你是我的挚爱。）”

记者怔住了，有些莫名，不太懂他这句话是什么意思。然而，朵棉听完，脸蓦地红透。

国内各平台的弹幕，也全都沸腾。这句话对于了解这对的粉丝来说实在再熟悉不过。记者想了想似乎明白过来什么，有些惊讶地笑了，说：“请问这是……在对你的女友告白么？”

靳川说：“对。”

记者：“为什么要选这个场合对她告白呢？”

靳川的目光看向身旁已经熟成虾子的小姑娘，说：“因为我要她知道，我所有的荣誉和辉煌，都比不上在二十岁那年，爱上她。”

这个故事概括起来，不过寥寥数字，他却像已过完半生。

小苹果，你知道么？

我一生最幸运奢侈的事，就是途中与你相遇，然后相濡以沫，共闻花香。

未来很长，愿与子偕老。

番外 七夕

手机铃声第一次响起的时候，窝在被子里的朵棉皱皱眉翻个身，继续睡。

今年已经是朵棉加入 MYS 的第五年。

昨天 MYS《王者荣耀》战队队长阿德正式宣布退役，新闻发布会结束之后，大家给阿德办了个欢送会。席上，队员们又是伤感又是不舍，一不留神就都多喝了两杯。酒量奇差的朵棉毫无疑问地醉了。

而她喝醉的结果，就是被靳川黑着脸扛回房间，进行了一番严肃的教育。

她真的好累……

丁零零——

耳畔，欢快的手机铃声锲而不舍，继续响。朵棉两道眉毛越皱越紧。

半分钟之后，她忍无可忍，终于一把将床头柜上的手机抓起来，滑开接听键就是一通超凶的奶龙咆哮："大清早的催命吗！打这么多电话，不知道今天周末吗！"

话音落地，听筒对面的人沉默了两秒钟，淡淡道："这是我今天给你打的第一个电话。"

一语惊醒朵棉。拿开电话一看来电显示，赫然两个大字，老大。她嘴角一抽，在求生欲的支配下用力清了清嗓子，深呼吸，甜甜开口："没有，我刚才做梦了来着。有什么事吗？”

靳川说：“没事，就跟你说一声早餐在桌上。”

朵棉眼睛笑弯成月牙，“知道啦。”顿了下，懒洋洋地打了个哈欠，“你出去了么？”

靳川：“回基地有点事。”

“哦……”朵棉点点头，“那我继续睡一会儿。”

“先起来吃东西，吃了再去睡。”靳川嗓音低柔几分，字里行间全是宠溺，“苹果乖，听话。”

又东拉西扯地闲聊两句，朵棉挂断电话，翻了翻来电显示，发现除了刚才那通电话是靳川打来的之外，之前的十几通全是张晓雯打的。她狐疑，以为晓雯是有什么急事找自己，赶紧拨回去。

嘟嘟两声，通了。

“啊啊啊，大姐你总算接电话了！”好友一如既往地咋咋呼呼，“你刚才在干吗呢？”

朵棉干咳一声，“睡觉……”

张晓雯嫌弃，“这都几点钟了还在睡？”

她揉了揉眼睛，“你找我有什么事么？”

“当然有事啊！急事！十万火急！”张晓雯语速飞快，“今天是七夕，我约了男神吃晚饭，准备跟他告白！你快看我给你发的微信，帮我选一下晚上要穿的衣服！”

朵棉一愣，“你说什么？”

“我要给我男神告白……”

“上一句。”

“我约了男神吃晚……”

“再上一句！”

“今天是七夕……”张晓雯重复了一遍，诧异道，“你不会连今天是七夕都忘了吧？”

朵棉默默扶额。最近大赛小赛各种赛，她劳心劳力，身心俱疲，的确把七夕什么的给忘完了。

那头，张晓雯雪上加霜地又来一句："那你岂不是没给你家肯神准备礼物？"

咔，一刀正中红心。朵棉脸黑一半。

张晓雯继续："不过也没什么吧。虽然七夕这种日子都忘记，有那么点过分，七夕不送男朋友礼物，也有那么点过分……但是你家靳川肯定舍不得怪你，顶多自己生闷气。你也不要太内疚了。"

朵棉另一半脸也黑完了，心想你真的在安慰我吗？

几分钟后，沉浸在深深愧疚中的朵棉挂断了电话，皱眉，托腮，顶着一头乱蓬蓬的鸡窝头认真地思考起来。

和靳川在一起的这几年，她对他还是有一定了解的。他虽然话不多，平时一副对什么事都漠不关心爱答不理的酷样，对她却是好进骨子里。而她居然连七夕这么重要的日子都忘记，实在是太不应该了。

朵棉看了眼时间。上午十点半，现在冲出去选个礼物应该也来得及，虽然不太走心，但总比什么也没准备好吧？

忽地，朵棉不知想到了什么，大眼一亮，飞快跳下床洗漱完便冲出了家门。

大概是七夕情人节的缘故，许多餐厅的位置早在一周前就被预订得满满当当，为此，靳川特意提前半个月就定下了一间西餐会所的雅间。

晚上七点整，雅间内。

朵棉把一份包装精美的蛋糕推到了桌子中间，大眼晶亮，笑盈盈地说："七夕快乐，靳先生。"

靳川看了眼那块蛋糕。约六寸大，圆形的，上面还站了一男一女两个牵着手的小人偶，中间还有一个红色苹果，做工粗糙，乍一看，滑稽又可爱。

他挑眉，"你做的？"

"对呀！这是我亲手为你做的！"朵棉很惊喜，眨眨眼睛，"你怎么会知道？"

靳川淡淡地说："这么丑的蛋糕，除了你还有谁做得出来。"

朵棉有点不高兴地把蛋糕往回收，嘀咕："不喜欢就算了。"

靳川眼底流转着一丝很浅的笑意，伸手摁住她，“放下。谁说我不喜欢。”

朵棉嘴角止不住往上扬，清清嗓子，伸出右手，摊开，“我的呢？”

靳川喝了一口红酒，明知故问：“什么。”

“礼物啊。”

“最近队里事儿太多，忙忘了。”

“这样啊。”她滞了下，有点小小的失望又有点小小难过，但几秒就调整过来，懂事地笑，摆手，“没关系没关系，最近事情确实挺多的。”说完就低下头，拿起刀叉切牛排。

整个雅间安静无声。

一分钟过去，两分钟过去……蓦地，对面那人轻笑出声。

朵棉狐疑地抬起头，皱眉。靳川盯着她看，漆黑的眸子里充满兴味，一挑眉，漫不经心地说：“小苹果，多大个姑娘了，怎么还这么好骗？”

朵棉：“……”

几秒后，他不知从哪儿拿出来一个黑色的盒子，然后起身，直接朝她走了过来。

朵棉一愣，不明所以，眼睁睁看着他走到自己面前，站定，打开盒子，从里面拿出来一枚戒指。

她仰头望着他，诧异地瞪大了眼睛。

他要干什么？

靳川拿着戒指，弯腰，食指轻轻抚了下她的脸蛋，“我靳川这辈子唯一一次弯膝盖，给老子记清楚了。”说完不等她有所反应，牵起她的手，单膝，跪地。

朵棉眸光惊闪，“你……”

“我不会说什么花里胡哨的话。”他直直看着她，面色平静，目光却前所未有地专注和认真，“我只知道，我也很确定，我从二十岁那年喜欢上你开始，就是一辈子的事。苹果，我想娶你，你愿意嫁给我么？”

这一刻，时间仿佛都有一瞬的静止。

看着眼前这张英俊的脸，朵棉忽然想起了过去的很多事——

他们一起在柏林拿到RIG冠军；她陪他回到小邱河，在刺骨的寒风中回首那段痛彻心扉的过往；她在实验楼送他一枚红色的苹果胸章……

最后，一切的一切都定格在那一年，转学来的少年站在讲台上，嘴角勾起一个散漫随意的笑，“我叫靳川。我最大的爱好是，打游戏。”

视线不知何时模糊了。

靳川抬手，替她拭去脸颊的泪，自始至终含着笑，安静地等待她的回答。

好像过了很久，又好像只过了几秒钟，朵棉破涕为笑，低头，轻轻吻住了他的唇。她柔声说：“愿意呀。”